Lena Johannson

Zwischen den Meeren

atb aufbau taschenbuch

LENA JOHANNSON

Zwischen DEN Meeren

Vier Frauen und ein Jahrhundertbauwerk,
das die Welt verändert

Roman

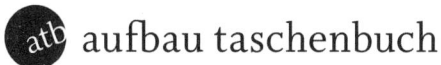

MIX
Papier | Fördert
gute Waldnutzung
FSC® C083411

ISBN 978-3-7466-3945-1

Aufbau Taschenbuch ist eine Marke der Aufbau Verlage GmbH & Co. KG

1. Auflage 2022
© Aufbau Verlage GmbH & Co. KG, Berlin 2022
Satz Greiner & Reichel, Köln
Druck und Binden CPI books GmbH, Leck, Germany
Printed in Germany

www.aufbau-verlage.de

*Für Heinrich Hermann Dahlström, ohne den es den
Nord-Ostsee-Kanal womöglich nie gegeben hätte.*

*Und für Mimi und Else, für Ilse und Merve, die das
Andenken an ihren Vater, Großvater und Urgroßvater
stets liebevoll lebendig gehalten haben.*

»Er ist so fleißig und arbeitet seit langer Zeit an einem
großen Unternehmen. Der liebe Gott möge die Sache
zum Guten leiten, denn wenn ich denke, mein Hermann
könnte eine Enttäuschung erfahren, … Ich darf nicht
daran denken, – es wäre entsetzlich.«

Aus dem Tagebuch von Dorothea Dahlström,
20. August 1879

Personenregister

Kiel

Justine Thams, genannt Stine: Tochter des Kolonialwarenhändlers Wilfried Thams
Jobst Wilfried Thams: Sohn des Kolonialwarenhändlers Wilfried Thams
Wilfried Hermann Thams: Kolonial- und Eisenwarenhändler
Ruthild Thams: Seine Ehefrau
Helene Thams, geb. Nissen, genannt Hella: Ehefrau von Jobst Thams
Thorin Tüxen: Schauspieler und Justines Freund

Rendsburg

Regina Rademacher, geb. Barz: Tochter des Gutsbesitzers Friedrich Hubert Barz
Broder Neunes: Lübecker Kaufmann
Christoph Rademacher: Gutsbesitzer aus Hademarschen, Ehemann von Regina
Friedrich Hubert Barz: Gutsbesitzer bei Rendsburg und Reginas Vater

Brunsbüttel

Susanne Agathe Schmidt, genannt Sanne: Tochter eines
    Zimmermanns und Nachfahrin eines Schleusenbauers;
    Geschwister: Inge, Michel, Frerk und Elke
Herwart und Maria Schmidt: Zimmermann und seine Frau,
    Susannes Eltern
Rosario Antonio Francesco Limone: Steinmetz aus dem Trentino

Familie Dahlström, Hamburg

Heinrich Hermann Dahlström: »Vater« des Nord-Ostsee-Kanals
Johanna Dorothea Adolphine Dahlström, geb. Meyer: Erste
    Ehefrau von Heinrich Hermann Dahlström
Bertha Dahlström, geb. Lachmund: Zweite Ehefrau von Heinrich
    Hermann Dahlström
Johanna Maria Wilhelmine Dahlström, genannt Mimi:
    Tochter von Heinrich Hermann Dahlström; Geschwister:
    Else, Hermann, Oskar und Paul

Prolog
Mimi

Dunkelblau und glitzernd windet sich der Kanal zwischen sattgrünen Wiesen hindurch. Schlanke Birken neigen sich in der sanften Brise elegant mal hierhin, mal dorthin. Nur an wenigen Stellen ist das Ufer durch Beton befestigt. Mimi setzt behutsam einen Fuß vor den anderen. Kleine Schritte. In ihrem Alter macht man keine großen Sprünge mehr. Sie hat noch ein ausgesprochen feines Gehör, nimmt das Summen einer Hummel wahr, die von einer Butterblume zur nächsten fliegt. Sie lauscht dem Plätschern des Wassers, das über die unzähligen nass glänzenden Steine schwappt, jeder einzelne von ihnen meist schon vor langer Zeit mit Bedacht platziert. Ein Segelschiff zieht geschmeidig vorbei. Ein Mann an Bord hat Mimi entdeckt und winkt. Sie hebt lächelnd die Hand. Am Horizont taucht ein mächtiger Frachter auf. Er kommt aus Richtung Kiel. Auf einer Strecke von knapp hundert Kilometern wird er Felder und Weiden passieren, Städte und Dörfer, Brücken und Schleusen, ehe er sich bei Brunsbüttel in die Elbe schieben und dem Land zwischen den Meeren Lebewohl sagen wird. Mit dumpfem Wummern kommt er näher, immer schneller klatschen kleine Wellen an Land. Es ist, als hätte jemand das blaue Band, das eben noch ruhig unter dem weiß betupften Frühsommerhimmel lag, an beiden Enden gepackt und zum Schwingen gebracht. Mimi lässt ihren Blick schweifen. Für einige ist dieser Kanal wohl einfach nur die Verbindung von Nord- und Ostsee. Das Wattenmeer mit seinen Gezeiten, Inseln, der Halligwelt, mit seinen Salzwiesen, auf denen Schafe grasen auf der einen Seite, die sanften Buchten, weit ins Land vordringenden Förden, die Städte und feinen Seebäder auf der anderen Seite. Für so manche ist es ein Brückenschlag von Ost nach West, von den baltischen Ländern zum Vereinigten Königreich und weit darüber hinaus. Für Mimi würde der Kanal immer das Band zwischen den Seelen ihrer Eltern sein. Ein Band, das ihre Mutter mehr als einmal zu ersticken gedroht und das sie dennoch immer stolz durch ihr Leben getragen hat, als sei es ein Schmuckstück. Mimis Vater war besessen davon gewesen, eine Wasserstraße von einem deutschen Meer zum anderen zu bauen. So schien es. In Wahrheit wollte er für seine Dorothea West und Ost näher zusammenbringen, um ihr die gesamte Welt zu Füßen legen zu können. Tag und Nacht hat er gearbeitet, um mit dem Verdienst für seine Familie ein Fleckchen im Grünen zu kaufen. Doch es war alles anders gekommen. Mimi schließt kurz die Augen und saugt den Geruch ein, der ihr so vertraut ist. Ein Hauch von Algen und Fisch, doch wesentlich zarter als an der See. Der Frachter ist schon wieder aus ihrem Blickfeld verschwunden. Sie geht ein paar Schritte, um die Levensauer Hochbrücke mit etwas Abstand in voller Pracht betrachten zu können. Die Wappenschilde mit dem Kaiseradler gibt es nicht mehr. Auch die vier über das schmiedeeiserne Gerüst ragenden Türme mit ihren Torbögen sind verschwunden. Trotzdem ist sie noch immer eine der eindrucksvollsten Kanalbrücken, vielleicht die schönste von ihnen. Weil sie mächtige massive Pfeiler aus rotem Backstein mit einem geradezu filigran wirkenden Metallüberbau verbindet. Weil sie über dem Kanal schwebt, als würde sie schützend ihre Arme darüber ausbreiten. Es ist Mimis Lieblingsplatz. Sie war bei der feierlichen Eröffnung am dritten Dezember 1894 und ist so manches Mal mit dem Zug darübergefahren. Dann mussten die Fuhrwerke und Kutschen anhalten und der Eisenbahn die Vorfahrt lassen. Sogar eine kleine Station gab es dort oben auf der Brücke. Mimi legt eine Hand über die Augen und den Kopf in den Nacken. Seit Kurzem halten da keine Züge mehr, der Betrieb ist eingestellt. Dafür rauschen die Automobile jetzt in großer Zahl von einer Seite zur anderen. Als Mimi noch ein Kind war, war ein Auto noch eine Sensation.

»Mit dem Fortschritt verhält es sich wie mit einem an die Wand gelehnten Holzbalken, der ins Rutschen gerät«, hat sie plötzlich die Stimme ihres Vaters im Kopf. »Er setzt sich langsam in Bewegung, gewinnt dann jedoch rasant an Tempo. Die Menschen müssen irgendwie mithalten. Dazu sind schnelle Verbindungen nötig.« Und noch etwas hat er immer gesagt: »Veränderungen erfordern die Erschaffung passender Bauwerke, die wiederum für Veränderungen sorgen. Und sie erfordern Mut.« Mimi muss unwillkürlich lächeln. Ihr Vater, Heinrich Hermann Dahlström, hatte diesen Mut, er hat diese schnelle Verbindung geschaffen. Gegen alle Widerstände. Und davon gab es viele. Mimi spürt, dass es Zeit wird, zurückzugehen, ihre Beine werden ihr schwer, immer häufiger muss sie stehen bleiben und Atem schöpfen. Sie ist eben kein junges Ding mehr mit langen dunklen Zöpfen und Augen, die voller Neugier in die Zukunft blicken. Jetzt schaut sie eher zurück, denn vor ihr ist der Horizont erschreckend nah.

Ihr Vater erholte sich gerade von einer ernsten Erkrankung, als er zu ihr sagte: »Mimi, ich werde dir irgendwann die Geschichte meines Lebens diktieren.«

Er hat nie die Zeit dafür gefunden. Und auch ihre Zeit geht allmählich zu Ende. Doch auch ohne Diktat hat Mimi sein Leben in ihrem Kopf und ihrem Herzen. In unzähligen Stunden hat sie es mit ihm geteilt und er hat ihr alles erzählt. Fast immer ging es um den Kanal. Er ist untrennbar mit ihm verbunden, mit der gesamten Familie. Er gehört zu ihrem Vater wie ein Sohn, der ihm etliche graue Haare beschert und ihn am Ende doch unendlich stolz gemacht hat. Er gehört zu Mimi wie ein Bruder, der es stets verstanden hat, sich die gesamte Aufmerksamkeit der Eltern zu sichern, und die kleine Schwester immer gerade rechtzeitig in Staunen versetzt hat, um ihre Eifersucht in grenzenlose Liebe zu verwandeln. Wahrscheinlich kann sie deshalb noch immer nicht lange ohne ihn sein, so wie es einen automatisch zum Verwandtenbesuch drängt, wenn der letzte bereits zu weit zurückliegt.

Keine Bank weit und breit, keine Möglichkeit, sich auszuruhen, nur das glitzernde, sanft wogende Band, eingebettet in sattes Grün, behütet von einem blauen Himmel mit Schäfchenwolken. Die Erinnerung nimmt Mimi fast die Luft. Schäfchen hat ihr Vater ihre Mutter genannt. Wer ihn nicht kannte, hätte den Kosenamen falsch verstehen können. Doch Mimi weiß genau, wie er es meinte.

Ihre Mutter hatte es ihr erzählt: »Er hat mich schon auf dem Mühlenberg so genannt, wo ich aufgewachsen bin. Den Tag vergesse ich nie. Ich war auf den von Mehl bedeckten Stufen nach oben geklettert, in den Raum unter der Kuppel, über die sich ein grünes Kupferdach spannte. Mein blaues Kleid war über und über weiß betupft. Mehl. Ich war unachtsam gewesen, als ich der Katze Milch hingestellt und mich nah ans Holz gepresst hatte, um besser aus der Luke schauen zu können.

›Es sieht beinahe aus wie Löckchen aus Schafwolle‹, hatte er gesagt.« Und dann hatte sie Mimi davon erzählt, dass auch die Dahlströms auf dem Mühlenberg gelebt hatten. Während ihre Mutter ihr Versteck unter dem Helm der über hundert Jahre alten Mühle für seine Geborgenheit liebte, die sogar Katzen nutzten, um dort ihre Jungen großzuziehen, war ihr Vater fasziniert vom Rattern und Vibrieren der Mühlsteine gewesen, vom zuverlässigen Ineinandergreifen der Räder. Die Begeisterung für die Aussicht über die Anhöhe des Stintfangs auf die Masten der Schiffe teilten sie. Auch ein Stückchen Elbe konnten sie von dort sehen. Hamburgs Lebensader. Ein blaues Band, das die Hansestadt mit der Welt verband. Mimi bekommt eine Gänsehaut. Als hätten Dorothea und Hermann damals bereits auf ihr Schicksal geschaut. Sie heirateten bald darauf in der Michaeliskirche, nur einen Steinwurf entfernt von ihrem mehlbestäubten Ausguck.

Obwohl sie erschöpft ist, zögert Mimi den Abschied raus. Nicht anzunehmen, dass sie noch einmal die Reise von ihrem Haus in Wohldorf durch halb Schleswig-Holstein schaffen wird, hierher an ihren Lieblingsplatz unter der Levensauer Hochbrücke. Ein Abschied für immer also. Ein Raddampfer zieht vorbei. Seine Schaufeln bringen das Wasser zum Schäumen und Rauschen. Heutzutage ein seltener Anblick. Erschrocken bringt eine Entenmutter ihre Jungen, noch grau und flauschig, über die Böschung hinauf in Sicherheit. Sie ahnt nichts von der Bedeutung des Kanals. Ob Mimis Vater in seinem Begeisterungsrausch für die gewaltige künstliche Wasserstraße geahnt hat, wie sie den Norden des Kaiserreichs verändern wird? Nicht nur den Norden, sondern das gesamte Reich, wenn nicht gar die ganze Welt! Die Entstehung dieses Jahrhundertbauwerks hat sein Leben bestimmt und das derer, die es erschaffen haben. Seine und ihre Geschichte soll hier erzählt werden.

Kapitel 1
Mimi

Hamburg, Hochallee Nr. 8, Ende Februar 1886

Der März stand vor der Tür, an manchen Stellen ließen sich schon grüne Blätter mit feinen weißen Streifen im Rasen ausmachen. Krokusse, die ihre Köpfchen der Sonne entgegenschoben. An diesem Tag stürmte Mimi achtlos an ihnen vorüber. Sie hatte keinen Blick dafür, weil eine Freude sie ausfüllte, wie sie sie nicht mehr empfunden hatte, seit ihre Mutter im Juli des vergangenen Jahres gestorben war. Seit diesem schrecklichen Tag fühlte es sich an, als hinge ein bedrohlicher Nebel in allen Winkeln des Hauses, der darauf lauerte, die Familie mit Haut und Haaren zu verschlingen, sollte einer es wagen, zu lachen, herumzutoben oder auch nur in gewöhnlicher Lautstärke zu sprechen. Sie war nachts gestorben. Mimi hatte nicht weinen können, am Morgen, als ihr Vater sie stumm in den Arm nahm, und auch nicht, als sie das Leinentuch vom Gesicht der Mutter zogen, damit die Kinder sie noch einmal sehen konnten. Friedlich hatte sie auf Mimi gewirkt, als würde sie etwas Schönes träumen. Die Tränen, die sie am von Kerzen und Blumen üppig eingerahmten Sarg vergossen hatte, waren wohl in erster Linie den vielen schluchzenden Menschen geschuldet, die gekommen waren. Vor allem aber dem Kummer, der aus den Augen ihres Vaters gesprochen hatte. Es war, als sei er durch

Mutters Tod versteinert, unfähig, eine Gefühlsregung zu zeigen. Das würde sich jetzt ändern, da war Mimi sicher. Welch ein glücklicher Zufall, dass sie ausgerechnet heute schon so früh auf den Beinen gewesen war. Sie hatte ein Hausstandsbuch besorgt, denn sie hatte die neue Hausdame in Verdacht, sich regelmäßig Lebensmittel abzuzweigen, die auf Dahlströmsche Rechnung geliefert wurden. Zwar litten sie nicht gerade Hunger, lebten aber auch nicht im Überfluss. Vater hatte schließlich sämtliche Ersparnisse in sein Kanalprojekt gesteckt. Auf dem Heimweg hatte sie dann einen Zeitungsjungen gehört, der die Schlagzeile herausbrüllte:

»Kanal beschlossene Sache, der Nord-Ostsee-Kanal kommt!«

Für einen Moment war ihr geradezu die Luft weggeblieben. Das war eine gute Nachricht, ach was, das war die beste Nachricht, die sie sich vorstellen konnte. Sie würde ihren Vater ganz bestimmt aus seiner Trauer reißen und ihm mehr als nur ein Lächeln entlocken. Sofort hatte sie eine Ausgabe gekauft und war nach Hause gerannt. Trotz der Kälte lief ihr der Schweiß den Rücken herunter, als sie jetzt das Haus betrat. Sie hielt die Aufregung nicht mehr länger aus.

»Vati?«, rief sie, kaum dass sie die Tür hinter sich geschlossen hatte. Er antwortete nicht. Wo steckte er nur? »Vati!« Noch in Stiefeln und Mantel stürmte sie ins Speisezimmer. Da saß er und stocherte in seinem Rührei herum. Ohne eine erkennbare Regung sah er sie an. Er schimpfte nicht einmal, dass ihre dreckigen Sohlen Flecken auf dem Teppich hinterlassen könnten.

»Der Nord-Ostsee-Kanal ist genehmigt, Vati.« Sie wedelte mit der Zeitung vor seiner Nase herum. »Es steht alles hier drin«, brachte sie atemlos hervor und strahlte ihn an. Er lächelte nicht, seine Lippen waren fest aufeinandergepresst, seine Kieferknochen traten hervor. »Das ist die Nachricht, auf die du so sehnsüchtig gewartet hast«, sagte sie. Als ob er das nicht selbst am besten wüsste.

Nur brachte seine Reaktion, seine fehlende Freude sie eben komplett aus dem Konzept. Glaubte er ihr nicht? Eilig schlug sie die Seite auf und tippte mit dem Finger auf den Artikel. Er schluckte hart, beugte sich über die Rubrik Aktuelles und las. Gespannt betrachtete sie seine Augen, die von einer Zeile zur nächsten eilten. Höchstens noch eine Sekunde, dann würden sich seine Lippen verziehen und sein Gesicht würde leuchten. Sie konnte es nicht erwarten. Endlich blickte er zu ihr auf, die Wangen fahl, die Augen leer.

»Der Reichstag hat dem Gesetzentwurf zugestimmt. Der Kanal wird gebaut werden«, sagte er heiser.

»So ist es, Vati. Ist das nicht wunderbar?« Mimi lachte.

»Sie hat es nicht mehr erleben dürfen«, antwortete er so leise, dass sie glaubte, sich verhört zu haben. »Zu spät, Mimi, begreifst du das denn nicht?«, schrie er plötzlich auf. »Deine Mutter hat es nicht mehr erlebt, es hat keinen Sinn mehr.« Er schlug die Hände vor das Gesicht und begann zu weinen. Wie lange hatte sie sich gewünscht, er würde seine Gefühle zeigen, seine Trauer mit ihr teilen. Wenigstens wenn er allein mit ihr war, mit seiner Erstgeborenen. Jetzt erschreckte es sie. Noch nie zuvor hatte sie ihn so verletzlich gesehen, so hilflos. Was sollte sie nur tun? Mimi legte die Arme um seine bebenden Schultern. Kurz meinte sie, er würde sie wegstoßen. Sie presste sich fest an ihn und merkte, dass auch ihr die Tränen über die Wangen liefen. So lange hatte sie sich zusammengerissen, war sie stark geblieben für ihre jüngeren Geschwister. Vor allem für Brüderchen Paul. Nicht einmal seinen ersten Geburtstag hatte Mutter erlebt. An ihrem Sarg hatte Mimi ihr still versprochen, ihm die Mutter zu ersetzen. Sie riss sich zusammen, wenn die Trauer sie auch manches Mal zu überwältigen drohte. Jetzt stürzte die Mauer auf einen Schlag ein, die sie um ihren Kummer gebaut hatte. Mimi und ihr Vater kämpften nicht mehr. Für ein paar Sekunden kümmerte es sie nicht, dass sie ein Vorbild sein müssten, die Kleinen sie womöglich hören könnten. Der Schmerz rollte über sie hinweg wie eine riesige Welle, und sie überließen sich einfach der Strömung.

»Sie hat so viel mit mir durchgemacht«, murmelte er schließlich, rieb sich die Augen und sah Mimi an. »Manchmal denke ich, der Kanal hat schon einen Menschen auf dem Gewissen, ehe er überhaupt gebaut ist.«

»Sie war krank«, wandte sie ein, »dafür kann doch der Kanal nichts.« Vor ziemlich genau einem Jahr hatte das Unglück seinen Anfang genommen. Großmutter Dreyer war gestorben. Mit 93 Jahren, ein unvorstellbares, ein wunderbares Alter. Natürlich waren Vater und Mutter zum Begräbnis gegangen, trotz des starken Schneetreibens und des biestigen Oststurms. Danach hatte ihre Mutter schrecklich zu husten begonnen. Zuerst war von einer schweren Erkältung die Rede gewesen, später sprach der Arzt von Rippenfellentzündung. Fünf lange Monate hatte sie im Bett gelegen und gegen die Fieberflammen gekämpft, die ihren Körper zu verschlingen drohten. Sie hatte den Kampf verloren.

»Hast recht, Kind«, sagte er und räusperte sich. »Ich darf nicht ihm in die Schuhe schieben, was mir anzukreiden ist. Ich bin der Schuldige, mit dem sie zu viel hat durchmachen müssen.« Ihm brach die Stimme.

»Aber das stimmt doch nicht, Vati«, erwiderte sie zitternd und streichelte ihm über den Arm. »Du warst immer gut zu ihr. Sie hat dich sehr lieb gehabt, das weiß ich genau.«

»Vielleicht hat sie mich mehr geliebt, als ich es verdient habe.« Er putzte sich die Nase und sah Mimi an. »Hat sie dir je von meinen Reisen für Alfred Nobel und sein Sprengöl erzählt?« Mimi schüttelte den Kopf. »Ich habe es für ihn in deutschen Grubenbezirken vorgeführt, bin damit sogar nach London und Russland gereist.« Er lächelte schwach. »Wie oft habe ich meine Geschichten zum Besten gegeben! Hinterher hatte ich gut lachen, doch ihr blieb die Heiterkeit manches Mal im Halse stecken. Sie hatte vollkommen recht, mir war damals nicht einmal klar, dass der falsche Umgang mit dem explosiven Stoff lebensgefährlich war. Ich habe ihn einfach in der Reisetasche herumgetragen und zu gern zu Demonstrationszwecken an die Wand geschleudert.«

»Wie bitte?«

»Ja, du hast richtig gehört. Der arme Kerl, der nach mir für Nobel in der Welt unterwegs war, hatte weniger Glück als ich. Er ist mitsamt seinem Wagen in die Luft geflogen. Nichts ist von ihm geblieben, außer einem Stiefel, der hoch über der Unfallstelle in einem Baum gefunden wurde.« Für ein paar kostbare Sekunden nahm er sie mit in die Vergangenheit, in der ihre Mutter noch lebte und alles in schönster Ordnung war. »Deine Mutter muss Todesängste ausgestanden haben«, sagte er matt. »In ihren Augen war Dynamit ein wahres Teufelszeug.« Er griff Mimis Hände so plötzlich, dass sie beinahe aufgeschrien hätte. »Dabei ist es ein Geschenk. Was hat es nicht alles möglich gemacht?« Dann schwärmte er von dem Genfer Bauunternehmer Louis Favre, der mit Hilfe des Sprengstoffs in Rekordzeit einen Tunnel durch das Schweizer Gotthardmassiv getrieben hatte. »Der längste Tunnel der Welt, Mimi. Siebzehn Kilometer. Und sie haben nicht einmal siebeneinhalb Jahre gebraucht. Eine wahre Meisterleistung der Ingenieurskunst! Die Zeitungen waren voll davon.« Seine Augen glänzten beinahe fiebrig, Mimi wusste nicht, was sie von diesem plötzlichen Stimmungsumschwung halten sollte. »Nur über die Arbeiter, die, vom Ehrgeiz Favres angespornt, bis zur kompletten Erschöpfung geschuftet haben, war keine Silbe zu lesen. Der Anstand hätte es verlangt, ihre Leistung anzuerkennen.«

Kurz kehrte Stille ein. Mimi wollte auf sein eigenes Sensationsbauwerk zu sprechen kommen. Der Nord-Ostsee-Kanal war genehmigt. Zu spät für Mutter, gewiss, aber Vater war noch am Leben. Er musste weitermachen, in die Zukunft schauen.

»Du wirst es besser machen, Vati, du wirst dafür sorgen, dass die Kanalarbeiter angemessen gewürdigt werden«, sagte sie und lächelte.

»Wie soll ich das tun ohne sie?« Er verbarg sein Gesicht wieder hinter seinen Händen.

Ihre Mutter hatte die gleiche Sorge gehabt. Sie hatte Angst gehabt, ihn im Stich zu lassen, wenn sie ans Bett gefesselt war. Wie sollte Hermann denn alles allein schaffen, die fünf Kinder, den Kanal? Dieser Gedanke hatte sie umgetrieben, das wusste Mimi, obwohl ihre Mutter alles darangesetzt hatte, es vor ihr zu verbergen.

Noch etwas fiel Mimi ein: »Sie war schrecklich stolz auf dich. Immer hat sie davon gesprochen. ›Wer hätte gedacht, dass der Sohn eines Klavierbauers einmal das größte Unternehmen des Kaiserreichs planen würde?‹«, ahmte sie ihre Mutter nach. »Sie hat mir erzählt, dass du den Betrieb deines Vaters übernehmen solltest, aber nicht konntest, weil du zu schmächtig warst und allergisch auf Holzstaub«, sagte sie jetzt mit leiser Stimme.

»Ich habe meine Ausbildung sehr wohl gemacht«, verteidigte er sich, wischte sich über die feuchten Wangen und setzte zerknirscht hinzu: »Allerdings ist es wahr, der feine Staub hat meinen Atemwegen so sehr zugesetzt, dass ich in der Werkstatt einen Blutsturz bekam.«

»Gut so«, meinte Mimi munter. Als er fragend die Augenbrauen hob, sagte sie: »Mutti behauptete immer, du bist ein Tüftler, kein Tischler. Sie hat mir erzählt, du hättest dir ein wahres Wunderding ausgedacht, als du gerade mal sechzehn warst.«

»Ein mit Wasserstoffgas betriebenes Perpetuum mobile«, erklärte er stolz. Wie es aussah, gelang ihr Ablenkungsmanöver. »Das sollte es zumindest werden. Na ja, meine Maschine war noch nicht ausgereift, war aber immerhin so interessant, dass sie die Aufmerksamkeit von Werner von Siemens erregt hat. Er ist extra zu uns nach Hause gekommen, um sich meine Konstruktion anzusehen. Siemens wollte mich sogar nach Berlin holen. Tja, daraus wurde nichts.«

Mimi und ihr Vater hatten sich immer nahegestanden. In gewisser Weise war sie aus dem selben Holz wie er. So wie an diesem Morgen hatten sie jedoch noch nie miteinander gesprochen. Er vertraute sich ihr an, wie er sich sonst wohl nur seiner Frau anvertraut hatte. Ein Gefühl tiefster Zufriedenheit breitete sich in ihr aus. Sie sah ihn an und bekam Angst, denn er starrte plötzlich wieder vor sich hin. Alles Lebendige, über das sie sich eben noch so gefreut hatte, war dahin.

»Vati?«

»Es ist und bleibt meine Schuld.« Ehe sie Einspruch erheben konnte, fuhr er fort: »Vier Geburten allzu rasch nacheinander haben ihr die Kraft geraubt. Es war zu viel für sie. Und selbst während sie in Kiel im Krankenhaus lag, hatte ich nur mein Projekt im Sinn.«

»Ich denke, du warst in Kiel, um in ihrer Nähe zu sein«, warf sie zaghaft ein. Er seufzte so tief, dass es ihr das Herz zerriss.

»Und doch habe ich sie zu oft allein gelassen und mich in Unterlagen vergraben. Ich konnte doch nicht zulassen, dass Henry Strousberg Elbe und Oder durch eine Wasserstraße verbindet und damit Berlin zum ersten Handelsplatz des Reiches macht«, stieß er verzweifelt hervor.

»Strousberg?«

Er nickte. »Ihm gehörte ein Hüttenwerk in Dortmund, ich hatte ihn durch das Dynamit kennengelernt. Eisenbahnkönig wurde er genannt«, sagte er abfällig. »Die Art und Weise, wie Strousberg Konzessionen für so manche Strecke erworben hat, soll ebenso wenig seriös gewesen sein wie seine Finanzierungskonzepte. Trotzdem ist er kein übler Kerl. Bloß dass er sich mit einem Kanal beschäftigt hat, der quer durch Schleswig-Holstein führen sollte, habe ich ihm angekreidet. Er vertrat den Standpunkt, Berlin sei das wirtschaftliche und kulturelle Zentrum des Reiches, das müsse seine Lage widerspiegeln. Strousberg wollte allen Ernstes und ganz bewusst dem Hamburger Hafen das Wasser abgraben.« Vater schüttelte den Kopf. »Ihm war die privilegierte wirtschaftliche Stellung der Hansestadt schon länger ein Dorn im Auge. Sein Plan war nicht realisierbar, das war mir klar, doch allein seine Idee war schon eine Provokation. Was wäre geschehen, wenn er Irre gefunden hätte, die ihn unterstützt hätten? Ich konnte nicht zulassen, dass die Bedeutung des Hamburger Hafens an Berlin abgetreten würde.«

»Das hätte sie auch nicht gewollt«, sagte sie.

»Ach, Mimi, du hast ja recht. Du bist schon so erwachsen mit deinen zwölf Jahren. Deine Mutter hat den Kanal beinahe so sehr gewollt wie ich. Sie hat mich ausgehalten, wenn ich mich wie besessen durch Berge von Papier gewühlt, statistisches Material gesammelt, zuverlässige Ertragsberechnungen angestellt und Schriften herausgegeben habe, wenn ich mich mit bedeutenden Männern traf, um sie zu überzeugen. Ich wollte unbedingt derjenige sein, der aus der ewigen Vision endlich ein reales Bauwerk macht, zum Wohle des Reiches und zum Wohle Hamburgs!« Hatte er eben noch kämpferisch geklungen, drang jetzt wieder ein Laut aus seiner Kehle, der ihr durch Mark und Bein ging. »Es hat mich mein Vermögen gekostet. Unser Vermögen. Ich wollte ihr die Welt zu Füßen legen, mit ihr von Finnland durch meinen Kanal reisen und weiter bis nach London oder nach Irland. Wenigstens ein Häuschen im Grünen wollte ich ihr kaufen. Nicht mehr ständig getrennt sein, mit euch durch die Wälder streifen, Tannenzapfen sammeln oder Kastanien. Das hätte ihr gefallen. Ich werde ihr nie etwas dafür zurückgeben können!« Seine Stimme brach erneut, Tränen rannen ihm über die Wangen.

»Ja, das hat sie sich sehr gewünscht«, sagte Mimi sanft. »Weißt du auch, warum?« Er antwortete nicht. »Weil sie wusste, wie sehr du es genossen hättest.« Er blickte auf. »Das hat sie mir verraten. ›All die Planer und Ingenieure, mit denen er zu tun hat‹, hat sie mal zu mir gesagt, ›erleben ihn nur energisch und konzentriert. Sie können ihn sich nicht ausgelassen tobend vorstellen.‹ Und dann hat sie noch etwas gesagt, nämlich dass du der sensibelste und romantischste Mensch bist, der ihr je begegnet ist. Du hast ihr die schönsten Liebesbriefe geschrieben, die man sich überhaupt nur vorstellen kann, hat sie gesagt.« Mimi schluckte. »Vielleicht hast du ihr viel mehr gegeben, als du ahnst.«

Ihr Vater schnäuzte sich und lächelte, seine Augen glänzten.

»Du hast recht, Mimi, es ist gut, dass der Kanal kommt, es ist sogar ganz wunderbar.«

Gut zwei Wochen später, am 16. März 1886 gab es kein Zittern und Bangen mehr, Kaiser Wilhelm hatte aus dem Entschluss ein Gesetz gemacht:

Wir, Wilhelm, von Gottes Gnaden Deutscher Kaiser, König von Preußen, verordnen im Namen des Reichs, nach erfolgter Zustimmung des Bundesrats und des Reichstags, was folgt: Es wird ein für die Benutzung durch die deutsche Kriegsflotte geeigneter Schifffahrtskanal von der Elbmündung über Rendsburg nach der Kieler Bucht … hergestellt.

Kapitel 2
Justine

Kiel, Mai 1886

Justine wusste nicht, wo ihr der Kopf stand. Sie eilte den Lorent-
zendamm herunter, nahm die Schlote der Dampfmaschinenfabrik
von Schweffel & Howaldt kaum wahr, die sämtliche Gebäude der
Straße überragten. Sie musste pünktlich bei Gericht sein, um die
Papiere ihres Vaters abzuliefern. Das Gespräch in der Möbeltisch-
lerei Jessen hatte länger gedauert als erwartet. Sie hatte Rudolf
Jessen höchstpersönlich die erneuten Änderungswünsche mit-
geteilt.

»Sie wollen die Regale zehn Zentimeter tiefer haben?« Er hatte
ungläubig die Augenbrauen hochgezogen, wie schon die beiden
Male zuvor. »Sämtliche Bretter?« Dann hatte er sich nachdenklich
das Kinn gerieben, ehe er aussprach, worauf sie bereits gewartet
hatte: »Das wird dann aber kräftig teurer!« Wenigstens hatte er
sich inzwischen daran gewöhnt, Anweisungen und Aufträge von
ihr für voll zu nehmen. Jeder in Kiel wusste, dass Justine Thams
nicht nur den Haushalt unter ihren Fittichen hatte, sondern auch
sämtliche Schreibarbeiten für ihren Vater Wilfried Thams und
dessen Vater Gregor. Ihre Mutter Ruthild verfüge über eine schwa-
che Konstitution, hieß es. Man konnte ihr unmöglich zumuten,
sich selbst um die Einkäufe, das Kochen, Backen und Putzen zu

kümmern. Also fielen diese Aufgaben selbstverständlich der ältesten Tochter zu. Kein Kieler konnte daran etwas Ungewöhnliches finden. Aber eine junge Frau, die Rechnungen ausstellte und Geschäftsbriefe verfasste? Ein Unding! Um derlei Angelegenheiten hätte sich ihr Bruder Jobst kümmern sollen, immerhin der älteste Thams-Sohn.

»Kein Wunder, dass der die Flucht ergriffen hat«, tuschelten einige hinter vorgehaltener Hand. »Wer will schon sein Leben lang Plunder und Trödel verkaufen?«

Oder: »Ein schöner Kolonialwarenladen ist das, in dem man stundenlang warten muss, bis der alte Thams eine Rolle Garn gefunden hat. Zum Trost spielt er einem etwas auf der Mundharmonika vor, wenn man Pech hat.«

Die Leute redeten viel, wenn der Tag lang war. Dummerweise hatten sie nicht unrecht. Justine wusste, wie sehr ihr Vater unter dem schrecklichen Durcheinander litt, das in Schubladen und Regalen, in Ecken und Abseiten, einfach in jedem Winkel der Geschäftsräume herrschte. Nicht mehr lange. Der Kanal änderte alles, mit dem Bau würde sein Geschäft prosperieren. Vater sprach von nichts anderem, seit Bismarck vor zwei Monaten den Bau endlich per Gesetz amtlich gemacht hatte. Justine war sich da nicht so sicher. Kiel besaß schon eine Universität, als das längst nicht selbstverständlich war. Auch davon hatten sich die Menschen viel versprochen.

»Hat ihre Gründung etwa zum Erblühen der Kunst und der Forschung geführt?«, hatte Thorin sie einmal gefragt, ohne jedoch eine Antwort von ihr zu erwarten. »Pustekuchen, die Einwohner taten sich sogar schwer mit den Studenten.« Dann hatte er frech gezwinkert. »Mag sein, dass einige der Hochschüler nicht gerade hochanständig waren, weil sie nicht der städtischen Gerichtsbarkeit unterlagen. Wie dem auch sei, jedenfalls ist Kiel erst zu einer

Stadt von Format geworden, als die Marine das verschlafene Nest für sich entdeckt hat.«

»Ein verschlafenes Nest war Kiel sicher nicht«, hatte Justine einwenden wollen, war aber nicht weit gekommen.

»Dann eben Dornröschen. Nur dass es kein Prinz war, der es wachgeküsst hat, sondern das Militär. Erst als seine Werften aus dem Boden schossen und Arbeiter anlockten, mauserte sich das Nest, Pardon, Dornröschen zur strahlenden Königin.«

Würde nun der Kanal Arbeiter in Scharen anlocken und das Wachstum der Stadt vorantreiben? Dann konnten Vaters Träume womöglich doch in Erfüllung gehen. Und ihre gleich mit. Sie musste lächeln. Es würde endgültig Schluss sein mit dem vollgestopften Laden, der überall nur Trödel-Thams genannt wurde.

Wie unterschiedlich Vater und Großvater waren, ging ihr durch den Kopf, als sie das Gerichtsgebäude verlassen hatte. Äußerlich glichen sie sich sehr, die gleichen wässrigen blauen Augen, der gleiche rötlich braune Schopf, sorgsam gescheitelt, und auch einen vollen Bart trugen beide, nur dass Vater noch nicht so viele graue Strähnen hatte. Und Vaters Bart war stets adrett gestutzt und gekämmt. Der von Großvater erinnerte Justine an dichtes Gestrüpp. Ihr Wesen unterschied sich dagegen so sehr, dass Justine manchmal am Familienstammbaum zweifelte. Vater war wie ein Zirkusdirektor, der Menschen kommandieren und Angelegenheiten regeln konnte. Großvater erinnerte sie eher an einen Clown in der Manege, der sein Publikum zum Lachen und zum Träumen brachte. Ihre erste bewusste Erinnerung an ihren Großvater führte sie zurück an einen schwülen Augusttag, an dem es am Nachmittag zu gewittern begonnen hatte. Justine hatte schreckliche Angst gehabt. Großvater Gregor dagegen war regelrecht aus dem Häuschen gewesen.

»Das ist kein Gewitter, Stine, das ist die Untermalung für einen Überfall.« Ehe sie begriffen hatte, war auch schon das schöne alte Kaspertheater hervorgeholt gewesen. Justine spielte Kasper, Gretel und die Großmutter, er übernahm den bösen Räuber und den Polizisten, der zu Hilfe gerufen wurde. Im Nu hatte Justine ihre Angst vergessen, denn sie steckte im wildesten Spiel. Je lauter es donnerte und grollte, desto lieber war es ihr, denn plötzlich gehörte das Tosen draußen zur Geschichte, die Großvater Gregor und sie sich ausdachten.

Vor zwei Jahren, als die Gerüchte um eine künstliche Wasserstraße auch bis in den letzten Winkel der Stadt gedrungen waren, hatte Vater darauf bestanden, endlich als Geschäftsführer eingetragen zu werden. Das war geschehen, geändert hatte sich trotzdem kaum etwas. Großvater würde noch lange nicht loslassen, und so resolut Vater sonst auch war, diese eine Angelegenheit, so schien es, bekam er einfach nicht in den Griff.

Endlich, die Papiere waren rechtzeitig abgeliefert, jetzt hatte sie Fleethörn erreicht. Die Sonne schien, am Himmel kündigte sich jedoch der nächste Regen an. Man konnte ihn schon riechen.

»Du führst jetzt das Geschäft«, sagte ihr Großvater eins um das andere Mal, »ich bin nur noch zu Gast.« Aber jeder wusste, das war geflunkert. Obwohl Vater sich längst um den Wareneinkauf kümmerte, fand sich stets plötzlich ein Kleinod in irgendeiner Ecke, nachdem Großvater seinen täglichen Besuch absolviert hatte. Jeder hätte geschworen, es noch nie zuvor gesehen zu haben, doch Großvater behauptete stur, dieser bunte Brummkreisel oder jener glitzernde Lampenschirm warte doch nun wirklich schon seit Ewigkeiten auf seinen Käufer. Möglich, dass er kürzlich ein wenig umgeräumt habe. Zu weitergehenden Geständnissen war er nie zu bewegen. Von dem Geschäft als einem Kolonialwarenladen zu sprechen, war so falsch wie die Behauptung, Vater treffe die Entscheidungen. Zwar gab es auch Kaffee, Zucker und Tee zu kaufen, von Letzterem vor allem Großvaters Lieblingssorte, die die drei großzügigen ineinander übergehenden Räume mit Bergamotte-Duft erfüllte. Hauptsächlich jedoch handelte es sich um eine undurchdringbare Ansammlung der herrlichsten Gegenstände. Da war ein riesiger Küchenschrank, noch gar nicht mal so alt. Seine Besonderheit: Die Behälter für Mehl, Grieß, Erbsen, Salz oder Sago, selbst der Bottich für die Zwiebeln und die Fliesen der Arbeitsfläche waren statt mit der immer gleichen Mühle, die man sonst überall sehen konnte, mit verschiedenen Hamburger Motiven verziert. Und fein gezeichnet waren sie, federleichte himmelblaue Kunstwerke, wie Großvater sagte. Dann war da noch das Puppengeschirr, komplett für zwölf Püppchen und Stofftiere, ein Paravent, mit golddurchwirktem altrosafarbenem Stoff bezogen, der angeblich aus Versailles stammte. Es gab einen bunt bemalten Schrank. Keinen gewöhnlichen Schrank natürlich. Öffnete man die Türen, betrat man eine winzige Welt. Großvater hatte einen Alkoven mit verschnörkelten, ebenfalls bunt bemalten Lehnen geschaffen und mit großen Kissen, Polstern und Decken vollgestopft, so dass Justine gerade noch dazwischenpasste. Das war ihr Rückzugsort. Und dann war da noch das gute alte Kaspertheater, das Großvater trotz des hohen Preises schon mehrmals hätte verkaufen können. Nur redete er es jedem seiner Kunden geschickt aus. Er hatte wohl zu viel Freude daran, wenn Justine an der Kordel zog, der Vorhang sich langsam öffnete und sie die Bühne, die eigentlich hübschen Handpuppen gehören sollte, zu einem Ladentisch umfunktionierte.

»Guten Tag, die Herrschaften, was darf es sein?«, fragte sie jedes Mal, und Großvater dachte sich die absonderlichsten Dinge aus, die er verlangte.

»Ein Viertelpfund frisch gepflückten Erdbeerreis«, sagte er zum

Beispiel. Oder: »Ich hätte gern einen Liter Mehl mit einer Prise Curry-Kaffee.«

Justine pflegte in der gleichen Art zu antworten: »Tut mir sehr leid, der Erdbeerreis ist aus, aber frisch gepflücktes Erdbeereis hätten wir anzubieten.« Oder: »Wünschen Sie den Curry-Kaffee über das Mehl gestreut oder auf einem Extra-Teller?«

Läutete mal das Glöckchen an der Ladentür, während sie im Spiel waren, betätigte Justine rasch die zweite Kordel, während sich Großvater formvollendet entschuldigte: »Verzeihung, gnädige Frau, ich bin in einer Minute zurück.«

Sie konnte noch sehen, wie seine Augen blitzten, ehe sich der Vorhang zwischen ihnen schloss und er zu einem Kunden eilte. Justine liebte diese seltenen Gelegenheiten. Sie waren nicht etwa rar, weil Großvater viele Kunden gehabt hätte, schon gar nicht, seit er sich aufs Altenteil zurückgezogen hatte, wie er immer wieder betonte, und Vater sich um die Kundschaft kümmerte. Es lag daran, dass Justine wenig Zeit für Vergnügungen blieb. Neben dem Haushalt und den Arbeiten für Vater – neuerdings rechnete sie sogar Bilanz und Jahresabschluss durch – war sie für die Erziehung ihrer jüngeren Schwester Jette zuständig und natürlich für Nesthäkchen Jens. Jeden Abend dachte sie sich für die beiden Geschichten zum Einschlafen aus. Es freute sie, wenn Jette zwar stets betonte, dass sie mit ihren 14 Jahren zu alt dafür sei, dann aber doch gespannt die Ohren spitzte. So viel Freude sie auch an Zahlen und an ihren Geschwistern hatte, so sehr hoffte sie, Vaters Pläne mögen aufgehen. Dann wäre sie frei und konnte tun, was sie wollte. Was genau das sein sollte, wusste sie noch nicht, aber eins wusste sie sicher: Sie wollte etwas haben, das nur ihr gehörte. Etwas, wo ihre Phantasie den Ton angeben und niemand ihr hereinreden durfte.

Sie hatte sich ordentlich beeilt und war nun ein wenig außer Atem, als sie auf das Stadttheater zulief. Mit Glück würde sie Thorin abfangen können, der nach der Vormittagsprobe etwa um diese Zeit in die Pause gehen musste. Wenn er sich nur nicht wieder mit Direktor Hoffmann anlegte. Sie konnte den Gedanken nicht verfolgen, denn in dem Moment sah sie ihn. Lässig und gleichzeitig elegant wie ein Tänzer sprang er die Treppe hinab. Sein schwarzes Haar glänzte in der Sonne. Seine Eltern waren beide in Kiel geboren, seine Großeltern kamen ebenfalls aus Schleswig-Holstein, soweit sie wusste, trotzdem behauptete er, von Spaniern abzustammen. Sein dunkler Schopf und seine braunen Augen sprachen dafür. Und sagte man Spaniern nicht auch einen ausgeprägten Stolz nach?

»Stine«, rief er, als er sie bemerkte. Sein Gesicht verzog sich zu einem strahlenden Lächeln, und ihr Herz stolperte über seine eigenen Füße. So fühlte es sich an.

»Ich war gerade in der Gegend«, flunkerte sie und spürte, wie ihre Wangen brannten. Wie lange kannten sie sich jetzt? Vier Jahre! Würde es denn nie aufhören, dass sie rot wurde wie Klatschmohn, sobald er in ihrer Nähe war?

»Wie schade, ich dachte schon, du bist meinetwegen hier.« Er nahm ihre Hände und betrachtete sie von oben bis unten. »Hübsch. Neues Kleid?«

»Aber nein.« Als ob sie sich ein neues Kleid leisten könnte, ehe die alten nicht zerschlissen waren.

»Sieh mal an, ich dachte. Du bist einfach so hübsch, dass alles an dir neu und kostbar aussieht.« Ein warmes Gefühl durchflutete sie, denn sie fand sich nicht sonderlich hübsch. Sie war klein und drahtig. Zwar fehlte es ihr nicht an weiblichen Rundungen, trotzdem hatte ihr Bruder sie früher manchmal Justus genannt, weil sie so burschikos gewirkt hatte. Um ihre Weiblichkeit zu unterstreichen, hatte sie sich die dunkelbraunen Haare bis zur Hüfte wachsen lassen. Thorin mochte es, wenn sie sie offen trug, aber meistens trug sie einen Zopf, weil es viel praktischer war.

Er ließ sie los und schlenderte über den Rasen. Justine sah sich verstohlen um. Es war nicht erwünscht, mitten durch die Grünanlagen zu stiefeln, man hatte auf dem Sandweg zu bleiben. Nur was sollte sie tun? Er sollte schließlich denken, sie gäbe so wenig auf das Gerede der Leute wie er.

»Wann darf ich dich endlich Direktor Hoffmann vorstellen? Du gehörst auf die Bühne!« Thorin bückte sich, pflückte ein Gänseblümchen und schob den Stängel in den Mundwinkel.

»So ein dummes Zeug aber auch.« Sie konnte ein nervöses Kichern nicht unterdrücken. Allein die Vorstellung, im Theater aufzutreten, raubte ihr den Atem. Womöglich sogar hier in diesem prachtvollen Bauwerk. Sie ließ ihren Blick über die Gesimse wandern und den Turm hinauf, der zwischen zwei Gebäudehälften den spitzen Helm in den Mai-Himmel reckte. Den Saal und das Foyer stellte sie sich noch viel beeindruckender vor, purer Prunk gewiss. Das jedenfalls erzählte Thorin manchmal. Sie selbst kannte es nicht von innen, bisher war sie nicht einmal als Zuschauerin drinnen gewesen. Überhaupt hatte sie erst zweimal im Leben ein Theater besucht.

»Dumm ist nur, wenn du dich weiter hinter einem Ladentisch oder womöglich im Kontor deines Vaters versteckst«, hörte sie ihn sagen.

»Ich verstecke mich nicht, das weißt du.«

»Du könntest meine Geliebte spielen. Das dürfte dir nicht schwerfallen.« Er blieb stehen und wandte sich ihr zu. Justine wurde richtig ein bisschen blümerant, wenn er sie so ansah.

»Wenn überhaupt, dann würde ich eine anständige Frau spielen. Deine Ehefrau vielleicht.«

Er trat einen Schritt auf sie zu.

»Könntest du dir das vorstellen? Meine Ehefrau zu sein, meine ich?«

Sie schnappte nach Luft.

»Du meinst ...«

»Auf der Bühne natürlich.«

So ein Glück, dass er sich wieder in Bewegung setzte, sonst hätte er ihre Enttäuschung gesehen. Sie hatte doch allen Ernstes geglaubt, er würde ihr einen Antrag machen. Unfug. Selbst wenn er wollte, war das nicht möglich. Noch nicht. Erst musste er einen Vertrag für die nächsten Jahre in der Tasche haben und mehr verdienen. Das hatte er ihr oft genug erklärt. Sie holte ihn am Ende der Rasenfläche ein, wo er sich auf einem großen Findling niederließ und seine Stulle auswickelte. Thorin beäugte das Klappbrot lustlos. Ein schönes Stück Braten mit Kartoffeln wäre ihm sicher lieber. Konnte sie verstehen. Allerdings konnte jeder in diesen Zeiten froh sein, der genug zu essen hatte. Justine seufzte. Thorin hatte schon recht, erst musste er eine Familie ernähren können, ehe sie heirateten. Das hatte Zeit, sie waren schließlich noch jung.

»Hier, magst du?« Er hielt ihr sein karges Mittagessen hin, sie schüttelte ablehnend den Kopf. »Ich habe auch keinen Appetit.« Seine Augen funkelten zornig.

»Wieso, ist dir etwas auf den Magen geschlagen?« Sie ahnte Böses.

»Das kann man wohl sagen!« Wütend spuckte er das Gänseblümchen aus und biss nun doch in die Stulle. Der Hunger war offenbar größer als der Ärger. »Es ist immer das Gleiche, ich trete in diesem Schuppen auf der Stelle. Mein Talent wird hier einfach nicht ausreichend gewürdigt.«

»Der Schuppen ist das Stadttheater«, erinnerte sie ihn leise und sah ängstlich zu zwei Herren hinüber, die gerade auf das Portal zugingen. Sie konnten Thorin unmöglich gehört haben, aber man konnte nie wissen. »Hast du mir nicht erzählt, du hättest in dem neuen Stück die größte Nebenrolle? Würden sie dein Talent nicht erkennen und schätzen, hätten sie sie dir nicht gegeben.«

»Darum geht es nicht. Der Regisseur ist ein Dilettant.« Sie sah ihn fragend an. »Ein Stümper. Er versteht nichts von echter Kunst. Trotzdem hält er sich für einen Puppenspieler, dessen Leistung darin besteht, Marionetten mit Holzköpfen zu dirigieren. Aber hier drin«, er tippte sich an die Stirn, »ist kein Stroh. Ich bin der Künstler. Ich kann das Publikum zum Lachen oder zum Weinen bringen. Er hat mir nichts zu sagen.«

»Du verstehst natürlich viel mehr davon als ich. Aber ist nicht gerade das die Aufgabe des Regisseurs, den Schauspielern zu sagen, was sie zu tun haben?«

»Er begreift nicht einmal, worum es in dem Stück geht. Außerdem, was heißt schon größte Nebenrolle?« Er schnaufte herablassend. »Ich spiele einen Vize-Kirchen-Vorsteher und Gewürzkrämer. Eine traurige Figur.«

»Worum geht es überhaupt?«

»Das Stück heißt *Die deutschen Kleinstädter*. Sehr passend.« Er lachte auf. »Es geht um Geltungssucht, darum, dass jemand sich mit einem komplizierten Titel aufwerten will. Es hätte geradezu für Kiel geschrieben worden sein können. Haben wir nicht viel zu viele Beamtenseelen, kleingeistige Bürokraten, die sich in ihren Vorschriften verzetteln und vor Stolz platzen, wenn man ihnen einen Titel verleiht? Es ist die reine Kritik, von Kotzebue hält dem Publikum einen Spiegel vor.«

»Ist das der Regisseur?«

»Nein, Stine, das ist der Schriftsteller. Unser feiner Herr Regisseur inszeniert das Ganze als großen Klamauk. Niemand wird sich angesprochen fühlen, sondern alle werden über die dümmlichen Figuren lachen. Von denen ich eine bin«, stieß er zwischen den Zähnen hervor. »Er versteht das Stück einfach nicht«, wiederholte er und ließ die Schultern sinken.

»Das hast du ihm hoffentlich nicht gesagt.«

Sofort war die Spannung zurück in seinem Körper.

»Selbstverständlich habe ich das.« Der letzte Happen Brot verschwand zwischen seinen Lippen, er erhob sich von dem Stein und baute sich mit übertrieben durchgedrücktem Rücken vor ihr auf, den rechten Zeigefinger nach oben gestreckt. »Beim nächften Mal melde ich Fie dem Herrn Direktor«, machte er den Regisseur mit vollem Mund und prallen Wangen nach. Justine musste lachen, obwohl ihr nicht danach zumute war. Er war schon mal mit Direktor Hoffmann aneinandergeraten.

»Er findet keinen besseren Darsteller, die Leute lieben mich«, hatte Thorin damals behauptet. »Das weiß er genau. Er wird mich niemals fortjagen.«

Sie fragte sich nur, warum der Direktor ihm dann noch keinen Vertrag für mehrere Jahre gegeben hatte, den Thorin sich so sehr wünschte.

Außerdem hatte sie noch allzu deutlich Hoffmanns Drohung im Kopf: »Treiben Sie es nicht zu weit, mein Freund. Glauben Sie mir, talentierte junge Burschen stehen Schlange, sie warten nur darauf, ihre Chance am Stadttheater zu ergreifen.« Thorin hatte es als Bluff abgetan, doch Justine fürchtete, es könnte etwas dran sein. Sicher war Thorin besser als andere. Bloß leider auch aufmüpfiger. Wie lange würden sich die Herren das noch gefallen lassen?

»Ach Stine, du hast es nicht leicht mit mir. Ein anderer könnte dir etwas bieten.« Offensichtlich wartete er darauf, dass sie ihm widersprach, aber was sollte sie denn sagen? Während sie sich noch einen Satz zurechtlegen wollte, fuhr er fort: »Natürlich weißt du, dass ich das irgendwann auch kann. Es steht außer Frage, dass man mich bald in den Hauptrollen besetzen wird. Wer weiß, vielleicht führe ich sogar selbst Regie.« Wie oft hatte er das schon versprochen? Ob alle Männer ständig alles wiederholten? Genau wie bei Tischlermeister Jessen wusste sie auch, was Thorin als Nächstes sagen würde. »Am liebsten hätte ich mein eigenes Schauspielhaus. Ein kleiner Saal würde mir schon reichen. Es gäbe nur moderne Stücke oder Klassiker auf neue Art interpretiert.«

Justine lächelte. Wie sehr sie es liebte, wenn die Leidenschaft für seinen Beruf derartig Besitz von ihm ergriff. Sie verstand nicht jedes Wort, aber sie war in solchen Augenblicken überzeugt davon, dass alles wahr werden könnte, was er sich erträumte. Sie sah es vor sich: Thorin Tüxen verbeugt sich unter tosendem Applaus, und sie, Justine Tüxen wartet schon mit dem Abendessen, das ein Dienstmädchen zubereitet hat.

»Die Vorstellung morgen ist ausverkauft. Wie immer«, würde sie ihn wissen lassen, denn die Zahlen der verkauften Billetts hätte sie selbstverständlich im Kopf. Schließlich würde sie sich um Schreibarbeiten und die Bücher kümmern wie jetzt auch. Plötzlich hatte sie die Kinder vor Augen, die zu gern in Großvaters phantastisches Warenhaus kamen. Bald würde es das nicht mehr geben. Wenn aber Thorin und Justine ein Theater betreiben würden, könnten sie dort ein solches Wunderland einrichten. Das Herz lief ihr über bei dem Gedanken. Der bunte Schrank hätte eine Heimat, genau wie das Kaspertheater.

»Stine?« Sie sah ihn an. »Hast du mir überhaupt zugehört?«

»Natürlich.« Sie senkte den Blick. »Jedenfalls die meiste Zeit.«

»Und habe ich nicht recht? Wenn dein Vater demnächst reich ist, muss er dir etwas abgeben. Das hast du dir verdient. Dann können wir uns vielleicht wirklich ein eigenes Schauspielhaus leisten.«

Eigentlich hatte sie immer gedacht, Thorin würde mit seinen Hauptrollen und einem Fünf- oder Zehnjahresvertrag das nötige Geld verdienen. Sicher gäbe Vater ihr eine Mitgift dazu, aber …

Thorin machte einen Diener.

»Danke für den Besuch, gnädige Frau.« Ein schneller Blick nach rechts und nach links, und ehe sie wusste, wie ihr geschah, küsste er sie auf den Mund. Flüchtig nur, aber in aller Öffentlichkeit. »Ich muss wieder hinein. Es wäre nicht klug, heute auch noch zu spät zur Nachmittagsprobe zu kommen.«

Noch etwas benommen von dem Kuss lief sie die Dänische und Brunswieker hinauf und dann auf der Holtenauer Straße weiter in Richtung Norden. Der Himmel zog immer mehr zu. Hoffentlich erwischte sie nicht ein kräftiger Regenschauer, bis Wik war es noch ein gutes Stück. Ach was, und wenn schon, sie war schließlich nicht aus Zucker. Justine lächelte. Doch etwas störte ihre gute Laune. Wie ein fetter Klecks mitten in einem sonst perfekten Gemälde. Wenn Thorin nur immer so vernünftig wäre, auf Pünktlichkeit und dergleichen Rücksicht zu nehmen. War es das, was ihr die Petersilie verhagelte? Nein. Thorin war ein Hitzkopf, darum liebte sie ihn ja so sehr. Das war es gewiss nicht, was ihr die Stimmung vermieste. Wahrscheinlich war es die allgemeine Aufregung, die allen in den Knochen steckte, seit die Zeitungsjungen lauthals die Neuigkeiten verkündet hatten: »Reichstag hat den Bau des Nord-Ostsee-Kanals beschlossen! Der Kanal kommt. Reichstag hat den Nord-Ostsee-Kanal beschlossen.«

Viele hängten ihre Hoffnungen an das gigantische Bauwerk, von dem bisher nur hier und da etwas zu ahnen war. Auch ihr Vater. Einfacher würde es für ihn sicher werden, wenn sich erst alles eingespielt hatte. Ob er aber gleich im Geld schwimmen würde, wie Thorin meinte, stand in den Sternen. Schön wär's ja.

Ein eigenes Theater, welch eine Vorstellung! Womöglich hatte er recht, wenn sie Gutenachtgeschichten fesselnd erzählen konnte, hatte sie vielleicht auch Talent für die Bühne. Und machte es ihr nicht deshalb solche Freude, mit Großvater zu spielen, weil sie dabei in eine andere Rolle schlüpfen konnte?

Sie atmete einmal tief durch. Die letzten Häuser der Stadt hatte sie hinter sich gelassen. Nun führte sie ihr Weg zwischen Feldern hindurch. Die Schwarzbunten sahen mager aus. Wie sollten die überhaupt noch Milch geben? Auf der anderen Straßenseite setzten Kornblumen blaue Tupfer zwischen die Halme des Hafers. Die ersten Tropfen fielen, als Justine das Dorf Wik eben erreichte. Sie beschleunigte ihren Schritt, nur eine Kurve noch, dann hatte sie die Katenstelle von Heiner Nissen erreicht. Sie riss die hölzerne Pforte auf, die fast völlig von rötlichen Flechten bedeckt war. Ein leises Quietschen, Jobsts Frau Hella, die mit einer Weidenrute in der Hand dabei war, Hühner und Gänse in den Stall zu scheuchen, drehte sich um, erkannte Justine und winkte kurz, ehe sie sich wieder ihrer Aufgabe zuwandte. Bestimmt erwartete sie Gewitter und wollte die Tiere lieber im Stall wissen als auf der Wiese neben dem Haus.

»Da hast du dir aber feines Wetter ausgesucht, um uns besuchen zu kommen«, begrüßte Hella sie fröhlich, nachdem Justine das Tor hinter sich geschlossen hatte und rasch den Sandweg zum strohgedeckten Haus hinaufgekommen war.

»Fast hätte ich es noch geschafft, trocken zu bleiben«, gab sie schnaufend zurück.

»Fast«, wiederholte Hella und sah mitleidig an ihr herunter. Dann lachte sie. »Selbst das Federvieh hat nicht so viel abbekommen wie du. Komm schon rein!«

Justine setzte sich in der Küche neben das Feuer und breitete ihren Rock mit beiden Händen aus. Hella goss dampfenden Tee in einen Becher und stellte ihn vor Justine auf den Tisch.

»Wie geht es deinen Eltern, Opa Gregor und den Kleinen?«, wollte Hella wissen, während sie in eine große Schüssel mit Teig griff und kräftig zu kneten begann.

»Alles bestens.« Justine rollte die Tasse zwischen ihren Handflächen und pustete vorsichtig hinein. Trotz des Herdfeuers, das stets brannte, war es kühl in dem Bauernhaus mit seinen kleinen Fenstern, die nur wenig Sonne und Wärme hereinließen. »Mutter repariert immerhin mal einen Rock oder eine Hose und ruht sich davon mindestens zwei Tage gründlich aus. Vater denkt nur noch an sein Eisenwarengeschäft, wie es in Schleswig-Holstein kein zweites gibt«, sagte sie und bemühte sich, den Tonfall ihres Vaters zu treffen: »Die Veränderung wird zu Wohlstand führen, nicht nur für einige, sondern für alle«, fuhr sie fort. »Gut so.« Sie hörte das Klappen der Haustür. »Es heißt, Kiel werde Flensburg in den Schatten stellen, wenn der Kanal erst da ist. Wirtschaftlich, meine ich. Was auch immer das bedeuten soll.«

Hella zuckte mit den Achseln. Dann öffnete sich die Küchentür, und Jobst trat ein.

»Stines Märchenstunde«, sagte er, küsste Hella und goss sich einen Becher Tee ein.

Wie immer, wenn sie ihren Bruder und ihre Schwägerin beobachtete, versetzte es ihr einen Stich und Sehnsucht machte sich in ihr breit. Sie kannte kein zweites Paar, das sich so sehr liebte. Die Ehe ihrer Eltern war von Höflichkeit und Respekt bestimmt, in der Nachbarschaft gab es nicht wenige, die stritten wie die Kesselflicker. Wenn sie nur an den Bäcker und seine Frau dachte, verging ihr die Lust, selbst einmal zu heiraten. Betrachtete sie dagegen Jobst und Hella, konnte sie es nicht mehr abwarten.

»Ich dachte, du erzählst nur Jens und Jette Gutenachtgeschichten. Jetzt auch Hella? Hoffentlich schläft sie nicht ein, sonst bekommen wir morgen kein frisches Brot.«

»Eine sehr nette Begrüßung, ich muss schon sagen«, beschwerte Justine sich.

Er lachte und kniff ihr in die Wange, was sie auf den Tod nicht ausstehen konnte.

»So besser?«

»Au, verflixt. Lass das!«

Jobst ließ sich auf einem Schemel neben ihr nieder.

»Man kann es dir aber auch nicht rechtmachen.« Seine Augen funkelten. »Ich muss endlich deinen Schauspieler kennenlernen, damit ich ihm sagen kann, wie gut dir das gefällt.« Schon kamen die Knöchel seines Zeige- und Mittelfingers ihr wieder bedrohlich nah. Justine packte sein Handgelenk.

»Untersteh dich!«

Kurz schwieg sie. »Du wolltest uns längst mal wieder besuchen«, sagte sie dann. Sofort schnitt er eine Grimasse. Sie wusste, dass er das nicht hören mochte. »Du hast es versprochen«, erinnerte sie ihn dennoch. »Meinst du nicht, es wäre höchste Zeit?«

»Du hast keine Ahnung, was im Mai auf einem Hof los ist. Der Hühnerstall hat im letzten Winter einiges abgekriegt, ich muss das Dach erneuern. Wir haben zwei Dutzend Küken, das Obstgehölz muss zurückgeschnitten werden, nicht zu vergessen die …«

»Was der Frühling nicht sät, kann der Sommer nicht reifen, der Herbst nicht ernten, der Winter nicht genießen«, platzte Justine dazwischen. »Das bedeutet, der Bauer hat das ganze Jahr über jede Menge zu tun, wenn er über den Winter kommen will. Zumindest kenne ich jemanden, der mir das predigt, so oft er nur kann. Wer war das noch?« Sie legte demonstrativ den Zeigefinger auf ihre Nase, als könne sie so besser nachdenken. Hella wandte sich ihr kurz zu und zwinkerte verschwörerisch, ehe sie den Teig auf zwei kleine ovale Körbe aufteilte und Brotlaibe daraus formte.

»Das war ja klar, ihr Weibsbilder haltet natürlich zusammen.«

»Habe ich etwas gesagt?«, fragte Hella mit Unschuldsmiene.

»Ich sehe doch ein, dass du dir nicht viel Zeit für uns nehmen kannst«, lenkte Justine ein. »Trotzdem. Jetzt, wo es wirklich bald losgeht mit dem Kanal und damit auch mit Vaters neuer Geschäftsidee, wissen wir kaum noch, wo uns der Kopf steht.«

Hella wischte sich die Hände an der Schürze ab und wandte sich zu ihnen um.

»Wo werden all die sonderbaren Dinge bleiben, die euer Großvater angesammelt hat, wenn euer Vater alles neu und anders haben will?«

Sofort wurde Justine das Herz schwer. Diese Frage hatte sie sich selbst oft genug gestellt. Ein eigenes Schauspielhaus mit Platz dafür war pure Illusion. Aber jetzt war einfach nicht der Moment, einem bunten Schrank oder einem Puppentheater hinterherzutrauern. Ihr Vater hatte einen beträchtlichen Bankkredit aufgenommen, um die Ladenfläche zu vergrößern. Schaufeln, Spitzhacken, Stemmeisen in allen Größen und Ausführungen waren bereits bestellt und würden bald eintreffen. Darum musste sie sich kümmern.

»Ich hätte da eine Idee für Opas Dinge, nur …« Justine holte Luft. »Die Ware ist geordert, Jessen baut mit Volldampf an der neuen Ladeneinrichtung. Alles wird modern und schick. Aber allein schaffen wir es nicht. Wir brauchen Hilfe, jemanden, der anpacken kann und der sich mit Werkzeug auskennt. Wir brauchen dich, Jobst.« Leise fügte sie hinzu: »Und dich am besten auch, Hella. Großvater kann dich besonders gut leiden. Die Veränderung wird ihm das Herz brechen«, flüsterte sie, »wär schön, wenn du ihm beistehen könntest.« Justine durfte noch gar nicht an den Moment denken, wenn es so weit war. Sie war nur froh, dass sie selbst würde schleppen, putzen und räumen müssen. Sonst wäre sie womöglich diejenige, die nach Großvater Gregor sehen müsste. Das würde sie nicht überstehen.

»Hat unser Herr Vater dich also hergeschickt, damit du mich bittest.« Jobsts Miene verdüsterte sich. »Sieht ihm ähnlich.«

»So schlecht kennst du ihn? Er weiß nicht einmal, dass ich hier bin. Er würde dich nie um Hilfe bitten. Er würde mich nicht einmal schicken. Dafür müsste er ja über seinen Schatten springen.«

Als ob es nur um die große Eröffnung ginge. Sie seufzte, der Druck in ihrer Brust, der ihr vorhin schon die gute Laune getrübt hatte, kehrte mit Wucht zurück. Wenn Jobst schon nicht bereit war, einmal anzupacken, bräuchte sie ihm mit dem, was sie noch auf dem Herzen hatte, erst gar nicht kommen. Dummerweise gab es keinen anderen Weg.

»Also schön, Vater ist größenwahnsinnig oder kommt endlich zur Vernunft, wie man es sehen will. Jedenfalls krempelt er Groß-vaters Kuriositätenkabinett anscheinend um. Hätte er längst tun sollen. Was geht's mich an?«

Jobst hatte es ihrem Vater nicht verziehen, dass er vor Jahren seine Ideen und Vorschläge für das Geschäft abgewiesen hatte. Nicht einmal richtig angehört hatte er ihn. Sie konnte verstehen, dass Jobst daraufhin einen anderen Weg eingeschlagen hatte. Dass er aber noch immer so feindselig war nach all der Zeit, das begriff sie beim besten Willen nicht.

»Na hör mal, du bist sein ältester Sohn! Es geht dich sehr wohl etwas an.«

»Ich bin in erster Linie Schwiegersohn, Stine. Heiner ist ein mächtig feiner Kerl. Er hat mir alles beigebracht, was ich über die Feldarbeit und die Viehwirtschaft wissen muss. Er hat mir seinen Hof und sein Land anvertraut. Aber was noch mehr bedeutet,

Stine, er hat mir seine Tochter anvertraut. Ich kann ihm nicht genug danken.«

Hella hatte ihnen Tee nachgeschenkt, jetzt legte sie kurz eine Hand auf seine Schulter, ehe sie sich dem Korb voller Kräuter zuwandte, die sie wohl am Vormittag geerntet hatte.

»Ich stehe Heiner gegenüber in der Pflicht. Vater hätte es sich früher überlegen müssen, ehe er mich weggejagt hat.«

»O bitte!« Stine hob beide Hände und ließ sie dann in ihren Schoß fallen. Sie konnte die alte Leier nicht mehr hören. »Vater hatte dich auf Nissens Hof in die Lehre gehen lassen, weil das Geschäft nicht genug abwarf. Er wollte Sicherheit für dich, ein zweites Standbein. So sagt man doch, oder?«

Er lachte auf. »Außerdem war es dein Vorschlag.«

»Ach ja, richtig, das vergesse ich aber auch immer wieder. Ich wollte etwas anderes lernen. Landwirtschaft stirbt nie aus, sie hat immer eine Zukunft. Nee, Stine, darum ging es nicht, das hatte Großvater mir nur eingeredet, um mich zu trösten. Klang ja auch allzu gut. In Wahrheit ging es darum, dass ein anderer mein stets hungriges Maul stopfen sollte. Dass Vater meine Ideen damit auch gleich los war, passte wie der Arsch auf den Eimer.«

Justine musste grinsen, wurde aber sofort wieder ernst.

»Du weißt genau, dass Vater nicht anders konnte.«

»Man kann immer anders, Stine, wenn man nur will. Vaters neues Geschäft!« Er schüttelte wütend den Kopf.

»Niemand von euch kann sich gegen Gregor durchsetzen«, erklärte Hella und sah lächelnd von einem zum anderen. »Dafür liebt ihr ihn alle zu sehr. Für dich gilt das genauso wie für deinen Vater, mein Lieber.« Sie berührte sanft seinen Arm, dann setzte sie sich, breitete Petersilie und Schnittlauch vor sich aus und begann, sie zu kleinen Sträußen zu binden. »Deine Vorschläge für den Kolonialwarenladen mögen damals klug gewesen sein, aber auch du hättest es nicht übers Herz gebracht, sie gegen den Willen deines Großvaters umzusetzen.« Sie zuckte mit den Schultern. »Man kann eben doch nicht immer so, wie man gern wollte.«

»Wie dem auch sei«, knurrte Jobst, »Heiner verlässt sich auf mich. Er hat mich durchgefüttert, als unser Vater dazu nicht in der Lage war. Jetzt ist er alt und braucht Hilfe, ich kann ihn nicht im Stich lassen, nur weil Vater mich zurückpfeift.«

»Wie kannst du nur so hart sein? Vater wird auch nicht von Jahr zu Jahr jünger.«

»Der Wirklichkeitssinn des Bauern beruht auf der Grausamkeit der Natur, liebe Stine.«

»Du und deine Sprüche.«

Justine konnte ihn verstehen. Das machte die Angelegenheit nicht leichter. Es war wie verhext. Noch konnte sich ihr Vater nicht leisten, einen Kaufmann einzustellen. Wollte er seine kühnen Pläne aber wahr werden lassen, brauchte er jemanden. Ein Kaufmann musste es nicht unbedingt sein, aber doch einen, der etwas von Eisenwaren verstand. Jobst hatte als Knirps liebend gern Schrauben und Nägel sortiert. Er wusste schon früh, welchen Hammer er für welche Arbeiten brauchte, worauf er beim Schärfen von Messern oder der Axt zu achten hatte, mit dem Handhobel umgehen konnte er auch. Hatte er Vater nicht sogar darum gebeten, nur noch eine kleine Auswahl an Kolonialwaren und dafür mehr Werkzeuge anzubieten? Dass es jetzt genau so kommen würde, müsste ihn doch begeistern.

Jobst riss sie aus ihren Gedanken: »Es sind schwere Zeiten, Schwesterchen, da muss jeder an sich denken. Sie können die Zölle erhöhen, wie sie wollen, die Preise für Getreide fallen immer weiter. Und nicht nur die für Getreide. Die Billigware aus Amerika bricht uns das Genick.«

Justine hatte davon gehört, sich aber nicht weiter damit beschäftigt. Sie hatte geglaubt, ihr Bruder und Hella kamen gut zurecht und waren von solchen Entwicklungen nicht betroffen. Was hatten sie schon mit Amerika zu schaffen?

»Ganz gleich, ob Hafer oder Zuckerrüben, vom Verkauf kann bald niemand mehr leben. Zumindest kein freier Bauer mit überschaubarem Land. Die Großgrundbesitzer, ja, die kaufen sich Maschinen. Damit können sie ihre riesigen Ländereien in kürzester Zeit beackern. Und am besten verarbeiten sie auch gleich alles in ihrer eigenen Mühle oder Mosterei oder weiß ich wo.«

»Wenn der Kanal erst gebaut ist«, wandte Justine zaghaft ein, »wird alles besser.«

»Der verfluchte Kanal! Was soll der wohl besser machen? Nee, Stine, die Arbeiter werden fluchtartig in den Dörfern aufs Schiff steigen und in die Stadt fahren, um in der Chemieindustrie zu arbeiten oder elektrische Geräte zu bauen. Dafür ist der Kanal vielleicht gut, für mehr aber auch nicht.«

»Was hast du denn dagegen, dass er gebaut wird?«

»Wir haben nichts dagegen«, antwortete Hella.

Justine war überrascht, ihre Schwägerin sagte eigentlich nie etwas zu solchen Dingen. Sie konnte einem Lamm auf die Welt helfen, das beste Sauerfleisch von ganz Norddeutschland einmachen und den Gaul führen, der den Pflug zu ziehen hatte. Aber Politik?

»Wir haben einfach Angst, Stine. Wik ist nur ein Dorf. Zwar eines mit einigen Hundert Menschen, aber ein Dorf. Wie sollen wir denn die Kosten aufbringen, die der Kanal für uns bedeutet?«

»Kosten? Für euch?«

»Siehst du, du hast keine Ahnung«, schimpfte Jobst. »Der Bürgermeister fordert schon lange Verhandlungen, damit wir eingemeindet werden.« Er betonte jede Silbe. »Wir brauchen das starke Kiel im Rücken, um die finanzielle Last zu tragen, so viel steht fest. Dummerweise war Kiel anfangs zwar einverstanden, aber der preußische Staat nicht, jetzt sagen die Preußen Ja, bloß will Kiel uns nicht mehr haben.«

Das ging alles ein bisschen zu schnell für Justine. Gehörte Kiel nicht zu Preußen? Doch, natürlich tat es das. Wenn ihr Bruder in Fahrt war, hatte er keinen Sinn für solche Feinheiten. Und er war ohne Zweifel in Fahrt.

»Um welche Kosten geht es denn überhaupt?«, wollte sie endlich wissen.

»Oben bei Holtenau soll's 'ne riesige Schleuse geben«, erzählte Hella. Überhaupt, die Baustelle wird genau vor unserer Nase entstehen. Die Fuhrwerke werden ohne Pause durch unseren Ort rattern. Meinst du, dazu reichen unsere Sandwege oder unser Kopfsteinpflaster? Das muss alles neu. Und das sollen wir bezahlen.«

»Zumindest zum Teil«, stimmte Jobst ihr zu. »Das kann so 'ne lütte Landgemeinde nicht, Stine.« Er machte eine Pause, zu kurz, als dass Justine hätte etwas dazu sagen können. »Außerdem: Was wird aus unserer Freiheit? Was bedeutet es für uns, wenn wir plötzlich nur noch ein Stadtteil sind?« Er lachte, ohne eine Miene zu verziehen. »Und dann das dauernde Gerede von Enteignung. Der Loewe war schon hier.«

Justine lachte auf. Die beiden verzogen dagegen keine Miene, im Gegenteil sie schauten plötzlich beide richtig finster drein.

»Carl Loewe ist der Oberste der Kanalbaubehörde. Der hat sich hier mit seinen Beamten umgeguckt und gestaunt, dass hier Menschen wohnen, dass es 'ne lütte Schule gibt, einen Höker und 'n paar Handwerker. Die feinen Herren dachten, hier sind nur Wiesen. Die kennen sich nicht aus, sollen aber unser Land kaufen. Wirst sehen, Stine, dieser verfluchte Kanal wird alles durcheinanderwirbeln.«

Kapitel 3
Regina

Schülldorf, Juni 1886

In Zeitlupe zog Regina Barz das seidene Band durch die Schlaufe und betrachtete sich im Spiegel. Das rotblonde Haar war kunstvoll hochgesteckt, ihre Haut war noch blasser als gewöhnlich, auch kam Regina sich selbst noch dünner vor als sonst. Nicht erstaunlich, der Appetit war ihr vor einer Weile gründlich vergangen. Sie seufzte tief. Ihre Mutter fehlte ihr mehr als je zuvor. Selbst bei ihrer Beerdigung hatte sie sich nicht so verloren gefühlt. Ihre Mutter wäre die Einzige, die ihr hätte beistehen und ihren Vater jetzt noch umstimmen können. Ihr blieb nichts anderes übrig, als ihr Leben selbst in die Hand zu nehmen. Regina verließ langsam ihr Schlafzimmer, ging die steinerne Treppe hinunter, durch das Kaminzimmer betrat sie die Terrasse und atmete tief ein. Vor ihr erstreckte sich der Garten. Zu Kugeln und gewundenen Säulen geschnittener Buchsbaum, Rosenstöcke, die an einem filigranen eisernen Pavillon in die Höhe wuchsen. Hier war sie glücklich. Sie schloss die Augen und atmete den Duft der Pfingstrosen ein, die spät in Blüte standen dieses Jahr. Sie wollte nicht weg von hier. Genau das war jedoch ihr Schicksal, wenn sie sich nicht zur Wehr setzte, ehe es endgültig zu spät war. Aber das hieße, sich gegen ihren Vater aufzulehnen. Allein der Gedanke flößte ihr

Angst ein. Und wenn sie einfach weglief? Wohin? Tante Agnes war die einzige Verwandte, sie hatte einen Gutsbesitzer im Münsterland geheiratet. Lange hatte der die Ehe nicht überlebt, nun wohnte Tante Agnes allein in einem Herrenhaus mit achtzehn Zimmern und ausreichend Personal, um sich von morgens bis abends bedienen zu lassen. Wenn sie nicht gerade Besuche bei der lieben Familie in Schleswig-Holstein machte wie jetzt, weil sie sonst vermutlich vor Langeweile gestorben wäre. Wie konnte ein Mensch nur damit zufrieden sein? Andererseits wäre Regina beruhigt, wenn sie sicher sein könnte, dass es ihr genauso erging. Wieder schnürte sich alles in ihr zusammen. Leider war das sehr unwahrscheinlich, obwohl Christoph Rademacher deutlich älter war als sie. Trotzdem konnte er noch viele Jahre vor sich haben. Sie kämpfte die Tränen nieder. Es gab niemanden, zu dem sie gehen konnte, noch konnte sie selbst für ihren Lebensunterhalt sorgen. Natürlich hatte sie keinen Beruf erlernt. Spätestens dadurch wäre das Bild der wohlhabenden Familie Barz in tausend Stücke zersprungen. Wenn sie wenigstens irgendwo als Köchin oder Hausmädchen unterkommen könnte. Eine kleine Kammer unter dem Dach, mehr brauchte sie nicht. Doch niemand gab einer dahergelaufenen Gutsbesitzertochter einen Schlafplatz, wenn sie keine Gegenleistung anbieten konnte. Niemand. Auch nicht Christoph Rademacher. Er benötigte eine Dekoration für Empfänge und andere öffentliche Anlässe und eine stets verfügbare Frau in seinem Bett. Diese Vorstellung war noch schlimmer als die Furcht vor dem Zorn ihres Vaters. Regina atmete tief durch. Der Moment war gekommen, es ging nicht mehr anders, als sich zur Wehr zu setzen und ihm damit zum ersten Mal im Leben die Stirn zu bieten. Sie musste es tun, sonst war ihr Schicksal besiegelt.

»Da bist du ja. Was treibst du denn hier draußen?«

Regina fuhr herum.

»Ich muss mit dir reden, Vater«, sagte sie, ihre Stimme klang eigentümlich hohl und gehetzt. Hätte sie nur eine Sekunde gezögert, hätte der Mut sie wieder verlassen.

»Jetzt nicht, ich habe wirklich genug anderes im Kopf. Wo ist deine Tante Agnes?«

»In der Küche, sie stopft sich mit allem voll, was sie finden kann, nehme ich an.«

»Gütiger Himmel, sie sollte an deiner Seite sein. Wenn ich an deine Mutter denke … Wie können zwei Schwestern nur so unterschiedlich sein? Ist es denn zu viel verlangt, der einzigen Nichte, die sie hat, zur Hand zu gehen?« Er schickte sich an, Agnes höchstpersönlich aus der Küche zu holen.

»Bitte, Vater, nur eine Minute.«

»Wirklich, Liebes, hätte ich auch nur eine Minute übrig, wäre ich ein glücklicher Mann.« Er lachte bitter. »Denk dir nur, mein Plan geht nicht auf! Ich habe doch nicht diesen großzügigen Bau hochziehen lassen, damit dort am Ende einfache Arbeiter unterkommen.« Sie ahnte, wovon er sprach, wenn er sich auch nur selten die Mühe machte, ihr genau zu erklären, was ihn beschäftigte und wofür er Geld ausgab. »Die Kaiserliche Kanalkommission sollte die Räumlichkeiten für ihre Beamten nutzen und mir eine hübsche Miete zahlen. Aber nein, die Herrschaften ziehen Kiel vor. Mal wieder Kiel! Es ist zum Wahnsinnigwerden.«

»Tut mir leid, dass die Dinge sich nicht nach deiner Vorstellung entwickeln, Vater, trotzdem müssen wir bitte …«

»Nicht nach meiner Vorstellung? Das ist die größte Untertreibung, die ich je gehört habe. Zuerst kauft hier ein stinkreicher Großgrundbesitzer so viel Land auf, dass ich mit meinen paar Hektar eingeklemmt bin und keine Möglichkeit habe, mich zu vergrößern.«

»Das weiß ich doch, Vater.«

»Aber ich bin ja einfallsreich, ich kann mich umstellen.« Er wurde immer lauter. »Wenn mit Viehwirtschaft, Raps und Weizen kein Staat zu machen ist, dann mache ich es eben wie die in Nübbel. Eine Werft liegt da neben der anderen. So schwer kann es nicht sein, ordentliche Schiffe zu bauen. Wenn der Kanal erst da ist, kann ich damit ein Vermögen machen.«

»Falls der Kanalverlauf deinen Wünschen entspricht«, gab sie zaghaft zu bedenken.

In den letzten Wochen hatte sie ihn kaum von etwas anderem reden hören. Ständig waren Herren zu Gast, die sie nicht kannte. Auch wusste sie nicht, was deren Aufgabe oder wie groß ihr Einfluss war. Eins war ihr allerdings nicht verborgen geblieben, ihr Vater setzte alle erdenklichen Hebel in Bewegung, um einen ganz bestimmten Verlauf des geplanten Nord-Ostsee-Kanals durchzusetzen. Sie zweifelte nicht daran, dass er damit am Ende Erfolg haben würde.

»Das muss er einfach.« Seine Kieferknochen traten hart hervor. »Jede andere Strecke wäre grober Unfug, aber noch ist nichts endgültig entschieden. Das sind Dinge, die mich jede Minute umtreiben.«

»Es geht jetzt aber nicht um dich!«, sagte sie fest.

»Was erlaubst du dir?«

»Vater, ich flehe dich an, wir müssen etwas besprechen, die Sache duldet keinen Aufschub.«

Seine Miene entspannte sich, er lächelte sogar.

»Du kannst ja nichts dafür, es liegt in der Natur der Frauen, zu Hysterie zu neigen. Umso mehr in dieser besonderen Situation. Das verstehe ich doch.«

»Ich bin nicht hysterisch, ich bin verzweifelt«, rief sie. »Ich kann Christoph Rademacher nicht heiraten.«

»Wie bitte?«

»Er ist mehr als doppelt so alt wie ich.«

»Und? Der Mann deiner Tante Agnes war ebenfalls viel älter als sie. Das hat nichts daran geändert, dass ihr ein stattliches Vermögen zugefallen ist. Im Gegenteil.« Seine Augen glänzten. »Je älter desto eher kann eine Frau über Geld und Grundbesitz verfügen. Oder der Vormund der Frau.«

»Ich lege keinen Wert auf ein Vermögen.«

»Regina, bitte! Ich habe versucht, es nicht zu drastisch zu formulieren, um dich nicht zu erschrecken. Nur scheinst du es anders nicht zu verstehen, also sage ich es dir noch einmal in aller Deutlichkeit: Ich bin so gut wie bankrott. Die Landwirtschaft ist nicht mehr als ein Zubrot, der Schiffbau wirft erst in Jahren etwas ab, wenn der Kanal direkt durch unseren hübschen kleinen Schülldorfer See verläuft. Mein letztes Geld habe ich in ein Bauwerk in Rendsburg gesteckt, in dem aller Voraussicht nach bestenfalls ein paar Vorarbeiter untergebracht werden. Und zwar auch erst in einigen Jahren. Rademacher hat Geld. Er ist meine Rettung. Natürlich wirst du ihn heiraten.«

»Bitte, Vater ich kann nicht.«

»Ich kann nicht, ich kann nicht!« Ein Speicheltropfen löste sich von seiner Lippe und glitzerte kurz in der Sonne. »Wir müssen alle Opfer bringen, Regina. Es geht im Leben nicht darum, was man gern hätte, sondern was man zu tun hat. Fragt jemand danach, was ich mir wünsche? Ich will es dir sagen: ich wünschte, deine Brüder würden noch leben, hätten längst Nachkommen in die Welt gesetzt, damit unser Land im Familienbesitz bleiben kann, wie es seit Generationen der Fall ist. Ich wünschte, ich könnte deinen Brüdern allmählich die Verantwortung übergeben und selbst kürzertreten. Dummerweise sind deine Brüder tot!«

»Ich weiß, Vater, ich vermisse sie auch furchtbar.« Sie schluckte, ihr Hals schmerzte, als ob sich dort ein Fremdkörper eingenistet hätte.

»Nur führt das zu nichts. Es ist niemandem damit geholfen, ihnen nachzutrauern. Wir zwei sind übrig, wir müssen eben alles auf unser beider Schultern tragen.«

»Ich will ja alles tun, Vater, vielleicht kann ich eine Ausbildung zur Krankenschwester machen, das ist ein ehrbarer Beruf.« Er gab einen seltsamen Ton von sich, zog seine Kettenuhr hervor und steckte sie sogleich wieder in die Westentasche.

»Es wird Zeit«, sagte er.

»Oder ich gehe in die Schweiz, nach Zürich. Dort könnte ich sogar Medizin studieren.«

»Weißt du, was das kostet?«

Sie schüttelte den Kopf. Das wusste sie natürlich nicht. Sie wusste ja nicht einmal, ob sie klug genug dafür wäre. Gewiss, sie wäre bereit, Tag und Nacht zu lernen, aber würde das reichen? Panik erfasste sie, ihr Vater schien sich nicht von seinem Plan abbringen zu lassen. Es schien keinen Ausweg zu geben.

»Ich liebe ihn nicht, Vater!«, stieß sie hervor. Nun liefen doch Tränen über ihre Wangen. »An seiner Seite kann ich niemals glücklich werden. Bedeutet dir das denn gar nichts?«

In seinem Blick flackerte etwas auf. War es Zuneigung? Ein Fünkchen Hoffnung füllte sie mit einem Schlag aus. Sie legte ihre Hände auf seine Brust und sah zu ihm auf. Vorbei, die Härte war bereits in seine Augen zurückgekehrt.

»Du wirst gut versorgt sein, es wird dir an nichts fehlen. Das ist es, was ein Vater für seine Tochter will.«

»Aber …«

»Nichts aber, Regina. Du redest dir ja geradezu ein, dass du ein grausames Schicksal zu tragen hast. Einen Beruf erlernen oder gar studieren, also wirklich.« Er fuhr sich durchs Haar. »Es gibt

Tausende junge Frauen, Zehntausende, die arbeiten müssen und trotzdem nicht wissen, wie sie etwas auf den Teller bekommen sollen. Das ist die Realität, mein Kind. Diese armen Dinger würden liebend gern mit dir tauschen. Rademacher ist eine glänzende Partie. Denkst du nicht, ein wenig Dankbarkeit wäre angebracht?«

Die Worte entfernten sich immer mehr, sie hörte sie nur noch leise, wie durch eine Wand. Die Terrasse und ihr geliebter Garten verschwammen, alles schien sich um sie zu drehen. »Ja, Vater, du hast recht«, antwortete sie ihm und erkannte ihre eigene Stimme nicht.

»Na also! Sieh dir nur an, was du angerichtet hast. Die Schleppe ist schmutzig. Na ja, lange wäre sie ohnehin nicht sauber geblieben. Nun geh hinauf in dein Zimmer, ich sage Agnes Bescheid, dass sie dir mit dem Schleier hilft.«

Kapitel 4
Mimi

Heilwigstraße in Hamburg, Frühjahr 1886

»Wo sind deine Geschwister, Mimi?«

»Hermann und Oskar sind draußen, am Isebekkanal, nehme ich an, oder an der Alster.« In gespielter Verzweiflung schnitt sie eine Grimasse, um ihren Vater zum Lachen zu bringen. »Wahrscheinlich sind sie von oben bis unten voller Schlamm und das Wasser quillt ihnen aus den Schuhen, wenn sie nach Hause kommen. Alles in Ordnung also.« Er lächelte. Immerhin. »Paul ist bei der Amme und Else räumt das Puppenhaus auf«, erklärte sie.

Nur die Erwähnung des Puppenhauses ließ Vaters Miene gefrieren. Hätte sie nur den Mund gehalten. Es war Elses und ihr Lieblingsspielzeug gewesen, bloß hatten sie die kleinen Möbel stets kreuz und quer im gesamten Zimmer verteilt. Wenn es Zeit war, zu Bett zu gehen, lagen sie nicht selten irgendwo herum oder stapelten sich alle im Erdgeschoss. Nachdem sie es wieder einmal so gehalten hatten, fanden sie nach der Schule ihr geliebtes Puppenhaus völlig leer vor. Den Schreck würde Mimi nie vergessen. Sie entdeckten ein rotes Band, das vom Schornstein hing, daran baumelte ein Zettel: »Das Haus ist nur an durchaus ordentliche Leute zu vermieten«, stand in Mutters Handschrift darauf. Wie oft hatten sie später über die Geschichte gelacht. Typisch Mutter!

»Ich möchte, dass du den drei Großen etwas mitteilst, ehe ihr heute Abend schlafen geht«, bat Vater sie ernst. Er räusperte sich. »Ich habe mich verlobt und werde schon sehr bald wieder heiraten.« Er konnte ihr nicht in die Augen sehen. Mimi stand da und wusste nicht, wie sie reagieren sollte. Bertha. Hatte sie es doch geahnt. Nicht geahnt, sondern befürchtet, dass es so kommen könnte. Aber doch nicht so schnell! Er hatte sie ein paar Mal getroffen, mehr nicht. Es war kein Spaß, sich mit gerade mal dreizehn Jahren um vier Geschwister zu kümmern und dem Haushalt vorzustehen, aber allemal besser, als eine Stiefmutter vor die Nase gesetzt zu bekommen.

»Ich schaffe das nicht allein. Die Arbeit, ihr fünf Gören.« Er lachte leise und sah schrecklich traurig aus. »Was soll ich denn tun, Mimi?« Ihr wurde jetzt erst klar, dass sie noch keinen Ton gesagt hatte. Vater packte ihre Schultern und sah ihr direkt in die Augen. Die Haare standen ihm wirr vom Kopf ab, sein Bart war viel zu lang. Ein Zausel blickte sie an, der im Begriff war, sich selbst zu verlieren.

»Du hast recht, Vati, es fehlt eine Frau im Haus. Es ist richtig, wieder zu heiraten.«

Mehr brachte sie nicht heraus, weil sich ein dicker Kloß in ihrem Hals festgesetzt hatte. Vater ging es ähnlich, wie es aussah, denn er lächelte nur, der Blick wässrig, dann drückte er sie fest an sich, ließ sie wieder los und wandte sich den Papieren zu, die auf seinem Schreibtisch warteten.

Mimi mochte Bertha Lachmund nicht. Schon der Name war völlig albern. Niemals würde sie sie Mutter nennen, da konnte sie lange warten. Ohne weiter nachzudenken, lief sie los, allerdings nicht, um nach ihren Brüdern Ausschau zu halten. Sie hatte ein anderes Ziel. Zugegeben, Mimi war noch nie verliebt gewesen und mochte von diesen Dingen nichts verstehen, aber sie hatte schließlich ein Herz im Leib. Wie konnte er Mutter nur so schnell vergessen? Sie war noch nicht einmal ein Jahr tot, und er hatte schon eine neue Braut. Enten, die es sich im Gras am Ufer der Alster gemütlich gemacht hatten, flüchteten schnatternd ins Wasser, als Mimi mit langen schnellen Schritten an ihnen vorüberlief. Schon erreichte sie die Lombardsbrücke und eilte weiter bis zum Jungfernstieg, ohne auch nur einmal zu verschnaufen. Wozu brauchten sie diese Frau? Sie kämen wunderbar allein zurecht, zur Not auch ohne Hausdame! Ihr Puls pochte in ihrem Hals. Als sie den kleinen Friedhof am St.-Petri-Kirchhof erreichte, lief ihr der Schweiß aus allen Poren. Am liebsten hätte sie ihrer Mutter auf der Stelle ihr Herz ausgeschüttet, doch dann brachte sie kein Wort heraus. Nein, das sollte Vater ihr mal schön selbst beichten. Da stand sie mit hängenden Schultern und starrte auf die Schrift im weißen Marmor, die vor ihren Augen verschwamm:

Arme kleine Dora, liebe, gute Mama, wir gedenken deiner.

»Stell dir vor, was geschehen ist«, brachte Mimi schließlich leise hervor. »Sie bauen Vaters Kanal. Er nennt ihn ja immer Kaiser-Wilhelm-Kanal, dabei sollte er Heinrich-Hermann-Dahlström-Kanal heißen, finde ich. Oder nur Dahlström-Kanal, dann wärst du nämlich auch gemeint.« Ihr kam in den Sinn, dass Bertha auch bald Dahlström heißen würde. Sie räusperte sich. »Ohne dich hätte er das nie geschafft. Du hast zwar nicht gerechnet, gezeichnet und das alles, aber du hattest immer ein offenes Ohr für ihn. Wie oft hat er sich schrecklich aufgeregt. Zum Beispiel, wenn er seine Schriften an furchtbar wichtige Männer verschickt hatte, von denen zwar begeisterte Briefe eintrafen, denen aber keine Taten folgten. ›Was soll ich mit ihrem Lob anfangen?‹, hat Vati jedes Mal gepoltert.« Sie musste lachen, denn sie erinnerte sich daran, wie ihre Mutter hinter seinem Rücken Grimassen geschnitten hatte, um ihr zu verstehen zu geben, dass sein Ausbruch nichts zu bedeuten habe. »Du hast seinen Zorn stets ertragen und sogar vertrieben. Du solltest an seiner Seite sein, wenn es mit dem Bau losgeht.« Sie verstummte erschrocken, beinahe hätte sie sich verplappert. »Na jedenfalls geht es nun bald los mit dem Kanal. Endlich«, redete sie hastig weiter. »Und das ist noch nicht alles, Vati hat außerdem einen Verein gegründet, mit dem er bestimmt bald reich wird.« Sie pustete sich eine Strähne aus der Stirn. Ihre Eltern hatten sicher gedacht, die Kinder hätten nicht mitbekommen, wie oft sie sich Sorgen ums Geld gemacht hatten. Einmal hatte Mutter gesagt, dass sie nichts mehr habe. Alles, was sie von ihren Eltern bekommen hatte, war in die Vorarbeiten für Vaters großes Projekt geflossen. Er hatte ja viel reisen müssen, um die Vorzüge einer künstlichen Wasserstraße zu erklären, die einmal quer durchs Land verlaufen sollte. Jahrelang hat er keine andere Arbeitsstelle gehabt, also auch keine Einnahme. Die Familie hatte das Vermögen der Mutter regelrecht aufgefuttert.

»Er holt Schiffe, die gesunken sind, wieder nach oben«, erklärte Mimi eifrig. »Neulich war ein Kapitän bei uns zu Besuch. Der hat von einem Wrack erzählt, auf dem es noch Matrosen gibt, die mit untergegangen sind. Die sind ertrunken, sehen aber aus, als würden sie noch leben. Kannst du dir das vorstellen? Richtig unheimlich. Das fanden die Taucher wohl auch. Sie waren nicht zu bewegen, noch mal runterzugehen und wertvolle Fracht nach oben zu holen, hat der Kapitän gesagt. Genau das macht Vati jetzt. Nicht er selbst natürlich, aber das Unternehmen, das er gegründet hat. Er rettet kostbare Fracht vom Grund des Meeres und wird gut dafür bezahlt. Irgendwann«, setzte sie noch hinzu. Ihr kam nämlich in den Sinn, dass Vater davon gesprochen hatte, Schleppdampfer bauen zu lassen. Das würde bestimmt wieder ziemlich teuer werden. Doch dieses Detail behielt sie lieber für sich. Genau wie die Sache mit Bertha.

»Guten Tag, junge Dame!« Vor ihr stand wie aus dem Nichts eine Frau mit einer derben Schürze über dem weiten Rock und einer schlichten Bluse. Sie wischte sich das Haar mit dem Handrücken aus dem Gesicht. Dabei fiel Mimi auf, dass ihre Fingernägel schwarz waren. An ihren Knien, den Ärmeln und jetzt auch an ihrer Wange klebte Erde. Die Friedhofsgärtnerin. Mimi erinnerte sich, sie schon manches Mal gesehen zu haben.

»Na, heute ganz allein hier?« Sie hatte eine sanfte Stimme und freundliche Augen.

»Ja, ich war gerade in der Nähe …« Mimi senkte den Blick.

»Ach, Kindchen.« Die Frau seufzte. »Ich war hier, als deine Mutter beerdigt wurde. Ich war gerade erst hergezogen, hatte geheiratet. Da sah ich euch von unserem Fenster aus, vier Kinder, die hinter dem Sarg ihrer Mutter gehen. Ich hätte mitweinen mögen.« Mimi schaute auf. Auch jetzt schimmerten die Augen der Gärtnerin verräterisch. »Darum habe ich wohl auf dieses Grab immer einen besonderen Blick«, sagte sie und betrachtete mit traurigem Lächeln Mutters Stein. Mimi war selbst schon bedrückt genug und wollte nicht auch noch eine Fremde trösten, nur wusste sie nicht recht, wie sie sich am besten verabschieden konnte.

Gerade legte sie sich ein paar Worte zurecht, da sagte die Frau: »Dein Vater kommt auch allein her. Oft sogar. Erst neulich habe ich ihn wieder hier stehen sehen mit hängendem Kopf. Er hat geweint, seine Schultern haben's mir verraten. Ich wollte ihn so gern aufmuntern, nur wie?« Leise fügte sie hinzu: »Ich habe mich nicht mal getraut, ihn anzusprechen. Es ist ein Jammer. Zwar ist er kein Jungspund mehr, aber doch noch zu jung, um den Rest seines Lebens ohne Gefährtin zu verbringen.« Sie tätschelte Mimis Arm. »Und Gott, der Herr sprach: Es ist nicht gut, dass der Mensch allein sei«, sagte sie, während sie den schmalen Sandweg zwischen den Gräbern hindurch fortging.

Tief in Gedanken machte auch Mimi sich auf den Weg. Eine Gefährtin. Im Grunde war Bertha nicht übel. Im Gegenteil, sie war jung und freundlich. Eigentlich war auch ihr Name schön. Sie hätte ebensogut Schmollmund heißen können oder Böselippe. Der Name war so freundlich wie sie. Außerdem würde sie ohnehin bald Dahlström heißen. Mimi hatte die Lombardsbrücke schon wieder hinter sich gelassen und betrachtete ein paar Boote, die auf der Alster im Wind schaukelten. Es gab nichts gegen Bertha einzuwenden, die Wahrheit war, Mimi wollte niemanden an Vaters Seite sehen. Dort gehörte Mutter hin, es war ihr Platz. Aber sie konnte ihn nicht mehr einnehmen. Bertha dagegen konnte es und war bereit dazu. Es war nicht ihre Schuld, dass Mimi und ihre Geschwister die beste Mutter verloren hatten, die Kinder sich nur wünschen konnten. Sie atmete ein paarmal tief ein und aus.

Als am Abend der Moment gekommen war, erzählte sie ihren Geschwistern, wie glücklich Vater ausgesehen habe, als er ihr von der Verlobung erzählt hatte.

»So hat er auch jedes Mal ausgesehen, wenn er mit ihr zusammen war«, sagte sie mit fester Stimme. »Es ist nicht gut, dass der Mensch allein sei. Also wollen wir auch glücklich sein und uns mit ihm freuen. Und jetzt ab in die Betten!«

Kapitel 5
Susanne

Brunsbüttel, Mai 1886

Sanne schlug die Tür der niedrigen Reetdachkate hinter sich zu, dass es in den Angeln nur so quietschte. Zornig eilte sie den Mühlenweg entlang, auf die Braake zu. Im kleinen Hafen herrschte ordentlich Betrieb. Das Korn aus der Region wartete auf flachen Transportkähnen darauf, in die Elbe und von dort nach Hamburg und Cuxhaven gebracht zu werden. Wenn die Ewer aus den Städten zurückkamen, würden sie bis oben mit Stoffen und Kolonialwaren beladen sein. Fischer machten ihre Boote klar für die nächste Fangfahrt. Es roch nach Fluss und nach Waldmeister, der rund um den Stamm eines Walnussbaums blühte. Die Luft war erfüllt vom Plätschern des Wassers, von knarzendem Holz, schreienden Möwen und lauthals schimpfenden Spatzen. Eigentlich ein Tag von der besten Sorte. Wenn sie sich nicht gerade mit ihrem Vater angelegt hätte. Mal wieder. O nee, wie konnte ein Mannsbild aber auch so drönbüdelig sein? Schön, ihr Vater war Zimmermann. Aber er war doch nicht auf den Kopp gefallen. Ein geschickter Handwerker war er, rechnen konnte er auch. Vor allem gab es in der Familie schließlich eine Tradition. Schon Sannes Ururgroßvater hatte zwei Schleusen für den Eider-Kanal konstruiert, ihr Großvater war in der Eisengießerei Carlshütte beschäftigt und hauptverantwortlich für die gusseisernen Portale an der Klappbrücke der Kluvensieker Schleuse gewesen. Wieso sollte ihr Vater, Herwart Schmidt, sich allen Ernstes damit zufriedengeben, Baugerüste für den zukünftigen Nord-Ostsee-Kanal zu errichten? Warum nur wollte er sich partout nicht um den Posten als Schleusenbauer bewerben? Er wäre dazu in der Lage, da war sie sicher. Mensch, er musste doch kapieren, dass ihm das nicht nur ein besseres Ansehen bringen würde, sondern vor allem ein anständiges Einkommen. Das wäre seine Chance, seiner Familie wenigstens einen bescheidenen Wohlstand zu verschaffen. Sanne lag ihm damit in den Ohren, seit feststand, dass der Kanal kommen und Brunsbüttel eine gewaltige Schleusenanlage brauchen würde. Das größte Bauwerk ganz Europas sollte es werden. Sie blinzelte in die Sonne. Verflixt noch eins, da musste man doch einfach mitmischen wollen. Wollte ihr Vater ja auch, nur eben anders, als sie sich das vorstellte.

»Ein Schuster sollte bei seinem Leisten bleiben und ein Zimmermann beim Gerüst«, hatte er ihr eben erzählt.

So'n dumm Tüüch aber auch. Wütend schoss sie einen Kieselstein ins Wasser. Was hatte sie ihm nicht alles vorgehalten? Und? Alles für die Katz!

»Musst wissen, was du kannst und was nicht.« Damit war für ihn der Fall erledigt gewesen.

Das war aber auch zu und zu ärgerlich. Am Ende kriegte einer die Stelle, der zwar schön schnacken konnte, aber nicht eins und eins zusammenrechnen. So war das doch immer. Die Stillen, die was von ihrem Beruf verstanden, kamen nicht zum Zug, weil die großkotzigen Blender sich in den Vordergrund spielten. Und dann hatten sie nachher 'ne Schleuse, die nicht weit genug aufging, dass da auch 'n großer Pott reinpasste. Oder noch schlimmer: Ganz Schleswig-Holstein würde absaufen. Das konnte nämlich passieren, wenn die Herren Ingenieure Fehler machten. Davor hatte auch ihr Vater bannig Schiss. Konnte sie auch verstehen. Trotzdem. Noch ein Stein flog von ihrer Schuhspitze in die Braake. Wer nix wagte, konnte auch nicht gewinnen. Wofür hatte Vater denn bloß alle Unterlagen seines Ururgroßvaters aufbewahrt? Sie wusste genau, dass die Zeichnungen der Eiderschleusen in einer Kiste auf dem Dachboden langsam vermoderten. Wenn er die vorweisen und diesen wichtigen Kanal-Heinis erzählen würde, wie er die Durchfahrt der Schiffe regeln wollte, hätte er den Posten so gut wie in der Tasche. Wenn sie ihn doch nur dazu bewegen könnte, seine Bewerbung abzugeben. Wenn ihr Großvater doch noch leben würde. Der hatte sie, als sie noch klein war, abends immer auf den Schoß genommen und ihr die Zeichnungen von der Kluvensieker Brücke gezeigt. Sie konnte sich dran erinnern, als ob's gestern gewesen wäre, an den eigenartigen Geruch von seinem Kautabak, den er immer im Mund hin und her schob, an den harten Knochen seines mageren Oberschenkels, an das Knarzen in seiner Stimme.

»Siehst du, hier sitzt die Winde. Damit betätigst du den Schieber, mit dem du die Schleusenkammer füllst oder das Wasser ablässt.« Sein Finger mit der rissigen Haut war über das Papier geglitten, das leise geknistert hatte.

»Ach Vaddern, meinst wirklich, dass das die richtige Gutenachtgeschichte für 'ne lütte Deern ist?« Mutter hatte sich immer lustig gemacht, aber Sannes Großvater hatte genau gemerkt, wie sehr seine Enkelin es liebte. Auch die Zeichnungen seines Urahns hatte er ihr erklärt, da war sie aber schon größer gewesen und hatte nicht mehr auf seinem Schoß, sondern auf einem Stuhl neben ihm gesessen.

»Nur zehn Minuten hat's gedauert, bis ein Pott durchgeschleust war. Dabei wurde der um zweieinhalb Meter angehoben oder runtergelassen. Für die damalige Zeit war das eine Sensation! Vor allem, weil das nicht nur fix ging, sondern auch so leicht war wie Stullen schmieren. Die Leute haben die technische Leistung bestaunt und gesagt, die wär so wichtig und mindestens so bewundernswert wie der Bau der Pyramiden. Nirgends auf der Welt gab es bessere Schleusen, und wer hat sie gebaut?«

»Mein Ururgroßvater«, hatte sie jedes Mal geantwortet und gestrahlt. Das waren glückliche Momente gewesen. Und im Stillen war sie dann sicher gewesen, dass das in der Familie lag und da auch bleiben sollte. Wie konnte ihr Vater es nur anders sehen?

Sie war nun schon den gesamten Hafen entlanggelaufen und wieder zurück. Das mit dem Schießen von Steinen klappte auch nicht mehr. Bei ihrem letzten Versuch wär sie beinah noch ausgerutscht und lang hingeschlagen. Statt den Kiesel zu erwischen, gab es nur ein hässliches kratzendes Geräusch und 'ne Menge Staub, der durch die Luft wirbelte. Sie bückte sich, hob ein paar Steinchen auf und warf den ersten in die Braake. Das machte 'n lustiges Geräusch, als wenn ein Frosch in 'n Teich hüpfte. Glump, der nächste. Es musste einen Weg geben, ihren Vater doch noch umzustimmen. Sie hatte so gehofft, ihre Mutter würde sie dabei unterstützen. Aber nee, die hielt schön zu ihrem Mann.

»Wir haben gut reden, Kind«, hatte sie gesagt. »Wir müssen die Arbeit nicht machen. Könnten wir natürlich auch nicht.«

Sanne schüttelte den Kopf. Und wie sie das könnte! Sie würde es allen beweisen, wenn man sie lassen und ihr den Schleusenbauerposten geben würde.

»Ach verdüvelt noch eins«, schimpfte sie. Wieso musste sie eine Frau sein? Sie wollte nach Kiel gehen, an die Universität, aber nix da, Frauen durften nicht studieren. Warum nicht? Darum. Das war doch kein Grund. Sie seufzte. Nützte nichts, ob sie das verstand oder nicht, für Frauen war ein Studium unmöglich.

In Gedanken versunken war sie über den Deich nach Ulitzhörn marschiert. Ein vorbeifahrender Lastkahn schickte kleine Wellen auf den Elbstrand. Sanne hockte sich in den weichen Sand, blinzelte gegen die Sonne, streckte die Zungenspitze raus und zielte. Nacheinander ließ sie die letzten Kiesel übers Wasser ditschen. Wenn man den richtigen Winkel kannte, konnte ein Stein fünf oder sechs Mal hüpfen. Sie stand wieder auf und seufzte. Hier, wo ihre Füße jetzt noch festen Boden unter sich hatten, würde es vielleicht bald keinen Strand mehr geben. So genau wusste sie nicht, wohin der Kanal kommen sollte, aber sicher war, er würde irgendwo hier in die Elbe fließen. Breit sollte der werden, auch der Dieksweg, den sie gekommen war, würde verschwinden. Das würde 'ne wirklich große Sache sein. Sanne konnte es kaum noch abwarten. Wie viel es zu gucken geben würde, wenn es erst losging mit der Baustelle! Schlechtes Gewissen meldete sich, weil sie einfach so herumtrödelte, statt im Haus zu sein, auf die vier Lütten aufzupassen, zu putzen oder ein paar Socken auszubessern. Gab immer mehr als genug zu tun. Vielleicht konnte sie 'n paar Butterblumen mitbringen, aus denen sie für den Winter Sirup kochen konnten. Sie blickte dem Kahn hinterher. Der hatte nur noch ein Stückchen Elbe vor sich, dann war er in der Nordsee. Wahrscheinlich fuhr der nur bis Cuxhaven oder Bremerhaven, aber er könnte viel weiter schippern. Bis Großbritannien oder Norwegen. Ob Frauen dort wohl studieren durften? Ob es dort überhaupt Universitäten gab? Sie wäre zu gern mitgefahren und hätte es rausgefunden, stattdessen machte sie sich auf den Rückweg. Als der Hafen schon wieder in Sicht kam, fiel ihr etwas ein: Sie selbst konnte sich nicht als Schleusenbauerin bewerben, Vadder überzeugen konnte sie auch nicht. Aber sie konnte etwas anderes tun. Sanne hatte gehört, dass der Unternehmer Herman Vering den komplizierten Bauabschnitt im Westen des geplanten Kanals übernehmen würde. Das war das Stück, zu dem Brunsbüttel gehörte. Und die Schleusen! Sie würde eine Bewerbung für ihren Vater einreichen. Heimlich. Wenn jemand ihn dann einlud, um ihn kennenzulernen und ihn auf die Probe zu stellen, würde er schon hingehen. Sie war felsenfest davon überzeugt, dass er die Stelle dann auch kriegen und annehmen würde. Wenn es nicht anders ging, musste sie ihn eben zu seinem Glück zwingen. Am besten drückte sie diesem Herrn Vering Vadders Unterlagen persönlich in die Hand. Die Zeichnungen von ihrem Ururgroßvater wollte sie auch mitgeben, als Beweis für Vadders Können sozusagen. Und die durften auf keinen Fall verloren gehen. Zu dumm, dass sie nur den Namen des Hamburger Unternehmers kannte, der den Posten vergeben würde, sonst aber nix. Sie hatte keinen blassen Schimmer, wo oder wie sie den finden sollte. Nach Hamburg war es eine halbe Weltreise. Vor Kurzem hatte sie was von 'ner neuen Erfindung gehört, ein Fahrzeug mit Gasmotorenbetrieb. Ein Herr Benz sollte das angeblich entwickelt haben. Offiziell hatte das nämlich noch niemand gesehen, aber Gerüchte gab's umso mehr. Wie ein Veloziped mit drei Rädern, nur dass man nicht treten brauchte. Ein Motor sollte das Gefährt anschieben. Wie die Lenkung wohl funktionierte? Es war schließlich ein himmelweiter Unterschied, ob ein Wagen von Pferden gezogen oder angeschoben wurde. Sie gäbe einiges dafür, das mal zu sehen. Und noch mehr, um es ausprobieren zu dürfen. Das war vielleicht eine Vorstellung: Mal eben von hier nach da und am gleichen Tag noch zurückkommen können, auch wenn hier und da weiter auseinanderlagen als Brunsbüttel und Glückstadt. Nur so zum Spaß nach Marne. War in Marne heute nicht Kram-, Vieh- und Pferdemarkt? Das hätte sie fast vergessen, dabei war da immer richtig was los. Sie hatte nicht Bescheid gesagt, war nach dem Streit mit ihrem Vater aus 'm Haus und hatte mit der Tür geknallt. Trotzdem, den großen Markt in Marne würde sie sich nicht entgehen lassen. War doch nur zweimal im Jahr. Tat ihr ja auch leid für ihre vier lütten Geschwister und ihre Mutter, dass sie das Spektakel verpassten. Aber half es ihnen etwa, wenn Sanne auch verzichtete? Nee, tat es nicht.

Sie versetzte einem Kieselstein einen Tritt.

»Au!« Die Stimme kam von einem kleinen Boot, das auf der Braake vertäut lag. Ein lockiger Blondschopf, in der einen Hand eine Angel, rieb sich den Schädel. »Warst du das?«

»Was denn?«, flötete sie und setzte eine Unschuldsmiene auf.

»Hab gerade 'n Stein an 'n Dööts gekriegt. Dachte schon, du hättest den vielleicht ...« Jetzt musterte er sie von oben bis unten und griente breit. »Mädchen können doch gar nicht werfen.«

»Siehste, damit wäre dann wohl bewiesen, dass ich nicht geschmissen habe.« Das war nicht mal gelogen, dachte sie sich, höchstens 'n klein büschen geflunkert. Sie schlenderte die Treppe von dem kleinen Deich runter zum Wasser. »Beißen sie gut?« Er zuckte nur mit den Achseln, brummte etwas und verscheuchte einen Schwarm Mücken. Sah nicht so aus, als hätte er schon Glück gehabt. »Wenn sowieso kein Hecht weit und breit in Sicht ist, willst du mit deiner Zeit dann nicht was Besseres anfangen, als hier rumzulungern? Oder hoffst du auf 'n schönen fetten Karpfen?«

»Ich nehme, was mir an die Angel kommt.« Er grinste breit.

»So so, bist also nicht wählerisch. Eigentlich schade«, gab sie kess zurück.

»Das kannst so nicht sagen. Gefallen muss mir schon, was da so anbeißt.« Sanne schenkte ihm einen Augenaufschlag. »Hast du was Bestimmtes im Sinn?«

»Ich, wieso?«

»Na, von wegen, was Besseres mit der Zeit anfangen und so.«

»Ach, das meinst du. Kann schon sein.« Sie strich mit den Fingerspitzen über die Reling. »Is Viehmarkt in Marne. Wenn ich 'n Boot hätte, würde ich hinfahren.«

»Ist nicht übel, hast recht. Ich hab 'n Kerl gesehen, der hat 'ne echte Schlange dressiert.«

»Du warst schon da?«

»Jo!«

So ein Mist, sie hatte auf eine Mitfahrgelegenheit gehofft, das konnte sie nun wohl vergessen.

»Jetzt zieh mal nicht so 'ne traurige Schnute! Könnte sein, dass ich dir trotzdem helfen kann.« Er klemmte die Angel fest, schob die Daumen in die Hosentaschen und kam zu ihr herüber. »Wenn du nach Marne willst, heißt das.«

»Ich würde schon gern fahren«, gab sie zu. »Bist du sicher, dass es 'ne echte Schlange war?«

»Wenn ich's doch sage.« Er kam noch näher. »So lang war die. Mindestens.« Er breitete die Arme so weit aus, wie er konnte. »Und armdick. Sah glitschig aus und sie hatte spitze Zähne, die waren sicher giftig!«

»Giftige Zähne?« Sanne war platt. »Das habe ich ja noch nie gehört. Die muss ich unbedingt sehen.«

»Tja, schade, dass ich noch was zu tun hab.« Er fuhr sich durch die Locken. »Ich hätte dich vor dem schleimigen Ungeheuer beschützen können.«

»Och, das kriege ich auch allein hin.« Er guckte 'n büschen enttäuscht aus der Wäsche, darum sagte sie schnell: »Mit dir wär's natürlich schöner. Tja, was nicht geht, geht nicht.« Sie drehte eine Strähne ihrer langen strohblonden Haare um ihren Zeigefinger. »Wie willst du mir denn nun helfen?«

»Ich kenne einen, der heute auch nach Marne will. Kann schon sein, dass er dich mitnimmt, wenn du ihm sagst, dass ich dich geschickt habe.«

»Klar, das mache ich.«

»Musst den Platz im Boot aber mit 'n paar Ferkeln teilen.«

»Kein Problem.« Sie strahlte ihn an.

»Nach Neufeld laufen musst du allerdings auch. Von da will Claas Clausen nämlich nach Marne schippern, wenn ich mich nicht täusche. Für 'n Kuss nimmt er dich sicher mit.« Jetzt schob er beide Hände tief in die Hosentaschen und legte den Kopf schief.

»Bis Neufeld ist es ein gutes Stück zu laufen«, meinte sie nachdenklich und zog die Nase kraus.

»Besser als nix, bis Marne läufst du dir die Sohlen ab.«

Da hatte er natürlich recht.

»Wie's aussieht, habe ich keine Wahl. Meine Schuhe müssen schließlich noch eine Weile halten. Dann mache ich mich mal auf den Weg. Danke für den guten Rat!«

Er sah sie verdattert an.

»Und wo bleibt mein Lohn? Ein Küsschen für die kostbare Information ist nicht zu viel verlangt, will ich meinen. So war's abgemacht.«

»Nee, war's nicht! Du hast gesagt, ich soll Claas Clausen den Kuss geben als Lohn für die Fahrt.«

»Aber gemeint hab ich's doch anders. Was schert's mich, was Clausen von dir kriegt?« Sanne zuckte nur mit den Achseln, lächelte fröhlich und machte sich auf den Weg.

»Und ich gehe leer aus, oder wie?«

»Nö, du kannst mich gern Huckepack nach Neufeld tragen. Dafür kriegst sogar zwei Küsse. Na, wie sieht's aus?«

Nach zwei Stunden strammen Fußmarschs erreichte Sanne das Örtchen Neufeld. Der Hafen war wesentlich kleiner als der von Brunsbüttel, da war's nicht schwer Claas Clausen zu finden. Der wär wohl überall aufgefallen, denn schon von Weitem hörte sie das Quieken. Als sie näher kam, hatte sie den Geruch von Schweinestall in der Nase. Dem brauchte sie bloß nachgehen, schon stand sie vor einem kleinen Kahn, in dem ein schlaksiger Glatzkopf Kisten aufeinanderstapelte, aus denen das markerschütternd schrille Geschrei kam.

»Claas Clausen?«, rief sie.

Der Mann drehte sich schwungvoll um, stieß dabei gegen einen Turm aus Käfigen, der bedrohlich ins Schwanken geriet.

»Oha!« Sanne mochte nicht hinsehen, konnte aber nicht anders.

Der Mann fing die Kisten erstaunlich geschickt ab. Außer dass das Schreien der Ferkel noch lauter wurde, passierte nichts.

»Alle Achtung, ich dachte schon, die Viecher müssen schwimmen lernen.« Sie lachte.

»Wär nicht gut, ich will die aufm Markt in Marne verhökern. Wär'n sie reingefallen, wär 'n sie wech.«

»Hättest du eben hinterherspringen und sie rausfischen müssen«, meinte Sanne.

»Nee, sicher nicht! Ich kann nicht schwimmen.«

»Du hast ein Boot und kannst nicht …«

»Könnte ich's, bräuchte ich kein Boot«, fiel er ihr ins Wort.

»Ist auch wieder wahr. Ich bin Susanne Schmidt, die Tochter vom Zimmermann Schmidt. Habe gehört, dass du nach Marne willst. Da will ich auch hin. Nimmst mich mit?«

»Da hast du aber Glück, Susanne Schmidt, dass ich noch nicht los bin. Wollte nämlich schon längst weg sein.«

»Das heißt, ich darf an Bord kommen?«

»Immer rein in die gute Stube!« Er lachte und präsentierte eine stattliche Zahnlücke.

Das war mehr als Glück! Wer hätte gedacht, dass der Tag nach dem hässlichen Streit mit ihrem Vater noch so eine schöne Überraschung für sie bereit hatte? Sanne machte es sich auf einem Stapel aufgerollter Taue bequem. Während sie mit seinem Kahn durchs Fleet schipperten, schnackten sie über Gott und die Welt. Claas erzählte, dass er in einer Kate in Diekshörn aufgewachsen war.

»Nu wohne ich in Nordhusen.«

»Mit deiner Frau?«, wollte sie wissen.

»Nö, allein.«

»Du hast ein Haus für dich allein?« Sanne zupfte einen Stroh-halm aus einer der Ferkelkisten und malte damit unsichtbare Schleusentore auf ihren Oberschenkel.

»Nee, ich bin beim Bauern untergekommen, im Schuppen.«

»Hast du dich etwa mit deinem Vater angelegt und bist raus-geflogen? Hab ich nämlich gemacht. Heute Morgen«, erzählte sie leise.

»Du bist rausgeflogen?« Er sah sie erstaunt an, konzentrierte sich aber gleich wieder auf sein Paddel, mit dem er immer wieder ins Wasser stieß und das Boot vorwärtsschob.

»Weggelaufen.« Sie hatte keine Lust, darüber zu reden. »Und was ist nun mit dir, warum wohnst du nicht mehr in Diekshörn bei deiner Familie?«

»Die Kate ist abgebrannt. Schietgewitter!«

»Das tut mir leid.« Das war aber auch immer das Gleiche mit den blöden Strohdächern.

»Jo, mir auch.«

Sanne dachte schon, da kam nix mehr. Vielleicht wollte er darü-ber auch nicht reden, konnte ja sein.

»Vor allem für die Lütten«, sagte er doch noch.

»Ich habe auch kleine Geschwister. Mann, die können manch-mal Nervensägen sein.« Sie lachte. Er nickte. »Leben deine denn auch in dem Schuppen in Nordhusen? Ach nee, du sagtest ja, du wohnst da allein.«

Claas schüttelte den Kopf. »Die leben gar nicht mehr. Sind erstickt, alle.«

»Heiliger Strohsack!« Sie ließ den Halm fallen, als hätte sie sich daran verbrannt.

»Jo. Sag ich ja, für die Lütten tut's mir leid. Die ham doch noch gar nicht richtig gelebt.«

In Marne angekommen, bot Claas ihr an, sie auch wieder mit zurückzunehmen. Von sich aus, ohne dass sie ihn fragen musste. So 'n feiner Kerl war seltener als ein vierblättriges Kleeblatt. Sie machten einen Treffpunkt aus, dann stürzte Sanne sich mitten hinein in den bunten Trubel, der ihr fast die Luft nahm. Die Gastwirte legten sich jedes Mal mächtig ins Zeug, das hatte sie schon oft genug erlebt. Trotzdem war sie immer wieder erstaunt, was es alles zu sehen gab. Der Schlangenbeschwörer hockte im Schneidersitz vor einem Lokal in der Deichstraße. Er trug eine glitzernde Pluderhose, dazu eine Weste aus dem gleichen Stoff und auf dem Kopf einen Turban, der seine Haare verdeckte. Von einer hellblonden Strähne abgesehen, die kess darunter hervorlugte. Das Gesicht hatte er sich dunkelbraun angemalt, die Hände dagegen waren auffallend blass. Sanne prustete laut los, als sich das vermeintliche Ungeheuer zu den schiefen Tönen einer Flöte aus seinem Korb erhob. Entweder hatte sich der Lockenkopf aus dem Hafen schön ins Bockshorn jagen lassen, oder er hatte sie auf den Arm genommen. Von wegen lebende Schlange, nur 'n Blinder sah die Fäden nicht, an denen das Vieh hing. Die Haut sah allerdings echt aus. Und wie bewegte der Flötenspieler die bloß? Sie ging näher heran, bückte sich, versuchte hinter den Turban-Mann zu kommen.

»Nu setz dich man nicht gleich auf mein Schoß!«, sagte er barsch und klang auf einmal sehr norddeutsch. »Weibsbilder ham hier nix zu suchen!«

»Weil die sich von dir nicht hinters Licht führen lassen, was?«, sagte Sanne feixend, dann ging sie weiter und bog in die Norderstraße ein. Da hatten Frauen nun wirklich nichts verloren, das wusste sie genau, denn hier schlossen die Männer Geschäfte ab. Kühe und Ochsen standen in mehreren Reihen dicht an dicht, angebunden an Stangen, die extra dafür aufgestellt waren. In die Hauswände ringsumher waren dicke Eisenringe eingelassen, an denen noch mehr Rinder festgemacht waren. Das tiefe Brüllen der Tiere mischte sich mit dem lautstarken Bieten und Schachern der Viehhändler. Herren in Anzügen staksten durch den Matsch und machten große Schritte über gelbe dampfende Pfützen und sonstige Hinterlassenschaften der Vierbeiner. Bauern mit wettergegerbten Visagen und speckigen Mützen aufm Kopp prüften das Fell der Tiere, bückten sich, um einen Blick auf Euter und Füße zu werfen. Die Händler in ihren Kitteln priesen hier Vorzüge an, lenkten da von kleinen Mängeln ab.

»Sehen Sie, mein Herr, die klaren Augen. Beachten Sie auch die perfekte Form der Hörner!«

Puh, nee, der Gestank war nicht auszuhalten. Außerdem hörte Sanne von irgendwoher eine seltsame Musik. Das musste eine Trompete sein oder vielleicht eine fremdartige Flöte. Sie folgte dem Klang und landete in der Königstraße. Na, hier war was los! Männer, Frauen und Kinder drängten sich auf den Gehsteigen und liefen halsbrecherisch zwischen den Wagen hindurch, die ständig hin und her rumpelten. Sanne entdeckte zwei Sackpfeifenspieler. Daher also die sonderbare Melodie. Schade, sie machten gerade eine Pause und gingen nun mit ihrem Klingelbeutel zwischen den Besuchern herum.

»Ihr Marner Leut, schenkt den Klesmern aus Salzgitter ein paar Münzen. Ihr mochtet unser Spiel, dann gebt recht viel!«

Eilig machte Sanne sich davon, denn sie hatte keinen Pfennig zu verschenken. Ein paar Schritte weiter stimmte ein Moritaten-sänger ein Lied an. Er begleitete sich auf einem mittelalterlichen Instrument. Was die Leute bloß an altem Zeug fanden? Wollten die etwa zurück in eine Zeit, in der die Schiffe wieder unter Segeln fuhren statt mit Dampf, in der es weder Strom noch Maschinen gab? Sanne konnte kaum erwarten, selbst in einem Haus mit Stromanschluss zu wohnen. Und mit Warmwasserheizung. Noch war das nur was für reiche Herrschaften, aber irgendwann hatten das alle, daran glaubte sie fest.

Ein Feuerschlucker wischte sich flink übers Kinn, ehe er die Fackel in seiner Hand in eine lodernde Säule verwandelte. Ein kleiner Junge, der vorwitzig herangekommen war, sprang er-schrocken zurück und fing an zu weinen. Die Hitze nahm einem aber auch kurz die Luft. Nicht weit von ihm zielte ein Messerwer-fer gerade auf eine Bretterwand, vor der ein Mädchen stand. Jede Wette, das war seine Schwester, die beiden sahen sich ähnlich wie ein Gänseblümchen dem anderen. Im Gesicht der jungen Frau die nackte Angst. O nee, wenn die ihrem Bruder nicht zutraute, dass er danebentraf, dann wollte Sanne das lieber nicht sehen.

Schnell huschte sie auf die andere Straßenseite, wo zwei Stelzen-läufer entlangspazierten, als wäre das die einfachste Sache der Welt. Schöne Kostüme hatten sie an, bunt und luftig wie Schmetterlinge. Sie sah ihnen nach, wurde dann aber von einem Geruch abgelenkt, der ihr das Wasser im Mund zusammenlaufen ließ. Es duftete nach gerösteten Nüssen und gebranntem Zucker. Sie würde was Süßes für Claas kaufen, beschloss sie. So 'n feiner Kerl, der so viel Pech im Leben gehabt hatte. Trotzdem war er nicht verbittert oder un-ausstehlich, sondern einfach nur nett. Und anständig! Nix hatte er von ihr dafür verlangt, dass er sie mitgenommen hatte.

»Ich wär auch ohne dich gefahren. Macht doch keinen Unter-schied«, hatte er gesagt. Plötzlich hatte er sie angestrahlt. »Doch,

hat sehr wohl einen gemacht, war nicht so langweilig wie sonst.«
Und frech geworden, wie manche Kerle, war er auch nicht.

Sie trat an einen dreibeinigen Ofen heran, auf dem ein Kupfer-
kessel thronte.

»Moin, schönes Fräulein, wie viele unserer leckeren gebrannten
Mandeln darf ich dir denn verkaufen, fünfzig Gramm oder gleich
hundert?«

»Gebrannte Mandeln? Der Duft ist ja ganz nett, aber woher
weiß ich, ob die überhaupt schmecken?« Sie musste aufpassen,
dass ihr beim Sprechen nicht die Spucke aus dem Mund lief, trotzdem tat sie so, als hätte sie keinen besonders großen Appetit.

»Ganz nett?«, rief der kleine rundliche Mann, der ein weißes
Häubchen auf dem Haar trug. »Beste Mandeln aus Spanien, um-
hüllt von einer knackigen Zuckerschicht. Das ist eine Weltneuheit
und ein Geschmackserlebnis.«

»Wenn du so sicher wärst, dass es mir schmeckt, würdest du
mir eine Kostprobe geben.« Er riss die Augen auf, als hätte sie
den gesamten Kesselinhalt verlangt. »Hast anscheinend Angst.
Bestimmt, weil deine komischen Dinger da nicht süß schmecken,
sondern verkokelt.«

Blitzschnell fuhr er mit einer kleinen Schaufel in die Kupfer-
schale, fischte eine Mandel heraus und reichte sie ihr. Inzwischen
hatten sich ein paar Damen und Herren um sie versammelt und
beobachteten neugierig, wie Sanne die kleine Köstlichkeit zwischen ihren Lippen verschwinden ließ.

»So, liebes Fräulein«, sagte der Verkäufer laut, »nun erzähl den
Herrschaften mal, was deine Zunge gerade schmeckt. Da ist nix
verbrannt, stimmt's?«

»Stimmt!« Sie stöhnte. »Das ist mit Abstand die beste Leckerei,
die ich je probiert habe.«

»Mein ich ja wohl! Wie viel darf's nun sein?«

Um sie herum wurden Geldbörsen gezückt.

»Ich nehme hundert Gramm, bitte«, sagte eine Frau.

»Für mich zweihundert«, meldete sich ein Herr zu Wort.

Die fragten nicht mal nach dem Preis. Sanne spitzte die Ohren, sie wollte Claas zu gern wenigstens eine kleine Menge mitbringen. Und ihren Geschwistern auch, wenn ihr Geld reichte.

»Und was ist nun mit dir?«, wollte der Verkäufer wissen, nachdem er Päckchen um Päckchen verkauft hatte.

»Hundert Gramm kann ich mir nicht leisten. Ich hätte gern sechzig Gramm.« Sie zählte noch mal, wie viel sie dabei hatte. »Genauer gesagt, zweimal dreißig Gramm.«

»Das kommt aufs Selbe raus«, meinte er und schnappte sich eine seiner blau-weiß geringelten Papierbögen, die er blitzschnell zu einer Spitztüte drehte.

»Nee, ich brauche nämlich zwei Tüten.«

»Dann musst du zweimal fünfzig Gramm kaufen. Das ist die kleinste Menge.«

»Sechzig ist mehr als fünfzig, also mehr als deine komische kleinste Menge. Ich will doch nur …«

»Nein, nein, so geht das nicht.«

»Für mich bitte hundertfünfzig Gramm.« Der Herr war nicht gerade groß gewachsen und hatte einen spärlichen Haarkranz. Dafür wuchsen die Haare seines Oberlippenbarts umso buschiger. Er trug Anzug, ein weißes Hemd und eine schwarze Fliege.

»Sehr gern, der Herr!« Schon drehte der Mandelmann wieder eins seiner blau-weißen Kunstwerke.

»Denn passen Sie man auf, dass Sie nur welche kriegen, die schon tot sind«, sagte Sanne.

Die kleinen Augen des Herrn richteten sich fragend auf sie.

»Ich mein man bloß, weil das nicht so lecker ist, wenn so 'n Käfer im Mund noch krabbelt.«

»Käfer?«

»Was redest du denn für 'n dummes Zeug?« Der Verkäufer war auf einen Schlag rot im Gesicht. »Feinste Mandeln aus Spanien sind das!«

»Jo, davon sind auch welche dazwischen«, kommentierte sie und sah ihn an. »Und die sind auch lecker, das kann ich bezeugen.«

Der Herr neben Sanne steckte sein Geld weg.

»Danke, ich verzichte lieber, auf einen Käfer will ich bestimmt nicht beißen.« Aha, er kam aus Hamburg! Das hörte Sanne gleich, weil er über 'n spitzen Stein stolperte.

»Das war ein Scherz«, rief Mandelmann aufgeregt. »Die Deern gehört zu den Gauklern und macht überall ihre Späße. Ist doch so?« Er sah sie drohend an.

»So ist das«, bestätigte sie. »Ich hole hier immer zweimal dreißig Gramm von den kleinen Leckerdingern, eins für meine Mutter, eins für Vati.« Sie lächelte den Verkäufer zuckersüß an. »Ist doch so?«

Der nickte und machte sich daran, ihre Bestellung abzufüllen.

»Meine Eltern sind gute Menschen«, erzählte sie dem Herrn aus Hamburg. »Acht Kinder haben sie, die sie kaum durchbringen können. Sind schwierige Zeiten, mein Herr. Vor allem für Gaukler und fahrendes Volk.«

»Geben Sie der jungen Dame zweimal fünfzig Gramm«, sagte der Hamburger. »Auf meine Kosten.« Er reichte ihm das Geld.

»Danke!« Sanne strahlte.

Ein zweiter Mann in Anzug, der schon eine Weile ungeduldig um sie herumgeschlichen war, trat jetzt heran.

»So, Herr Vering, können wir dann? Ist nicht mehr weit bis zu meiner Gastwirtschaft.«

Sanne meinte, sich verhört zu haben. Vering? Das war doch nicht möglich. So hieß doch der Bauunternehmer, dem sie zu gern Vadders Bewerbung unterjubeln wollte. Der Hamburger Bauunternehmer, um genau zu sein. Dieser Herr hier kam ohne Zweifel aus der Hansestadt. Eigentlich glaubte Sanne nicht an solche Zufälle, vielleicht glaubte sie auch nur nicht dran, dass sie so ein Glück haben sollte.

»Nun nimm schon, und dann mach, dass du wegkommst!« Der Mandelmann hielt ihr ungeduldig zwei Papiertüten hin.

»Ach so, ja, vielen Dank und nichts für ungut.« Sie strahlte, machte kehrt und sah sich um. Wo waren die beiden Herren hin? Die konnten sich doch nicht in Luft aufgelöst haben. Aber genau danach sah es aus.

Kapitel 6
Susanne

Brunsbüttel, Mai 1886

Sanne lief die Deichstraße hoch und runter, dann die Königstraße. Keine Spur mehr von den beiden Männern. Das war wirklich ärgerlich. Dafür fiel ihr ein Zelt auf, violetter glänzender Stoff mit glitzernden Bommeln verziert.

»Madame Emmanuelle sagt Ihnen Ihre Zukunft voraus«, stand auf einem Schild mit goldenem Rahmen. Eine Wahrsagerin! Sie zögerte. Was waren das für Leute, die für so etwas Geld übrighatten? Madame Emmanuelle hatte angeblich schon Königen vorhergesagt, war zu lesen. Und dass niemand wüsste, wie alt sie sei und woher sie käme. Obwohl Sanne natürlich wusste, dass das alles dummes Zeug war, bekam sie Lust, sich die Sache näher anzusehen. Wäre nicht übel, sich die Zukunft erzählen zu lassen. Womöglich konnten Frauen irgendwann doch studieren. Bloß was wäre, wenn Madame ihr etwas Schlechtes sagen würde? Davon wollte Sanne lieber nichts wissen, auch wenn sie sowieso nicht dran glaubte. Sie schlich um das Zelt herum. Vielleicht war irgendwo ein Spalt, durch den sie reingucken konnte. Tatsächlich, an einer Stelle stand der Stoff etwas offen. Sie trat näher, kniff ein Auge zu und beugte sich vor.

»Na, traust dich nicht rein?«

Sanne fuhr herum.

»Liebe Güte, haben Sie mich erschreckt!« Vor ihr stand Madame Emmanuelle, da wäre sie jede Wette eingegangen. Die Frau war bestimmt zwei Köpfe größer als Sanne, trug ein schwarzes Kleid, das bei jeder Bewegung geheimnisvoll schimmerte. Sie hatte rötliches Haar mit weißen Strähnen, auffallend volle Lippen, zwischen denen eine Zigarre klemmte. Zwar hatte sie tiefe Falten im Gesicht, die Hände dagegen waren glatt wie bei einem jungen Mädchen. Fast ein bisschen unheimlich. Vor allem ihre Augen ließen Sanne schaudern. Sie schienen ihr in die Seele schauen zu können.

»Ich suche jemanden«, schwindelte sie und hielt die beiden Papiertüten hoch. »Die wollte ich jemandem bringen.«.

»Du suchst einen Mann«, stellte Madame mit ihrer Stimme fest, die so rau war wie Backstein.

»Na, das ist nicht schwer zu erraten«, meinte Sanne spöttisch.

»Der Herr, den du suchst, kann dein Leben verändern. Jedenfalls wünschst du dir das«, sagte sie ruhig.

»Wär schon schön«, gab Sanne leise zu. »Woher …?«

Madame nahm ihre Hand und fuhr mit dem langen gebogenen Nagel ihres Zeigefingers die Linien nach.

»Ich habe kein Geld, ich kann Sie nicht bezahlen«, stammelte sie.

»Er ist ein wirklich einflussreicher Mann, der dein Leben wahrhaftig verändern wird. Nur anders, als du es dir vorstellst«, krächzte sie. »Du findest ihn im Holsteinischen Haus.« Da hätte sie auch allein draufkommen können. Sanne wollte ihre Hand zurückziehen und sich auf den Weg machen, doch Madame hielt sie fest und bohrte ihren Nagel etwas tiefer in ihr Fleisch.

»Au!«

»Ich sehe noch einen Mann, der in deinem Leben eine Rolle spielen wird, eine wichtige Rolle.«

»Hat er 'ne Glatze und ein Boot? Das könnte gut sein, der soll mich nämlich nach Hause bringen. Wäre schlecht, wenn ich den verpasse, deshalb muss ich jetzt wirklich mal los.«

Das wurde ihr nun aber zu dämlich. Je mehr Sanne zog desto fieser bohrte sich der spitze Nagel in ihre Haut.

»Er besitzt weder ein Boot noch hat er eine Glatze«, entgegnete Madame. Er ist dir noch nicht begegnet, aber lange dauert es nicht mehr, bis du ihn zum ersten Mal siehst. Da, wo er herkommt, scheint die Sonne fast das ganze Jahr«, behauptete sie.

»Wo soll das denn sein, in Bayern?«

»Nein, viel weiter weg. Du wirst dir wünschen, er wäre nie hergekommen. Du wirst dir auch wünschen, er würde für immer bleiben.« Sie ließ Sannes Hand los, drehte sich um und ging.

Was war das denn gerade gewesen? Sanne hatte das Gefühl, als sei sie für einen Moment an einem fremden Ort katapultiert worden. Wie lange das Gespräch mit der Wahrsagerin gedauert hatte, hätte sie nicht sagen können. So was Verrücktes! Sie straffte die Schultern. Wenn sie Claas nicht verpassen wollte, dann musste sie sich beeilen. Also Schluss mit Märchenstunden. Dummerweise ließen sich die Worte nicht so einfach beiseiteschieben. Madame hatte das Holsteinische Haus erwähnt. Konnte nicht schaden, mal vorbeizuschauen. Immerhin stieg dort ab, was Rang und Namen und das nötige Kleingeld besaß.

Kurz darauf betrat sie den Eingangsbereich des Hotels und blickte sich um. Ob Herr Vering an einem der Tische saß? Das wär schon ein großer Zufall. Ein Kellner kam auf sie zu. Mensch, der guckte ja vornehmer aus der Wäsche als seine Gäste.

»Sie dürften sich in der Tür geirrt haben, was? Kann vorkommen.« Er machte doch allen Ernstes Anstalten, sie einfach hinauszuschieben! Weil sie nicht schick genug angezogen war? Oder einfach nur, weil sie eine Frau war?

»Ich habe mich überhaupt nicht geirrt«, sagte sie fest. »Oder ist es ein Irrtum, dass Herr Vering Gast in Ihrem Haus ist?«

»Nein, nein, das stimmt schon. Ich kann mir allerdings nicht vorstellen, dass Sie …«

»Tja, das ist aber nicht mein Problem«, unterbrach sie ihn. »Ich kann mir nämlich sehr gut vorstellen, wie ärgerlich Herr Vering wird, wenn er hört, dass Sie mich abgewiesen haben.«

»Ist das nicht die junge Dame mit den Käfern?«

Sanne fuhr herum.

»Das war doch bloß ein Spaß zwischen mir und dem Mandelmann«, erinnerte sie Vering, der sie mit einem amüsierten Lächeln musterte.

»So wie die Geschichte mit Ihren Eltern, die als Gaukler acht Kinder durchbringen müssen, nehme ich an?«

So 'n Schiet aber auch, warum hatte sie mal wieder so dick auftragen müssen? Langsam sollte sie das mal ablegen, sie war ja keine zehn mehr. Sanne räusperte sich und strich eine Strähne hinter ihr Ohr.

»Ja, das war auch 'n klein büschen geflunkert.« Sie schlug die Augen nieder.

»Ich werde nicht gern angelogen, Fräulein.«

»Schmidt, Susanne Schmidt.« Sie streckte ihm die Hand entgegen.

Er zögerte, schlug dann doch ein. »Carl Hubert Vering.« Seine Augenbrauen gingen in die Höhe.

»Ich lüge auch nicht gern, das können Sie mir glauben. Das war doch nur, weil der Claas so 'n anständiger Kerl ist. Und das ist doch so traurig, dass das Haus abgebrannt ist und alle erstickt sind. Ich wollte ihm so gern was Süßes mitbringen. Meinen Geschwistern aber auch. Bloß wollte dieser dusselige Mandelmann, tschuldigung, also der Verkäufer wollte mir die sechzig Gramm nicht in zwei Portionen aufteilen.« Sie holte Luft und sprach etwas ruhiger weiter: »Richtig bockig war der, da wollte ich ihn eben auch ein bisschen ärgern. Ich mag es einfach nicht, wenn jemand nicht anständig ist. Und ich kann rechnen. Der wollte mir mein sauer verdientes Geld aus der Tasche ziehen, aber das lasse ich mir nicht gefallen.«

»Tüchtig, tüchtig.« Er nickte langsam und lächelte noch immer. »Nun haben Sie ja Ihre zwei Portionen.«

»Ja!« Sie strahlte ihn an. »Das war sehr nett von Ihnen. Sie sind anständig.«

»Ich hatte schon befürchtet, Sie suchen mich, um die Mandeln zu reklamieren.« Machte er sich über sie lustig?

»Nee, nee, ich wollte Sie sprechen wegen des Kanaldings. Also, es geht um eine Bewerbung. Sie bauen doch die Schleusen in Brunsbüttel, oder?«

Damit hatte er offenbar nicht gerechnet, mit gerunzelter Stirn sah er sie an. »Das will ich jedenfalls hoffen.«

»Wieso, ist das denn noch nicht sicher mit dem Kanal? Ich dachte, …«

»Doch, doch, es ist schon richtig, junge Frau, wir werden eine künstliche Wasserstraße bekommen, wie die Welt sie noch nicht gesehen hat. Dahlström, der Teufelskerl, kann sich den Lorbeerkranz dafür auf sein Haupt setzen. Ohne ihn bliebe es wohl auch noch die nächsten hundert Jahre ein Traum.«

Sein Blick war in die Ferne gerichtet, er lächelte versonnen.

Das war ihre Chance. Sie musste alles auf eine Karte setzen. Jetzt!

»Darüber will ich mit Ihnen reden. Genauer gesagt über die Schleusen.«

Sofort hatte sie seine Aufmerksamkeit wieder. Für einen Moment betrachtete Vering sie schweigend, dann rückte er seinen

Hut zurecht und sagte: »Ich wollte gerade eine Kleinigkeit zu mir nehmen. Möchten Sie mir vielleicht Gesellschaft leisten?«

Sanne legte den Löffel neben der Tasse ab. Sie hatte nur eine Spargelsuppe bestellt, mehr hatte sie sich nicht getraut. Sie wusste nicht, ob sie vorher schon mal so was Leckeres gegessen hatte. Herr Vering wurde ihr immer sympathischer, die Blicke der Gäste, weil sie nicht so schick angezogen war wie die anderen, kümmerten ihn nicht. Als wäre es das Normalste von der Welt, sprach er mit ihr über sein Unternehmen. Tiefbau. Eigentlich hatte er bisher mehr mit Bahnstrecken zu tun gehabt, aber auch schon im Hamburger Hafen gebaggert und Molen in Warnemünde gebaut. Das alles klang ungeheuer interessant, Sanne sog jedes Wort auf.

»Jetzt also ein Kanal quer durch Schleswig-Holstein«, beendete er seinen Vortrag. »Sie haben von einer Bewerbung gesprochen, junge Dame. Ich bin irritiert.«

»Die ist ja nicht für mich«, erklärte sie.

Vering lachte laut.

»Sie sind drollig. Natürlich ist die nicht für Sie, das wäre eine Sensation«, sagte er kopfschüttelnd und legte seine Serviette zusammen. »Ich wundere mich nur, weil Sie ein wenig früh dran sind. Noch sind nicht einmal die Lose ausgeschrieben.«

»Die Stellen werden verlost?«

»Nein, Lose nennt man die Bauabschnitte. Ich werde mich um einige davon bemühen. Die Arbeiten in Brunsbüttel werden durchaus anspruchsvoll, denn in der Tat ist eine Schleusenanlage enthalten.«

»Aber bedeutet anspruchsvoll nicht auch lukrativ?« Sanne sah ihn fest an. Er sollte auf keinen Fall denken, dass sie von Handwerk keine Ahnung hatte. Zu ärgerlich, dass Vater sie aus seinen

Geschäften heraushielt, sonst wäre ihr die Bezeichnung Lose geläufig gewesen.

Seine Augen blitzten.

»Da sagen Sie was.« Wieder musterte er sie, und Sanne bemühte sich, seinem Blick standzuhalten. »Dahlström und mir schwebte die Gründung einer Aktiengesellschaft zum Zwecke der Herstellung des Kanals vor. Noch immer halte ich das für keine üble Idee.«

»Aha.« Welchen Vorteil genau wohl so eine Aktiengesellschaft hatte, wenn man etwas bauen wollte?

»Nun ist es anders gekommen. Die Reichsregierung nimmt die Sache und die nötige Summe in die Hand. Auch gut. Wenn Sie mich fragen, haben die drei Milliarden Goldmark Kriegskontribution, die Frankreich uns zu zahlen hatte, die Entscheidung Bismarck und dem Kaiser gründlich erleichtert.«

»Drei Milliarden Goldmark?«, entfuhr es ihr. Vering nickte.

»Geschieht dem Franzmann recht, er hätte uns nicht herausfordern müssen. Ich weiß, wovon ich rede, glauben Sie mir. Soll er uns mal ruhig den Kanal bezahlen. Die Millionen, die ich einnehmen werde, wenn ich den Zuschlag kriege, sind eine hübsche Entschädigung für meinen Einsatz im Regiment.«

»Was die Bewerbung angeht … Mein Vater ist zwar Zimmermann, …«

»Ich dachte, Gaukler.« Er lächelte. »Ein Zimmermann also. Und weiter?«

»Einer mit einer langen Tradition von Schleusenkonstrukteuren in der Familie. Einer unserer Urururahnen hat zwei Schleusen für den Eiderkanal gezeichnet und gebaut«, berichtete sie stolz.

»Ach ja?« Er sah sie aufmerksam an. Er lachte sie nicht aus, erklärte auch nicht, dass er schon jemanden hätte. Im Gegenteil, er machte den Eindruck, als würde ihn wirklich interessieren, was sie zu sagen hatte. Sannes Herz machte einen Freudenhüpfer. Jetzt musste sie einen kühlen Kopf bewahren und durfte ihn keinesfalls sehen lassen, wie aufgeregt sie war.

»Wie gesagt, es ist noch sehr früh, aber gute Leute kann ich immer gebrauchen. Dann mal her damit!« Er streckte die Hand über den Tisch.

»Ich habe die Papiere natürlich nicht mit. Ich wusste ja nicht, dass ich Sie hier antreffen würde.« Er zog seine Hand wieder zurück. »Was brauchen Sie überhaupt? Ich kann Ihnen alles bringen, was Sie wollen.«

»Ein paar Referenzen genügen fürs Erste, vielleicht kann Ihr Herr Vater Konstruktionszeichnungen vorlegen, das würde helfen.«

»Natürlich!« Sie machte eine wegwerfende Handbewegung. »Das ist kein Problem. Sie werden sehen, ich habe nicht zu viel versprochen! Wie lange sind Sie denn noch hier?«

»Ich reise morgen zurück nach Hamburg.«

»Morgen schon.« Sanne hielt unwillkürlich die Luft an. Wie sollte sie das schaffen? Selbst wenn sie ihren Vater überzeugen konnte … »Hm, das wird ein bisschen knapp.«

Er griff in die Innentasche seiner Anzugjacke, zog ein silbernes Etui hervor, aus dem er wiederum eine Visitenkarte holte. In der Innentasche der anderen Seite hatte er ein Schreibgerät.

»Ist das etwa ein Füllfederhalter?« Sie starrte auf den glänzenden Gegenstand in seiner Hand. Was würde sie dafür geben, solch einen zu besitzen. Plötzlich sah sie vor sich, wie es wäre. Sie würde jeden Morgen zur Universität gehen, in der Tasche den Zirkel, den Großvater ihr geschenkt hatte. Sie würde Berechnungen anstellen, Modelle bauen und diese akribisch vermessen. Und irgendwann würde sie ein echtes Gebäude planen und dabei zusehen, wie es Gestalt annahm.

»Allerdings. Das ist ein Waterman. Kennen Sie sich damit aus?«

»Nein, ich habe nur davon gehört. Wirklich praktisch, kein Tintenfass mehr dabei haben zu müssen. Das ist Fortschritt«, schwärmte sie. »Ich liebe Fortschritt.«

Wieder lachte er herzlich.

»Da haben wir etwas gemeinsam, mein Fräulein«, sagte er, während er eine Hamburger Adresse auf der Karte notierte. Er pustete die Tinte trocken, dann schob er das Kärtchen zu ihr herüber.

»Das ist mein Kontor, dorthin kann Ihr Vater die Bewerbung schicken.«

Sanne nahm vorsichtig den Karton in die Hand. Ganz schwer war er und dick. Es fühlte sich richtig wichtig an, war es ja auch. Es war das Kostbarste, was sie je besessen hatte.

»Wie ich schon sagte«, begann er und sah ihr geradewegs in die Augen, »ich mag es überhaupt nicht, belogen zu werden.«

»Das tut mir auch sehr leid, das war sozusagen eine Notlüge.«

»Aber wenn jemand an andere denkt, gefällt mir das sehr wohl. Noch mehr, wenn jemand tüchtig ist. Das sind Sie zweifellos, junge Dame, Sie scheinen mir sehr tüchtig zu sein, das muss ich Ihnen lassen. Ihr Vater kann sich glücklich schätzen, eine solche Tochter zu haben.«

Kapitel 7
Justine

Kiel, Juli 1886

Justine lief eilig in Richtung Rathaus. Nur noch rasch auf den Wochenmarkt, Brot holen und vielleicht noch ein paar Eier, dann musste sie sich sputen, nach Hause zu kommen. Viel war nicht mehr los, so ein Glück aber auch. Sie brauchte nicht lange anstehen, sondern konnte ruckzuck alles erledigen. Warm war es, aber ein paar Wolken spendeten Schatten. Da mussten sich die feinen Damen keine Sorgen um ihren vornehmen Teint machen, auch wenn sie ohne Schirm gingen. Wahrscheinlich saßen sie sowieso lieber im Café, hier auf dem Markt gab es jedenfalls keine feinen Herrschaften. Sie blinzelte nach oben, wo die Kirchturmuhr von St. Nikolai die Zeit auf den roten Backstein malte. Musste herrlich sein, ohne Verpflichtungen einfach von einem Stand zum anderen zu flanieren und sich alles zu kaufen, was appetitlich aussah. Danach bei einem Tässchen Tee und süßem Gebäck ausruhen. So stellte sie sich das Leben der reichen Leute vor. Ob sie selbst wohl wirklich bald dazugehörte? Sie würde was besseres mit viel Geld anfangen, als auf der faulen Haut zu liegen. Natürlich waren ihre Gedanken sofort wieder bei einem kleinen Theater und bei Thorin. Sie nahm den kurzen Weg zwischen dem Messerschleifer und dem Bürstenmacher hindurch, vorbei an dem Gemüsestand zu einem der beiden Bäcker, die hier Woche für Woche ihre Waren anpriesen. Schon von Weitem sah Justine Brote mit verführerisch knuspriger Kruste und meinte, der Duft steige ihr sogleich in die Nase.

»Na, Fräulein Thams, Sie sind aber spät heut. Hat die Kööksch was vergessen?«

»Wir erwarten Gäste heute Abend. Genau genommen einen Gast«, verbesserte sie sich.

»Dafür einen besonderen, was? Ihre Wangen sind ja rot wie frisch gepflückte Herbstäpfel.« Die Bäckersfrau grinste.

»So 'n dummes Zeug. Ist eben 'n büschen bruttig, da kommt man ins Schwitzen.« Ihr Ton war Justine ein bisschen streng geraten, das konnte sie an der Miene der Bäckersfrau ablesen. Was ging es sie auch an, wer zu Besuch kam? »Ich nehme das Graubrot da.« Justine deutete kurz zu dem Holzbrett, auf dem Spuren von Mehl und Krümel verrieten, wie viel sich hier am Morgen gestapelt haben mochte, und kramte auch schon ihre Geldbörse hervor. Die Bäckersfrau nannte den Preis, Justine stutzte. »Moment mal, das sind fünf Pfennige mehr als sonst.«

Die Frau, die ihr den Brotlaib schon entgegengestreckt hatte, legte ihn blitzschnell beiseite und verschränkte die Arme.

»Vielleicht haben Sie es noch nicht gehört, Fräulein Thams, aber wir beliefern die Kaiserliche Kanalkommission.«

»Na und?« Justine verstand kein Wort.

»Nur die Besten der Stadt dürfen die hohen Herren beliefern. Unsere Brote sind nun mal die besten von Kiel und Umgebung.« Sie legte triumphierend den Kopf schief. »Ich gebe Ihnen einen guten Rat, Fräulein Thams, kaufen Sie da, wo Sie sich das leisten können. Guter Geschmack hatte schon immer seinen Preis.«

Das war ein starkes Stück!

»Warum wird Ihr Brot dann erst jetzt teuer?« Darauf bekam

Justine keine Antwort. Wollte sie auch gar nicht, denn sie kam gerade erst in Fahrt: »So einen Unfug habe ich ja noch nie gehört.« Sie lachte. »Jeder zweite beliefert demnächst die Baracken, weil für die vielen Arbeiter gar nicht genug zu essen und zu trinken rangeschafft werden kann.« Justine stemmte die Fäuste in die Hüften. »Allerdings dauert das noch 'n paar Monate. Wir liefern jetzt schon Holz und Werkzeug auf die Baustelle.« Das war geflunkert, aber auf jeden Fall waren Eisenwaren vor Lebensmitteln dran, so viel stand fest. »Nehmen wir deshalb vielleicht mehr für unsere Spaten und Schrauben?« Sie schüttelte energisch den Kopf. »Bestimmt nicht. Wir beliefern die Kaiserliche Kanalkommission«, machte sie die Bäckersfrau nach. Ein junger Bursche, einen mächtigen Kartoffelsack auf dem Rücken, lachte schallend. »Darauf brauchen Sie sich nun wirklich nix einbilden!«

»Wollen Sie das Graubrot haben oder nicht?«, kam es spitz zurück.

»Wissen Sie was, ich nehme stattdessen lieber Ihren guten Rat und gehe zu einem anderen Bäcker.«

Zu dumm, jetzt musste Justine ans andere Ende des Marktes laufen. Sie blickte wieder zur Uhr hoch. Hoffentlich machte der Thimme nicht direkt vor ihrer Nase Feierabend. Dann bliebe ihr nur noch eine Möglichkeit, die allerdings einen langen Umweg bedeuten würde. Dabei taten ihr so schon bei jedem Schritt die Knochen weh. Sie stöhnte. Die letzten Tage waren aber auch zu und zu anstrengend gewesen. Der Kolonialwarenladen Thams war einmal komplett ausgeräumt worden. Tischlermeister Jessen hatte sämtliche Regale und Schränke an Ort und Stelle aufgebaut. Anschließend hatten sie Unmengen von Kisten ausgepackt und neue Waren eingeräumt. Wenigstens waren sie nicht gleich mit Sack und Pack umgezogen, wie Vater es eigentlich vorgehabt hatte.

»Ein Ladengeschäft in Friedrichsort oder noch weiter im Norden wäre besser. Wenn etwas auf der Baustelle fehlt, muss es schnell gehen. Dann reibt sich der nächstgelegene Eisenwaren-händler die Hände und wir gucken in die Röhre«, hatte er erklärt. Das klang logisch, bloß wäre ein Neubau noch teurer geworden. Da hatte ihr Vater so lange rechnen können, wie er wollte, selbst mit einem Kredit reichten seine Mittel dafür hinten und vorne nicht. Der Umbau mitsamt der Erweiterung war das Äußerste, was sie sich erlauben konnten. Justine ergatterte gottlob noch ein Brot. Das war ein bisschen aus der Form geraten, aber deshalb ja nicht weniger lecker. Und einen vernünftigen Preis hatte der Thimme ihr dafür auch gemacht. Den Laib unter dem Arm ver-ließ sie den Markt und bog in die Holstenstraße ein.

Eisenwaren Wilfried Thams stand nun über dem Eingang. Nicht Gregor Thams und Sohn, auch nicht einfach nur Thams, sondern ausdrücklich Wilfried Thams.

»Dein Großvater hat mir den Laden übergeben, ich stehe bei der Bank in der Kreide«, hatte Vater erklärt, »also hat mein Name an der Tür zu stehen und sonst keiner.«

Hörte sich für ihre Ohren nach einer Rechtfertigung an, sie hatte das Schild nämlich nicht einmal erwähnt. Großvater Gregor auch nicht. Im Gegenteil. Immer wieder lobte er, wie hübsch die geschwungenen eisernen Buchstaben seien, ständig klopfte er seinem Sohn auf die Schulter.

»Die Leute werden von überall herkommen, von Heikendorf und Flintbek, sogar von Gettorf, wirst sehen.«

Gott sei Dank freute er sich über den neuen Laden am Ende doch! Vorher, als sie mit dem Ausräumen angefangen hatten, war er nämlich gar nicht gut zuwege gewesen. Mit panischem Blick hatte er jeden Handgriff verfolgt und war zwischen all seinen Schätzen aufgeregt hin und her gelaufen.

»Wo soll denn diese Lampe hin?«, wollte er zum Beispiel wissen. Oder: »Und was ist mit dem Kaspertheater? Ihr werdet doch wenigstens dafür ein Plätzchen finden!«

Er hatte das gesamte Unterfangen mindestens genauso aufgehalten wie Jens und Jette, die unbedingt helfen wollten, aber ständig Dinge wieder hervorkramten, die aussortiert und auf den Wagen für den Müll geworfen worden waren. Wenn Großvater Gregor sie mal nicht dazu angestachelt hatte. Irgendwann konnte Justine es nicht mehr aushalten.

»Erst mal bringen wir alles ins Lager, weißt du doch, Opa. Es kommt nichts weg, in Ordnung?«, hatte sie ihn beruhigt. Ihr Vater hatte im Vorbeigehen etwas geknurrt, von wegen, es komme sogar sehr bald alles weg, schließlich bräuchte er den Platz dringend für Wichtigeres. Das hatte Großvater Gregor glücklicherweise nicht verstanden. Ehe er nachfragen konnte, hatte sie ihn gebeten, sich ein bisschen um die Lütten zu kümmern. Damit waren die drei für eine Weile aus dem Weg gewesen. Das hatte sogar Jobst ein dankbares Lächeln entlockt. Ihr Bruder hatte ein Einsehen gehabt und zwei Tage mitgeholfen. Wär sonst im Leben nicht zu schaffen gewesen. Am Morgen, als es losging, stand er einfach da, Vater und er nickten sich zu, das war alles. Kein Wort, zumindest keins von Vater zu Sohn oder umgekehrt. Wilfried Thams hatte Anweisungen gegeben, Jobst hatte sie schweigend ausgeführt. O nee, die Mannsbilder machten sich das Leben manchmal aber auch selbst schwer. Auf jeden Fall hatten Jobsts Augen beim Anblick der feinen Werkzeuge und blank polierten Ladentheke kräftig geleuchtet. Das konnte er vor seiner Schwester nicht verbergen. Justine hatte sich schon Hoffnungen gemacht. Wenn ihm das alles so gut gefiel, würde er am Ende vielleicht doch bleiben. Das Elternhaus in der Ringstraße direkt hinter dem Laden war nicht groß, aber auf dem Grundstück war noch etwas Platz. Jobst und Hella könnten sich dort für den Anfang eine einfache Hütte bauen. Hella in der Stadt. Das war eine seltsame Vorstellung, sie war auf dem Nissen-Hof geboren und gehörte dort hin wie die alte moosbewachsene Pforte. Nur konnte es doch sein, dass auch die Pforte weichen musste, wenn Wik eingemeindet werden würde. Es war nicht einmal auszuschließen, dass die Katenstelle von Hellas Vater Heiner Nissen mitsamt der Hühner, Ziegen und Schafe dem Erdboden gleichgemacht würde, damit dort Wohnhäuser oder gepflasterte Straßen entstehen konnten.

Auch Thorin hatte zu Justines großer Freude kräftig mit angepackt. Im Leben hätte sie sich nicht getraut, ihn darum zu bitten, aber er hatte es von allein angeboten. Dann musste er sie doch aufrichtig und von ganzem Herzen lieb haben. Allein bei dem Gedanken hatte sie schon wieder so ein warmes Gefühl im Bauch. Ohne zu murren, hatte er den einen Tag Kisten geschleppt und am nächsten Schrauben, Nägel und Muttern nach Größen in Schubladen sortiert. Dabei hatte er fröhlich gepfiffen oder ein Lied geträllert, meist, als ob ihm das auch noch Spaß machen würde. Nichts konnte ihn aus der Ruhe bringen, nicht einmal, als Vater anordnete: »Die Hämmer sollten besser im Regal gleich neben den Sägen einen Platz bekommen. Dafür können die Spitzhacken dorthin geräumt werden, wo jetzt Hämmer und Meißel sind.«

Genau das war zuvor Jobsts Vorschlag gewesen, doch das erwähnte Vater natürlich mit keinem Wort.

Jobst knurrte: »Hätte er gleich zugegeben, dass meine Idee gut ist, hätten wir uns die doppelte Arbeit sparen können. Keinen Handschlag mache ich mehr, er kann den Krempel schön selbst umräumen!«

Thorin dagegen hatte nur einmal die Augen verdreht, theatralisch geseufzt und sich ans Werk gemacht.

Heute Abend würde er also Vaters Gast sein, ein Dankeschön

für seine Hilfe. Schon seit heute Morgen hatte Justine Grummeln im Bauch vor lauter Aufregung. Aber so sehr sie sich auch darüber freute, dass ihre Eltern ihn endlich besser kennenlernen würden, so sehr nagte das schlechte Gewissen an ihr. Jobst war nicht eingeladen, dabei war er nicht weniger fleißig gewesen.

»Er ist ein Thams«, hatte Vater düster gesagt, als sie ihn darauf angesprochen hatte. »Es ist doch wohl selbstverständlich, dass er hilft.« Und dann hatte er noch gemeint, es sei ohnehin traurig genug, dass er nicht mehr als zwei Tage für seine Familie entbehren könne. »Dafür soll ich ihn auch noch belohnen? Wäre ja noch schöner.«

Wenn ihr Vater nur nicht so schrecklich stur wäre. Nun hatte Jobst sich schon einen Ruck gegeben. Der war sonst ja nicht weniger dickschädelig. Aber nein, Vater kam ihm trotzdem keinen Millimeter entgegen.

In der Hafenstraße musste sie einen Wagen durchlassen. Immer öfter sah man inzwischen Kutschen mit fein gekleideten Herren. Kamen wohl vom Bahnhof und waren meist unterwegs nach Norden, nach Holtenau raus. Herren der Kanalbauverwaltung, so viel stand fest. Wie Vater es sich erhofft hatte, waren zwei von ihnen schon mal im Geschäft gewesen.

»Können Sie auch Holz liefern?«, hatten sie wissen wollen.

Justine hatte hinten in der kleinen Kammer gesessen und wieder einen Haufen Schreibkram für ihren Vater erledigt.

Ihr blieb beinahe die Spucke weg, als sie seine Antwort hörte: »Selbstverständlich in jeder Menge, in jeder Ausführung. Was benötigen die Herrschaften genau?«

Ein Holzlager wollte er eigentlich erst anschaffen, wenn wenigstens ein Teil der Ausgaben, die der Umbau verschlungen hatte, wieder verdient war. Dummerweise wurden Spaten und Schubkarren erst später gebraucht. Vorher wurden Barackenstädte für

Hunderte Arbeiter gebaut, danach war Schaufeln und Ausschachten an der Reihe. Also brauchten die Herren Ingenieure zuerst vielleicht ein paar Schrauben, Hämmer und Sägen, vor allem aber Holz, viel Holz. War klug von Vater, sich fix drauf einzustellen.

»Wir müssen anbieten, was nachgefragt wird«, war seine Devise. Dummerweise hieß das auch, dass er noch mehr Geld vorschießen musste, ehe die Kasse so richtig klingelte. Woher sollte das bloß kommen? Musste doch Großvater Gregors Notgroschen dran glauben. Großvater hatte immer wieder davon geschnackt, dass er im Laufe der Jahre natürlich einiges zur Seite gelegt hatte. Sie würde im Leben nicht kapieren, wieso Vater ihn nicht längst um einen Teil davon gebeten hatte, statt alles von der Bank zu nehmen. Einmal hatte sie mit ihm darüber gesprochen.

»Wenn dein Großvater mir das Geld nicht von allein gibt, wird er schon seine Gründe haben. Ich bitte gewiss nicht darum. Wenn er unter der Erde liegt, kriege ich sein Sparschwein sowieso, dann zahle ich einen Teil des Kredits ab. Kommt aufs Gleiche raus.«

Stur wie so 'n Brauereigaul.

Bei Brauerei dachte sie an Hopfen, und dazu fiel ihr wiederum das Sophienblatt ein. Sie hatte jedenfalls mal gehört, der Straßenname hätte was mit der lateinischen Bezeichnung einer Hopfensorte zu tun, die früher auf den Äckern vor den Toren der Stadt angebaut wurde. Justine lächelte über ihren kuriosen Gedankengang, war aber auch froh drüber, denn sonst hätte sie womöglich vergessen, Mutter aus der Apotheke am Sophienblatt etwas gegen ihre Kopfschmerzen zu holen.

»Die Unruhe der letzten Tage ist mir nicht gut bekommen«, hatte sie geklagt. Dabei hatte sie keinen Finger krümmen müssen. »Bring auch etwas Marzipan mit. Vielleicht mag dein Thorin nach dem Essen etwas naschen. Dein Vater will sich schließlich nicht lumpen lassen.«

Justine betrat die einzige Apotheke, in der es noch Marzipan gab. Heutzutage durften Zuckerbäcker die Süßigkeit herstellen, doch früher war das den Apothekern vorbehalten. Dieses war eindeutig das beste, das man in Kiel bekommen konnte. Justine grüßte höflich und atmete tief die eigentümliche Duftmischung aus Thymian, Kamille und Menthol ein. Vor ihr waren zwei Kunden an der Reihe, eine Dame und ein junger Mann, der trotz des Sommerwetters eine Schiebermütze weit in die Stirn gezogen hatte und auch noch einen Schal trug. Der Apotheker legte der Dame eben die von ihr verlangten Karamellen auf den Verkaufstisch. Ehe Justine begriff, was geschah, schnellte die Hand des Mannes vor, packte die Lutschbonbons vom Tisch und im nächsten Augenblick war der Bursche auch schon an ihr vorbei und auf und davon. Das Türglöckchen bimmelte, die Dame schrie auf. Der Apotheker wollte hinterher, blieb jedoch mit seinem weißen Kittel hängen. Es gab ein hässliches Geräusch, ein Loch klaffte im Stoff. In der nächsten Sekunde bimmelte es schon wieder. Alle starrten zum Eingang, wo eine rundliche Frau erschien, die Tür seelenruhig hinter sich schloss und verwirrt in die Runde blickte.

»Ist was?«

»Allerdings, so eine Frechheit«, schimpfte der Apotheker. »Direkt vor unserer Nase hat soeben ein dreister Dieb zugeschlagen. Sie müssen ihn doch gesehen haben.«

Na ja, das klang ja nun, als hätte der die Kasse leer gemacht. Es waren doch nur ein paar Bontjes gewesen.

»Ach!« Die rundliche Frau wirkte nicht sonderlich beeindruckt. »Nö, ich hab nix gesehen.«

Die Dame vor Justine presste noch immer erschrocken eine Hand auf ihre Brust.

»Alles in Ordnung, Gnädigste?« Der Apotheker sah sie besorgt an. »Brauchen Sie ein wenig Riechsalz?«

»Nein, es geht schon«, entgegnete sie schwach. In der nächsten Sekunde war ihr Ton durchaus kräftig, sie hatte ihren Schreck offenbar überwunden. »Der war nicht von hier«, behauptete sie schneidend.

»Wie kommen Sie darauf?« Der Apotheker nestelte an seinem Kittel herum.

»Ich hab gehört, von überall sind schon jede Menge Wanderarbeiter auf dem Weg«, sagte sie und umschloss ihren Geldbeutel fest mit beiden Händen. »Das wird ein schönes Pack sein.«

»Ach was«, sagte die andere, »die nehmen ja nur anständige Männer fürn Kanal. Das haben Sie dann wohl noch nicht gehört: Wer 'n Sozi is, hat auf der Baustelle nix zu suchen.«

»Das ist mir auch zu Ohren gekommen«, stimmte der Apotheker ihr zu. »Wer mit der sozialdemokratischen Partei liebäugelt, wird nicht eingestellt.«

»Leute mit Flausen im Kopf können wir auch nicht gebrauchen«, stellte die Dame fest.

Justine trippelte von einem Fuß auf den anderen. Sie war weder für einen Vortrag noch für einen Klönschnack hergekommen.

»Trotzdem, ich weiß, was ich gehört habe.« Sie machte eine Pause und sah in die Runde. Als sie sich der vollen Aufmerksamkeit sicher sein konnte, sagte sie: »Die kommen nicht nur aus allen Ecken des Kaiserreichs. Das würde ja noch gehen. Nein, aus dem Weichselgebiet, aus Westpreußen und Italien sollen welche kommen, aus Dänemark auch und aus Holland, sogar aus Russland. Die saufen und klauen alle, da können Sie drauf wetten.« Als sie den Blick des Apothekers sah, verbesserte sie sich eifrig: »Ich meine, die trinken bestimmt zu viel, haben sonst ja nichts zu tun, wenn Feierabend ist.«

»Aber ich hätte noch etwas zu tun«, mischte sich Justine ein. Länger konnte sie das dumme Gerede nicht aushalten. Warum sollten Wanderarbeiter aus Westpreußen oder sonstwo mehr saufen als andere? »Wär schön, wenn Sie nun mal in die Puschen kommen.« Die Dame schnappte nach Luft. »Außerdem war der Dieb ein Dreikäsehoch und kein erwachsener Mann.«

»Wahrscheinlich bringen die ihre Gören gleich mit.«

»Mehr hungrige Mäuler heißt mehr Verdienst für alle in der Stadt, will ich meinen«. Die rundliche Frau lächelte. »Ich werd noch 'n paar Hühner anschaffen, damit ich mehr Eier verkaufen kann.«

»Ich wäre auch gern Schauspielerin geworden. Talent hätte ich gehabt, denke ich.«

Justine hätte ihrer Mutter in dieser Sekunde sofort zugestimmt. Welch ein Augenaufschlag!

»Warum haben Sie es dann nicht gewagt«, wollte Thorin wissen.

Justine konnte sich ein Grinsen nicht verkneifen. Mutter hatte natürlich gehofft, er würde sie bestätigen, die Enttäuschung war ihr anzusehen.

»Meine Gesundheit hätte es nicht zugelassen.«

»Auf mich machen Sie den Eindruck, als seien Sie putzmunter wie der sprichwörtliche Fisch im Wasser.« Thorin strahlte sie an.

»Ach«, setzte Mutter an.

Justine kam ihrem Klagelied zuvor: »Wie wäre es mit einem Stückchen Marzipan zum Nachtisch? Ich war extra am Sophienblatt, um welches zu holen. Stellt euch vor, ich wurde Zeugin eines Ladendiebstahls.« Sie senkte die Stimme, um die Spannung zu erhöhen.

»Gute Idee, Stine!« Vater nickte.

»Ich bin dabei.« Thorin sah sehr zufrieden aus. Plötzlich beugte er sich vor, drückte kurz Justines Hand und wandte sich an ihren Vater: »Ihre Tochter hat ganz sicher Talent zur Schauspielerei.«

»Danke.« Justine ärgerte sich, weil sie wieder mal rot wurde. Statt von dem Vorfall in der Apotheke zu erzählen, erhob er sich. »Ich hole mal das Marzipan.«

Der Abend verlief ganz wunderbar. Thorin benahm sich vorbildlich, er war charmant, aufmerksam, höflich. Nicht einen Moment war Langeweile oder peinliche Stille aufgekommen. Sie hatten sich darüber unterhalten, wie schade es sei, dass die Kunsthalle abgerissen würde. Auch über die mehrtägige Segelregatta hatten sie gesprochen, die seit einigen Jahren in Kiel stattfand.

»Kaufleute gegen Marineoffiziere, das nenne ich mal ein spannendes Rennen«, hatte Thorin gesagt. Mutter meinte, sie könne nicht verstehen, dass sich die Veranstaltung immer größerer Beliebtheit erfreue.

»Wer versteht denn schon etwas vom Segeln?«, hatte sie gefragt.

»Das soll uns nicht kümmern«, hatte Vater gemeint. »Je mehr Menschen unsere schöne Stadt besuchen desto besser.«

»Na, sie werden sich wohl kaum einen Spaten als Souvenir mitnehmen.«

»Das nicht, meine Liebe, das nicht. Aber sie essen und trinken, die Wirte verdienen gutes Geld. Sie können ihre Gaststätte renovieren, so landet ein Teil doch in unserer Kasse.«

Alles war bestens, warum also musste Justine so schrecklich unsicher sein? Das war sie sonst doch nicht. Irgendwas an Thorin brachte sie einfach immer aus der Fassung. Sie legte die Marzipanhappen auf den schönsten Teller, den sie finden konnte, atmete einmal kräftig durch und ging zurück in die Stube.

»Ein echter Künstler in unserer Familie, das wäre schon was, nicht Wilfried?«

Kaum war sie ein paar Minuten weg, vereinnahmte Mutter Thorin schon mit Haut und Haar. Oder hatte er etwa um ihre Hand gebeten? Bei dem Gedanken wurde ihr schwummerig.

»Ist dir nicht gut?« Thorin sah sie besorgt an. »Du bist auf einen Schlag ganz blass um die Nase.«

»Nein, nein, mir geht es gut. Ist nur die Hitze hier drin. Das ist aber auch stickig.« Sie riss das Fenster auf.

»Ich habe gerade gesagt, wie wundervoll es wäre, wenn wir einen richtigen Künstler in der Familie hätten«, wiederholte Mutter. »Einen berühmten womöglich.«

»Nun lass die beiden mal, Ruthild, so weit ist es wohl noch nicht, was?«, meinte Vater und brummelte: »Gegen einen Handwerker oder Kaufmann hätte auch niemand etwas einzuwenden.« Plötzlich war es still. »Ich meine man bloß so grundsätzlich. Ist nichts gegen Sie, junger Mann, aber Handwerk hat goldenen Boden. Sagt man doch so. Und stimmt auch, denke ich.«

»Wohl wahr. Eine Bühne ist nicht golden, sondern nur aus Holz, dafür bedeuten ihre Bretter für so manchen die Welt, wie Friedrich Schiller so treffend formuliert hat.«

»Bitte!« Justine schnappte sich den Teller und streckte ihn Thorin schwungvoll entgegen. Beinahe wären die süßen Häppchen heruntergeflogen.

»Hoppla!« Er griff zu. »Danke schön. Wolltest du nicht vorhin etwas von einem Ladendiebstahl erzählen?«

»Das war ein Ding!«

»Ach, bitte, Stine, du weißt, dass mir Geschichten über Mord und Totschlag nicht gut bekommen.«

»Es musste ja niemand dran glauben. Höchstens die Bontjes, die sich der Ganove geschnappt hat. Bestimmt hat er die längst genüsslich gelutscht.«

»Das wird immer schlimmer. Je mehr Menschen auf einem Haufen leben, desto mehr kriegen die Ordnungshüter zu tun. Seit ich auf der Welt bin, hat sich die Zahl der Kieler bestimmt vervierfacht. Das muss man sich vorstellen.« Vater biss in ein Stück

Marzipan und lehnte sich zurück. »So hat eben jede Münze zwei Seiten. Je mehr Menschen desto mehr böse Buben, aber auch mehr Kundschaft.« Er lächelte und strich sich den Bart glatt. Zu Justines Erstaunen kam er noch mal auf Thorins Beruf zu sprechen. »Ich verstehe nicht viel von Schauspielerei, Kunst und dem ganzen … diesen Dingen.« Er räusperte sich. »Aber das Stadttheater hat einen anständigen Ruf, will ich meinen. Wenn Sie es dort zu was bringen …« Er ließ den Satz in der Luft hängen und wiegte den Kopf.

»Danach sieht es im Augenblick nicht aus«, antwortete Thorin. Wie um alles in der Welt konnte er so gelassen sein? Justine dagegen, schnappte nach Luft bei der Neuigkeit, die ihr ganz und gar nicht gefiel. »Auch mit dem Ruf des Hauses wird es rapide bergab gehen, wenn sie weiterhin unfähige Regisseure beschäftigen. Schon mehrfach habe ich mich mit diesem Dilettanten angelegt. Sie können Ihre Tochter fragen, ich habe ihr immer wieder mein Leid geklagt.«

»Kannst wohl sagen«, murmelte Justine.

»Leider nützt das alles nichts. Er darf weiter dafür sorgen, dass feine Komödien zu derbem Klamauk verkommen. Aber ohne mich. Es gibt da eine Theaterkompanie, die meiner Ansicht nach eine große Zukunft vor sich hat.« Mutter hing an seinen Lippen. »Sie ist berühmt für ihre Experimentierfreudigkeit und die modernen Stücke.« Diese Information ließ Mutters Gesichtszüge entgleisen.

Justine dagegen hatte einen bösen Verdacht: »Willst du das Stadttheater verlassen oder musst du?«

»Hoffmann sagte …« Er sprang auf und verwandelte sich in den Direktor: »Junger Freund, ich habe Sie gewarnt. Mehr als einmal.« Thorin trat einen Schritt zur Seite und sagte, nun nicht mehr mit verstellter Stimme: »Daraufhin ich: Sehen Sie, lieber Herr Hoffmann, das unterscheidet uns, ich warne Sie nur ein einziges Mal.

Das Publikum liebt mich, es wird nur sehr ungern auf mich verzichten wollen. Und sobald bekannt ist, wo man mich auf der Bühne sehen kann …«

»Wie mutig!« Jetzt war Mutter hin und weg. Justine dagegen lag der Kartoffelkloß plötzlich schwer im Magen. Kassler mit Klößen, das war für die warme Jahreszeit ohnehin unpassend mächtig gewesen.

»Was heißt das jetzt?«, wollte Vater wissen.

»Das würde mich auch mal interessieren.« Justine ließ Thorin nicht aus den Augen.

»Das Stadttheater ist um einen glänzenden Schauspieler ärmer, und ich bin frei.« Er setzte sich wieder und griff nach einem weiteren Stück Marzipan.

»O nein.« Justine schloss die Augen. Einen Moment erfüllte nur das Ticken der alten Wanduhr und das Klappern der Hufe, das von der Straße hereindrang, die kleine Stube.

»Eine Bühne kann ich Ihnen nicht anbieten, junger Mann, Bretter dagegen schon«, sagte Vater plötzlich.

Justine öffnete die Augen wieder und blickte von einem zum anderen. Vater sah ausgesprochen zufrieden aus, Thorin dagegen wirkte völlig verwirrt.

»Sie haben sich gut angestellt, das muss ich schon sagen. Sie waren fleißig, patent. Das hätte ich einem Künstler nicht zugetraut, um die Wahrheit zu sagen. Deshalb biete ich Ihnen eine Arbeitsstelle mit anständigem Verdienst an. Was halten Sie davon, wenigstens vorübergehend bei Eisenwaren Wilfried Thams anzuheuern?«

Thorin lachte und Vater presste die Lippen aufeinander.

»Ich glaube, ich verstehe Sie nicht.«

»Doch, natürlich, das ist die Lösung.« Justine gab sich alle Mühe, Thorin mit ihrem Blick zu durchbohren. Er musste doch einsehen, wie vernünftig der Vorschlag war. Vor allem musste er begreifen, dass man manches Mal der Vernunft folgen musste, statt immer nur der Leidenschaft.

»Hat er es sich inzwischen überlegt?« Drei Tage war das Essen mit ihren Eltern und Thorin nun her. Jeden Tag hatte Vater gefragt. Er brauchte jemanden, das war klar. Und nach anfänglicher Freude hatte Justine auch kapiert, warum Vater ihn so gern einstellen würde. Zum einen hatte der womöglich künftige Bräutigam ein sicheres Einkommen, zum anderen – und das war wesentlich wichtiger – kostete ein Hilfsarbeiter nicht so viel wie ein ausgebildeter Kaufmann, den Vater sich noch nicht leisten konnte.

»Ich glaube, Direktor Hoffmann will ihn doch nicht einfach gehenlassen«, gab sie zögerlich zurück. Das war geflunkert, aber was sollte sie denn machen? Sollte sie etwa zugeben, dass Thorin gar nicht daran dachte, Bühne gegen Laden zu tauschen? Ehe ihr Vater weiter bohren konnte, sage sie hastig: »Morgen kommt die erste Holzlieferung. Wo sollen wir bloß damit hin? Kannst du es nicht direkt nach Levensau bringen lassen? Ist doch nur doppelter Aufwand sonst, erst hierher, dann wieder das ganze Stück raus zu der Stelle, wo sie die Baracken aufstellen wollen.«

»Gute Idee, Stine. Du bist aber auch zu gebrauchen.« Er lächelte sie fröhlich an. »Lauf man gleich los zum Sägewerk Pries und sag denen Bescheid.«

»Mach ich.« Plötzlich ein Scheppern, Stimmen. »Was war das denn für ein Getöse?«

»Keine Ahnung. Aber das war vorne im Laden. Mir schwant nichts Gutes.«

Damit stürmte Justines Vater auch schon aus dem Arbeitszimmer, sie hinter ihm her. Auf den Lärm folgte Kindergeschrei. Was um alles in der Welt hatte das zu bedeuten? Im Geschäftsraum erwartete sie ein seltsamer Anblick. Zwei Spaten lagen über kreuz auf dem Fußboden, daneben stand Großvater, seine Miene eine Mischung aus Hilflosigkeit und Wut. Ihm gegenüber ein aufgebrachter Petersen, ein äußerst stattlicher Stammkunde, der schon immer meinte, mit seinem zugegebenermaßen höchst anständigen Umsatz auch sämtliche Angestellte sowie den Chef gekauft zu haben. Wie üblich hatte er seine beiden Jungen mit, furchtbar schlecht erzogene Gören, die sich immer direkt auf das Kaspertheater gestürzt und jedes Mal Klopperei gespielt hatten. Die Handpuppen hatten die ruppige Behandlung vermutlich nur überstanden, weil Großvater stets rechtzeitig eingegriffen und die Jungs gekonnt abgelenkt hatte. Sah ganz so aus, als hätten sich die beiden nun die Spaten ausgesucht, um damit aufeinander loszuge-hen. War ja nix anderes mehr da. Jedenfalls waren beide hochrot im Gesicht und brüllten, als ginge es um ihr Leben. Justine hatte Mühe, sich nicht die Ohren zuzuhalten.

»Ich habe es eben schon Ihrem Vater gesagt«, ereiferte sich Petersen. Seine Wangen waren auch nicht gerade blass. »Das ist ein Unding.«

»Wovon reden Sie, verehrter Herr Petersen?«, fragte Vater über-flüssigerweise. Sah doch ein Blinder, was hier los war. »Ist etwas nicht recht?«

»Natürlich ist etwas nicht recht!« Petersen wurde noch lauter, was die lütten Schietbüdel dazu brachte, ebenfalls einen Zahn zu-zulegen.

»Wenn wir Einkäufe zu erledigen hatten, sind wir immer zuerst zu Trödel Thams gekommen.«

Justine warf Vater einen Blick zu, doch der schien sich an dem doch ziemlich unverschämten Namen nicht zu stören.

»Das wussten wir auch stets zu schätzen. Ich will doch hoffen, dass es auch in Zukunft so sein wird?«

Petersen verzog das Gesicht und raunte seinen Jungs zum wiederholten Mal etwas zu, was die beiden anscheinend nicht einmal ein bisschen interessierte. Allmählich ging Justine das Gebrüll aber wirklich auf die Nerven.

»Welchen Sinn sollte das haben?«, fuhr Petersen Vater an. »Ich habe meine Söhne gebracht und hier gelassen, um in Ruhe meine Erledigungen machen zu können. Wenn ich sie abgeholt habe, waren sie bester Laune und meist sogar ein wenig müde, so dass meine Frau mit ihnen zu Hause keine Mühe hatte. Und jetzt?« Er sah sich nach allen Seiten um. »Wo sollen sie spielen?«

»Da seht ihr, was ihr angerichtet habt!«, schimpfte Großvater und stapfte davon.

»Ich bitte Sie, werter Herr Petersen«, setzte Vater beflissen an. Seine Worte gingen in dem Lärm beinahe unter, den die zwei Schreihälse veranstalteten.

»Verdorig, nu is over noog!«, platzte Justine raus. Von jetzt auf gleich war es still, so verdutzt waren alle. Die Gören berappelten sich zuerst und holten schon wieder Luft, da ertönte die Glocke und ein Kunde trat ein, was die beiden ablenkte und allen einen weiteren Ausbruch ersparte.

»Verzeihung«, sagte Justine, »aber das hat ja kein Mensch mehr ausgehalten.« Nun holte Petersen senior Luft, doch Justine wollte auch von dem nichts mehr hören. »Wir wissen noch nicht genau, wo das Kaspertheater und all die anderen schönen Dinge bleiben sollen«, erklärte sie ihm lächelnd. »Sobald sich ein Plätzchen gefunden hat, ist selbstverständlich alles wieder zur Stelle.« Sie schaffte es sogar, sich zu den Jungen herunterzubeugen und ihnen über die Köpfe zu streicheln. »Ne, dann könnt ihr wieder fein Verhauen spielen.«

»Wenn das so ist, dann nichts für ungut«, sagte Petersen. »Dann kommen wir demnächst mal wieder rum. Schönen Tag noch.«

Damit nahm er seinen Nachwuchs an die Hand und verabschiedete sich. Vater musste sich um den nächsten Kunden kümmern, Justine räumte die Spaten wieder an ihren Platz und verschwand im Arbeitszimmer. Ihr war natürlich klar, dass sie das nicht vor einem Donnerwetter bewahren würde. Immerhin war sie es gewesen, die ihn angefleht hatte, Großvaters Sachen nicht gleich wegzuwerfen oder zu verscherbeln. Unter Protest hatte er alles in die hinterste Ecke des Lagers packen lassen. Nun hatte sie auch noch einem Stammkunden etwas versprochen, was sie eigentlich nicht halten konnte. Nur wenige Sekunden nach dem hellen Läuten des Glöckchens war Vater auch schon bei ihr.

»Wie kannst du behaupten, der ganze Plunder käme wieder in unseren schönen neuen Laden?« Er baute sich vor ihr auf.

»Wenn die Kunden doch danach fragen, dachte ich«, begann sie kleinlaut.

»Du sollst nicht denken, das erledige ich!«

»Weiß ich doch …« Sie kam wieder nicht weiter.

»Ich brauche den Platz im Lager und im Geschäft. Wenn sich keine Lösung findet, kommt alles auf den Schrott.«

»Ach nee, Vati, das bringst du doch nicht wirklich übers Herz.« Justine probierte ihren schönsten Augenaufschlag, seine Mundwinkel zuckten. Keine Frage, es war ihm ernst mit seiner Drohung, trotzdem hatte sie ins Schwarze getroffen.

»Ich habe dir gesagt, es ist nur vorübergehend.« Seine Stimme klang schon deutlich sanfter. »Wenn wir Glück haben, lässt sich das Zeug an einen Zirkus verkaufen. Kümmere dich drum, wenn's dir so wichtig ist.« Als ob es ihrem Vater egal wäre, was aus Großvaters Sammelsurium wurde, immerhin hatte er selbst schon als Kind darin gespielt, bloß ging das Geschäft natürlich vor. Das sah sie ja auch ein.

»Und nun ab mit dir zum Sägewerk Pries!«

Kapitel 8
Susanne

Brunsbüttel, Juli 1886

Sanne wäre am liebsten gleich am frühen Morgen zum Hafen gerannt. Doch ihre Mutter hatte sie zur Vernunft gebracht.

»Vor Mittag ist der Kahn aus Hamburg nicht hier. Du hast also noch genug Zeit, Möhren und den letzten Spinat zu ernten. Dann kochst du und hängst die Läufer raus. Müssten mal wieder durchgeklopft werden.«

»Aber ich muss doch …«

»Nix aber, Susanne, du tust, was ich dir sage.« Sie schüttelte lächelnd den Kopf. »Die zehn Minuten, die dein Vater vom Hafen bis nach Hause braucht, wirst du auch noch aushalten.«

Eben nicht. Seit ihr Vater gestern losgefahren war, machte die Warterei sie fast wahnsinnig. Sie wollte endlich wissen, was der Termin bei Vering ergeben hatte. Sanne hatte sich aber auch größte Mühe mit der Bewerbung gemacht. Zuerst hatte sie die Zeichnungen ihres Urururgroßvaters von den Eiderschleusen Königsförde und Kluvensiek vom Dachboden geholt. Sie hatte sich vorgestellt, dass die als Vorbild bestens geeignet wären. Beinahe feierlich hatte sie die vergilbten Rollen auf dem Tisch ausgebreitet, nachdem sie ihn gründlich abgewischt hatte. Wie aufgeregt sie gewesen war, als sie über das Papier gestrichen hatte, das leise knisterte. Die Enttäuschung traf sie unvorbereitet wie ein Schlag in den Magen. Der neue Kanal würde nicht nur erheblich breiter werden und mehr Tiefgang haben, sondern nahezu alles musste verändert werden. Glücklicherweise war ihr Großvater zur Stelle. Sie sah ihn so deutlich vor sich, als säße er auf dem alten knarzenden Stuhl, auf dem er immer gesessen hatte, um ihr die alten Konstruktionspläne zu erklären und beizubringen, wie er vorging, wenn er beispielsweise einen Dachstuhl errichten wollte.

»Erste Lektion: Keine Mühe scheuen! Du darfst niemals darauf aus sein, es dir leicht zu machen und schnell mit deiner Arbeit fertig zu sein. Auf das Ergebnis kommt es an. Was gut werden soll, braucht seine Zeit.«

Also hatte sie sich konzentriert ans Werk gemacht, zuerst die Elemente gezeichnet, die auf jeden Fall gebraucht wurden, wie zum Beispiel die Schleusentore. Dabei achtete sie darauf, die Maße zu berücksichtigen, von denen sie hoffte, dass sie nicht nur das Resultat von Gerüchten waren. Als würde sie jonglieren, hatte sie Bleistift, Zirkel und Lineal herumwirbeln lassen. Die Statik war nicht gerade Großvaters Steckenpferd gewesen. Sanne rechnete, schlug sicherheitshalber etwas auf. Zum Schluss hatte sie das Ganze in eine Landkarte gemalt, als ob man von oben auf die Elbe, Brunsbüttel, Eddelak, St. Margarethen und all die kleinen Orte gucken würde. So konnte sich der Herr Tiefbauunternehmer vorstellen, wo genau die Schleusenanlage sitzen sollte. Besonders stolz war sie aber auf ihre Querschnittzeichnung. Obwohl sie nicht viel von ihrem Ururvorfahr hatte übernehmen können, sah alles sehr ordentlich und überzeugend aus, fand sie. Hier und da steckte bestimmt noch ein Fehler drin, da machte sie sich nichts vor, aber es musste natürlich auch noch nichts vollständig sein. Wenn Vater die Stelle bekam, woran sie nicht zweifelte, musste er sowieso alle Zeichnungen neu machen, alles haarklein mit den

Zahlen berechnen, die er von Vering bekam. Sie würde ihm ihre Vorarbeiten zur Verfügung stellen. Dann würde er endlich kapieren, wie viel sie vom Bauwesen verstand. Und er würde zugeben müssen, dass ihre Zeichnung sauberer war als es seine jemals waren. Das war nun wirklich nicht seine Stärke. Ihr Vater musste sie ja nicht gleich zu seinem Lehrling machen, aber er würde sich mit ihrer Hilfe endlich zutrauen, Schleusen zu bauen, wie es schon seine Vorväter getan hatten.

Hastig erledigte sie die meisten Aufgaben, die ihre Mutter ihr aufgetragen hatte.

»Alles fertig, ich gehe Vadder dann mal entgegen«, rief sie und war schon halb aus der Tür.

»Hast du die Möhren in die Miete gebracht?«, kam es aus einer der Kammern zurück. Sanne stöhnte.

»Das kann ich doch nachher …«

»Nein, das kannst du jetzt! Was ich heute kann besorgen, …«

»Ist ja schon gut!«

Hätte sie sich denken können. Sie schnappte sich die beiden Körbe und lief damit zu dem Erdwall, in dem sie ihre Vorräte lagerten. Sanne hasste die Miete! Die Tür aus massivem Holz war schwer und lag über dem Eingang. Sie musste sie am Griff hochziehen und zur Seite klappen. Jedes Mal stieß sie sich den Fuß daran oder riss sich einen Splitter ein, weil die Pforte zu fallen drohte und Sanne schnell hinfasste. Dieses Mal hatte sie Glück. Sie wuchtete die unhandliche Klappe hoch, ohne sich zu verletzen, verstaute die Möhren auf einem Regal, ging wieder raus und ließ die Tür des Erdkellers krachend zurückfallen.

»Vorrat für den Winter, das lobe ich mir!«

Sie wirbelte herum. »Vadder!« Sanne warf die Körbe hin, rannte los und fiel ihm um den Hals.

»Ach du je«, sagte er erstickt und lachte leise. »Ich dachte, ich hätte das Schlimmste überstanden, wenn ich mit'm Kahn heil in Brunsbüttel ankomme, aber nu werd ich noch erdrückt.«

»Erzähl schon, wie war's?« Sie sammelte die Körbe wieder auf und sah ihn erwartungsvoll an.

»Du hattest recht, der Herr Vering scheint mir ein sehr anständiger Mensch zu sein.«

»Ja, nicht?« Sie gingen nebeneinander zum Haus. Verflixt noch eins, wieso musste er sie denn so auf die Folter spannen? »Und, hast du die Stelle?«

»Den Auftrag, Sanne, ich habe einen Auftrag.« Sie wollte ihm gleich wieder um den Hals fallen. »Jedenfalls höchstwahrscheinlich. Herr Vering wartet noch auf die Papiere, die schriftliche Bestätigung, dass er den Abschnitt Brunsbüttel ausführen darf. So hat er das gesagt.« Er nickte langsam.

»Und wenn er die Bestätigung hat, dann kriegst du einen Vertrag und wirst Schleusenkonstrukteur«, stellte sie fest und strahlte. Er lachte und schüttelte den Kopf.

»Nee, Tochter, das is nix für mich. Das macht man schön 'n anderer.«

Sanne blieb stehen, als sei sie gegen eine Wand gelaufen.

»Was soll das denn heißen?«

»Ich glaub, der Vering hat da auch schon einen für im Auge. Hat was davon gesagt, dass jemand aus Bozen vielversprechende Unterlagen eingereicht hätte. Dauert ja noch alles, aber der will natürlich, dass es bald losgeht mit den Zeichnungen und Berechnungen und dem Ganzen.«

»Aber genau das sollst doch du machen, Vadder! Wofür habe ich denn die vielen Stunden an der Bewerbung gehockt? Damit du den Posten kriegst, wir uns ein größeres Haus leisten können. Mit einem richtigen Keller und nicht so einem …« Sie suchte nach dem richtigen Wort. »… so einem Verließ, wo du aufpassen musst, dass du dich nicht selbst lebendig begräbst.« Und damit sie zeigen konnte, was in ihr steckte und am Ende vielleicht doch noch studieren oder in die Lehre gehen durfte, fügte sie in Gedanken hinzu. »Deine Unterlagen waren ja wohl auch vielversprechend.«

Ihr Vater senkte den Blick. »Mensch, habe ich einen Hunger«, murmelte er und ging hinein.

Sanne tobte vor Wut. Da hatte sie schon das riesige Glück, Vering durch Zufall in Marne kennenzulernen. Der gab ihr seine Visitenkarte und ermutigte sie, die Bewerbung für ihren Vater einzureichen. Dann hatte Vater die Einladung nach Hamburg bekommen, und nun wollte er ihr weismachen, dass der Auftrag nichts für ihn sei? Wollte einem anderen das Feld überlassen? Wütend schlug sie auf den Teppich ein, der draußen über der Stange hing und längst schon ausgeklopft war. Ihr blieb nichts anderes übrig als abzuwarten. Später im Haus musste sie mit ihren Geschwistern Abendbrot essen. Sie nahm sich nur einen kleinen Kanten von dem harten Laib und füllte sich auch nur wenig Haferschleim in ihre Schale, weil ihr der Appetit gründlich vergangen war. Die Lütten ins Bett zu bringen, dauerte an diesem Tag besonders lange. Am liebsten hätte Sanne laut geschrien, die ganze Welt schien sich gegen sie verschworen zu haben. Irgendwann gaben ihre Geschwister Ruhe, ihre Eltern saßen in der winzigen düsteren Stube. Sanne hielt es nicht mehr aus, sie setzte sich neben ihren Vater, der ein Regal zeichnete.

»Warum willst du den Auftrag nicht, Vadder? Ich verstehe es einfach nicht.«

»Und ich verstehe nicht, wie du hinter meinem Rücken so tun konntest, als wäre ich ein Schleusenbauer. Dir musste doch klar sein, dass der Schwindel in null Komma nichts auffliegt.«

»Du bist vielleicht kein Ingenieur, aber wir … du hättest das hingekriegt«, rief sie aufgebracht.

»Psst, weck mir die Lütten nicht auf«, ermahnte Mutter sie und beugte sich wieder über ihre Näharbeit. Wie konnte sie überhaupt noch etwas sehen bei der Funzel, die in der Mitte des Tisches brannte?

»Ich habe dir gesagt, dass ein Zimmermann bei seinem Holz bleiben sollte. Das habe ich auch dem Herrn Vering gesagt.«

»Moment, du hast …?«

»Abgesagt habe ich, ganz recht. Ich habe mich für dich entschuldigt und ihm erklärt, dass ich mich der Aufgabe nicht gewachsen sehe. Ehrlich währt am längsten.«

»Da hast du recht, mein Lieber«, stimmte ihre Mutter ihm zu. »Du sollst nicht lügen, das haben wir auch unseren Kindern beigebracht. Dachte ich.« Sie warf Sanne einen kurzen warnenden Blick zu.

»Bloß ist der Ehrliche manchmal auch der Dumme!« Sanne konnte es nicht fassen, sie stammten aus einer Familie von Schleusenbauern! Die Entwürfe müssten nur angepasst werden, warum bloß hatte ihr Vater so wenig Ambitionen? Wütend schaute sie auf die Zeichnung in seinem Schoß. Ein Regal! Dass sie nicht lachte.

»Sanne!« Die Stimme ihrer Mutter klang drohend.

»Du hättest ehrlich sein und die Stelle trotzdem kriegen können«, sagte sie verzweifelt. »Du kennst die Pläne für die Eiderschleusen in- und auswendig. Hast du mir das nicht erzählt? Du warst als kleiner Butscher dabei, wenn dein Großvater Reparaturen vorgenommen hat. Dein Vater hat dir alles erklärt. Das weiß ich genau, weil er es mir auch gezeigt hat. Selbst ich könnte eine olle Schleuse bauen.«

»Könntest du nicht.« Er blickte auf und ließ den Bleistift sinken.

»Dein Großvater hat dir 'n schönen Floh ins Ohr gesetzt«,

mischte Mutter sich ein. »Hat dich behandelt wie 'n Jungen, als wär's möglich, dass du selbst mal so 'ne Arbeit machst. Aber das isses nicht, Sanne, du bist ein Mädchen.«

Sanne holte Luft, ihr Vater kam ihr zuvor.

»Vielleicht könntest du es sogar, weil du schlauer bist als ich«, sagte er und seufzte. »Für mich ist das nix, Sanne, und Schluss. Ich mach das, was ich kann.«

»Was soll das denn heißen?«

»Die brauchen Zimmerleute, die Baracken bauen.«

»Ich denke, die stehen längst.«

»Für ein paar Hundert Männer vielleicht, aber es werden Tausende am Kanal arbeiten.«

Die Vorstellung raubte ihr den Atem. Das alles würde so groß werden wie nichts, was es vorher in dieser Gegend gegeben hatte. All die kleinen Ortschaften, nicht mehr als Ansammlungen weniger Höfe und Hütten, würden wachsen. Kluge und einfallsreiche Menschen würden von überall herkommen, um ihren Teil beizusteuern. Tausende von Arbeitern! Die mussten nicht nur irgendwo wohnen, die würden auch essen und trinken, brauchten Wäsche und mal einen Arzt. Ein Aufschwung kam auf sie zu, der alles verändern würde. Und ihr Vater hätte eine bedeutende Rolle dabei spielen können, wenn er nur gewollt hätte.

»Von mir aus auch Zehntausende«, sagte sie trotzig. »Nur sind auch für so viele Menschen die Unterkünfte irgendwann fertig. Und dann bist du raus! An der Schleuse hättest du länger zu tun und würdest viel mehr verdienen.« Erst in diesem Moment wurde ihr klar, dass der Nord-Ostsee-Kanal etwas Großes werden würde, etwas, das die Welt veränderte. Ururgroßvaters Schleusen waren Spielzeuge gegen das, was in Brunsbüttel entstehen würde. Ihr Vater hätte ein Teil von alldem sein können, sie hätte ein Teil davon sein können. Wenn er nur zugegriffen hätte.

»Außer den Baracken sind da noch die Gerüste.« Er tippte auf seine Zeichnung. »Das habe ich dir von Anfang an erzählt, das werden riesige …«

»Du und deine Gerüste«, fiel sie ihm ins Wort. »Die kann jeder Hilfsarbeiter zusammenzimmern, wenn er sich 'n büschen plietsch anstellt.«

»Hast recht, jeder Hilfsarbeiter könnte ein Gestell bauen. Aber nur ein Fachmann sorgt dafür, dass da zig Männer gleichzeitig drauf rumklettern können. Ihr Leben hängt davon ab, dass alles gut berechnet und stabil ausgeführt wird. Da kann ich meinen Beitrag am Schleusenbau leisten«, sagte er, als hätte er ihre Gedanken gelesen.

»Nun lass deinen Vater endlich in Ruhe, Sanne. Er weiß, was er tut, seine Entscheidung wird schon richtig sein. Das geht uns nix an.«

»Das geht uns sehr wohl an, wir könnten …«

Dieses Mal ließ ihr Vater sie nicht ausreden.

»Viele Meter Zaun brauchen die außerdem. Für einen Zimmermann ist jede Menge zu tun. Und zwar jahrelang. Es ist unanständig, mehr zu wollen, als einem zusteht. Das solltest du dir endlich hinter die Ohren schreiben.« Er nahm den Bleistift wieder zur Hand und murmelte: »Selbst du könntest eine Schleuse bauen, von wegen.« Er sah sie an, viel strenger, als sie es von ihm kannte. »Das kriegst du schon deshalb nicht hin, weil du ein Mädchen bist. Frauen haben kleinere Gehirne als Männer, da könnt ihr nix für, aber so isses nun mal. Komm bloß nicht auf die Idee, du kannst genauso viel wie ein Junge. Für so 'n Unfug landest du fix in der Hölle.«

Sanne schnappte nach Luft, doch ihr fehlten für eine Sekunde die Worte. Es durfte einfach nicht wahr sein, dass sie es wegen seiner rückständigen Ansichten in ihrem Leben zu nichts brachte.

»O nee, Vadder, wir leben doch nicht mehr im Mittelalter. Die Zeiten ändern sich.«

»Nicht die Zeiten, Sanne, es ist der Kanal, der alles ändert.« Ein paar Atemzüge blieb es still. Sanfter sagte er dann: »Hast ja recht, dass es durch den Bau einiges zu verdienen gibt. Trotzdem freuen sich nicht alle darüber. Vielen hier macht das alles auch Angst, mien Deern. Es hat sich nämlich schon mal alles geändert, unser Ort musste schon mal umziehen, weil die Fluten der Elbe ihn sich mit Mann und Maus geholt hätten.«

»Das ist so lange her!«

»Nee, Deern, das steckt den Leuten noch in den Knochen. Und mir auch. Das ist tief hier drin.« Er klopfte sich mit der Faust auf die Brust.

War das der Grund, weshalb er lieber keine Verantwortung in dem Projekt übernehmen mochte?

»Die wollen nicht, dass sich nu schon wieder alles ändert, dass wir noch mal alle irgendwo neu anfangen müssen. Beim Mittelhöft wollen die Herren losbuddeln und denn mitten durchs Kleine Moor.«

Das war von hier aus auf der anderen Seite der Braake, genau wie Sanne das angenommen hatte.

»Ja und? Da stehen doch sowieso kaum Häuser«, meinte sie. »Die eine kleine Hütte …«

»Hast dir mal überlegt, wie viele Hütten das insgesamt werden? Von hier bis Kiel?« Ihre Mutter sah nun wirklich besorgt aus.

»Kann schon sein, dass es erst mal 'n büschen unruhig wird«, lenkte Sanne ein, »aber einige werden auch was davon haben, die meisten sogar. Jedenfalls gibt's keinen Grund, sich wegen Veränderungen in die Büx zu machen.«

Am nächsten Morgen verließ ihr Vater früh das Haus, um den Dachstuhl der Mühle in Ostermoor in Schuss zu bringen. Sanne hatte beim Frühstück kein Wort gesagt. Auch mit ihren Geschwistern hatte sie nur das Nötigste gesprochen, als sie sie geweckt und für den Tag fertig gemacht hatte. Jetzt stand sie mit Mutter in der Küche und bereitete Grießgrütze vor.

»Dein Vater ist ein guter Mann«, sagte Mutter plötzlich.

»Weiß ich doch«, gab Sanne knapp zurück.

»Also, dann tu nicht so, als hätte er uns alle ins Unglück gestoßen. Wir haben ein Dach über dem Kopf, zu essen, meist sogar genug Vorräte für 'n Winter.«

»Hast ja recht. Ich verstehe nur nicht, warum er sich nix zutraut. Die Lütten könnten es besser haben, wenn Vadder als Konstrukteur angestellt wäre. Und du auch.«

»Denkst du, das ist mir nicht klar? Da ist nur nichts zu machen. Das verdammte Wasser lässt sich nicht beherrschen.«

»Wie bitte?«

»Sagt dein Vater. Stimmt ja auch, ein ganzer Ortsteil von Brunsbüttel ist in der Elbe versunken. Niemand konnte etwas dagegen tun.«

»Die alten Geschichten«, schimpfte Sanne. »Das war ja wohl was ganz anderes.«

»Kann schon sein. Trotzdem glaubt dein Vater, niemand kann eine Schleuse bauen, die für immer sicher hält.«

»Aber sein Ururgroßvater hat's doch auch hingekriegt.«

»Es ist nie was Schlimmes passiert, das ist wahr. Aber es hat immer mal Probleme mit einem Schleusentor gegeben. Was weiß ich? Ich kenne mich damit nicht aus. Ich weiß nur eins: Dein Vater würde niemals wagen, die Verantwortung für diesen wichtigen Bauabschnitt zu übernehmen.«

»Das werde ich mein Lebtag nicht kapieren. Ist doch besser, du kümmerst dich selbst um so was Wichtiges, als wenn das irgendjemand macht, der zwar blumig daherschnacken, aber nicht rechnen kann.«

Ihre Mutter lachte. Doch sie wurde schnell wieder ernst.

»Sag so was bloß nie, wenn dein Vater in der Nähe ist. Das gesamte Kanalvorhaben macht ihm so schon schlaflose Nächte.«

»Hätten die Menschen immer so viel Angst vor Veränderungen, gäbe es keinen Fortschritt, dann hockten wir noch immer alle in irgendwelchen Höhlen und würden mit Stöckchen und Steinen Feuer machen.«

»Darum geht es doch gar nicht, Sanne. Nicht die Veränderungen machen deinem Vater Angst, sondern die Gewalt des Wassers. Wenn die Herren Ingenieure nur einen Fehler machen, dann säuft ganz Schleswig-Holstein ab.« Sie starrte kurz vor sich hin, dann wandte sie sich wieder dem Topf mit Grütze zu. »Sagt dein Vater jedenfalls. Beten wir, dass er nicht recht hat.«

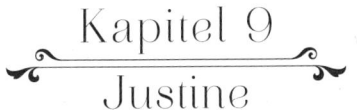

Kapitel 9
Justine

Kiel, Juli/August 1886

Mensch, das war aber auch ein perfekter Tag! Nur ein paar Schäfchenwolken hingen am blauen Himmel wie Sahnekleckse auf Blaubeergrütze. Justine fühlte sich wie im Paradies. War eine prima Idee von Thorin gewesen, einen Ausflug zur Wilhelminenhöhe zu unternehmen. Zehn Pfennige pro Person und Strecke für die Fähre waren kein Pappenstiel, dafür sparten sie sich das Geld für das Essen. Sie hatte einen Korb zurechtgepackt mit Brot und Butter, Knackwurst und Käse. Sogar einen Vanillepudding hatte sie gekocht, mit selbst gemachtem Kirschsirup war das ein Gedicht. So zumindest hatte Thorin sich ausgedrückt und sie dann geküsst.

»Was sollen denn die Leute denken?«, hatte sie gefragt und gekichert.

»Dass wir uns gern haben, was denn sonst?« Er störte sich nicht dran, dass sich so was für ein unverheiratetes Mädchen nicht gehörte. Nicht einmal Ehepaare küssten sich für gewöhnlich in der Öffentlichkeit. Heute wollte Justine sich nicht darum kümmern, dafür hatten sie es einfach zu nett miteinander. Nachdem sie alles aufgegessen hatten, waren sie von der Picknickdecke, die sie auf einer Wiese in der Nähe ausgebreitet hatten, auf die Terrasse des Lokals umgezogen und hatten sich ein Bier bestellt. Auch für ein

zweites würde ihr Geld noch reichen, das hatte sie schon ausgerechnet. Erst war es ihr doch unangenehm gewesen, Vater zu bitten, doch er hatte sich gottlob großzügig gezeigt. Nun war sie von
Herzen froh, Thorin und sich den Ausflug spendieren zu können.

»Du strahlst die ganze Zeit wie ein Honigkuchenpferd«, sagte
Thorin in ihre Gedanken.

»Wundert dich das etwa? Es ist herrlich hier. Das Dörfchen
Gaarden hat sich ordentlich gemacht in den letzten Jahren. Noch
sind zwar längst nicht alle Wege planiert, aber das neue Schulhaus
macht einen soliden Eindruck.«

»Aha, da spricht die Tochter des größten Eisenwarenhändlers
von ganz Schleswig-Holstein.« Thorin lachte.

»Übertreib mal nicht.« Ihre Wangen glühten. Das konnte sie
glücklicherweise auf die Hitze der Sonne schieben. »Im Ernst, ich
war lange nicht mehr auf dieser Seite der Förde. Ich wusste gar
nicht, wie viele hübsche Häuser hier gebaut worden sind.«

»Die armseligen Schwedenhütten gibt es aber auch immer
noch«, erinnerte er sie, sein Blick war plötzlich ernst.

»Schwedenhütten?«

»Die schäbigen Unterkünfte der einfachen Arbeiter. Die meisten kommen wohl aus Schweden, habe ich mir sagen lassen.«

»Ach ja? Das wusste ich nicht.«

»Ich bin manchmal wirklich ein Trottel«, verkündete er plötzlich, griff über den Tisch und nahm ihre Hände. »Warum muss
ich dir die schöne Laune verderben?« Das Strahlen war Justine tatsächlich vergangen. Für wundervolle Stunden hatte sie vergessen,
dass sich immer alles ums liebe Geld drehte. Ohne eine ständig
klingelnde Kasse würde ihr Vater so bald keine üppige Mitgift für
seine Tochter übrighaben. Ohne gesichertes Einkommen, würde
Thorin erst gar nicht um ihre Hand bitten. Sie seufzte.

»Tut mir leid, Stine. Dabei hast du recht, Gaarden hat sich

schick gemausert. Und sieh dir nur diese Aussicht an.« Er deutete mit großer Geste in Richtung Wasser. Am Ufer in einer Linie ein prachtvolles Bauwerk neben dem anderen, allen voran natürlich der Turm von St. Nikolai, der alles überragte.

»Das Schloss sieht von hier fast ein bisschen unecht aus«, begann sie. »Als wäre das da drüben eine Bühne mit Kulissen.«

»Die Bäume verraten die Echtheit«, sagte er eilig. »Kein Theatermaler der Welt würde sie so plastisch hinbekommen.«

Justine betrachtete die Waldgebiete, die sich hinter den Gebäuden ausbreiteten.

»Wie viel Gehölz wohl noch stehen wird, wenn der Kanal erst da ist?« Sie stutzte. »Müssen eigentlich auch Häuser aus dem Weg geräumt werden?« Sie kniff die Augen zusammen. Auf der anderen Seite des Wassers gab es keine freie Fläche. Nicht einmal ein schmaler Bach hätte dort Platz finden können, geschweige denn eine breite Wasserstraße.

»Vermutlich«, gab Thorin schulterzuckend zurück. »Aber nicht hier.«

Sie sah ihn fragend an. Dann fiel es ihr ein.

»Ach so, nee, der wird ja viel weiter im Norden gebaut. Oben bei Wik und Holtenau, wo der alte Eiderkanal ist. Ich bin manchmal aber auch 'n büschen dösig.« Sie lachte.

»Dösig, aber sehr süß.«

Justine hätte es nett gefunden, wenn er ihr widersprochen hätte. Aber er sah sie so verliebt an, dass sie hätte dahinschmelzen können. Fast. Dann fiel ihr nämlich ein, was sie unbedingt noch mit ihm zu bereden hatte. Hübsche Aussicht hin, verträumter Blick her. Thorin hatte ihr versprochen, sich noch einmal mit Theaterdirektor Hoffmann zu unterhalten. Ihr zuliebe. Konnte doch sein, dass er sich ein letztes Mal breitschlagen ließ und Thorin am Stadttheater bleiben durfte.

»Sag mal, Thorin, du wolltest doch noch mal mit Direktor …«
Weiter kam sie nicht.

»Habe ich!«, sagte er eifrig. »Versprochen ist versprochen und
Versprechen muss man halten.« Justine lächelte.

»Ja, muss man.«

Er lächelte auch.

»Und?«

»Tja, er ist natürlich in einer schwierigen Lage, das verstehe ich.«
Justine runzelte die Stirn. Was war denn schwierig dran, einem
aufmüpfigen, aber beliebten Schauspieler eine letzte Chance zu
geben?

»Hoffmann sitzt zwischen den Stühlen. Entweder muss er sich
von seinem Regisseur trennen oder von mir.«

Sie atmete tief durch, so hatte sie sich das nicht vorgestellt. Er
hätte einlenken und Hoffmann umstimmen sollen, statt ihm die
Pistole auf die Brust zu setzen. Thorins Miene verfinsterte sich.
»Wenn ich es mir recht überlege, verstehe ich ihn doch nicht. Ich
meine, wie hättest du entschieden, stümperhafter Regisseur oder
begabter Schauspieler?«

»Leider bin ich nicht die, die das zu entscheiden hat«, murmelte
sie.

»Stimmt, leider. Was soll ich sagen? Hoffmann hat seine Chance
nicht genutzt, sondern auf das falsche Pferd gesetzt. Wir gehen ein
für alle Mal getrennte Wege.«

Justine starrte Thorin fassungslos an. »Ach Mensch, Thorin,
was soll denn jetzt werden?«, brachte sie schließlich heraus.

»Mach dir keine Sorgen, Stine, ich habe schon ein neues Engagement an der Angel.«

Ein Kellner kam, räumte die Gläser ab und sah Thorin fragend
an.

»Können wir uns noch eins leisten?«, fragte Thorin.

»Ja, ja, eins geht noch«, antwortete sie leise. »Für mich keins mehr«, sagte sie dem Ober. Ihr war die Lust auf Bier vergangen. »Du gehst an ein anderes Theater?«, fragte sie, als sie wieder ungestört waren.

»Nicht direkt. Ich habe dir doch von der kleinen Theaterkompanie erzählt.« Hatte sie es doch geahnt. »Du, das sind nur die Besten, sowohl Darsteller als auch Regisseure. Mit solchen Leuten kannst du für Furore sorgen.« Seine Augen leuchteten, er klang so aufgeregt und froh, dass ihr das Herz aufging. Trotzdem. Er wusste genau, dass sie sich von seinem Gespräch mit dem Direktor etwas anderes erhofft hatte. Konnte er ihr nicht wenigstens ein wenig entgegenkommen?

»Du kannst doch nicht dein Leben lang mit dem Kopf durch die Wand. Du musst lernen, auch mal Kompromisse zu machen, Thorin.«

»Tut mir leid, dir das sagen zu müssen, aber du verstehst offenbar weniger von Kunst, als ich dachte. Wahre Kunst kennt keine Kompromisse. Hättest du wirklich gewollt, dass ich Hoffmann zuliebe alle Überzeugungen aufgebe und mich mit Mittelmaß begnüge?«

Er sah sie so entsetzt an, als hätte sie von ihm verlangt, den Theaterdirektor zu küssen. Der Gedanke ließ sie schmunzeln. Sie seufzte ergeben.

»Also schön, du hast es wenigstens versucht. Wenn dir so viel an dieser Kompanie liegt, dann musst du das wohl machen.«

»Ich wusste, dass du mich verstehst, Stine.« Er drückte ihre Hände. Der Kellner brachte das Bier, doch ehe Thorin das Glas nehmen konnte, griff Justine danach und trank einen großen Schluck. Thorin zog überrascht die Augenbrauen hoch, dann lachte er. »Prost!«

Sie wischte sich über den Mund.

»Kompanie, das hört sich ein bisschen nach Armee an.«

»Das ist nur ein Zusammenschluss von Schauspielern, die auch frei sein wollen, genau wie ich. Ohne einen Direktor, der einem etwas vorzuschreiben hat. Ohne Regisseure, die keine Ahnung haben und trotzdem bestimmen dürfen.«

»Aber jemand muss doch bestimmen.«

»Natürlich, Stine, das machen alle zusammen.«

»Und wo tretet ihr auf?

»Überall!« Ihre Miene schien ihre Zweifel zu verraten. »Doch, Stine, ehrlich. Ich wette mit dir, schon bald kennt man uns überall im Land. Jeder wird uns haben wollen, die Höhe der Gage wird keine Rolle spielen. Wir werden in Hamburg auftreten, in Köln, Berlin und vielleicht sogar mal in Kiel. Das ist viel besser, als nur an einem Ort vor dem immer gleichen Publikum auf der Bühne zu stehen.«

Justine schluckte. »Das … das klingt, als wärst du dann ständig unterwegs. Wir würden uns kaum noch sehen, oder?« Thorin legte beruhigend die Hand auf ihren Arm.

»Doch nur für eine Weile. Am allerbesten wäre natürlich, wenn wir irgendwann ein eigenes Theater hätten.«

Dieser Blick. Sie wusste ja, was er sich von ihr erhoffte. Bloß dauerte es noch, ehe Vater alle Schulden abbezahlt hatte. An das große Geld war nicht zu denken.

»Ich verstehe das noch immer nicht so richtig, Thorin. Kann ja sein, dass man euch nach Berlin oder Hamburg einladen würde, wenn ihr mal bekannt seid. Aber am Anfang kennt euch keiner, also lädt euch auch keiner ein, oder? Da beißt sich doch die Katze in den Schwanz.«

»Ach, Stine, aus dir spricht eindeutig die kleingeistige Krämerseele deines Vaters.«

Ihr kippte die Kinnlade herunter. Wie konnte er wagen …

»Mein Vater ist ein anständiger Kaufmann. Genau wie sein Vater. Ich wüsste nicht, was daran schlecht sein soll.« Ehe er sich verteidigen konnte, legte sie nach: »Das Bier, das dir der kleingeistige Krämer spendiert, schmeckt dir dann aber doch ganz gut, was?«

Er sah sie eine Weile an, ihr wurde schon ganz mulmig, dann blitzten seine Augen, und er beugte sich zu ihr herüber.

»Du siehst umwerfend aus, wenn du wütend bist«, flüsterte er. Sie schnappte nach Luft, kam aber nicht zu Wort. »Dein Vater ist in Ordnung und dein Großvater sowieso. Entschuldige, das war nicht böse gemeint. Künstler denken einfach anders als Kaufleute. Das ist alles, was ich damit sagen will. Uns allen ist klar, dass wir uns zuerst mit Gastspielen in den Dörfern rund um Kiel über Wasser halten müssen. Weißt du, meine Süße, uns ist die Kunst wichtiger als der Verdienst. Wir wollen uns entfalten, etwas Bedeutendes schaffen, uns von der Masse abheben. Verstehst du das?« Sie nickte. War bestimmt ein unvergleichliches Gefühl, etwas Besonderes zu tun und zu sein. Nur musste man sich das auch leisten können.

»Wer zu reich ist, wird nur bequem.« Er streckte den Bauch raus, als sei er kugelrund, und klopfte darauf. Justine lachte. »Da hast du wohl recht.«

War es nicht eigentlich so, dass derjenige, der arm war, es sich nur nicht bequem machen konnte? Wer nix hatte, musste sich ständig strecken, um über die Runden zu kommen. Das wusste sie von ihrem Vater. Zwar hatten sie das Geschäft, das immer genug abgeworfen hatte, um die Familie zu ernähren, aber so richtig ausruhen konnte sich Vater nie. Im Gegenteil, er hatte zusätzlich zu einem Polster für eine Saure-Gurken-Zeit, mit der man immer rechnen musste, noch ein paar Mark zur Seite gelegt, um nun etwas in ein neues großes Geschäft zu stecken. Das war klug von ihm gewesen und führte hoffentlich dazu, dass er und die Familie es irgendwann bequemer hatten. Es war einfach nicht richtig, wenn Thorin nicht selbst etwas verdiente, sondern sich womöglich von ihr, genauer gesagt: von ihrem Vater durchfüttern lassen wollte. Sich zu entfalten, war ja gut und schön, aber irgendwie hörte es sich plötzlich für sie an, als wollte er das auf Vaters Kosten tun. Nach großer Karriere sah es bei ihm jedenfalls noch lange nicht aus, da machte sie sich nichts vor. Von Hochzeit ganz zu schweigen. »Ich habe dir schon mal gesagt, du hast für deine Arbeit bei deinem Vater eine Belohnung verdient. Sag ihm, er soll nicht nur über ein Holzlager nachdenken, sondern auch über ein Theater. Das muss gar nicht groß sein. Es wäre perfekt! Die Sachen deines Großvaters könnten wir in einem Extra-Raum als Kuriositätenkabinett ausstellen. Gegen Eintritt, versteht sich.«

Das war tatsächlich ein wunderbarer Gedanke. Aber immer nur träumen, brachte einen nicht weiter.

»Holz ist ein gutes Stichwort, Thorin«, sagte sie energisch. »Auch wenn du mich gleich wieder für kleingeistig hältst, die erste Fuhre Holz, die die Herren der Kanalkommission bei Vater bestellt haben, muss zur Barackenbaustelle geschafft werden. Pries vom Sägewerk hat gesagt, das gehört nicht zu seinen Aufgaben, das müsste er zusätzlich berechnen. Ein halbes Vermögen wollte er dafür haben, für die Wagen und für jeden einzelnen Packer.« Allein bei der Erinnerung kam ihr schon wieder die Galle hoch. »Es werden einige Fuhrwerke sein. Wenn du hilfst, könnten wir den Lohn für einen Mann sparen. Je mehr kräftige Hände beim Be- und Entladen helfen, desto besser.«

»Kein Problem!« Thorin strahlte sie an.

»Ehrlich?« Das Bier und seine Hilfsbereitschaft machten sie auf einen Schlag gefühlsduselig. Und sie wollte ihm doch auch zu gern seinen Traum erfüllen. Tüxen-Theater oder noch besser Thorin-Tüxen-Theater, das klang umwerfend. Je mehr Thorin

Vater half, desto besser konnte der ihn leiden. Je mehr Vater ihn leiden konnte, desto größer die Chance, dass er jemals Geld in ein Theater stecken würde.

»Aber klar. Wann soll es denn losgehen?«

»Morgen, gleich früh um sieben.«

»Das ist dumm. Ich würde wirklich gern, Stine, nur treffe ich morgen den Kollegen, der die Kompanie leitet.« Sie seufzte. »Bitte, guck nicht so traurig, sonst breche ich auf der Stelle in Tränen aus.« Seine Lippen begannen zu zittern, seine Augen wurden sogar richtig feucht. Schauspieler! »Das Gespräch ist sehr wichtig für mich«, erklärte er im nächsten Moment wieder ernst. »Es kann nicht jeder einfach so mitmachen. Ich sagte dir ja, es sind nur die Besten. Also muss ich vorsprechen und sowohl als Darsteller als auch als Mensch überzeugen. Du willst doch nicht, dass ich auf diese Chance verzichte, oder soll ich?«

»Natürlich nicht …«

»Ich wusste, dass du mich verstehst und unterstützt. Dafür verspreche ich dir, mich zu beeilen, Stine, großes Ehrenwort. Sobald wir alles geklärt haben, bin ich da und stemme die schwersten Balken allein. Ich habe schließlich schon den Faust gespielt.«

Das sagte ihr nichts, aber sie wusste ja auch so, dass er stark war und Muskeln hatte. Hoffentlich kam er nicht erst, wenn das Holz schon ausgeladen war.

Kapitel 10
Susanne

Brunsbüttel, August 1886

Sanne lief den Alter Braakdeich entlang. Das war aber auch 'ne Hitze! Da musste sie ja Angst haben, dass die Eier, die sie in Volsenhusen holen wollte, aufm Rückweg schon faulig wurden. Was gäbe sie dafür, jetzt in die Badeanstalt am Brunsbütteler Hafen zu gehen. Nur brauchte sie dafür dummerweise eine Badekarte, die sie sich natürlich nicht besorgt hatte. Und Zeit für solche Vergnügungen hatte sie sowieso nicht.

»Entschuldigung«, hörte sie plötzlich eine Männerstimme von Weitem. Da kam einer am Kattrepler Fleet entlang. Meinte er sie? Sanne sah sich um. War kein anderer da weit und breit.

»Ja, ja, meine ich Sie, Signorina«, rief er und winkte fröhlich, während er flott näher kam.

Na, das war mal ein sonderbarer Kerl mit einer höchst eigenartigen Sprache. Und ein gut aussehender obendrein, stellte sie fest, als er bei ihr angekommen war.

»Ich furchte, ich habe mich verlaufe. Ist ziemlich kompliziert hier, uberall Bache.«

Sie stutzte, dann verstand sie.

»Bäche.«

»Meine ich ja.« Er nickte unbekümmert.

»Das sind keine Bäche, das sind Fleete«, stellte sie richtig.

»Aha, Fleete, ja, naturlich. So viele davon.« Er lachte. Mann, hatte der weiße Zähne! Die strahlten mit seinen braunen Augen um die Wette, wenn er sich so amüsierte wie jetzt gerade.

»Ich muss falsch abgebogen sein. Wollte eigentlich zum Hafen. Ist hier richtig?« Er zeigte Richtung Braake.

»Jo! Gehen Sie immer geradeaus, bis es nicht mehr weitergeht, da biegen Sie rechts ab. Dann kommen Sie direkt auf den Hafen zu.«

»Danke, mein Fraulein!«

»Fraulein ist gut.«

»Ist das falsch?«

»Nee, aber auch nicht richtig. Was haben Sie vorhin gesagt?«

»Signorina!«

»Hört sich hübsch an.« Sie streckte ihm die Hand entgegen. »Am besten sagen Sie einfach Sanne zu mir.«

Seine Augen leuchteten. »Freut mich sehr!« Er packte ihre Hand. »Rosario Antonio Francesco Limone.« Sie musste ihn wohl reichlich verdutzt ansehen, denn er lachte schon wieder. »Rosario reicht.«

»Moin«, rief Sanne, als sie das Bauernhaus in Volsenhusen betrat. Wer Eier, Milch oder mal ein ganzes Huhn brauchte, marschierte einfach durch die Hinterdiele hinein.

»Moin«, tönte es von irgendwoher zurück. Gleich drauf schlurfte die Bäuerin heran. Sie wischte sich über die breite Stirn.

»Is das 'ne Hitze, das hältst kaum aus.«

»Kann man wohl sagen.« Hier drinnen war es wenigstens ein bisschen angenehmer. Im Sommer kochten die meisten draußen im offenen Unterstand. Der Herd im Haus blieb kalt. Dazu die Steinwände und wenige kleine Fenster. Eine Wohltat!

»Kommst die Eier holen?«

»Ja, wir brauchen heute vierzehn Stück. Waren die Hennen fleißig?«

»Wie immer!« Die Bäuerin lächelte über das ganze schweiß-glänzende Gesicht. Plötzlich legte sie die Stirn in Falten. »Was guckst denn so sinnig aus der Wäsche?«

»Ach nix. Mir ist da nur eben so 'n Kerl über den Weg gelau-fen …«

»Der hat dich doch wohl nicht belästigt?« Ein Wort von Sanne und die Bauersfrau wäre losgestürmt, um sich den Burschen zur Brust zu nehmen.

»Nee, verlaufen hat er sich. Hab den hier noch nie gesehen.«

»Wenn das erst richtig losgeht mit dem Kanal, laufen nur noch Fremde rum, kannst glauben«, verkündete die Bäuerin und zählte die Eier behutsam in Sannes Körbchen.

»Der muss von sehr weit her kommen, so lustig, wie er gespro-chen hat. Allein schon der Name! Fing mit Rosario an, den Rest habe ich schon wieder vergessen.« Sie lachte.

»Ach, der! Das ist der Ingenieur, der die Schleuse bauen soll.« Sanne starrte sie an.

»Wie bitte? Der weiß doch nicht mal, was 'n Fleet ist, kennt sich überhaupt nicht aus …«

»Ist auch noch nicht lange hier, 'n paar Tage erst, mein ich.«

»Na und? Muss sich von einer Frau den Weg zeigen lassen«, schimpfte Sanne. »Am Ende buddelt er in die falsche Richtung, dann läuft der schöne neue Kanal nach Stade, statt nach Kiel.«

»Das wär 'n Ding!« Die Bäuerin kicherte, machte dann aber eine wegwerfende Handbewegung. »Der buddelt ja gar nicht. Wenn ihm jemand zeigt, wohin die Schleuse kommt, wird das schon schiefgehen.«

»Das darf es aber nicht«, sagte Sanne wütend. »Ganz Schleswig-

Holstein kann absaufen, wenn einer Murks macht.« Die Bauersfrau legte erschrocken eine Hand auf die Brust.

»Der spricht nicht einmal richtiges Deutsch«, sprudelte Sanne weiter. »Wie will er sich mit den Arbeitern verständigen?«

»Na, na, so schlecht spricht er wohl nicht. Kommt der nicht aus Österreich oder so? Sanne stöhnte. »Ich weiß nur, dass er erst mal im Haus vom alten Holthusen wohnt, vorn am Deich. Da kommt ja sowieso alles weg, wenn die erst am Kanal buddeln. Holthusen hat das richtig gemacht, dass er sein Grund und Boden verkauft hat. Bis die Häuser für die Herren Konstrukteure und Verwalter gebaut sind, ist der Österreicher doch nicht schlecht untergebracht, will ich meinen.«

»Was kümmert's mich«, sagte Sanne. »Von mir aus kann der unter freiem Himmel wohnen.«

»Was bist denn so giftig?«

»Bin ich nicht. Ich weiß nur nicht, was der hier verloren hat. Als ob es bei uns niemanden gibt, der so 'ne olle Schleuse bauen kann.«

»Dein Großvater hätte das gekonnt, aber der guckt sich ja nun schon lange die Radieschen von unten an.«

Sanne nahm ihren Korb und reichte der Bäuerin die Pfennige.

»Schöne Grüße zu Hause, Sanne!«

»Danke! Bis zum nächsten Mal.«

Sie war schon halb durch die Hinterdiele, als die Bauersfrau sie noch einmal rief.

»Klein büschen sonderbar ist der wirklich.«

»Aha?«

»Ja, weißt, so richtig geht das noch gar nicht los mit dem Bau, hat einer zu ihm gesagt. Und dass er ja nu nicht monatelang nur rechnen kann. Weißt, was er geantwortet hat?«

»Nee, wie soll ich?«

»Dass er die Zeit schon umkriegt. Er könnte ja sonst auch erst

mal 'n paar Fliesen legen. Soll was von Terrakotta geschnackt
haben. Hab ich noch nie nix von gehört.«

Sanne wusste, was sie zu tun hatte. Der Sonderling aus Österreich
oder wo der sonst herkam, hatte Vadders Posten. Es war genau,
wie sie befürchtet hatte: Der war 'n Blender, 'n Schönschnacker,
da war sie sicher wie 'n Hahn, der auf 'ne Henne stieg. Sie wich
einem Fuhrwerk aus und hustete, weil der Staub sofort in ihren
Hals kroch. Fliesen legen, Terrakotta, … was hatte das denn mit
Schleusen zu tun? Da wurde sie nicht schlau draus. Sie musste
ihm auf den Zahn fühlen. Die Sonne stach erbarmungslos und
reflektierte im Fleet so heftig, dass Sanne blinzeln musste. Und
wenn das ein richtig Guter war, ein Fachmann auf seinem Gebiet,
dem niemand das Wasser reichen konnte? Terrakotta … war doch
denkbar, dass er sich mit der neusten Technik auskannte. Mit
einem Schlag hatte sie ein eigenartiges Gefühl im Bauch. Da war
vielleicht einer, von dem sie etwas lernen konnte. Wenn sie ihm
erklären würde, dass eigentlich ihr Vater den Posten hätte haben
können, weil sie ihm brillante Konstruktionspläne gezeichnet
hatte, wäre er mit ganz viel Glück bereit, sie unter seine Fittiche zu
nehmen. Sie wurde immer aufgeregter. War schließlich möglich,
dass die Leute in seiner Heimat fortschrittlicher waren als hier,
dass es für ihn völlig normal war, eine Frau als Assistentin anzunehmen. Oder wenigstens als Gehilfin. Aber bevor sie ihm zu
viel über sich oder gar über ihre heimliche Bewerbung preisgab,
musste sie erst einmal herausfinden, was es mit diesem Fremden
auf sich hatte. Sie stellte leise die Eier ab und schlich sich gleich
wieder davon.

»Sanne, bist zu Hause?« Das war ausgerechnet ihre lüttste
Schwester Inge. Ihr brach es fast das Herz, aber sie konnte sich
nun wirklich nicht um sie kümmern. Vermutlich wollte Inge so-

wieso wieder nur 'ne Schleife gebunden haben. Das sollte sie mal schön selbst üben. Sanne musste zum Haus des alten Holthusen laufen, sie hatte keine Zeit zu verlieren.

Als sie das Grundstück erreichte, rann ihr der Schweiß aus allen Poren. Da war sie nicht die einzige. Schon von Weitem hatte sie das regelmäßige Klopfen gehört. Jetzt sah sie den Österreicher im Garten stehen. Er trug kein Hemd, nicht mal ein Unterhemd. Das war kein übler Anblick. Seine Haut war nass von der Hitze und hatte die gleiche Farbe wie die Schale von schönen Holsteiner Eiern. Muskeln hatte der außerdem! Das war jetzt gut zu sehen, weil er mit dem Rücken zu ihr stand, beide Arme hob und im nächsten Moment eine Axt auf eine Baumscheibe sausen ließ.

»Passen Sie auf, dass Ihnen nicht die Augen aus dem Kopf fallen.« Ein Herr in brauner Hose und weißem Hemd, das ihm am Leib klebte, warf ihr einen spöttischen Blick zu und betrat das Grundstück.

Sanne war mit wenigen schnellen Schritten hinter der hohen Berberitze verschwunden. Fehlte ihr noch, dass dieser Rosario sie entdeckte. Sie wollte viel lieber heimlich rausfinden, ob er etwas auf dem Kasten hatte oder etwas mit ihm nicht stimmte. Nicht mehr lange, dann würde sie ihm auf die Spur kommen. Die Männer hatten sich begrüßt, der Besucher gehörte sicher zur Kanalverwaltung, so vornehm, wie der aussah. Sie schlich sich an der Hecke entlang, um auf die andere Seite des Grundstücks zu kommen. Wenn sie Glück hatte und die Ohren gut spitzte, bekam sie mit, worüber die zwei schnackten.

»Ich bin noch mal wegen Ihrer Papiere hier, Herr Limone«, sagte der Besucher gerade.

»Ach das, mussen Sie sich keine Sorgen machen!« Den Rest konnte sie nicht verstehen, weil er sich ein Hemd über den Kopf zog, während er weitersprach. Sanne konnte nur durch eine winzige Stelle gucken. Sie versuchte, die Zweige des Strauchs auseinanderzudrücken. Verdorri noch eins, die Dornen waren höllisch spitz. Beinahe hätte sie vor Schreck und Schmerz geschrien.

Die Männer waren in die Mitte des Gartens gegangen. Schöner Schiet, da konnte sie nichts mehr hören, egal, wohin sie sich schlich. Der Österreicher zeigte aufs Haus, als wollte er seinen Gast hineinbitten. Das wurde immer schlimmer. Der schüttelte ablehnend den Kopf. Glück gehabt. Sanne sah sich dauernd um, damit sie nicht noch mal jemand erwischte. Sie seufzte und schlug nach einer Mücke. Das hatte doch alles keinen Sinn, sie verstand kein Wort mehr. Selbst wenn der Mann ein dunkles Geheimnis hatte und sie es schaffte, das ans Licht zu bringen, würde eben ein anderer kommen. Ihr Vater würde seine Meinung niemals ändern und doch noch einspringen. Dass dieser Rosario ihr eine Chance gab, sich zu beweisen, war noch unwahrscheinlicher.

Die Stimme des Herrn im weißen Hemd riß sie aus ihren Gedanken. »Sie wollen die Schleusenmauern aus Granit anfertigen lassen?« Die Männer schlenderten genau auf sie zu. Jetzt bloß nicht bewegen, dann konnte sie in aller Ruhe zuhören. »Ja, Granit ist gut zu bearbeiten. Und siehte sehr gut aus, finde Sie nicht?«

»Schon, das kann allerdings auch ziemlich teuer werden. Außerdem war von Ziegeln die Rede, die mit Klinkern verblendet werden.«

»Kann man auch machen«, stimmte der Österreicher zu. Wenn es einer war, irgendwie klang er anders, fand sie.

»Wie dem auch sei, ich bin fürs Technische nicht zuständig, sondern für das Schriftliche. Muss alles seine Ordnung haben. Darum bringe ich Ihnen Ihr Bewerbungsschreiben und den Lebenslauf am besten vorbei, und Sie ändern, was geändert werden muss.« Es entstand eine kurze Pause. »So richtig habe ich noch immer nicht begriffen, warum Sie einen anderen Namen angegeben haben.«

»Ich weiß, ist fur Deutsche ein bisschen schwierig mit unsere Name. Aber ist so ublich in Trentino.«

Aha, hatte sie sich's doch gedacht, er kam nicht aus Österreich.

»Ja, ist gut. Bringen Sie mir her, und ich korrigiere. Ordnung muss sein«, sagte er streng, lachte aber sofort.

»Und über die Ziegel sprechen wir noch«, entgegnete der andere. »Wie gesagt, ich kenne mich mit der Konstruktion nicht aus. Dafür sind Sie ja da.«

»Machen Sie sich keine Sorge«, rief der Mann mit den komplizierten Namen aus, »darum kummere ich mich. So wie um den vielen Beton. Da nehmen wir gute Moniereisen, das hält fur die Ewigkeit. Sagen Sie das dem Herrn Direktor.«

In Sannes Kopf arbeitete es. Moniereisen? Was wollte der bauen, 'ne Schleuse oder 'ne Brücke? Nach einem kundigen Fachmann, der mit neuster Technik vertraut war, klang das nicht gerade. Im Gegenteil. Sie fragte sich, wo er sein Handwerk gelernt hatte. Ihre Vorfahren würden sich allesamt im Grab umdrehen. Sanne wartete in ihrem Versteck, bis der Verwaltungsmann vom Grundstück runter war. Dann zählte sie zur Sicherheit noch bis zehn, ehe sie zur Pforte schlenderte.

»Moin«, rief sie. »Na, das ist 'n Zufall! Sie sind doch …« Sie tat so, als käme sie nicht gleich auf seinen Namen, sonst bildete er sich am Ende noch was ein. »Rosario, richtig?«

Er sah kurz ein wenig erschrocken aus, blinzelte gegen die Sonne. Als er sie erkannte, strahlte er.

»Ah, die freundliche Signorina, die mich gerettet hat.«

»Anscheinend haben Sie den Weg gefunden.«

»War ganz leicht.« Er lachte.

Sie deutete auf Klotz und Axt. »Bei dieser Hitze hacken Sie Holz?«

»Steht die Winter vor die Tur, oder?«

»Im August?«

»Habe ich gehort, dass es im Norden fruh Winter wird.«

»Früh.«

»Ja, eben, darum hacke ich Holz.«

»So früh nun auch wieder nicht.« Das Geplänkel war zwar ganz nett, nur musste Sanne irgendwie das Thema wechseln. »Sie bleiben also länger in Brunsbüttel?«

Er nickte. »Sehr lange, hoffe ich.« Wie er sie ansah. Wenn sie man bloß nicht gleich weiche Knie bekam.

»Sie sind aber nicht der Schleusenbauer, oder?« Sie lachte. Hoffentlich hörte sich das für ihn nicht so künstlich an, wie es in ihren Ohren klang.

»Warum?«

»Nur so, man hört eben so das eine oder andere.«

»Zum Beispiel?« Er wischte sich den Schweiß von der Oberlippe.

»Dass er Betonstahl verwenden will.« Sie sah den Schreck in seinen Augen. »Für eine Schleuse. Hat man so was schon gehört?« Jetzt war sie aber mal gespannt. Sie hoffte, dass er nicht auf ihre kleine Finte hereinfiel, sondern obendrein eine gute Erklärung für sie hatte. Wer weiß, vielleicht könnte sie an der Seite eines gut ausgebildeten Baumeisters doch noch selbst ein paar Aufgaben übernehmen?

»Woher … Haben Sie eben …?« Lange dauerte seine Verunsicherung nicht. »Was finden Sie schlecht an Betonstahl?«, wollte er wissen und hatte anscheinend schon wieder Oberwasser. Das war mal ein gesundes Selbstbewusstsein.

»Es heißt Stahlbeton. Wenn Sie etwas von Schleusenbau verstehen würden, wüssten Sie das«, hielt sie ihm eisig entgegen. Enttäuschung machte sich in ihr breit.

»Ist doch egal, wie rum, Stahlbeton, Betonstahl, bei uns heißt es sowieso anders«, verteidigte er sich.

»Dann scheint bei Ihnen nicht nur der Name, sondern auch die Beschaffenheit anders zu sein als hier.« Seine Augenbrauen zogen sich zusammen. »Bei uns rostet Stahl nämlich. Wär ziemlich dusselig, wenn die schönen Schleusentore nach ein, zwei Jahren weggerostet wären, was?« Sie funkelte ihn an. »Aber da müssen Sie ja nix von wissen, Sie sind schließlich nicht der Schleusenkonstrukteur.«

Er atmete laut aus und ließ die Schultern hängen. Hätte ihr fast leidtun können. Tat er aber nicht. Das Einzige, was sie in dem Moment bedauerte, war die Tatsache, dass ihr Vater den Posten nicht angenommen hatte.

»Wieso kennen Sie sich damit so gut aus? Als Frau«, fragte er leise.

»Mein Urururgroßvater hat schon die Schleusen für 'n Eiderkanal gebaut. Und mein Großvater hat in der Carlshütte in Büdelsdorf gearbeitet. Der wusste alles über Eisen, Stahl und über Rost. Der wusste anscheinend nicht, dass ich ein kleineres Gehirn habe, oder es hat ihn nicht gekümmert, jedenfalls hat er mir alles beigebracht.« Sie stemmte die Fäuste in die Taille. »Nu aber mal raus mit der Sprache: Wie haben Sie diesen schönen Posten gekriegt, wenn Sie von Tuten und Blasen keine Ahnung haben?«

Er sah sie sehr lange an und fuhr sich durch das schwarze wellige Haar. Das glänzte so, dass sie am liebsten mal reingefasst hätte. Fühlte sich bestimmt an wie Seide.

»Wollen Sie etwas trinken? Ich habe Limonade.«

Ach nee, wollte er sie jetzt etwa um den Finger wickeln? Da hatte er sich zu viel vorgenommen. War scheinbar seine Stärke, sich zu überschätzen.

»Zitronenlimonade, ganz frisch gemacht.« Seine Augen leuchteten.

»Ein Schluck kann nicht schaden.« Tat bestimmt gut bei der Hitze. Außerdem sollte er sich ruhig ins Zeug legen, sie würde ihm trotzdem die Hölle heiß machen.

Er legte blitzschnell die Axt zur Seite, zog ein Taschentuch hervor und wedelte damit über den Holzklotz.

Dann deutete er eine Verbeugung an. »Bitte, setzen Sie sich. Bin gleich wieder da.«

Das war er tatsächlich, in jeder Hand ein Glas mit einer hellgelben Flüssigkeit, die schon aus der Ferne köstlich fruchtig duftete. Er reichte ihr eins.

»Danke sehr.« Er sah sie erwartungsvoll an, also nippte sie vorsichtig. »Das ist aber lecker!«

Er lächelte zufrieden.

»Der Trick ist die frische Zitrone. Mussen Sie eine Weile mit dem Saft und Zuckerwasser im Krug lassen. Lange genug, damit die gute Aroma hineingeht, aber nicht zu lange, sonst wird es bitter.«

»Aha, werde ich mir merken.«

Er schnappte sich mit einer Hand einen Holzklotz, als wäre der federleicht, stellte ihn neben ihren und setzte sich. Erst senkte er den Blick, doch dann sah er sie ernst an.

»Ich wollte niemanden belugen, Signorina Sanne«, sagte er so eindringlich, dass sie ihm am liebsten glauben wollte. »Wissen Sie, ich bin einfach am falschen Tag in Brunsbuttel angekommen. Oder am richtigen.«

»Kapier ich nicht.«

»An diese Tag sollte der Schleusen-Mann aus Bozen kommen. Aber bin ich gekommen. Wusste ich doch nicht«, verteidigte er sich. »Alle haben geglaubt, dass ich ... Bozen ist auch nicht weit von meine Heimat.«

»Eine Verwechslung?« Sanne konnte es nicht fassen.

»Genau, eine Verwechselung.«

»Woher kommen Sie?«, wollte Sie wissen.

»Aus dem Trentino. Meine Land sieht aus wie ein, wie sagt man? Farfalla. Schmetterling. Ja, es hat die Form von einem Schmetterling.«

»Klingt hübsch.«

»Es ist wunderschon.« Er seufzte. »Und es ist sehr weit weg von hier.«

Wie aus dem Nichts hatte Sanne die Stimme von Madame Emmanuelle im Ohr. Ihr wurde heiß und gleich wieder kalt. Mann, hatte sie mit einem Mal einen Durst, sie stürzte die Zitronenlimonade ohne abzusetzen herunter.

»Noch etwas?«, fragte er und zeigte auf ihr leeres Glas.

Sie schwieg einen Moment. Statt ihm zu antworten, wollte sie wissen: »Wo Sie herkommen, scheint die Sonne da fast das ganze Jahr?«

»Si, Signorina.«

Es rauschte in ihren Ohren. Was hatte diese Madame Emmanuelle gesagt, sie würde schon bald einem Mann begegnen, von dem sie wünschen würde, sie hätte ihn nie getroffen. Und sie würde sich außerdem wünschen, dass er nie wieder wegginge. So ungefähr war das. Da saß er und erzählte von einer Landschaft mit Hügeln und Seen, von Weinstöcken und Obstfeldern, die bis zum Horizont reichten.

»Ich hole noch etwas Limonade«, schlug er vor. »Sie sind ein bisschen blass.«

»Die Hitze«, entgegnete sie schwach. »Sind wir hier nicht so gewöhnt.«

Es dauerte nur eine Minute, ehe er zurück war und ihr einschenkte.

»Was werden Sie machen, wenn der richtige Mann auftaucht, der aus Bozen?« Sie sah ihn ängstlich an.

»Muss ich nixe machen. Ist schon wieder weg.« Er lächelte verschmitzt, dann erzählte er, dass ihm der Ingenieur über den Weg gelaufen sei. »Habe ich ihm haarsträubende Geschichten erzählt über die Arbeitsbedingungen. Mit sechs Mann oder mehr in einer Kammer schlafen, von fruh bis nachts schuften, in der Baracke essen und sonntags auch da in die Kirche gehen. Nie raus durfen …«

»Pfui, schämen Sie sich.« Sanne musste grinsen. »Sie haben vielleicht eine blühende Phantasie.« Sie schüttelte den Kopf.

»Nein, nein, das kenne ich ja alles. Soll auch hier so sein fur Arbeiter, wie ich eigentlich einer wäre. Die Techniker haben es besser.« Er zeigte schüchtern auf das Haus. »Das habe ich ihm naturlich nicht gesagt.«

»Dann sind Sie eigentlich hergekommen, um am Kanal zu schaufeln?« Konnte sie sich gut vorstellen bei den kräftigen Armen.

»Nein, nein, nicht schaufeln, sprengen!« Seine Augen leuchteten. »Ich kenne mich gut mit Dynamit aus.«

Kapitel 11
Susanne

Brunsbüttel, August 1886

Irgendwann hatte Sanne nach Hause gehen müssen. Ihre Eltern hatten sie bestimmt schon vermisst. Wenn sie jetzt mitbekamen, dass sich Sanne mit dem traf, der Vaters Posten bekommen hatte, würden sie Lunte riechen. Es würde ihnen nicht gefallen. Darum hatte Sanne für die zweite Verabredung diese späte Stunde gewählt. Sie kletterte aus ihrem Bett und lauschte auf den Atem ihrer vier Geschwister. Michel, der jüngste Bruder, schnarchte seit einiger Zeit. Hoffentlich war das nix Schlimmes, der Doktor war immer so teuer. Aber normal war das nicht. Glücklicherweise konnten die anderen drei bei dem Geröchel schlafen, Sanne dagegen presste sich mal ein Kissen auf das Ohr, mal stopfte sie ein winziges Stück Stoff hinein. In dieser Sekunde war sie froh über Michels Schnarchen. Sie schlich zur Tür, öffnete sie nur so weit wie nötig und quetschte sich hindurch aus der Kammer. Für einen Moment blieb sie stehen und lauschte. Ihre Eltern schliefen gleich gegenüber. Sanne hörte gleichmäßiges Atmen. Auf Zehenspitzen huschte sie zur Haustür, hielt noch mal kurz inne. Nichts, kein Mucks. Langsam schob sie den Riegel nach oben. Das Kratzen des Eisens kam ihr viel lauter vor als sonst. Da musste ja die gesamte Familie aufwachen. Trotzdem rührte sich nichts. Ein Quietschen, dann war die Tür offen. Mit angehaltenem Atem schloss Sanne sie hinter sich und lief durch die Nacht. Verflixt, war das düster! Außerdem kam's ihr so vor, als würden die wilden Rosen im Belmer Moor stärker duften und Uhu und Käuzchen lauter schreien als sonst. Sanne schauderte. Jetzt bloß nicht bange machen lassen. Einmal stolperte sie über einen Ast, der wohl neulich beim Sturm runtergekommen sein musste. Ein anderes Mal trat sie in eine Pfütze, die vom großen Regen vor zwei Tagen übrig geblieben war.

Endlich sah sie einen warmen Lichtschein. Wie verabredet, hatte er eine Laterne mitgebracht und saß auf einer Treppe, die runter zur Braake führte.

»Sie kommen wirklich, Signorina«, sagte er und stand auf. Erst als sie sich auf eine Steinstufe gesetzt hatte, machte er es sich auch wieder bequem.

»Klar, was haben Sie denn gedacht?«, fragte sie. »Ich will schließlich nicht versäumen, Ihnen den Kopf zu waschen.«

Er fasste sich erschrocken ins Haar.

»Wieso, ist nicht gut?«

»Doch, ist sogar sehr gut.« Mist, das war ihr rausgerutscht. »Nur so 'n Sprichwort«, erklärte sie schnell. »Es bedeutet, dass ich Ihnen die Leviten …, dass ich Ihnen meine Meinung sagen will. Es war nicht in Ordnung, den Mann aus Bozen zu vergraulen.«

Er setzte zu einer Entschuldigung an, doch sie ließ ihn nicht zu Wort kommen. »Nee und noch mal nee! Da beißt die Maus keinen Faden ab!«

»Welche Maus?«

»Das ist auch nur ein Sprichwort.«

»Sie haben viele Sprichworter«, stellte er fest.

Sanne zuckte mit den Achseln.

»Gucke Sie mal, es war nicht schlimm, weil es ihm hier sowieso nicht gefallen hat. In Bozen gibt es viele Hotels, Theater, Eisenbahn. Überall sind schöne Berge, nicht alles platte wie hier.«

»Ich war noch nie in den Bergen«, sagte sie leise. »Haben Sie viel von der Welt gesehen?« Sie beobachtete ihn von der Seite. Wie das Weiß in seinen Augen im Schein der Laterne leuchtete!

»Ein bisschen. Ja, Berge sehr viele!« Er lachte. »Vor allem habe ich einen riesigen Berg von innen gesehen.«

»Sie nehmen mich auf den Arm.«

Er sah sie verwirrt an, dann strahlte er.

»Verstehe, Sprichwort. Nein, bestimmt nicht nehme ich Sie auf den Arm. Ich habe geholfen, einen Tunnel in den San Gottardo zu bauen. Fast siebzehn Kilometer lang. Können Sie sich das vorstellen?«

»Nein«, gab sie aus vollem Herzen zu. »Siebzehn Kilometer durch Felsen?« Wie konnte man einen Tunnel so exakt berechnen, dass man nach einer solchen Strecke auch dort ankam, wo man hinwollte? Ob wohl von beiden Seiten gleichzeitig gegraben wurde oder nur von einer? Sanne hatte tausend Fragen im Kopf und wünschte, er würde ihr alles über diese Arbeit erzählen.

»Was meinen Sie damit, dass Sie geholfen haben, ihn zu bauen? Waren Sie an der Planung beteiligt?«

»Nein, das kann man so nicht direkt sagen«, druckste er herum. »Aber stimmt doch, Signorina. Wer das kann, kann auch einen Kanal durch ein Land bauen, habe ich recht?«

»Ich weiß nicht, das ist 'ne komische Logik.«

»Haben Sie sicher davon gehört«, begann er, »in Februar vor sechs Jahre haben wir endlich den Stich geschafft.«

»Was denn für einen Stich?«

»Wie sagt man, wenn der Tunnel sich von beiden Seiten trifft?«

»Durchstich.«

»Si, genau, Durchstich.«

Sanne erinnerte sich. Es war ihr zwölfter Geburtstag gewesen, eigentlich erst ihr dritter richtiger, denn sie hatte ausgerechnet am 29. Februar auf die Welt kommen müssen. An diesem zwölften Geburtstag hatte es für Großvater kein anderes Thema gegeben.

»Die Zeitungsjungen haben es ordentlich rausposaunt«, erzählte sie. »Mein Großvater konnte sich nicht einkriegen vor Begeisterung. Er hat mir damals eine Zeichnung gemacht. Ich konnte es nicht glauben, dass es überhaupt möglich ist, sich einfach so durch einen Berg zu buddeln.«

»Nicht einfach so. Es hat siebeneinhalb Jahre gedauert.«

»Wirklich?« Sie starrte ihn an. Allmählich kamen die Einzelheiten wieder. Natürlich, sie hatten von beiden Seiten aus gegraben. Großvater hatte ein Brot stibitzt und es ihr gezeigt. Mit einer Gabel hatte er den Laib ausgehöhlt.

»Wenn das Fels wäre und keine weiche Krumen, dann müsste ich die Wände natürlich abstützen und sichern«, hatte er ihr erklärt. »Es will genau berechnet sein, wie viel Gestein weggeschafft werden kann, ohne dass der Gang einbricht.« Am Schluss hatte er die Gabel einmal durch das Brot geschoben, sie angestrahlt und sich von Mutter eine Standpauke angehört, als sie die Bescherung entdeckt hatte.

Sanne betrachtete Rosario von der Seite. Er war leibhaftig dabei gewesen.

»Das muss ein Erlebnis gewesen sein«, sagte sie, »und ziemlich anstrengend.«

»Ja.« Er blickte in die Dunkelheit, dahin, wo die Braake leise an Stege und Dalben schlug und Boote sanft in den Schlaf schaukelte. Leise begann er zu erzählen: »Siebeneinhalb Jahre rund um die Uhr, Stillstand gab es nie. Wir waren Tausende Männer, sind in drei Schichten dem Fels zu Leibe gerückt. Jede einzelne Tag gab es neue Probleme.«

Sanne hörte ihm gebannt zu. Es war, als könne sie alles deutlich vor sich sehen.

»Das kann ich mir vorstellen«, sagte sie, als er eine lange Pause machte.

»Nein, mi scusi, Signorina, das konne Sie nicht.« Sie nickte langsam. Vermutlich hatte er recht, wer so etwas nicht erlebt hatte, konnte höchstens eine blasse Ahnung davon haben, was es bedeutete, derartig zu schuften.

»Die Arten von Gestein haben haufig gewechselt, mal war es besonders hart, mal bruchig. Dann plotzlich Wasser im Stollen von alle Seite gleichzeitig.« Er schüttelte den Kopf, die Erinnerung schien ihn ziemlich mitzunehmen. Sanne bekam eine Gänsehaut. Wie grausam es sein musste, viele Meter unter der Erde so hart zu arbeiten und dann drangen Wassermassen ein. Er musste Todesangst ausgestanden haben. Sanne musste sich eingestehen, dass sie ihn bewunderte. »Manchmal es gab kaum Luft und war schrecklich heiß.«

»So wie jetzt?«

»Viel schlimmer, an einige Tage hatten wir bis vierzig Grad da unten. Als wenn wir uns langsam zur Holle gearbeitet hätten.«

Sie stutzte, dann lächelte sie. »Zur Hölle, meinen Sie.«

»Si, Holle, ja.«

Es knackte und raschelte im hohen Gras, etwas huschte flink davon, ein Fuchs vielleicht oder ein Marder. Irgendwo sang eine Nachtigall. Sanne atmete tief die würzige Luft ein. Was für eine schöne Nacht. Umso schwerer fiel es ihr, sich auszumalen, wie es sein musste, stundenlang kein Tageslicht zu sehen. Die fürchterlichste Vorstellung war, in so einem stickigen engen Schacht zu stecken, immer mit dem Gefühl, dass da meterdick Felsen über einem war. Sie wäre umgekommen vor Angst, es könnte jeden Moment alles zusammenbrechen.

»Am Anfang ging es noch, aber sehr schnell wir mussten jedes Stuckchen sofort ausmauern. Der Druck war einfach zu stark, verstehen Sie? Die Holzstutzen sind durchgebrochen wie Streichholzer.«

»O Gott, nee, da darf ich gar nicht drüber nachdenken.«

»Das ist so, wenn man vorankommen will.« Er sah sie an. »Meine ich nicht nur im Tunnel, sondern uberhaupt.«

»Aber natürlich«, stimmte sie ihm aufgeregt zu. »Solche Projekte mögen verrückt sein, aber ohne sie gäbe es keinen Fortschritt.«

Sie saßen beieinander, als würden sie sich schon lange kennen. Die Hitze des Tages hatte sich von der Nachtkühle vertreiben lassen. Sanne hatte das Gefühl, sie konnte endlich frei atmen. Lag das nur an der gefallenen Temperatur?

Nach ein paar Minuten, in denen sie nur den Stimmen der Dunkelheit zuhörten, erzählte Rosario davon, wie wenig Maschinen sie in der Schweiz gehabt hatten.

»Am Kanal werden moderne Bagger arbeiten. Das ist sehr gut!« Seine Augen strahlten. Er beschrieb ihr in allen Einzelheiten, wie sie das Fehlen von neuartigen Geräten hatten ausgleichen müssen. Zum Beispiel durch Sprengungen. Dabei kannten die Männer sich mit Dynamit noch nicht einmal aus.

»Schon beim Transport ist der Sprengstoff manchmal einfach in die Luft geflogen«, sagte er.

»Du meine Güte, das war ja lebensgefährlich.«

»Ja, das war es, sind viele gestorben. Einige wurden von Lokomotiven zerdruckt, sogar welche erschossen. Ich hatte aber Gluck.« Er lächelte. »Ich bin hier.«

»Gott sei Dank!« Das war ihr einfach so herausgerutscht. Aus den Augenwinkeln nahm sie wahr, wie er sie musterte.

So einen Blick hatte sie noch nie bei einem Mann gesehen, als ob die Sonne seiner Heimat aus ihm leuchtete. Sie hätte ihn ewig so angucken können. Nur war das ja wohl kaum der Zweck dieses Treffens! Sie musste sich zusammenreißen. Auf einmal wurde ihr bewusst, was er eben gesagt hatte. »Es wurden Arbeiter erschossen? Ich hoffe, jetzt erlauben Sie sich aber doch einen Spaß mit mir.«

»Leider nicht. Mussen Sie verstehen, wir haben nur sehr wenig Geld bekommen. Zwei Drittel von alles mussten wir zuruckgeben für Essen und ein dreckiges Bett in einer Baracke mit vielen anderen Männern. Irgendwann war Schluss, einige wollten mehr Geld und haben den Eingang ... wie sagt man ... blockiert. Hat nicht lange gedauert, die Polizia war schnell da. Vier Männer tot.«

Sanne war, als würde die Treppe, auf der sie saß, schwanken. Alles um sie herum verlor Stabilität und Sicherheit. Auch am Kanal sollten Tausende Arbeiter beschäftigt werden und in Baracken wohnen. Sie hätte keine Sekunde dran gedacht, dass es denen da schlecht gehen konnte. Dreckiges Bett. Wenn so was in der Schweiz möglich war, schlimm genug, aber hier doch wohl nicht. Hoffte sie. Sie hatte sich so drauf gefreut, dass es losgehen sollte, jetzt wurde ihr mit einem Mal mulmig zumute. Die Männer, die aus der Fremde hierherkamen, weil man sie brauchte, um dieses Projekt umzusetzen, die dafür schufteten, schwitzten, sich womöglich verletzten und sogar ihr Leben riskierten, die durfte man doch nicht ausnutzen. Die musste man doch anständig behandeln, ihnen dankbar sein, dass sie alles aufgaben. Ohne sie würde es den Bau niemals geben. Sie musste rausfinden, wie die Herren von der Kanalverwaltung sich das dachten.

»Trotzdem, ich bin Louis sehr dankbar für alles«, sagte er in ihre Überlegungen. »Ich habe so viel gelernt. Lernen ist mindestens genauso wichtig wie essen.«

»Wer ist Louis. Ihr Vater? Hat er Sie in die Schweiz geschickt?«

Da war es wieder, dieses Lachen, das klang wie ein Lied.

»Er war für viele von uns wie ein Vater. Louis Favre war der Un-

151

ternehmer, der sich den Tunnel fur die Eisenbahn ausgedacht hat. Er hat nicht studiert, war er ein Zimmermann.« Ihr stockte der Atem. »Er hat sich alles selbst beigebracht, was er wissen musste. Sehr kluger Mann, finden Sie nicht?« Ihr Kopf schwirrte. »Allerdings. Erzählen Sie weiter!«

»Was soll ich erzähle? Wir hatten schon gehort die Kollege auf andere Seite. Am 28. Februar konnte sie zum ersten Mal ein Bohrer von uns sehen, der druben durch die Wand kam. Dieser Jubel, das war ein Gefuhl!« Er sah aus, als könne er noch immer nicht begreifen, das geschafft zu haben.

»Na, dieser Louis hat sicher kräftig gefeiert, was?«

»Nein, er war schon tot.«

»Oh.«

»Einfach umgefallen unten im Berg, ein paar Monate vorher.« Er hob traurig die Schultern und ließ sie wieder sinken. »Trotzdem war er sozusagen der Erste, der von Suden nach Norden durch den Tunnel gegangen ist. Wir haben eine Blechbuchse mit einem Bild von Louis durch die Loch geschoben.« Er seufzte.

»Ich erinnere mich gut, dass mein Großvater über diese Ingenieurs-Meisterleistung, wie er immer wieder gesagt hat, jede Einzelheit wissen wollte. Er war vollkommen fasziniert, dass es von Norden nach Süden nur wenige Zentimeter Abweichung gab. Stimmt das?« Er nickte stolz.

»Wie ist das nur möglich? Wie lässt sich die Route durch den Berg so genau berechnen?« Sanne runzelte die Stirn: »Die Vermessungen vorher müssen Monate gedauert haben. Wie sonst hätte man die benötigten Zahlen bekommen können, vor allem so exakte Zahlen?«

Rosario erzählte ihr, dass die Arbeit damit längst nicht erledigt war. Bis aus einer einfachen Röhre ein Tunnel mit Gleisen und allem drum und dran wurde, war reichlich zu tun.

»Was ich gelernt hatte, war gut, wollte ich aber noch mehr konnen, um nie mehr als Hilfsarbeiter gerade so uber Wasser zu halte.
Bin ich bei einem Steinmetz in die Lehre gegangen.« Er machte
eine Pause und erklärte ernst: »Der Umgang mit Dynamit hat
mir gezeigt, wie wichtig Wissen ist, es kann Leben retten. Als ich
horte, im Norden von Deutsche Reich werden Sprengmeister gebraucht fur die größte Baustelle, die Europa je gesehen hat, wusste
ich, wo mein Platz ist.«

»Das verstehe ich gut. Andererseits ... Mit Ihrer Ausbildung
hätten Sie bestimmt auch in Ihrer Heimat eine gute Stelle finden
können. Bei Ihnen ist es doch viel wärmer, und die Sonne scheint
dauernd. Haben Sie selbst gesagt. Hier regnet es ständig und ist
sogar im Sommer kalt und windig.«

»Ist Ihnen kalt?« Er machte Anstalten, seine leicht ausgebeulte
Jacke auszuziehen.

»Nein«, sagte sie schnell. »Im Moment ist mir überhaupt nicht
kalt.«

Er sah sie an. »Mir auch nicht. Ich fuhle mich sehr wohl.«

Sie nickte. »Ich mich auch.«

»Sie sind sehr nett, darf ich das sage?«

»Natürlich, warum nicht?« Was war denn das plötzlich für
ein komisches Kitzeln in ihrem Bauch? Und was führte er im
Schilde? Er meinte hoffentlich nicht, wenn er ihr Honig um den
Bart schmierte, würde sie einfach so hinnehmen, dass er sich eine
Stelle unter den Nagel gerissen hatte, für die er völlig ungeeignet
war. Und die eigentlich ihrem Vater zustand. Das konnte sie nicht,
selbst wenn sie es wollte, dafür stand für die Menschen, die in
der Nähe wohnten, zu viel auf dem Spiel. Für alle Menschen in
Schleswig-Holstein, wenn ihr Vater recht hatte.

»Ich will nicht zurück, das geht nicht ...«, sagte er leise. »Werde
Sie mich verrate?«

Hatte sie's doch geahnt, darum das Süßholzraspeln. Sanne stand auf.

»Überlege ich mir noch. Jetzt muss ich nach Hause.«

Vor allem musste sie in Ruhe nachdenken. Im Moment wusste sie nämlich selbst nicht, was sie eigentlich wollte. Er durfte den Posten nicht antreten, gleichzeitig ertrug sie den Gedanken nicht, dass er wieder aus Brunsbüttel verschwinden könnte.

Er war ebenfalls aufgestanden.

»Sehen wir uns wieder?« Er war nur ein bisschen größer als sie. Die Stufe war schmal, sie mussten ziemlich nah beieinanderstehen. O Mensch, das Kitzeln wollte nicht aufhören, im Gegenteil.

»Lässt sich in so 'nem kleinen Ort schwer vermeiden«, sagte sie schnell, wünschte ihm eine gute Nacht und ging.

Zwei Tage später marschierte sie zum Holthusen-Haus.

»Moin!«

»Wieso sagen Sie immer guten Morgen, auch zum Mittag?«

»Sage ich doch gar nicht.«

»Doch, sagen Sie Moin.«

»Ja, aber das heißt alles, guten Morgen, Tach, guten Abend. Das passt immer.«

»Ah so.«

»Was sagt man bei Ihnen zu Hause?«

»Buona giornata.«

»Das klingt hübsch.«

Schöner Mist, sie war nun wirklich nicht gekommen, um sich von ihm einlullen zu lassen oder irgendwas an ihm hübsch zu finden.

»Kommen Sie mit!«, sagte sie streng.

»Was habe Sie vor?«, wollte er wissen. Hatte bestimmt die Büx voll, weil er damit rechnete, sie könnte ihn verpfeifen.

»Ich möchte, dass Sie mir was zeigen«, sagte sie nur.

Er folgte ihr schweigend elbaufwärts und dann übern Soldatendeich bis Tiedemannshörn.

»Dann mal los«, forderte sie ihn auf, »bauen Sie mir eine Schleuse!« Er machte ein Gesicht wie die Kuh, wenn's donnert. »Wenn Sie das bei dem lütten Rinnsal nicht hinkriegen, wird's beim Kanal aber mächtig schwierig.« Mit verschränkten Armen postierte sie sich neben dem Bach.

»In Ordnung.« Er nickte, betrachtete den schmalen Wasserlauf. »Sie habe ein gutes … wie sagt man … Nivelliergerät dabei?« Spielte er ihr etwas vor oder nahm er die Sache ernst? Sein Blick war jedenfalls die pure Herausforderung. Das hatte sie sich anders vorgestellt.

»Nehmen Sie einfach an, es wäre alles perfekt vermessen.«

»Ich hoffe, das gilt nur fur das Rinnsal, beim Kanal soll ich nicht nur annehmen, oder?«

»Natürlich nicht. Das hier ist nur ein Test. Im Ernstfall müssen Sie selbstverständlich alles beachten. Wenn es überhaupt dazu kommt.«

»Was wolle Sie haben, eine Flussschleuse oder eine Kanalschleuse?« Darauf war sie nicht gefasst gewesen. Sie hatte keine Ahnung, worin der Unterschied bestand. Glücklicherweise sprach er sofort weiter: »Ah, noch eine Frage: Soll ich den niedrigen Wasserstand der Elbe berucksichtigen? Wir mussen dann stauen, damit der Fluss langsamer fließt, der Stand hoch geht und genug fur die Schiffe da ist.« Er fuchtelte mit den Händen in der Gegend herum, deutete hier Höhenunterschiede an, da die Geschwindigkeit des Wassers. »Ich fange am besten hier mit dem Wehr an«, erklärte er unbekümmert. »Das mache wir zur Sicherheit ein bisschen breiter. Fur Herbst, wenn es viel regnet, oder Fruhling, wenn es viel Schneeschmelze gibt.« Er stutzte kurz. »Schneit es hier viel im Winter?«

»Mehr als im Sommer«, gab sie kühl zurück. Er schien wahrhaftig an alles zu denken. Und er wusste, wovon er sprach. Er musste schon mehr in seinem Leben gemacht haben, als Felsen zu sprengen. »Ist ja schon gut, ich hab's kapiert. Sie kennen sich mit Schleusen aus, zumindest etwas. Woher eigentlich?«

»Wir haben bei uns einen Fluss, heißt Chiese. Ein verruckte Mann wollte da machen eine Verbindung von Nord nach Sud fur Schiffe. Er hat mich gefragt, ob ich das ubernehmen kann.«

»Haben Sie?«

»Nein, ich bin kein Schleusenbauer, also lieber nicht.«

Sanne öffnete den Mund, wusste jedoch nicht, was sie dazu sagen sollte. Er lachte.

»Der Chiese ist zu klein, zu kurz, zu … es war von Anfang an … wie sagen Sie … eine Schnapsidee. Aber ich habe mich sehr viel beschäftigt, viel gelernt. Ich habe es gemacht wie Louis Favre. Wenn ein Zimmermann einen Tunnel siebzehn Kilometer durch eine Berg bauen kann, warum soll ein Steinmetz nicht eine Schleuse konstruieren konnen?«

»Sie machen mich wahnsinnig!«, grollte sie und stapfte in Richtung Elbe.

»Warum? Ich verstehe nicht.« Er lief ihr nach, passte sich ihrem Schritt an. Gemeinsam gingen sie zum Ufer. Ein großer Kahn fuhr gerade flussaufwärts. Bestimmt wollte der in den Hamburger Hafen. Wellen schwappten auf den Strand.

»Sie haben gehofft, dass ich es nicht kann«, stellte er fest. Sanne schämte sich, weil er ins Schwarze getroffen hatte. »Warum? Warum mogen Sie mich nicht?«

»Stimmt doch gar nicht«, widersprach sie und ärgerte sich sofort. »Die Schleusen sind das Wichtigste!« Sie malte mit der Schuhspitze Kreise in den Sand. »Die muss jemand machen, der richtig viel davon versteht. Der Beste. Wasser lässt sich nicht besiegen, nicht leicht. Wenn dabei 'n Fehler passiert, gehen wir hier alle unter mit Mann und Maus.«

»Die beißt keinen Faden davon ab, richtig?« Sie sah auf. Er wirkte zwar belustigt, aber irgendwie auch wie einer, der genauso viel Verantwortungsgefühl im Leib hatte wie ihr Vater. »Vielleicht hat sie nur nicht genug Hunger«, sagte er. »Ich aber. Ich wollte mir gerade etwas machen, als Sie mich entführt haben. Kommen Sie, ich mache uns Bruschette.«

Sie saßen im Garten vor dem Haus, wo er beim letzten Mal Holz gehackt hatte. Jetzt stand hier ein kleiner Tisch mit zwei Stühlen. Sahen schon ziemlich verwittert aus, wahrscheinlich hatte er die Möbel im Schuppen vom alten Holthusen entdeckt.

»Das Brot sieht aber lecker aus. Und wie das duftet.« Eben hatte Sanne noch gedacht, sie hätte keinen Hunger, aber jetzt? Ihr lief das Wasser im Mund zusammen.

»Ihr Brot ist auch gut, dunkel. Aber fur Bruschette nimmt man ein anderes.«

»Sagen Sie nicht, Sie haben das selbst gebacken.«

»Warum nicht?«

»Konnte ich mir nicht vorstellen. Sie sind ein Mann. Mein Vater würde nie … Ist doch Frauensache.«

»Finden Sie?« Er sah sie verwundert an, als sei das eine vollkommen ungewöhnliche Einstellung.

Rosario hatte ein Rost über ein paar größere Steine gelegt, zwischen denen ein kleines Feuer loderte. Er platzierte ein paar Scheiben von seinem Brot darauf. Der Duft wurde noch intensiver, schnell nahmen die langen Fladen Farbe an. Ehe sie verbrennen konnten, nahm er sie vom Rost, rieb mit einer aufgeschnittenen Knoblauchzehe darüber und beträufelte alles mit Öl.

»Noch ein bisschen Salz, fertig!«

»So habe ich mir noch nie 'ne Stulle gemacht. Danke.«

»Ist nichts Besonderes, nur Arme-Leute-Essen. Aber ich mag es und es geht schnell.« Sie biss vorsichtig hinein. »Gut?«

Sanne kannte Knoblauch nur als Heilmittel oder Zutat für Eintopf. So kräftig war der Geschmack etwas gewöhnungsbedürftig, aber nicht übel. Sie nickte ihm lächelnd zu.

»Wo ich herkomme, hatten wir oft nichts anderes. Oder nur die schreckliche Polenta«, meinte er bitter. »Davon wurde die Leute krank, da ist mir das lieber.« Er hob kurz die Hand mit dem Röstbrot. »Noch ein paar frische Tomaten dazu, basta.« Von Tomaten hatte sie schon gehört, aber nie welche probiert. Schien wirklich alles anders zu sein, da, wo er herkam.

»Ist ein kleines Dorf, wissen Sie, ein bisschen zuruck, nicht modern. Die Menschen dort haben Veränderungen nicht so gern.«

»Das ist hier genauso.«

»Wer Fortschritt mag, geht in die Stadt. Sie habe gefragt, warum ich nicht in meiner Heimat geblieben bin. Es ist schon, Sie haben recht. Wir konne so große Zitrone und Orange direkt vom Baum pflucken.« Er legte die Hände aneinander wie Kinder, die einen Schneeball formen.

»Wie im Paradies«, flüsterte sie.

»Ein bisschen, ja.« Er beschrieb Nadelbäume mit hohen Kronen, die er Pinien nannte, erzählte vom Gardasee, der so lang war, dass er von hier bis nach Neumünster reichen würde. Na, das war sicher kräftig übertrieben. Trotzdem klang alles so schön und so fremd, dass sich Sanne wünschte, er könnte es ihr zeigen. Irgendwann.

»Aber es ist auch sehr arm«, sagte er. »Und dann dieses schreckliche Hin und Her, alle zerren an unsere Region, die Osterreicher, die Preußen, die Italiener. Ich war vier, als es Krieg gab. Wieso musse Menschen sich totmachen fur mehr Land? Das ist verruckt.«

»Ja, das ist es.«

»Ich glaube, der liebe Gott bestraft uns jetzt noch dafur.«

»Wie kommen Sie denn darauf?«

»Hat er uns immer wieder Flut geschickt, Uberschwemmungen, letzte Jahr schon wieder. Alle Acker unter Wasser, Hauser kaputt. Viele Bauern haben alles verloren. Darum gehen Leute weg so wie ich. Es ist besser, woanders viel Geld zu verdienen und nach Hause zu bringen. Verstehen Sie das, Signorina Sanne?«

»Wenn man sich ein bisschen besser kennengelernt hat, sagt man du zueinander. Ist einfacher.« Hoffentlich wurde sie jetzt nicht rot, aber war doch eigentlich nichts dabei, ihm das anzubieten.

»Gut.« Er lächelte. »Also: Verstehst du das?«

»Ja, schon. Trotzdem, du hast gelogen und behauptet, du bist Ingenieur.«

»Ich habe nicht gelogen!«

»Es ist Betrug«, beharrte sie. »Du willst die Unterlagen von dem echten Schleusenbauer fälschen, habe ich recht?«

»Am San Gottardo war die Holle. Mehr als zweihundert Mann in einem Haus, dreckiger als ein Schweinestall. Erst gab es keine Wasserleitung, dann habe sie eine gebaut, aber ist eingefroren. Musst du dir vorstellen«, sagte er und sah ihr in die Augen, »auf den Betten nur Strohsack voller Schimmel, ein Bett dicht neben dem andere, keine Kuche, mussten wir im Zimmer auch noch kochen. Weißt du, nach vierzehn Stunde Arbeit hast du Hunger wie ein Bär. Aber du musstest noch selbst zubereiten. Danach bist du umgefallen und hast geschlafen, bis alles wieder von vorne anfing. Keiner hat auch noch geputzt, wir konnte nicht mehr.«

»Wieso haben die Verantwortlichen das zugelassen?«

»Sie mussten da nicht wohnen, aber jede Verbesserung hätte ihr Geld gekostet. Also warum sollte sie etwas ändern?« Sanne war sprachlos. »Viele hatten Staub in Lunge, haben gehustet, dass du nicht schlafen konntest. Andere hatten Wurmer.« Sie verzog das Gesicht. »Das will ich nicht noch mal erleben. Das wusste der liebe Gott und hat mir diesen Platz geschenkt.«

Eine Möwe kreiste über dem Garten und lauerte drauf, ein paar Brotkrümel zu ergattern. So war das eben, jeder musste gucken, wo er blieb. Sie war noch immer wütend, weil er sich einen Posten ergaunert hatte, für den er völlig ungeeignet war. Eigentlich. Doch hatte dieser Zimmermann Louis nicht auch das Kunststück geschafft, einen Tunnel mitten durch einen dicken fetten Berg zu bauen? Rosario war vom gleichen Kaliber, er traute sich die Aufgabe zu und würde beweisen, dass er es konnte. Er würde alles dafür tun. Wenn sie ehrlich zu sich war, wünschte sie sich genau das von ihrem Vater. Der war auch kein Schleusenbauer, hätte aber das Zeug dazu. Nee, wenn sie wirklich ehrlich war, wollte sie selbst beweisen, was in ihr steckte. Von wegen kleines Gehirn, Quatsch. Sie wollte mehr vom Leben als bloß Kinder großziehen, Wäsche waschen, das Haus fegen, kochen. Die Vorstellung, den Rest ihrer Jahre nichts anderes tun zu dürfen, drohte sie zu ersticken. Warum hatte der liebe Gott oder wer auch immer ihr ein glühendes Interesse an Fortschritt und an technischen Problemlösungen mitgegeben, wenn sie nichts damit anfangen sollte? Plötzlich hatte sie einen Einfall, der so ungeheuerlich war, dass ihr richtig schwummerig wurde. Bestimmt bekam sie nur eine einzige Chance auf ein anderes Leben. Wenn sie die nicht ergriff, war es aus und vorbei. Und diese Chance war jetzt und hier.

»Hast du Papier im Haus und einen Bleistift?«

»Naturlich.« Er stand auf und kam gleich darauf mit dem Schreibzeug zurück.

Sanne konzentrierte sich auf die Zeichnung, die sie für Vaters Bewerbung angefertigt hatte. Mit schnellen Strichen skizzierte sie sie noch einmal aus dem Gedächtnis.

»Zuerst mal 'ne anständige Pfahlgründung«, murmelte sie. »Da drauf das Mauerwerk. Natürlich nicht aus Granit, wäre ja noch schöner.« Sie warf ihm einen vernichtenden Blick zu.

»Du bist hier gewesen, als mich der Mann von der Verwaltung besucht hat, du hast gelauscht. Ich wusste es!«

»Ich habe aus Versehen was aufgeschnappt«, gab sie zurück.

»Funktioniert ein Hydrometer bei Granit?«

»Ein was?«

»Dieses Gerät, mit dem du messen kannst, wie viel Wasser ein Ziegel aufnehmen kann? Davon kannst du ableiten, wie gut der mit Frost klarkommt. Verträgt Granit Frost?« Er setzte zu einer Antwort an, aber sie sprach schon weiter, während sie auf dem Papier bereits Ziegel andeutete. »Ist viel einfacher, wenn du Stein auf Stein mauerst. Siehst du? Apropos Frost, wir können ein Überdach planen. So vielleicht. Nee, das ist zu groß. Das sehen wir später, auf jeden Fall ein Dach, das schützt vor Regen und Schnee, so dass die Schleuse auch bei Schietwetter funktioniert.« Sie lachte. »In einem sehr strengen Winter, meine ich. Hier ist das Tor, hier die Winde, da sind die Schieber«, sagte sie, während der Bleistift nur so über das Blatt jagte. »Den Beton verstärken wir mit Holz, das hält lange und rostet nicht.« Er hatte eine Weile nichts gesagt, darum blickte sie auf, während sie ihm ihre Zeichnung über den Tisch schob.

»Madonna!«

»Nee, sag man einfach weiter Sanne zu mir, das ist schon in Ordnung.«

»Das ist ... du kannst ...«

»Tja, ich würde mal sagen, du brauchst mich. Ich habe die Unterlagen von meinem Urururgroßvater und kann mir die Schleuse zumindest auf Papier ausdenken. Du verstehst was von Dynamit und hast noch 'ne Weile Zeit, dazuzulernen. Und du musst von der Kanalverwaltung die Maße besorgen und so was alles.«

»Ja, sicher.« Er sah sie noch immer an, als wäre sie 'ne Erscheinung.

»Schön!« Sanne strahlte ihn an. »Vorschlag: Wir machen das zusammen oder es macht ein anderer.«

»Das ist kein Vorschlag, das ist Pressung.«

»Erpressung. Nö, isses nicht. Ich würde sogar sagen, das ist ein richtig gutes Angebot.« Sie lehnte sich zurück. »Ich verrate dich nicht, sondern helfe dir auch noch. Dafür machen wir das zusammen. Du gibst mir 'n paar Mark ab, vor allem erzählst du dem Vering bei der Einweihung, dass du die Schleuse nicht allein gebaut hast, sondern dass Susanne Schmidt dir geholfen hat. Das sollen alle wissen.« Sie atmete tief durch. »Einverstanden?«

Kapitel 12
Regina

Westerrönfeld, August 1886

Regina hatte gewartet, bis Christoph das Schlafzimmer verlassen hatte. Jetzt warf sie sich ihren Morgenmantel über und schlich an seinem Arbeitszimmer vorbei, barfuß die Treppen hinunter und durch den Salon auf die Veranda. Rasch die wenigen Stufen hinab, dann spürte sie den Rasen unter ihren Füßen. Sie schloss die Augen und atmete tief ein und aus. Der Garten war ihre Rettung, jedes Mal. Er ließ sie vergessen, wie schmutzig sie sich fühlte, wenn er auf ihr grunzte und keuchte und verlangte, dass sie widerwärtige Dinge zu ihm sagte. Sobald sie mit geschlossenen Augen hier draußen war, vergaß sie seinen Schweiß auf ihrer Haut, die Schmerzen, die immer schlimmer wurden, als sei in ihr etwas zerrissen, das nie wieder heilen würde. Sie konzentrierte sich auf die Stimmen der Vögel, lauschte auf den Gesang der Meisen, das Tuscheln der Schwalben, die Rufe der Ringelgänse. War es möglich, dass sie erst den dritten Monat bei ihm in Westerrönfeld lebte? Es kam ihr vor wie eine Ewigkeit. Wie unendlich viele Monate und Jahre mochten noch vor ihr liegen? Nicht daran denken. Sie öffnete die Augen und ging über das Gras. Die Hochzeit war ihr wie eine Zeremonie erschienen, die nichts mit ihr zu tun hatte. Ihr Vater und Tante Agnes waren die einzigen

Menschen, die Regina gekannt hatte. Darüber hinaus hatten nur alte Männer mit ihren Gattinnen an den langen Tafeln gesessen. Fremde hatten auf ihr Wohl getrunken, ohne etwas über sie zu wissen und wissen zu wollen. Regina hatte sich schrecklich geschämt, als Christoph schließlich vor all den Menschen in ihren teuren Kleidern verkündet hatte, er würde von seiner Braut jetzt ihre ehelichen Pflichten einfordern, weil er es nicht mehr abwarten könne, endlich einen Stammhalter zu haben. Die nach außen so vornehmen Geschäftspartner hatten gute Ratschläge zum Besten gegeben, wie es ganz sicher ein Junge werden würde und nicht womöglich nur ein Mädchen. Jeder einzelne hatte ihr die Röte ins Gesicht getrieben. Die Damen hatten nur wissend gelächelt. Ihr Vater hatte sich beinahe fluchtartig verabschiedet, als könne er sie nicht schnell genug loswerden, Tante Agnes hatte ihr viel Glück gewünscht und ihr zugeflüstert, sie solle eine Ecke des Kopfkissens in den Mund nehmen, um darauf beißen zu können, wenn es so weit war. Es war schon seltsam, nachdem ihre beiden Brüder und ihre Mutter gestorben waren, hatte Regina geglaubt, sie könnte sich niemals einsamer fühlen. Aus einem lebendigen Haus voller Wärme und fortschrittlichen Ansichten war ein eisiger Käfig geworden, in dem ein Vater sich verzweifelt an verstaubte Konventionen klammerte, weil er nicht wusste, was er mit seiner Tochter anfangen sollte. Längst war ihr klar, es ging noch schlimmer. Die schönsten Stunden verbrachte sie, wenn Christoph aus dem Haus war, dann konnte sie frei atmen. Ihre beste gemeinsame Zeit war das Essen an dem Tisch, der leicht zwölf Personen Platz geboten hätte. Dort saßen sie zu zweit, meist schwiegen sie oder er dozierte über Dinge, die sie nicht verstand und auch nicht verstehen wollte. Sie lobte das Essen, wenn sie die Stille nicht mehr ertragen konnte. Darüber hinaus sprach sie nur mit dem Dienstmädchen, bedankte sich, wenn die ihr die Suppe brachte oder Wein nachschenkte. Mehr Gemeinsamkeit gab es für sie als Ehepaar nicht, nur das Essen und den Beischlaf. Christoph hatte seine Geschäfte, seine Herrenabende, sie hatte … nichts. Regina blickte hinauf zum Himmel. Dann sah sie sich um. Sie durfte nicht undankbar sein, sie hatte den Garten. Er war noch größer als der zu Hause in Schülldorf. Auch für die Bibliothek war sie dankbar. Dort gab es Bücher über ferne Länder, Bildbände über Malerei, Romane natürlich. Sie ermöglichten ihr Fluchten in fremde Welten, die Reginas Leben zwar bereicherten. Doch was nützte es ihr, von Freiheiten zu lesen, die anderswo Realität waren, wenn diese doch unerreichbar blieben? Sie konnte sich nicht einmal mehr mit ihren Brüdern darüber austauschen. Wie sehr hatte sie das stets geliebt. Beide hatten Bücher ebenso verschlungen wie Regina. Sie erinnerte sich zu gern an ihre Debatten über Jane Austen. Während ihre Brüder Regina damit aufzogen, die Lektüre Austens könne ihr nicht guttun, da es ständig um unverheiratete Frauen ginge und auch die Autorin selbst nie den richtigen Mann gefunden habe, verteidigte Regina das literarische Werk der Britin und bestand darauf, es würde so viel mehr darin stecken als nur romantische Liebeserzählungen. Diese liebevollen Streitereien fehlten ihr entsetzlich. Romane zu lesen, war ohne sie nur noch das halbe Vergnügen. Darum war ihr die Literatur über Tiere und Pflanzen inzwischen am liebsten. Wie sie die darum beneidete, von Bienen bestäubt zu werden. Das tat gewiss nicht weh und brachte doch die herrlichsten Früchte hervor. Wenn sie nur auch bald guter Hoffnung wäre. Vielleicht ließ er dann von ihr ab. Wenigstens für eine Weile. Er hatte einmal eine Bemerkung gemacht, er würde die Finger von ihr lassen, sobald ein Kind in ihrem Leib heranwuchs, weil er es schließlich nicht verletzen wolle. Jeden Tag und jede Nacht betete sie im Stillen, dass Gott ihr endlich die Gnade einer Schwangerschaft schenken würde. Was, wenn es nie geschah? Schluss damit! Sie musste endlich an schöne Dinge denken, sonst verlor sie noch den Verstand. Regina betrachtete die Blüten der Anemonen und Lupinen. Bald war der Sommer vorüber, dann fanden Bienen und Hummeln nichts mehr. Schon jetzt stand nicht mehr sonderlich viel auf ihrer Speisekarte, umso lieber ließen sie sich hier nieder.

»Was treibst du hier draußen, Herrgott? Noch dazu halb nackt. Was sollen die Leute denken, wenn meine Frau in diesem lächerlichen Flatterzeug durch den Garten spaziert?«

»Rings um das Grundstück sind hohe Hecken, niemand kann mich sehen. Ich dachte, dir gefällt der Morgenmantel so gut, weil die Seide so schön schimmert.«

Es kostete sie jedes Mal Überwindung, ihm vorzumachen, es würde sie interessieren, was er mochte und was nicht. Doch solche Schmeicheleien lohnten sich, denn sie hoben seine Laune. Wenn er ärgerlich war, wurde alles nur noch schwieriger. Er trat auf sie zu, legte eine Hand auf ihre Brust und kniff ohne Vorwarnung hinein. Regina schrie auf.

»Am liebsten mag ich Seide, die ich dir vom Leib reißen kann.«

Sie blickte zu Boden und kämpfte den Ekel nieder. Waren alle Männer so erbärmliche Liebhaber, die nicht einmal einzuschätzen wussten, ob eine Frau beim Akt Genuss verspürte? Waren Frauen dazu überhaupt in der Lage? Woher sollte sie das wissen? Regina war noch nicht in dem Alter gewesen, als ihre Mutter starb. Er legte einen Finger unter ihr Kinn und zwang sie, ihn anzusehen.

»Wirklich, du bist eine Schönheit«, sagte er leise. »Jetzt ziehst du dir besser etwas Anständiges an. Wir wollen ausgehen, das hast du doch nicht vergessen?«

»Natürlich nicht.«

Sie glaubte schon, er würde sie einfach stehen lassen, doch er sah zu den Lupinen und Anemonen herab, dann blickte er sie fragend an.

»Ich verstehe beim besten Willen nicht, was es hier zu sehen gibt.«

»Bienen und Hummeln«, antwortete sie leise. »Besonders viele Bienen. Ich habe gelesen, die vielen Heideflächen bieten ihnen ideale Nahrung. Dafür schenken sie uns Honig, wenn man es richtig anstellt.«

Er hörte ihr zu, ließ sie ausreden, während er sie unentwegt betrachtete.

»Deine Ländereien sind riesig, sie reichen bis nach Fockbek und an Rendsburg heran.«

»Und?«

»Du sagtest, einige Hektar seien schwer zu bestellen und brächten kaum Ertrag. Und dann sind da ja auch noch die Pferdekoppeln. Wenn wir dort einige Bienenkörbe aufstellen würden, könnten wir Honig machen und verkaufen.«

Er lächelte so väterlich freundlich, dass es ihr nicht mehr unmöglich vorkam, ihn gern zu haben. Dann lachte er aus voller Kehle.

»Wie naiv ihr Weibsbilder doch seid.« Er tätschelte ihre Wange. »Womöglich liegt dein Interesse an den Insekten an deinem Namen: Regina, die Königin. Eine Bienenkönigin.« Er musste wieder lachen und schnappte nach Luft. »Charmant, charmant, Rehlein, wahrhaftig. Ich hoffe nur, du machst derartige Bemerkungen nicht in der Öffentlichkeit. Am besten noch im Convent-Garten vor all den wichtigen Herren.« Er drohte ihr mit dem Zeigefinger wie einem kleinen Kind. »Dann sollte ich dich lieber zu Hause lassen.«

»Ich lege keinen Wert darauf, dich zu begleiten«, entgegnete sie kühl.

»Ich muss doch sehr bitten. Übertreibe es nicht, meine Liebe, selbstverständlich kommst du mit. Ich schaffe mir doch kein Schmuckstück an, um es dann in der Schatulle liegen zu lassen.«

Regina hatte das silbergraue Kleid gewählt und die Haare streng zurückgebunden. Christophs Blick verriet ihr, dass er nicht begeistert war. Er zog es vor, wenn sie sich farbenfroh herausputzte. Doch es blieb nicht die Zeit, sich erneut umzuziehen. Also war er schweigend in den Wagen gestiegen. Es war ein jämmerlicher Protest, gewiss, trotzdem freute Regina sich. Sie musste ihm zeigen, dass sie kein Schmuckstück war, sondern ein Mensch. Es war nicht weit nach Rendsburg.

Nach etwa der Hälfte der Strecke sagte Christoph plötzlich: »Ich habe deinem Vater versprochen, in der Weise Einfluss auf den Kanalverlauf zu nehmen, dass aus seinem Schiffbau etwas wird. Wenn du mich fragst, ist das eine Schnapsidee. In Nübbel ist die Situation eine völlig andere, dort liegt die Eider vor der Haustür.«

Regina war irritiert. Nicht nur, dass er kaum über derartige Dinge mit ihr sprach, jetzt konnte sie fast den Eindruck gewinnen, er wartete auf ihre Meinung. Er hatte sie eben zwar noch wegen der Honig-Idee ausgelacht, aber war es etwa möglich, dass sie ihm damit gezeigt hatte, wie viel mehr in ihrem Kopf steckte, als er ihr zutraute?

»Wenn ich es richtig verstehe, hätte Vater in Schülldorf den Kanal vor der Haustür. Warum sollte er dort keine Schiffe bauen können?«

»Er kann es nicht, das ist das größte Problem.« Christoph lachte und schüttelte verständnislos den Kopf. »Dein Vater ist kein Schiffbauer, er versteht nichts von Holz, vom Konstruieren geschweige denn von den Eigenarten verschiedener Schiffstypen.« Er betrachtete die Landschaft, die an ihnen vorüberzog.

»Trotzdem ist die Streckenführung, die er sich wünscht, sinnvoll. Und ich sage dir auch warum: Weil sie mein schönes Land nicht zerschneidet.«

»Das ist sicher ein Vorteil.«

»O ja! Weißt du was? Noch vorteilhafter wäre es für mich, wenn der Kanal noch weiter nördlich verliefe. Über Tüttendorf, Haby und dann durch den Wittensee, von mir aus auch durch den Fockbeker See und irgendwo bei Hamdorf in die Eider.« Er grinste über das ganze Gesicht und sah sehr zufrieden aus.

»Aber das wäre ja viel weiter westlich.«

»Schlaues Mädchen«, lobte er sie.

»Der Schülldorfer See wäre dann nicht eingebunden.«

»Sehr richtig, Rehlein.«

»Ich verstehe nicht, ich dachte, du hättest es meinem Vater versprochen.«

»Die Sache ist nur die, mein Plan ist noch weitaus sinnvoller. Nicht nur für mich«, fügte er schnell hinzu. »Der Kanal würde nicht im Zickzack durch unser schönes Schleswig-Holstein laufen, sondern gleichmäßig in einem langen hübschen Bogen.« Er untermalte seine Rede mit einer Handbewegung.

»Und Vater?«

»Er könnte angeln lernen. Im Schülldorfer See soll es reichlich Fisch geben.« Offenbar amüsierte ihn sein Scherz. »Sein Land tausche ich gegen Hektar ein, die an meines grenzen.« Sie wollte Einspruch erheben, doch eine harsche Geste von ihm brachte sie zum Schweigen. »Wenn du dich ein bisschen anstrengst und mir bald einen Stammhalter schenkst, erbt der viel mehr als die läppischen paar Hektar, die deinem Vater jetzt gehören. Mein Sohn wird natürlich meinen Namen tragen, trotzdem ist und bleibt er der Enkel deines Vaters. Dein alter Herr kann also stolz und glücklich sein.«

Der Wagen hielt vor dem Convent-Garten. Die Plätze unter den blau-weiß gestreiften Markisen waren bereits gut gefüllt. Über dem gezackten Schild, das eine Kegelbahn anpries, wehte fröhlich eine Fahne im frischen Wind. Regina wusste nicht, was sie denken sollte. Es gab reichlich Fragen, aber keine Antworten. Waren Christoph und ihr Vater nicht so etwas wie Freunde? Sie hatte sich immer damit zu trösten versucht, dass sie beide zumindest die gleichen Ziele verfolgten. Jetzt schien es, als seien Christoph die Wünsche und Hoffnungen ihres Vaters herzlich egal.

»Es ist immer das Gleiche mit dir«, raunte Christoph, als sie an der Terrasse vorbei zum Eingang gingen.

»Entschuldige, habe ich etwas falsch gemacht?« Sie war so in ihren Gedanken gewesen, dass sie nicht gemerkt hatte, was ihn jetzt schon wieder erzürnte.

»Aber nicht doch!« Er legte ihr die Hand auf den Rücken. »Es ist immer die gleiche Reaktion, die dein Erscheinen auslöst.«

Sie sah sich um. Tuschelte man über sie?

»Sie glauben gewiss, sie sehen eine Märchengestalt, eine Fee. Sie sind überwältigt.«

Kinder hatten sie einmal eine Hexe genannt, als sie noch klein war. Ihre Mutter hatte ihr erklärt, es läge an ihren rötlichen Haaren, den nahezu farblosen Wimpern und Augenbrauen und ihrer zarten Gestalt.

»Du bist etwas Besonderes«, hatte ihre Mutter gesagt. »Lass dir nur ja nicht einreden, das sei schlecht. Zwischen den Mädchen mit ihren blonden oder braunen Haaren und ihren robusten Figuren stichst du heraus. Wenn sie dich hänseln, darfst du ihnen nicht böse sein. Sie sollten dir leidtun, denn aus ihnen spricht der Neid.«

Sie betraten den Saal, in dem sonst große Gesellschaften oder künstlerische Darbietungen stattfanden. Regina war immer wieder fasziniert von den Wandmalereien an einer Längsseite des Raumes. Selbst die Säulen davor waren mit kleinen Gemälden verziert. Das alles war ein bisschen überladen für ihren Geschmack, dennoch übte es einen Reiz auf sie aus. Der Vorhang vor der Bühne würde sich heute gewiss nicht öffnen. Wo sonst Zuschauerreihen standen oder bei anderen Anlässen das Parkett Herren und Damen zum Tanz einlud, waren jetzt mehrere große Tische aufgebaut. Auf jedem lag ein Plan aus, dahinter wartete ein Mann auf Interessierte, ein Beamter der Kanalverwaltung, vermutete sie. Gleich als sie hereingekommen waren, war ihr eine Landkarte aufgefallen. Sie war ungewöhnlich groß und mit dicken Strichen in Abschnitte eingeteilt, denen jeweils eine Nummer zugeordnet war, die sich dann auf einem der Tische wiederfand. Christoph ging mit ihr von einer Station zur anderen. Regina bemerkte an seiner Körperspannung, wie sehr seine Ungeduld wuchs.

»Herrgott, hätten die nicht die Namen von Ortschaften oder meinetwegen Gemarkungen auf ihre albernen Schilder schreiben können?«, schimpfte er leise. »Was interessiert mich denn der Verlauf bei Altenholz oder Hohn?«

»Ich glaube, wir müssen nur vorn auf der großen Übersicht die Nummer für Rendsburg nachsehen, dann ...«

»Welche Übersicht denn?«

Regina deutete zur Eingangstür.

»Ja, na eben, sage ich ja. Du bist ja gleich hineingestürmt, wie soll ich da ...?«

Sie gingen zu dem großen Schaubild. Eine Linie aus dunkelblauen Punkten führte von Kiel-Holtenau bis nach Brunsbüttel. Das war auch so eine Frage, die sie schon die ganze Zeit beschäftigt hatte: Stand die Route für den Kanal nicht schon lange fest? Wenn sie es richtig verstanden hatte, sollten die Informationsveranstaltungen, die überall im Land stattfanden, Teil der landespolizeilichen Prüfung sein, wie es hieß. Die Pläne wurden ausgelegt, Anwohner hatten die Möglichkeit, sich über den Verlauf zu informieren. Sicher waren auch Einwände möglich, wenn es schwerwiegende Gründe gab, etwas an den Plänen zu ändern. Davon, dass jeder seine Wünsche äußern konnte, war nie die Rede gewesen. Aber vermutlich übersah sie bei ihren Überlegungen etwas, sonst würde es keinen Sinn ergeben, dass Vater sich auf Christophs heutiges Eingreifen hier verließ.

»Moment, was sind das hier auf der Karte für Punkte?«, fragte er gerade den jungen Mann, der für ihren Tisch und ihren Bauabschnitt zuständig war.

»Das ist der Kanal, mein Herr.«

»Das ist unmöglich.« Christoph stützte sich mit beiden Fäusten auf die Zeichnung.

»Nein, das ist der Plan. Sehen Sie, hier verläuft …«

Christoph fiel ihm ins Wort: »Dann ist Ihr Plan vollkommen blödsinnig. Haben Sie denn keine Augen im Kopf? Ihr schöner Kanal macht eine Kurve. Hier, sehen Sie!« Er klopfte mit dem Zeigefinger auf die Stelle. »Viel günstiger wäre es, wenn er hier oben verliefe. Gucken Sie sich das an! Hier könnte er in den Wittensee fließen und etwa hier dann in die Eider.«

»Dann würde er auch eine Kurve machen nur eben weiter westlich«, gab der junge Mann lächelnd zu bedenken.

»Weiter westlich wäre besser«, beharrte Christoph.

Einige Herrschaften drehten sich bereits nach ihm um, weil er immer lauter wurde.

»Meinetwegen bauen Sie ihn hier unterhalb von Jevenstedt und dann rüber nach Emkendorf, das geht auch. Bei Westensee gibt es sowieso schon viel Wasser, das können Sie womöglich nutzen. Und Sie kämen bei Quarnbek auf die Linie nach Holtenau, die vorgesehen ist.« Christoph strahlte zufrieden.

»Gewiss, das klingt plausibel.«

Christophs Miene wurde noch eine Spur selbstgefälliger. Er griff in die Innentasche seiner Weste.

»Soll ich es Ihnen rasch eintragen, mein Freund? Nicht, dass Sie nachher wieder überlegen müssen.«

»Besser nicht, vielen Dank! Diese Kurve hier ist nämlich kein Problem. Sie ist das Ergebnis einer sorgfältigen Prüfung vieler Faktoren, die eine Rolle spielen, um die Kanallinie festzulegen.«

»Was muss man da groß prüfen? Das sieht doch ein Blinder.«

»Grundsätzlich ist Ihr Gedanke richtig, aber eine künstliche Wasserstraße sollte nur unbedingt nötige Kurven haben, dabei ist ein gewisser Radius nicht zu unterschreiten.«

»Umso mehr empfiehlt sich mein Vorschlag über den Wittensee.«

»Wie ich bereits sagte, sind verschiedene Aspekte zu berücksichtigen. Man muss tiefen Senken ebenso aus dem Weg gehen wie größeren Erhebungen. Wir werden schon jetzt viele Millionen Kubikmeter Erdboden bewegen müssen, jeder zusätzliche bedeutet mehr Aufwand und damit mehr Kosten.«

»Was wollen Sie damit andeuten? Damit Sie sparen können, soll ich bluten? Ist es das? Dies hier ist mein Land, das sie da in zwei Teile zu schneiden gedenken.«

Sein Finger bohrte sich auf Vaters Felder um Schülldorf.

»Genau genommen, ist es das Land meiner Familie«, warf Regina leise ein.

»Und? Du bist meine Frau, also ist es meins.« Der junge Beamte warf ihrem Mann einen vernichtenden Blick zu. Mit erstaunlicher Konsequenz. »Unser Land«, knurrte Christoph.

Wie entsetzlich peinlich Christoph sich aufführte. Keiner der anderen Herren stellte derartig die Arbeit infrage, die Ingenieure, kluge Köpfe ohne Zweifel, in den letzten Monaten geleistet hatten.

»Ich bin sehr gut mit Otto Baensch bekannt«, behauptete er gerade, »das ist der leitende Ingenieur des gesamten Projekts!«

»Mir ist der Name durchaus vertraut, mein Herr«, entgegnete der junge Mann ruhig.

»Na, immerhin.«

Otto Baensch. Hatte Christoph nicht mit ihm und einer Gruppe von Kaufleuten und Gutsherren eine informelle Verabredung gehabt? Mit ihm und einem Herrn Fülscher, wenn sie das richtig im Kopf hatte. Sie müsste schon sehr irren, falls das nicht die einzige Begegnung der beiden Männer gewesen war. »Wenn Sie so eng miteinander sind, wird er Sie gewiss stets auf dem Laufenden gehalten haben, Sie wissen folglich, dass sorgfältig und lange geplant und vorbereitet wurde.« Er bemühte sich nicht, seinen Spott zu verbergen.

»Nun werden Sie mal nicht unverschämt. Wer sind Sie überhaupt?«

»Jens Marcks, ich bin Bürobeamter.«

»O du liebe Güte, ein Bürobeamter«, rief Christoph aus. Regina brachte ein wenig Abstand zwischen sich und ihren Gatten und wandte sich in eine andere Richtung, als stünde sie rein zufällig hier. Ihr Blick fiel auf einen Mann. Er lehnte an einer Säule, eine Hand in der Hosentasche, ein Bein über das andere geschlagen. Blonde Haare, die er seitlich gescheitelt trug, graue Augen, mit Lachfältchen verziert. Er schien Christophs peinlichen Auftritt zu beobachten. Jetzt lächelte er ihr zu. Regina lächelte zurück, senkte den Blick, nur kurz. Als sie wieder aufsah, waren seine Lippen noch immer zu einem Lächeln verzogen und er sah ihr direkt in die Augen. Sie war hin- und hergerissen, es schickte sich nicht, einem Fremden Aufmerksamkeit zu schenken, noch dazu auf so freundliche Weise, doch sie konnte nicht anders. Es fühlte sich an, als wäre er der einzige Mensch unter all diesen Leuten, als wäre er der Einzige, der sie wirklich sah. Sie schämte sich dafür, dieses Gefühl zu genießen. Da stieß er sich von der Säule ab und kam mit federnden Schritten auf sie zu. Er ging nicht etwa nur in ihre Richtung, sondern direkt auf sie zu, ohne den Blick abreißen zu lassen.

»Ich habe den Disput verfolgt, das war unvermeidbar.« Er schmunzelte. »Ich kann Ihrem Gatten nur raten zu verkaufen. Die Lage des Gesetzes ist klar. Wenn Ihr Land für den Bau benötigt wird, werden Sie es los. Verkaufen ist das geringere Übel. Wer sich weigert, wird früher oder später enteignet.« Regina blickte ihn überrascht an. Er sprach nicht von Christophs Land, sondern von ihrem gemeinsamen Besitz. »Selbstverständlich wird eine Entschädigung gezahlt, allerdings dürfte die deutlich niedriger ausfallen als der gebotene Kaufpreis. Er sollte also nicht lange überlegen.«

»Denken Sie nicht, dass noch eine Möglichkeit besteht, Einfluss auf den Verlauf zu nehmen?«

»O doch, das will ich doch stark hoffen.« Der Fremde nickte lächelnd.

»Komm, Regina, wir gehen!« Christoph packte ihren Arm.

»Vielen Dank für den guten Rat, Herr …?«

»Verzeihung, wie unhöflich von mir, ich habe mich nicht vorgestellt.«

»Guter Rat, aha?« Christoph sah den Fremden fragend an und legte einen Arm um Reginas Schulter. »Darf ich davon auch profitieren, oder geben Sie nur Frauen hinter dem Rücken ihrer Ehemänner Ratschläge?«

»Bitte, Christoph, wie kannst du nur?« Ihre Wangen brannten. »Der Herr sagte gerade, dass es klug sei, sein Grund und Boden zu verkaufen, ehe man enteignet wird und …«

Ihr Mann lachte laut auf.

»Das nenne ich mal einen glücklichen Rat. Für Männer, die sich etwas wegnehmen lassen.« Er sah den Fremden so drohend an, dass Regina mulmig wurde. »Zu dieser Gruppe gehöre ich nicht. Wenn Sie uns jetzt entschuldigen würden.«

Ohne eine Antwort abzuwarten, zog er sie mit sich fort. Er hatte sich sagen lassen, wo der Vorgesetzte des Bürobeamten Marcks zu finden sei. Regina ahnte, dass ein weiterer peinlicher Auftritt folgen würde. Den wollte sie sich ersparen.

»Mir ist nicht wohl, die Hitze«, sagte sie. »Ich werde kurz an die frische Luft gehen.«

»Ja, na gut«, antwortete Christoph. Es war ihm nicht recht, das war ihr klar, nur nahm sich der Vorgesetzte jetzt Zeit für ihn und musste danach fort, wie er angekündigt hatte. Ihrem Mann blieb nichts übrig, als sie allein gehen zu lassen.

Auf der Terrasse saßen Frauen mit ihren Kindern. Wahrscheinlich warteten sie auf ihre Männer, die sich drinnen über die Auswirkungen des Kanalbaus informierten. Andere Herren hatten bereits die gewünschten Informationen erhalten und tauschten sich darüber aus, ob es besser sei zu verkaufen oder ob man es auf einen Streit ankommen lassen sollte. Der Fremde hatte anscheinend die Wahrheit gesagt, hier und da schnappte sie etwas von Enteignung auf und auch das Wort Entschädigung hörte sie mehrfach. An die Terrasse schloss sich eine Wiese an. Regina hätte zu gern die Schuhe ausgezogen, aber das gehörte sich natürlich nicht. Noch weniger konnte sie ihre Strümpfe abstreifen. Sie ging dennoch ein paar Schritte, stellte sich vor, sie würde barfuß über das Gras laufen, sie wäre allein, nur der Fremde wäre dort. Er würde sie ansehen, so wie er es vorhin getan hatte, dann würde er ihr Kleid öffnen, es von ihren Schultern gleiten lassen und sie würden sich lieben, gleich hier. Ein leichter Schmerz zog durch ihren Unterleib, angenehm und aufregend, wie sie es noch nie erlebt hatte.

»Nicht jeder Wunsch, der in Erfüllung geht, bedeutet Glück.«

Regina fuhr herum. Der Fremde war da. Nicht nur das, er schien ihre Gedanken gelesen zu haben. Sie starrte ihn an.

»Verzeihung, ich wollte Sie nicht erschrecken. Broder Neunes«, stellte er sich vor.

»Regina Rademacher.« Der Name kam ihr noch immer schwer über die Lippen. »Wie haben Sie das eben gemeint?«

»Nun, Ihr Gatte schien mir sehr erpicht auf eine bestimmte Streckenführung des Kanals. Sollte er sie bekommen, was nicht einfach sein dürfte, muss das nicht unbedingt die erhofften Folgen für ihn haben.«

»Da haben Sie sicher recht.«

Als wäre es das Selbstverständlichste auf der Welt, spazierten sie nebeneinander fort vom Convent-Garten. Regina dachte noch eine Sekunde daran, dass Christoph sein Gespräch beenden und sie suchen könnte, doch sie schob diesen Gedanken einfach beiseite.

»Mir scheint überhaupt, alle Welt redet nur noch von diesem Kanal«, sagte sie leise. »So viele Hoffnungen ruhen darauf. Mir macht er eher Angst.«

»Warum?« Er sah sie neugierig an.

»Es ist ein so gewaltiges Projekt, das riesige Brückenbauten und Straßen erfordern wird. Schon jetzt entstehen immer neue Bahnverbindungen, Fabriken schießen aus dem Boden.«

»Das ist der Fortschritt, er wird viele Menschen reich machen. Halten Sie das nicht für erstrebenswert?«

»Ist es mit den Fabriken und der industriellen Produktion nicht so, dass Herren davon reich werden, denen es bereits zuvor gut ging? Von Arbeitern hört man, sie kämen aus dem Umland, haben zuvor womöglich ein Feld bewirtschaftet, hatten eine Kate. Nun hausen sie in den Städten auf engstem Raum, schuften in dunklen stickigen Hallen, werden krank. Das sind nur Dinge, die ich aufgeschnappt habe, vielleicht ist alles ganz falsch«, sagte sie eilig.

»Nein, nein, Sie haben das sehr richtig beschrieben. Für viele Menschen trifft es so zu. Nicht für alle glücklicherweise.« Er lachte fröhlich. »Manchmal hat ein Bauer nur wenig Land, aber zwei Söhne. Dann ist es für den einen sicher ein Segen, in einer Fabrik sein Auskommen zu finden.«

»Gewiss, Sie haben recht.« Sie starrte auf das Grün zu ihren Füßen.

»Sie geben mir recht, sind aber nicht wirklich überzeugt«, stellte er fest.

»Ich frage mich nur, ob die Natur bald keine Rolle mehr spielt. Kürzlich las ich, die Bienenzucht sei im Kommen. Wer soll sich aber darum kümmern, wenn alle nur noch bauen und produzieren? Wo sollen Bienen Nektar finden, wenn alles betoniert wird und Wiesen verschwinden? Es mag sein, dass die Imkerei nicht mehr als eine Liebhaberei ist, eine große Einnahme beschert sie einem Bauern wohl kaum, dennoch.«

»Da würde ich Ihnen widersprechen.« Sie blickte überrascht auf. »Ich halte es für eine gute Idee, die Imkerei, meine ich. Das ist sehr vorausschauend.«

»Finden Sie das tatsächlich?«

»Aber ja! Ich bewirtschafte keine Felder, meine Ernte kommt gewissermaßen aus dem Meer. Ich habe früh gelernt, dass die Natur in gewissen Kreisläufen funktioniert. Ist an einer Stelle der Wurm drin, können Sie am Ende keinen großen Ertrag erwarten. Darum halte ich es für sehr klug, sich Gedanken über die Zusammenhänge zu machen.« Er blieb stehen. »Es geht nicht nur um Honig, bedenken Sie nur, was der Obstanbau ohne die kleinen emsigen Gesellen wäre. Ich habe noch von keiner Maschine gehört, die das Bestäuben duftender Apfel- oder Kirschblüten übernehmen könnte. Ebenso wenig von einer Fabrik, in der Honig hergestellt wird. Meiner Ansicht nach liegen Sie goldrichtig damit, das Imkern zu fördern.«

Regina war vollkommen durcheinander. Sie hätte beinahe laut aufgelacht vor Freude und hatte gleichzeitig Angst, er könne sich im nächsten Moment lustig über sie machen. Ihr Herz klopfte und sie spürte einen leichten Schwindel. Am liebsten würde sie noch Stunden mit diesem Broder Neunes verbringen. Doch sie wollte gleichermaßen weg von ihm. Die Gefühle, die er in ihr weckte, machten ihr eine Heidenangst. Sie blickte auf, direkt in seine Augen, die auf sie gerichtet waren. Darin lag so viel Wärme, echtes Interesse, Sympathie, vielleicht sogar mehr.

»Ich muss gehen, mein Mann wird schon nach mir suchen«, sagte sie schroff. Ohne sich noch einmal umzudrehen, ging sie Richtung Haus. Sie spürte, wie Tränen in ihr aufstiegen. Was war bloß los mit ihr, dass ein paar freundliche Worte das in ihr auslösten?

»Nicht vergessen«, hörte sie ihn noch hinter sich, »verkaufen oder alles daransetzen, dass der Verlauf noch einmal überdacht wird. Eine bessere Option haben Sie nicht.«

Kapitel 13
Justine

Kiel, Sommer 1886

»Das ist vielleicht eine Hitze. Ich mach mal das Fenster auf.« Justine wischte sich den Schweiß von der Stirn. »Geht aber auch kein Lüftchen heute.« Sie stöhnte. Abkühlung konnten sie anscheinend nicht erwarten, nur das Zirpen von ein paar Grillen strömte jetzt zu ihnen herein. Und das Rufen einiger Möwen. Selbst die klangen irgendwie matt.

»Wahrscheinlich bekommen wir noch ein Gewitter«, meinte ihre Mutter. »Sicher wieder nachts, so dass kein Mensch schlafen kann.« Sie seufzte ebenfalls. Zu Justines Überraschung nahm sie eine Nadel zur Hand, zog einen Faden ein und begann damit, die Strümpfe zu stopfen, die schon seit einer Weile im Korb lagen und darauf warteten, repariert zu werden. Ungewöhnlich. Sie beschwerte sich nicht, sondern ließ Justine sogar die Zeitung lesen, statt ihr die Handarbeit abzunehmen. Es musste ihr heute ausgesprochen gut gehen, sie jammerte auch nach der dritten Socke noch nicht über Schmerzen im Rücken oder brennende Augen. Im Gegenteil, sie war sogar zum Klönen aufgelegt.

»Die erste Holzlieferung für die Baracken hat die Erwartung der Herrschaften voll erfüllt, meint dein Vater.«

»Kannst du wohl sagen. Thorin kam gerade recht, um die anderen abzulösen. Na ja, zumindest konnte immer mal einer verschnaufen, seit sie einen Mann mehr hatten. Das war ja gestern auch nicht kühler, die waren wohl alle mächtig erschöpft von der Schlepperei.«

»Kann ich mir vorstellen. Ist schön, dass dein Thorin geholfen hat.«

»Mein Thorin, wie sich das anhört.«

»Etwa nicht?« Mutter legte den Kopf leicht schief und sah sie lächelnd an. »Ist doch was Gutes, Kind, wenn du ihn gern hast. Kein Grund, sich zu schämen.«

»Jedenfalls freue ich mich sehr, dass die Herren der Kanalkommission so zufrieden sind«, erklärte Justine und war im Begriff, die Zeitung erneut aufzuschlagen. »Vater sagt, sie hätten direkt nachbestellt.«

»Es kommt noch besser. Er ist sicher, sie sind so zufrieden, dass sie auch Spaten, Schubkarren und anderes Werkzeug bei ihm kaufen wollen. Das hätten sie jedenfalls angekündigt, behauptet dein Vater.«

»Dann wird's stimmen. Gut für uns. Je eher wir die Schulden los sind, desto schneller …« Sie biss sich beinahe auf die Zunge. »Desto weniger Sorgen muss Vater sich machen und desto mehr Zeit hat er für dich.«

Mutter nickt, dann griff sie in den Korb und nahm sich den nächsten Strumpf vor. Justine überflog die Vereins- und Hofnachrichten, las gründlich die Rubrik Theater und Musik und blieb an einer Anzeige hängen.

»Hör mal: Die Redaktion der Illustrierten Zeitung erlässt ein Preisausschreiben für humoristische Novellen.« Mutter ließ Socke und Nadel sinken und sah sie fragend an. »Hier steht, sie sollen in der Rubrik Frauenzeitung abgedruckt werden. ›Die Erzählungen sollen ein Thema haben, das die Frauenwelt interessiert. Sie mögen außerdem einen feinen Humor atmen, der dem Frauencharakter angepasst ist.‹ Was das wohl heißen soll?«

»Kriegt die Redaktion ihr Blatt nicht mehr alleine voll?« Mutter zog die Nase kraus. »Gibt es wenigstens etwas für die Mühe, eine kleine Anerkennung?«

»Normalerweise gibt es bei Preisausschreiben etwas zu gewinnen, oder nicht?« Justine sah sich den Aufruf noch einmal genau an. »Sollen fließend geschrieben sein, nicht mehr als fünf Spalten umfassen«, murmelte sie. »Hier!« Sie musste es gleich noch mal lesen. »Das ist mehr als eine kleine Anerkennung. Der dritte Preis wird mit zweihundert Mark belohnt, der zweite mit dreihundert und der erste sogar mit fünfhundert Mark!«

»Is nich wahr!«

»Doch, so steht's hier.«

»Die haben wohl zu viel Geld in ihrer Redaktion.« Mutter betonte jeden einzelnen Buchstaben. Dann lachte sie plötzlich auf. »Wahrscheinlich schreiben die das bloß da rein, um Eindruck zu schinden, aber am Ende ist denen keine Geschichte gut genug, die sie geschickt bekommen.«

»Kann schon sein.« Justine war trotzdem noch wie gefangen von dem Gedanken an so eine große Summe. Das wäre der Grundstock für ihre Zukunft mit Thorin. »Es müsste eine Erzählung über den Kanalbau sein«, murmelte sie vor sich hin. »Das ist aktuell und betrifft viele Menschen, also interessiert es sie auch.«

»Ja, hier in Kiel«, gab Mutter trocken zurück. »Die Illustrierte Zeitung erscheint bloß nicht nur im Norden.«

»Das wird die größte Baustelle von ganz Europa, das findet jeder aufregend.« Justine fand ihre Idee zu gut, um sie sich madig machen zu lassen.

»Und was soll daran lustig sein? Feiner Humor, der zu uns Frauen passt«, zitierte Mutter, »da würde mir nix einfallen.«

»Hast recht, ist nicht so einfach.«

Eine Weile schwiegen sie. Nur die Stimme der Müllerschen störte die Abendruhe. Sie rief nach ihren sieben Kindern. Oder waren es inzwischen acht? Die Frau des Graupenmüllers bekam jedes Jahr ein neues Balg, hatte den Haushalt zu erledigen und schuftete nicht selten in der Mühle mit.

»Koomt rin, dat wöör bald düüster!«, brüllte sie noch mal.

»Nicht einfach heißt nicht, es käme nicht auf einen Versuch an. Stimmt's?« Mutter sah sie ernst an.

»Wie bitte?«

»Die humorvollen Novellen. Hättest schon Lust, das auszuprobieren, was?«

Justine nickte.

»Thorin meint, ich könnte auch Schauspielerin werden. Ich weiß gar nicht, ob ich das überhaupt will. Muss doch komisch sein, immer so tun, als ob man sich aufregt, Angst hat oder verliebt ist. Dabei starren einen auch noch die Leute an … Aber etwas ganz Eigenes, eine Geschichte, die ich mir ausgedacht habe, das wär schon was. Wenn die gut wird, könnte Thorin sie mit seiner Kompanie vielleicht sogar auf die Bühne bringen. Das würde mir gefallen.« Sie seufzte. »Ist wahrscheinlich eine Schnapsidee. Ich habe ja gar keine Zeit für so was.«

Leises Grollen in der Ferne kündigte an, dass Mutter mit ihrer Vorhersage recht behielt. Ein Gewitter zog auf. Der Sturm riss so plötzlich am Fenster, dass es um ein Haar zugeschlagen wäre. Justine sprang auf und schloss es.

»Hoffentlich gibt's auch 'n büschen Regen. Können Jobst und Hella dringend gebrauchen.«

»Ich hatte da neulich so eine Idee«, begann Mutter zögernd. »Natürlich verstehe ich nichts davon, bloß will es mir einfach nicht mehr aus dem Sinn.«

»Na, was geht dir denn durch den Kopf?« Justine setzte sich wieder an den Tisch, den Blick nach draußen gerichtet, wo sich die Bäume im giftig gelben Licht bogen und schüttelten.

»Was wäre, wenn Thorin sich um den Eisenwarenladen kümmern würde? Natürlich würde es mir auch sehr gut gefallen, wenn er am Theater Karriere machen würde. Nur ist das nicht so einfach. Eisenwaren sind handfest und solide. Dann könnte dein Vater sich ganz auf das Holzgeschäft konzentrieren. Das hat ihm schon immer gelegen.«

»Meinst du?«

»So eine dusselige Frage aber auch.« Mutter ließ die Stopfarbeit sinken und schüttelte den Kopf. »Glaubst du, er hätte den ollen Schrank zu einem hübschen Alkoven umbauen können, wenn er mit Säge und Schmirgel nicht umgehen könnte?«

»Den Märchenschrank hat Vater gezimmert? Meinen Schrank, in dem ich als Kind zu gern …«

Ein Krachen, kurz darauf Donner. Mutter presste erschrocken eine Hand auf die Brust.

»Meine Herren, das war nah.« Sie atmete hörbar aus und wandte sich wieder ihrer Arbeit zu. »Nicht nur als Kind«, nahm sie den Faden auf. »Glaubst du, wir haben nicht gemerkt, dass du dich auch jetzt noch dahin verkrochen hast, wenn dich etwas geärgert hat. Oder wenn dir all die Schreibarbeit über den Kopf gewachsen ist«, ergänzte sie leise. »Hast es nicht immer leicht, Stine, das wissen wir. Es tut mir leid, dass du keinen Schauspielunterricht nehmen kannst wie Töchter aus reichem Haus und dass du nicht mehr Zeit hast, um dir Geschichten auszudenken. Hast du für die Lütten immer gemacht, das kannst du wirklich gut.« Sie lächelte. Nur kurz. »Bloß hatte dein Vater das noch schwerer, als er klein war.« Justine traute sich kaum, einen Mucks von sich zu geben. Kam nicht oft vor, dass Mutter und sie so miteinander sprachen.

»Dass er in Damperhof aufgewachsen ist, weißt du ja, in der Nähe der Eisengießerei. Sieben Geschwister waren sie in der winzigen Wohnung im fünften Stock. Trotzdem haben deine Großeltern noch Matratzen an Schlafgänger vermietet. Stundenweise. War damals so üblich. Die kleinsten Kinder brauchten nicht unbedingt ein eigenes Bett, denen reichte auch eine Decke in einer großen Schublade.«

Justine lachte laut auf, doch das Gesicht ihrer Mutter ließ sie verstummen.

»Klingt nicht gerade gemütlich«, sagte sie leise.

»Nee, gemütlich is nu wirklich anners«, antwortete Mutter hart. Sie holte tief Luft und sammelte sich. »Musst dich eben klein machen, einrollen wie so ein Igel, dann geht's.«

»Woher …?«

»Wir haben eine Straße weiter gewohnt. Ich war die Lüttste, ich musste das am längsten aushalten. War 'ne schöne breite Kommode«, erzählte sie langsam, »aber als Kind wächst du ja so schnell. Und dann stand die auch noch im Flur, wo es nicht geheizt war.« Als wäre sie plötzlich in der Vergangenheit, beschrieb sie die schmutzigen Gassen dieses düsteren Stadtteils, in denen schon tagsüber Betrunkene entlangtorkelten, zwielichtige Kerle herumlungerten und verzweifelte Frauen, die nicht viel am Leib trugen, Männer in dunkle Spelunken lockten. Der Strumpf, den sie gerade ausbesserte, hatte schon einen dicken Knubbel am Zeh, das schien Mutter nicht zu bemerken. Sie stach die Nadel immer wieder ein, zog den Faden durch, stach wieder zu, den Blick durch die Wolle hindurch in die Ferne gerichtet. »Mein Vater hat als Tagelöhner nicht viel nach Hause gebracht. Das bisschen hat er meist auch noch versoffen. Meine Mutter musste sehen, wie sie unsere hungrigen Mäuler stopfen konnte. Nee, das war 'ne schlimme Zeit! Dein Großvater Gregor war ein anderes Kaliber.

Gott sei Dank! Der war schon immer nicht nur fleißig, sondern auch einfallsreich. Hat sich irgendwie Holz, 'n büschen Farbe und Stoffreste zusammengeschnorrt und das Kaspertheater gebaut.«

»Das alte …« Justine war völlig durcheinander. »Das, mit dem er immer mit mir gespielt hat und das er keinem Kunden verkaufen wollte?«

»Gibt's sonst noch eins?« Justine schüttelte den Kopf und Mutter lachte. »Damit ist er über die Dörfer gezogen. Hat den Kindern von einfachen Arbeitern und Bauern Freude gemacht, die konnten sich doch sonst nichts leisten. Hat er dir das denn nie erzählt? Die Erwachsenen hatten auch ihren Spaß und haben ihm mal einen Pfennig gegeben, mal Gemüse oder ein Stück Wurst, wenn sie gerade geschlachtet hatten. Jeder konnte ihn leiden mit seiner freundlichen Art.« Immer wieder zerrissen Blitze die Schwärze, die sich inzwischen über Kiel gelegt hatte. Es war, als würde sich ihr Krachen mit dem Lärm des Donners messen.

»Ich dachte, Großvater ist bei einem Kaufmann in die Lehre …«

»Stimmt ja auch. Da war er für einen Lehrling allerdings schon alt, achtzehn, glaube ich. Jeden Tag hat er im Laden gestanden. Abends, am Sonntag oder wenn Jahrmarkt war, hat er weiter sein Puppentheater aufgebaut. So konnte er was ansparen und schließlich sogar den Kolonialwarenladen hier in der Ringstraße übernehmen. Gerade in den ersten Jahren hat er ordentlich was abgeworfen, und wir konnten euch Kindern ein besseres Leben ermöglichen.« Ihre Mutter sah Justine mit einem Mal an, als wäre sie soeben aus dem Nichts aufgetaucht. »Ach Kind, ich werde wohl alt. Alte Leute sprechen ständig von der Vergangenheit. Dabei weißt du das alles längst.« Sie fing an, eine Melodie zu summen, die gleichzeitig hübsch und sehr traurig klang.

Nee, das wusste Justine wahrlich nicht alles. Sie schämte sich fürchterlich. Da hatte sie jahrelang gedacht, ihre Mutter wäre sich zu fein, um sich selbst um den Haushalt zu kümmern. Wenn sie ganz ehrlich war, hatte sie sie sogar für 'n büschen faul gehalten. Jetzt konnte sie sich vorstellen, dass ihr die Knochen auch nach Jahren noch wehtaten. Und ihr ständiges Hüsteln erklärte sich nun auch.

»Es tut mir so leid«, flüsterte sie. Dann fiel ihr etwas ein. »Aber dann können wir Großvaters altes Kaspertheater doch noch weniger auf den Müll werfen. Nicht einmal weggeben dürfen wir es. Jetzt verstehe ich erst, warum er so sehr daran hängt.«

»Dein Vater hing auch einmal daran. Er hat anscheinend vor lauter Geschäft und Geldverdienen vergessen, wie viel es ihm bedeutet hat, als er ein Kind war. Vielleicht, wenn er wieder mehr Zeit hätte … Er ist ein wunderbarer Puppenspieler, weißt du?« Justine kam aus dem Staunen nicht mehr heraus. »Oder besser: Er war es. Jedenfalls dachte ich, wenn er sich nur noch um die Holzhandlung zu kümmern hätte und jemand anders …«

»Das ist eine prima Idee, Mutter, nur wird Thorin niemals zustimmen. Er ist eben ein Künstler, die denken und fühlen anders als wir. Wobei … Wenn ich's recht bedenke, waren Großvater und Vater auch Künstler. Irgendwie.« Mutter nickte.

»Thorin könnte zumindest stundenweise aushelfen«, erklärte Justine bestimmt. »Trotzdem hast du recht, dass jemand für die Eisenwaren verantwortlich sein und Vater entlasten sollte. Jemand, der sich für Sägen und Hämmer begeistern kann.«

Sie wusste auch genau, wer das tun sollte. Nein, er sollte nicht, er musste einfach!

Gleich am nächsten Morgen machte Justine sich auf den Weg nach Wik. Sie ließ sich Zeit. Zum einen hatte sie einen Korb mitgenommen und sammelte Walderdbeeren und Brombeeren. Zum anderen legte sie sich zurecht, was sie ihrem Bruder sagen würde, verwarf ihre Worte, grübelte. Die Luft war nach dem Gewitter herrlich frisch, es war beinah kühl. Dazu dieser Duft! Nach Harz roch es, nach Moos und nassem Holz. Mensch, das musste richtig geschüttet haben, der Boden war ordentlich matschig und die Pfützen waren so groß, dass sie aufpassen musste, wohin sie trat. Auf einer Lichtung standen fünf Rehe. Sie hoben die Köpfe, als Justine nicht weit von ihnen entfernt zwischen Bäumen und Sträuchern durchs Düsternbrooker Gehölz streifte, liefen aber nicht weg. Wie Statuen standen sie da, nur die Ohren bewegten sich. Niedlich. Vielleicht könnte sie eine lustige Geschichte über Rehe schreiben. Das gefiel bestimmt vielen Frauen. Justine überlegte, während sie hier und da ein paar Beeren pflückte und behutsam in ihr Körbchen legte. Dummerweise wollten ihre Gedanken einfach nicht bei einem Thema bleiben, sondern huschten immer wieder zu ihrem Bruder.

Die Zeit verging wie ein Fingerschnippen, schon kam die Katenstelle von Heiner Nissen in den Blick. Sah hübsch aus im Sommer, wenn alles rundherum so grün und der Himmel drüber blau war. Als sich der Weg auf einen kleinen Hügel schlängelte, konnte sie sogar die Förde in der Sonne glitzern sehen. Kein Wunder, dass Jobst sich hier wohlfühlte. Nicht so viel Hufgeklapper wie in der Stadt. Wenn es erst mehr von diesen Automobilen gab, würde es noch lauter werden. Hier hörte man nur Vögel zwitschern, Pferde wiehern oder mal eine Kuh brüllen. Womöglich war das nicht in erster Linie Pflichtgefühl, konnte doch sein, dass Jobst viel lieber in Wik wohnte als mitten in Kiel. Justine seufzte.

Wie so oft, war Hella draußen zugange. Justine sah sie schon von Weitem, der dicke blonde Zopf lugte unter einem Tuch hervor. Hella hatte die beiden Zipfel ihrer Schürze in der linken Hand. Sie trug den derben grau-braun gestreiften Stoff vor dem Bauch wie einen Beutel. Mit der rechten griff sie immer wieder hinein und streute in weitem Bogen Körner aus. Die Hühner dankten es ihr mit lautem Gegacker.

»Moin, Hella! Bist fleißig, wie immer, was?«

Hella ließ die Zipfel los und klopfte sich die Futterreste ab, ehe sie Justine in den Arm nahm und an sich drückte.

»Moin, Stine, schön dich zu sehen.« Als sie sich löste, warf sie einen Blick in Justines Korb. »Bist extra den weiten Weg gekommen, um uns 'n paar Beeren zu bringen?«

»Eigentlich sind die für Großvater. Natürlich könnt ihr welche haben …«

»Danke, ist lieb, aber wir finden hier draußen mehr davon als ihr in der Stadt. Gregor, die Zuckerschnut, wird sich freuen.«

»Ich wollte mit meinem Bruder sprechen. Ist Jobst noch im Haus oder schon wieder auf dem Feld?« Hella und er waren üblicherweise mit dem ersten Sonnenstrahl auf den Beinen, tranken einen Kaffee mit viel Milch und machten sich beide ans Werk. Erst nach einigen Stunden Arbeit gab es Frühstück, einen Haferbrei, an reichen Tagen Brot, Butter und sogar eine Scheibe Wurst. Justine hatte gehofft, ihn in dieser Pause anzutreffen.

»Er ist noch drin«, antwortete Hella knapp und machte ein ganz komisches Gesicht. Justine wartete ab, bekam allerdings keine weitere Erklärung. Hella ging an ihr vorbei, schaufelte sich frische Körner in die Schürze und widmete sich wieder dem Federvieh.

Justines Augen mussten sich an die Dunkelheit in der Kate kurz gewöhnen. Beinahe wäre sie mit ihrem Bruder zusammengestoßen, der eben aus der Küche kam.

»Hoppla!« Sie lachte. »Moin, Bruderherz.«

»Moin, Stine.« Klang nicht so, als würde er sich über ihren Besuch freuen. Erst verhielt sich Hella seltsam, nun war Jobst auch noch so komisch. Was hatte er überhaupt an?

»Ist was passiert? Oder hast du nichts anderes zu tun, als Leute von der Arbeit abzuhalten?« Jobst griente, trotzdem hatte sie nicht das Gefühl, dass er Spaß machte.

»Ich könnte dich auch fragen, ob was passiert ist. Siehst aus, als wolltest du zu einer Beerdigung.« Sie erschrak. »Heiner Nissen ist doch nicht etwa …? Ach nee, dann hätte sich Hella ja auch zurechtmachen müssen.«

»Niemand ist gestorben, Stine. Trotzdem muss ich gleich weg, in den Dorfkrug.«

»Hast du um diese Zeit etwa Chorprobe?«

»Schön wär's.« Er seufzte.

Justines Augen kamen inzwischen mit dem wenigen Licht zurecht. Schmal war Jobst geworden, die Wangen richtig eingefallen. Sie schluckte, da war mit einem Mal ein ganz blöder Druck auf ihrer Brust.

»Im Gasthof findet eine Veranstaltung statt«, begann er. »Da gibt es Informationen über, also wohl über Möglichkeiten, am Kanal zu arbeiten. Die verteilen da vielleicht sogar schon verschiedene Aufgaben«, murmelte er.

»Wusstest du eigentlich, dass unser Vater ein Künstler ist?«, plapperte Justine los. Sein Blick wurde hart.

»Na ja, er war einer, ist lange her. Ein richtig begabter Puppenspieler, sagt Mutter. Du, stell dir vor, er hat …« In dem Moment hatten Jobsts Worte es von ihren Ohren bis zu ihrem Verstand geschafft. »Was hast du eben gesagt?«

»Hast richtig gehört, ich will mich bei der Kanalkommission vorstellen. Eventuell. Anhören kann nicht schaden.«

»Ach nee, ich dachte, der Kanal bringt nur Unruhe und Nachteile.« Justine verstand die Welt nicht mehr. Wenn sie unsicher war wie jetzt, war Angriff manchmal einfach die beste Verteidigung. Sie stemmte die Fäuste in ihre Hüfte.

»Hast du mir nicht lang und breit erklärt, du kannst Heiner Nissen nicht im Stich lassen?«

»Was soll ich denn machen?«, fragte er so laut, dass sie zusammenzuckte. »Der Pflug ist im Eimer, mitten durchgebrochen. Einen neuen können wir uns nicht leisten. Hella wird Kräuter und Gemüse auf dem Markt anbieten und Eier natürlich. Ich muss eben für zwei ackern. Auf unserem Land und für den Kanal. Sie bezahlen gut, heißt es. Vielleicht habe ich nach einem Jahr die Anzahlung für einen neuen Pflug zusammen, einen richtig soliden aus Stahl.«

»Das ist verrückt. Vater braucht dich. Komm nach Kiel und arbeite im Geschäft. Das ist nicht so 'ne harte Schufterei und …«

»Niemals, Stine. Nicht solange Vater noch lebt.«

Für ein paar Sekunden war es unheimlich still in der Kate, nur sein schwerer Atem war zu hören.

»Versündige dich nicht«, fuhr sie ihn an. Er schnaubte gereizt und wollte an ihr vorbei. Aber so einfach ließ sie ihn nicht davonkommen. Blitzschnell griff sie nach seinem Arm. »Du willst also lieber auf der Baustelle stehen und schippen, als im Laden deines Vaters Schaufeln zu verkaufen?«

»Wenn es unbedingt sein muss, Stine.« Er schüttelte sie mühelos ab. »Zuerst will ich allerdings versuchen, mich als Fuhrmann anzubieten. Die brauchen jede Menge Wagen und Männer, die sie fahren können. Tausende Arbeiter werden irgendwann in den Baracken wohnen. Allein in Holtenau sollen es einige Hundert sein. Was meinst du wohl, wie viel Brot, Kartoffeln, Braunbier, Fleisch und was sonst noch alles täglich dahin geschafft werden muss? Nicht zu vergessen die Erde, die weggebuddelt wird. Die muss auch irgendwo bleiben. Wenn ich Glück habe, und sie mich als Fuhrmann einstellen, ist das keine harte Arbeit.« Er blickte ihr direkt in die Augen. »Ich sehe keinen anderen Weg. Du glaubst doch selbst nicht, dass Vater mich anständig bezahlen würde. Der denkt doch, es ist meine Pflicht, als sein Sohn von morgens bis abends im Laden zu stehen.« Sie hätte ihm liebend gern widersprochen, konnte es aber nicht. »Er hat sich bei Thorin mit einem guten Essen für seine Hilfe bedankt, stimmt's?« Woher konnte er das bloß wissen? Ihre Wangen brannten, als hätte er ihr eine Backpfeife verpasst. »Für mich hatte er nicht mal ein freundliches Wort übrig, Stine. Nicht einmal einen Handschlag und ein freundliches Wort.«

Schon war er an ihr vorbei und schlug die Tür hinter sich zu.

Justine brauchte einen Moment, ehe sie den Schock überwunden hatte. Mensch, wie dämlich war sie denn gewesen? Wik lag zwar ein gutes Stück vor den Toren Kiels, aber es war nicht aus der Welt. Gab genug Bauern, die ihr Gemüse oder Getreide in die Stadt brachten, ein paar davon waren rechte Klatschtanten. Sie verließ das Haus, grüßte Hella flüchtig und lief ihrem Bruder nach, der energisch in Richtung Dorfkrug marschierte.

»Was ist denn noch?«, blaffte er, als sie zu ihm aufschloss.

»Tut mir leid, Jobst, ehrlich!« Sie war außer Atem, hatte sich ordentlich beeilen müssen, um ihn einzuholen bei den langen Schritten, die er machte. »Ich habe Vater gesagt, er muss dich auch einladen. Du hast viel länger geschuftet und hättest es genauso verdient, noch mehr als Thorin.« Sie ließ die Schultern hängen. »Kennst ihn ja.«

Jobst blieb stehen. »Eben, Stine, ich kenne ihn. Ich weiß, dass er sich nie ändern wird. Puppenspieler!« Er spuckte das Wort geradezu aus, schüttelte den Kopf, starrte auf seine frisch gewienerten Schuhe und schob die Hände in die Taschen seiner Anzugjacke, deren Kragen abgewetzt war. Kein Wunder, hatten vor ihm schon Vater und Großvater Gregor getragen. »Vielleicht war er ja tatsächlich mal anders, nur sind die Zeiten vorbei.« Er sah sie an.

»Ich weiß doch, dass es nicht deine Schuld ist, Schwesterchen. Tja, ich muss dann mal. Fängt gleich an.«

»Ich begleite dich«, schlug sie vor. Jobst lachte.

»Wozu soll das denn gut sein? Willst du allen erzählen, dass ich zu nichts zu gebrauchen bin, damit ich doch noch im Eisenwarenladen Thams lande? Das kannst vergessen.«

»Ich hab gehört, die Herren von der Kanalkommission sind ganz vernarrt in Papiere, Regeln, Gesetze und all so 'n Zeug. So richtig verstehe ich da auch nix von«, gab sie zu, »aber etwas schon. Ich kenne mich schließlich mit Kaufverträgen aus. Kann doch nicht schaden, wenn ich Augen und Ohren offen halte.«

Er griente, tat so, als würde er ihr in die Wange kneifen, strich ihr dann aber kurz über das Haar.

»Nee, kann nicht schaden.« Das war seine Art, danke zu sagen.

Der Raum war erfüllt von Männerstimmen und Rauchschwaden. Obwohl die Fenster offen standen, musste Justine husten, der Qualm unzähliger Pfeifen brannte in ihrer Kehle. Außerdem ließ die Hitze ihr augenblicklich den Schweiß aus allen Poren treten. War vielleicht doch nicht die beste Idee, Jobst zu begleiten. Doch er war ihr Bruder und hatte sozusagen zwei linke Hände, was Schreibkram anging. Nicht, dass er am Ende noch seine Unterschrift unter einen Vertrag setzte, der nichts taugte.

Ziemlich voll war das in dem kleinen Krug. Bauern, Tagelöhner und Handwerker hatten sich wie ihr Bruder in Schale geworfen, um einen guten Eindruck zu machen. Kein Wunder, waren keine leichten Zeiten. Gerade in der Landwirtschaft hatte eine Krise die nächste gejagt. So hatte Jobst das jedenfalls mal ausgedrückt. Viele Männer suchten händeringend Arbeit, da kam eine Riesenbaustelle, die sicher zehn Jahre oder mehr bestehen würde, gerade recht. Auf einem Tisch lag ein Plan, da war in einer dicken gestrichelten Linie eine Route von Brunsbüttel an der Elbe bis hierher nach Kiel, genauer gesagt, bis Holtenau eingezeichnet. In Brunsbüttel war sie noch nie gewesen. Auch nicht in Breiholz, Schülp, Nübbel oder Sehestedt. Alles Ortsnamen, die neben der Strichellinie zu lesen waren. Nach Rendsburg waren sie einmal mit der gesamten Familie gefahren. Ein Bruder von Mutter war dort beerdigt worden. Hatte sie lange nicht mehr dran gedacht. Sie konnte sich noch gut erinnern, wie lange sie damals von Kiel bis zur Kirche unterwegs gewesen waren. Nun sollte also ein Kanal gebaut werden, der von hier aus noch viel weiter in den Westen reichte. Wenn Justine so überlegte, konnte sie sich nicht vorstellen, dass so was überhaupt möglich sein sollte. Wie viele Hindernisse musste es unterwegs geben. Konnte man da einfach drumherum buddeln? Oder etwa mitten durch? Sie hatte mal Blumenzwiebeln in ein Beet gepflanzt. Mann, danach hatte ihr schon der Rücken wehgetan. Und wie stöhnten Jobst und Hella manchmal im Herbst, wenn sie Tag für Tag mit ihren Kartoffelhacken loszogen und die Erdäpfel aus ihrem Acker holten. Das war bestimmt anstrengend, aber nichts gegen den Bau einer Wasserstraße, die ordentlich breit und tief sein musste, damit da auch die dicken Pötte durchfahren konnten. Genau das war aber der Plan, hatte Justine gehört. Für kleine Schiffe hätte es gereicht, den alten Eiderkanal ein Stück zu verlängern. Bloß war das dem Kaiser nicht genug. Richtig große Handelsschiffe sollten quer durchs Land reisen. Wahrscheinlich auch Kriegsschiffe. Kiel war ja ein bedeutender Marinestützpunkt mit Matrosendivision, Garnison und wie das alles hieß.

»Wie viele Männer die wohl jetzt schon brauchen?«, fragte ein großer Kerl in ihrer Nähe und riss sie aus ihren Überlegungen zurück in die Gegenwart.

»Jede Menge, habe ich gehört«, antwortete einer neben ihm, das Gesicht rot vor Hitze und Aufregung.

»Aber wozu denn bloß?«, wollte der Lange wissen und legte die Stirn in Falten. »Geht doch noch lang nicht los mit dem Buddeln.«

»Nee, nee, das nich. Trotzdem. Muss ja alles vorbereitet sein, wenn's dann losgehen soll«, erklärte der Rotgesichtige wichtig. Sah nicht so aus, als hätte er von diesen Vorbereitungen eine genaue Vorstellung.

»Musst einen tadellosen Ruf haben, wenn du eine Stelle haben willst«, erklärte ein Stück weiter gerade ein Mann, der eine seltsame Figur abgab. Er hatte sich zur Hose, die er offensichtlich auch auf dem Feld trug, einen Frack angezogen, auf dem Kopf trug er einen komischen Hut. Justine musste sich zusammenreißen, um nicht laut loszuprusten. Sah beinahe aus wie eine Verkleidung in einem Lustspiel und wollte so gar nicht zu seinem Vortrag passen, den er voller Inbrunst hielt: »Ohne guten Ruf nehmen sie dich sowieso nicht.«

»Dann gehst mal besser gleich wieder nach Hause!«, antwortete einer und schlug ihm auf die Schulter. Die Umstehenden lachten.

In dem Augenblick tragt ein Herr im Anzug an ein Pult, das Justine noch gar nicht aufgefallen war. Hatte man bestimmt aus der Schule hierher geschafft. Eilig setzten die Männer sich, doch für alle reichten die Stühle nicht. An den Seiten und hinter den Sitzreihen drängelten sich die Bewerber und noch immer strömten weitere in den überfüllten Raum. Justine war heilfroh, dass Jobst für sie zwei Plätze in der vorletzten Reihe ergattert hatte, wo sie sich nun niederließen.

»Werte Herrschaften«, begann der Mann am Pult.

»Wer soll das sein?«, fragte jemand ziemlich weit vorn. »Wir etwa?« Einige lachten, andere zuckten mit den Schultern.

»Nu lass ihn doch erst mal«, rief einer.

Der Mann im Anzug räusperte sich.

»Vielen Dank. Also, meine Herren, ich danke Ihnen zunächst für Ihr zahlreiches Erscheinen. Ich bin heute hier, um Sie darüber zu informieren, welche Möglichkeiten der Bau des Nord-Ostsee-Kanals Ihnen eröffnen wird.«

»Dass er was dazu sagt, wie vielen sie dafür das Land wegnehmen, hat auch keiner erwartet«, flüsterte Jobst.

»Doch es soll nicht nur um guten Verdienst, Versicherungen und eine vorbildliche Krankenversorgung gehen.«

»Tja, Bruderherz, da hast du dich anscheinend getäuscht«, raunte Justine.

»Vor drei Tagen haben wir, ich spreche von der Kanalkommission, mit Vertretern der kaiserlichen Verwaltung und der Provinzialbehörden unweit von hier in Kiel getagt und Bestimmungen erlassen, die sämtliche Arbeitsbedingungen regeln. Wir haben einundzwanzig Paragraphen erarbeitet.«

Jobst stöhnte, er war nicht der Einzige.

»Glauben Sie mir, meine Herrschaften, je besser alles im Vorwege geregelt ist, desto weniger Streit und Enttäuschungen gibt es später. Bedenken Sie bitte, wenn es Ihnen gelingen sollte, in das Heer derer aufgenommen zu werden, die zum Ruhm und zur Ehre des Kaiserreichs ein Bauwerk schaffen, wie es die Welt noch nicht gesehen hat, sind Sie nicht etwa Arbeiter der Kanalkommission. Wir stellen niemanden ein.«

Ein Raunen ging durch die Menge, einige zuckten wiederum mit den Schultern.

»Wir vergeben Bauabschnitte an Unternehmen, die diese zu betreuen und zu einem guten Ergebnis zu bringen in der Lage sind. Das sind Ihre zukünftigen Arbeitgeber, meine Herren.«

»Wenn von denen keiner hier ist, hätte ich mir die Zeit sparen können«, grollte Jobst, eine Zornesfalte erschien über seiner Nasenwurzel.

»Nun warte doch erst mal ab. Bestimmt hat der Herr Redner trotzdem einiges zu erzählen. Einundzwanzig Paragraphen!« Justine pustete sich eine Strähne aus dem Gesicht. »Das ist kein Pappenstiel.«

»Wer schon bald oder in fernerer Zukunft sein Auskommen auf der Kanalbaustelle verdienen möchte, muss mannigfaltige Voraussetzungen erfüllen«, setzte der Herr am Pult an und nahm ein Papier zur Hand.

»Wieso denn faltig? Können Sie auch geradeaus schnacken, Kerl?«, fragte einer in der ersten Reihe. »Den hochgestochenen Kram versteht doch kein Aas.« Jemand lachte, andere stimmten ihm zu. Der Anzugmann ließ sich nicht aus der Ruhe bringen.

»Voraussetzung für Ihre Bewerbung ist, dass Sie männlich sind und das siebzehnte Lebensjahr bereits vollendet haben.«

»Na, das sieht man ja wohl!«, rief ein kleiner Kerl. Justine erkannte Bauer Drüppel, dessen Land an das von Heiner Nissen grenzte. Ob er auch nicht mehr zurechtkam oder für seinen Sohn hier war, damit der zusätzlich Geld nach Hause bringen konnte?

»Des Weiteren sind nicht nur Frauen ausgeschlossen, sondern auch politisch unzuverlässige Subjekte.«

»Was soll das heißen?«, tönte eine Stimme von der Tür.

»Darfst kein Sozi sein«, antwortete jemand, den Justine nicht sehen konnte, weil ihn ein Hüne verdeckte.

»Korrekt«, bestätigte der Anzugmann gelassen. »Anhänger der Sozialdemokratischen Partei oder auch einer Gewerkschaft kommen nicht infrage.« Er lächelte schmal. »Natürlich nicht, denn ihr Tun ist per Gesetz verboten. Das dürfte allgemein bekannt sein.«

Dem Mann rechts neben Justine fehlten zwei Finger der linken Hand. Vielleicht einer aus dem Sägewerk.

Gerade sagte er zu seinem Vordermann: »Ich dachte, dieser

Liebermann, Weberknecht, du weißt schon, der Oberste von der Sozialdemokratischen Partei ...«

»Du meinst Liebknecht«, raunte der Vordere zurück.

»Von mir aus. Der ist doch für den Kanal.«

»Psst«, machte der neben ihm.

»Er hat recht«, wisperte Justine Jobst ins Ohr. »Warum sollen die Leute, die ihn und seine Partei leiden können, nicht am Kanal arbeiten dürfen, wenn Liebknecht das Vorhaben unterstützt?«

»Unterstützen ist zu viel gesagt, Schwesterchen. Die SPD ist dafür, weil jede Menge Arbeitsplätze entstehen, davon kann es nicht genug geben. Allerdings verlangt sie, dass keine Hungerlöhne bezahlt werden. Was glaubst du, wie Arbeiter unter Kontrolle zu halten sind, wenn sie ständig einer aufstachelt und an ihre Rechte erinnert? Ist viel einfacher, alle denken zu lassen, es ist eine Ehre, Schaufel für Schaufel auszuheben. Kannst froh sein, dass es außer Ruhm und irgendeiner Versicherung auch noch ein Almosen gibt.«

»Sagtest du nicht, die Herrschaften von der Kanalverwaltung zahlen gut?« Justine sah Jobst fragend an.

»Wie es aussieht, zahlen die überhaupt nicht«, gab er zurück. »Hast es doch gehört, die bestimmen Unternehmer, die für die einzelnen Abschnitte verantwortlich sind.« Er wusste offenbar nicht, was er davon halten sollte. »Aber du hast schon recht«, meinte er schließlich. »Bisher heißt es, es gäbe gutes Geld, mehr, als ein Arbeiter normalerweise verdient.«

Der Herr am Pult ließ sich gerade darüber aus, welche Tätigkeiten alle erwartet wurden. Vom Handlanger zum Heizer, vom Hilfsarbeiter zum Schacht- oder Baggermeister wurde alles gebraucht.

»Wer zuverlässig und fleißig ist, wird mit arbeiterfreundlichen Verhältnissen belohnt, wie sie noch nie dagewesen sind«, verkündete er, machte eine Pause und blickte durch den gesamten vollgestopften, nach Schweiß stinkenden Raum. »Wir werden der ganzen Welt zeigen, wie glorreich die Sozialpolitik unseres Reichskanzlers von Bismarck ist. Niemand braucht eine sozialdemokratische Partei, wenn er einen derartig fortschrittlichen und vorbildlich umsichtigen Mann an der Spitze der Regierung vorweisen kann.« Wieder dieser ordentlich eingebildete Blick durch die Reihen, erwartungsvoll dieses Mal. Als ob der Anzugmann selbst sich die schönen Verhältnisse ausgedacht hatte, von denen er so schwärmte, und nun auf donnernden Applaus wartete. Nichts geschah. Er hüstelte, wirkte kurz irritiert.

»Wo war ich …?«

»Bei den freundlichen Verhältnissen«, kam es aus der Menge zurück. »Darüber wüsste ich gern mehr.« Brüllendes Gelächter.

»Ich muss doch sehr bitten, meine Herren! Ich spreche von sauberen Unterkünften mit anständigen Matratzen, Decken, Kissen und Duschbädern!« Er fuchtelte mit dem Zeigefinger in der Luft herum. »Gegen einen geringen Betrag werden Sie sich dort beinahe wie im Gasthof fühlen. Die Wäsche wird gereinigt, Sie erhalten drei Mahlzeiten jeden Tag.«

Es kehrte Ruhe ein. Den Männern war das Scherzen vergangen. Auch Jobst hörte jetzt gebannt zu, sein Gesicht sah aus wie früher, wenn der Weihnachtsmann kam. Konnte man ja auch verstehen. Hella und er ackerten an sieben Tagen pro Woche wie die Bürstenbinder und hatten trotzdem nicht immer eine volle Speisekammer. So ging es allen hier.

»Wie ich vorhin bereits sagte, erhalten Sie eine Krankenversicherung, eigens für die Kanalarbeiter wird selbstverständlich auch eine Gesundheitsversorgung aufgebaut werden mit speziellen Lazaretten.«

»Ist ja alles gut und schön«, begann Drüppel zögerlich, »nur geht das ja nicht gleich morgen los mit dem Kanal. Wann brauchen Sie uns denn überhaupt, nächsten Monat? Oder erst im nächsten Jahr?«

»Eine sehr gute Frage, mein Herr. Im Grunde brauchen wir Sie sofort. Bedenken Sie, wie umfangreich die Vorarbeiten sind. Es müssen Wege gepflastert werden, damit das Baumaterial überhaupt erst an Ort und Stelle geschafft werden kann. Die Unterkünfte, von denen ich sprach, müssen errichtet werden. Es wird Gerüste von gigantischen Ausmaßen geben, die als Erstes zu stehen haben, Zäune müssen genagelt werden. Außerdem sind nicht zuletzt die Tribünen und Podeste für die Grundsteinlegung herzustellen. Seine Majestät der Kaiser wird höchstselbst anwesend sein.«

Der Anzugmann hatte sein Ziel erreicht. Es gab keine unverschämten oder albernen Zwischenrufe mehr. Die Anwesenden konnten es kaum mehr erwarten, zu erfahren, wann und wo sie sich bei wem vorstellen durften. Sie rutschten unruhig auf ihren Stühlen hin und her, tuschelten. »Übrigens haben wir nicht nur Interesse an kräftigen Männern, die den Spaten schwingen und Maschinen bedienen können, sondern an jedem, der seine Arbeitskraft in den Dienst dieses einzigartigen Projekts stellen will. Bauern und Knechte werden ebenso zu tun bekommen wie Waldarbeiter, Schmiede, Kutscher.« Plötzlich sah er Justine direkt an. »Ebenso Köchinnen und Wäscherinnen, genau wie Boten und Schnapsbrenner«, beendete er seine Ansprache.

»Das war es?« Die Stimme klang fest und klar und kam von ganz hinten. Alle wandten die Köpfe um, der Herr am Pult kniff die Augen zusammen. »Auch Schnapsbrenner, sagen Sie. Aber von einem Pastor war nicht die Rede.« Die Zuhörer, die hinten standen, machten Platz. Weil es so furchtbar eng war, stießen sie dabei gegen die letzte Stuhlreihe, es raschelte, Holz kratzte über den Fußboden. Ein Mann trat vor, seine weiße Halskrause und der schwarze Talar darüber verrieten den Geistlichen.

»Selbstverständlich ist auch daran gedacht. Pastor und Pfarrer werden sich um das geistige Wohl unserer Arbeiter kümmern«, entgegnete der Herr am Pult schnell. »Dafür ist es in der Tat noch ein wenig früh. Außerdem habe ich nicht erwartet, in diesem Kreis Bewerber zu finden.« Er lächelte schmal.

»Eine Unterkunft mit sauberer Matratze, drei Mahlzeiten am Tag, das klingt verlockend, nicht wahr?« Der Kirchenmann sah freundlich durch die Reihen und nickte den Anwesenden zu. »Was der Herr leider nicht erwähnt hat: Es werden Männer von weither zu uns kommen. Sie werden hier fremd sein, unsere Sprache nicht sprechen. Sie werden mit Ihnen und mit vielen anderen Fremden unter einem Dach leben und täglich sehr hart arbeiten müssen.«

Der Herr von der Kanalverwaltung verlor die Geduld.

»Das alles versteht sich von selbst. Worauf wollen Sie hinaus?«

»Darauf, dass wir alle für die Fremden verantwortlich sein werden.« Er sah den Anzugmann an, ernst und ruhig. »Sie sind verantwortlich, die Kommission ist es. Wir müssen diesen tüchtigen Arbeitern mehr geben als ein sauberes Bett. Sie brauchen geistigen Beistand.« Hier und da murrte jemand. Anscheinend stand keinem der Sinn nach einer Predigt. Das kümmerte den Pastor nicht. Er erhob seine Stimme: »Was sie gewiss nicht brauchen, ist Alkohol.«

»Die Verträge mit den Brauereien sind längst unterschrieben, hab ich gehört«, warf der Wirt des Dorfkrugs ein, der in der Saaltür lehnte.

»Bier ist kein Alkohol!«, meinte jemand. Alle lachten.

»In der Tat, Bier ist nahrhaft, und die Arbeiter werden viel Kraft brauchen. Dagegen spricht nichts.« Er wartete kurz ab. »Aber haltet Schnaps von ihnen fern«, sagte der Geistliche dann. »Schnaps und Glücksspiel. Das rate ich sehr, denn sonst, meine Herren, kommt es zur Katastrophe.« Für eine Sekunde war es so still, dass man ein Taschentuch hätte auf den Boden fallen hören können. »Guten Tag«, sagte er freundlich und ging.

Zum Ende der Veranstaltung wurden noch Zettel verteilt, auf denen weitere Orte und Termine für die Interessierten standen. Dort sollten dann auch Vertreter der Unternehmen dabei sein, die für Bauabschnitte zuständig sein würden, hieß es. Man würde sich bei diesen Gelegenheiten also bewerben können. Der Anzugmann beantwortete noch Fragen, wenn auch sichtlich widerwillig, schließlich löste sich die Versammlung auf. Justine begleitete Jobst zurück zur Nissen-Kate, wo sie bei all der Aufregung glatt ihren Korb hatte stehen lassen.

»Hältst du es noch immer für eine gute Idee, auf der Baustelle zu arbeiten?«, wollte sie von ihrem Bruder wissen, als sie auf das Reetdachhäuschen zu gingen.

»Du etwa nicht? Klingt alles anständig, finde ich. Könnte mir sogar vorstellen, mehr zu machen, als ich eigentlich gedacht hatte. Gutes Geld, Krankenversicherung. Und ich müsste nicht mal was für die Unterkunft abgeben, weil ich natürlich zu Hause wohnen würde. Erst als Fuhrmann unterwegs sein, dann noch ein Jahr eine Maschine bedienen …«

»Verstehst du denn etwas von Baumaschinen?«

»Traust du mir das nicht zu? So schwer kann das ja wohl nicht sein. Zur Not muss ich eben schaufeln. Ein Jahr, Stine, wenn ich dann nicht genug Geld für einen dieser amerikanischen Deere-Pflüge zusammenhabe, verkaufen wir das Land an Loewe und seine Kanalkommission. Angeblich sollen die vier Prozent mehr als den marktüblichen Preis zahlen.«

Justine traute ihren Ohren nicht. Sie baute sich vor ihrem Bruder auf, ehe er die Haustür erreicht hatte.

»Das bricht Heiner Nissen das Herz. So wie es unserem Großvater das Herz gebrochen hat, seinen Laden zu verlieren«, erinnerte sie ihn.

»Ich habe dir ja gesagt, der Kanal bringt nix Gutes, sondern sorgt nur für ein Durcheinander.«

Sie sahen sich eine Weile an.

»Wenn du mich fragst, Jobst, kann der Kanal nix dafür. Das sind die Menschen, die ständig alles durcheinanderbringen.«

Kapitel 14
Regina

Westerrönfeld, November 1886

Regina war in die *Gartenlaube* vertieft. Eine Weile hatte sie nur darin geblättert, doch dieser Artikel über eine Florence Nightingale schlug sie in seinen Bann. Diese Frau, so war zu lesen, hatte nicht nur im Krieg Verwundete behandelt, sie hatte auch neue Ideen für das englische Gesundheitssystem. Für Menschen, die innerhalb der Familie jemanden pflegten, hatte sie eine Art Handbuch verfasst, obendrein war sie darum bemüht, eine Ausbildung von Pflegenden zu erwirken, die neben den Ärzten eine bedeutende Rolle spielen sollten. Wie konnte sie das alles tun? Sie war eine Frau, wie also war das möglich?

»Gnädige Frau, das hier ist für Sie abgegeben worden.«

Das Dienstmädchen reichte ihr ein Blumenbouquet.

»Danke schön.«

»Soll ich es in eine Vase stellen?«

»Ja, bitte. War denn keine Karte dabei?«

»Doch, gnädige Frau, natürlich.« Sie griff in die Tasche ihrer weißen perfekt gestärkten Schürze. »Bitte schön, gnädige Frau.«

Reginas Hand zitterte, als sie das Kuvert entgegennahm. Ihr erster Gedanke beim Anblick der Blumen war Broder Neunes gewesen. Jeden Tag, der seit ihrer Begegnung im Convent-Garten vergangen war, hatte sie an ihn denken müssen. Es war, als hätte er sich in ihrem Kopf eingenistet. Dieser Mann war so anders als alle, die sie kannte. Er war attraktiv, lebendig und strahlte gleichzeitig eine Leichtigkeit aus, die ihr gefiel. Broder war das glatte Gegenteil von ihrem Ehemann.

»Ein so hübscher Strauß, mitten im November, der muss ein Vermögen gekostet haben«, sagte das Mädchen.

Als Regina keine Anstalten machte, den Inhalt des dazugehörigen Schreibens mit ihr zu teilen, machte sie einen Knicks und ging. Regina riss den Umschlag auf, ihre Augen flogen über die wenigen Zeilen. Wahrhaftig, die Blumen waren von ihm. Mehr noch, er bat sie, sich mit ihm zu treffen. Regina lachte laut, dann hielt sie sich erschrocken eine Hand vor den Mund. Warum? Christoph war nicht im Haus. Sie konnte ihrer Freude freien Lauf lassen. Was hatte er im August draußen auf der Wiese zu ihr gesagt? Nicht jeder Wunsch, der in Erfüllung geht, bedeutet Glück. Das waren seine Worte gewesen. In diesem Fall bedeutete er pures Glück. Sie holte sich Papier und Tinte und sagte sofort zu. Anschließend verbarg sie seinen Brief unter dem Einlegeboden ihrer Wäscheschublade.

Am Tag ihrer Verabredung fühlte Regina sich, als liefe eine Armee von Ameisen über ihren Körper. Ihr Frühstück rührte sie zunächst nicht an, dann entschied sie sich, dass eine Tasse Tee und ein Zwieback nicht schaden könnten. Doch kaum hatte sie beides zu sich genommen, rannte sie ins Badezimmer, weil sie sich erbrechen musste.

»Darf ich annehmen, dass das ein gutes Zeichen ist, Rehlein?« Christoph schien bereits siegesgewiss. Wenn er nur nicht anbot, zu Hause zu bleiben.

»Schon möglich«, sagte sie und lächelte. »Ich denke, ich werde mich zu meinem Arzt bringen lassen.«

»Mach das, mach das! Und komme mir bloß mit dem richtigen Ergebnis nach Hause.«

Warum eigentlich nicht? Sie schmunzelte. Das würde ihr eine Weile Ruhe verschaffen. Sie konnte in ein paar Wochen immer noch sagen, es habe sich dann wohl um einen Irrtum gehandelt.

Broder hatte ein kleines Kaffeehaus etwas außerhalb von Rendsburg vorgeschlagen. Er war bereits da, als sie mit dem Wagen vorfuhr.

»Ich bin so froh, dass Sie meine Einladung angenommen haben«, begrüßte er sie. »Mir ist bewusst, in welche Situation ich Sie bringe, darum habe ich diesen Ort gewählt. Hier wird Sie gewiss niemand sehen, der Sie kennt.«

»Danke, das ist sehr nett von Ihnen.«

Ihr Tisch stand ein wenig versteckt in einer Nische, er sorgte dafür, dass sie zudem mit dem Rücken zum Eingang saß. Sie bestellten Marzipantorte und Kaffee.

»Ist Ihr Mann mit seinen Bestrebungen bezüglich des Kanals vorangekommen?«, wollte er wissen.

»Nein, ich glaube nicht, obwohl … Er hat sich einige Male mit einem Herrn Martens oder Mertens getroffen.«

»Ein wichtiger Mann?«

»Ja, das denke ich schon. Danach war er zumindest jedes Mal regelrecht aufgekratzt.«

Sie blickte auf ihre Hände. Er sollte auf keinen Fall sehen, was in ihr vorging. Sofort musste sie daran denken, wie Christoph jedes Mal nach Hause kam, voller Tatendrang. »Ihrem Mann wäre zu gratulieren«, sagte er in ihre Gedanken. »Verzeihung, Ihr Mann ist bereits zu beglückwünschen. Zu seiner Frau.« Was sollte sie darauf antworten? »Er hat nicht nur eine Schönheit an seiner Seite, sondern vor allem eine kluge, eine ganz und gar bemerkenswerte Frau, wenn ich das sagen darf.«

»Vielen Dank, das ist sehr nett von Ihnen.« Ihr Gesicht brannte, sie wünschte, er würde weiter solche Dinge sagen, aber sie musste zurück auf unverfängliches Terrain. »Sie sagten, Sie hoffen auch auf eine andere Kanallinie. Stimmt das?«

»Allerdings. Ich komme aus Lübeck. Sehen Sie, Bremen und Hamburg verfügen über beeindruckende Handelsflotten und Netze von Geschäftsverbindungen in die ganze Welt. Lübeck war vor zig Jahren zwar als Königin der Hanse bekannt, davon ist aber leider nicht mehr viel übrig.« Gerade hatte er noch sachlich berichtet, aber jetzt bekam er einen versonnenen Gesichtsausdruck. »Regina heißt Königin. Ihre Eltern haben den Namen sehr passend für Sie gewählt.«

»Eine Königin ohne Staat.« Sie hob kurz die Schultern und ließ sie sofort wieder sinken. »Ich würde liebend gern mit jedem einfachen Dienstmädchen tauschen, glauben Sie mir.«

Kaffee und Kuchen wurden serviert.

Kaum waren sie wieder ungestört, sagte er: »Sie sind nicht glücklich, das habe ich gleich gesehen. Sonst hätte ich niemals einer verheirateten Frau Blumen geschickt.«

»Ich liebe meinen Mann nicht«, brach es aus ihr heraus. »Wie könnte ich? Er ist unkultiviert, interessiert sich nicht für mich, sondern braucht nur eine Frau zum Vorzeigen. Aber das ist für eine Ehe doch zu wenig!« Sie musste schlucken, um nur nicht in Tränen auszubrechen. »Mein Vater hat diese Verbindung aus finanziellen Interessen geknüpft. Ich wollte nicht heiraten, niemals, aber was hätte ich denn tun sollen?«

»Nichts, Sie konnten nichts tun. Leider gibt es noch immer Männer, denen es gleichgültig ist, ob eine Frau gern bei ihnen ist. Für mich käme das nie infrage. Ich würde eine Frau nur heiraten, wenn sie mich von ganzem Herzen liebt.«

»Dann sind Sie also nicht verheiratet?«

»Nein.«

Wie glücklich musste diejenige sein, die er einmal zum Altar führen würde. Er sah ihr in die Augen.

»Ich habe sie noch nicht getroffen. Das heißt, ich habe sie gerade erst getroffen, aber sie gehört einem anderen.«

Regina hatte das Gefühl, keine Luft mehr zu bekommen. Eilig nahm sie einen Schluck Kaffee. Als sie die Tasse wieder abstellte, berührte er ihre Hand. Sie sah ihn an, er lächelte ihr zu.

»Schmeckt Ihnen die Torte?«

Wie sensibel dieser Mann war, gerade im rechten Moment wechselte er das Thema.

»Danke! Ja, sie ist sehr gut.« Es trat kurz eine merkwürdige Stille ein. »Was tun Sie in Lübeck?«, fragte sie schnell. »Sie sagten, Sie finden Ihre Ernte im Meer.«

»Ganz recht, ich bin im Fischhandel tätig.« Er schwieg. Regina überlegte, was sie ihn noch fragen könnte, da sagte er: »Wussten Sie, dass der Nord-Ostsee-Kanal eigentlich von der Nordsee in die Lübecker Bucht führen sollte?«

»Nein, davon habe ich nicht gehört.«

»Das wundert mich nicht.« Er zog kurz die Augenbrauen nach oben. »Der Plan war gut, sehr klug und gründlich untersucht. Inzwischen wird er am liebsten unter den Teppich gekehrt. Denn irgendjemand hat ein großes Interesse daran, die Verbindung zwischen der Elbe und Kiel herzustellen. Dieser Jemand hat sich seine Wünsche etwas kosten lassen.«

»Was wollen Sie damit sagen?«

»Er hat einige Herren gut dafür bezahlt, ihre Stimmen für den nördlicheren Verlauf abzugeben.«

»Aber das wäre nicht rechtens«, wandte sie ein.

Er lachte. »Nein. Genau deshalb spricht niemand mehr darüber. Sie sind eine kluge Frau, Sie werden sofort verstehen, dass Lübeck als östlicher Endpunkt viel besser geeignet ist.« Er ballte die rechte Hand zur Faust und streckte den Daumen aus. »Erstens sind die Wind- und Strömungsverhältnisse in der Lübecker Bucht ideal.« Er streckte auch den Zeigefinger. »Zweitens ist die Ostsee bei uns erheblich sanfter als in der Kieler Förde, damit ist das Fahrwasser günstiger.« Nun streckte er den Mittelfinger aus. »Nicht zuletzt ist unsere Bucht weniger häufig zugefroren. Nicht zu vergessen unser schönes Travemünde. Es bietet sich geradezu als Hafen für eine Kriegsflotte an. Also?«

»Sie haben recht, das klingt nahezu perfekt.«

»Wie ich sagte, Sie haben Köpfchen. Leider hatte das jemand anders auch, der seine eigenen Interessen durchsetzen und uns Lübeckern schaden wollte. Und das gelingt diesem Halunken, wenn es bei der jetzigen Planung bleibt.«

Zum ersten Mal wirkte er wütend.

»Aber wenn es nicht mit rechten Dingen zugegangen ist, muss man doch etwas tun können.«

»Ich glaube an das Gute.« Die Spannung, die sie gerade noch in seiner Miene gesehen hatte, war schon wieder verschwunden. »Ich bin zuversichtlich, dass unsere Handelskammer das Schlimmste noch zu verhindern weiß. Sie wird unsere Interessen vertreten und durchsetzen.« Ein Schatten huschte über sein strahlendes Lächeln. »Das hoffe ich, sonst sieht es düster aus. Ich darf gar nicht dran denken, welche wichtigen Transit-Geschäfte zwischen Hamburg und den Ostseehäfen uns verloren gingen, wenn Kiel am Ende das Rennen macht.«

»Was kann man denn nur dagegen tun?«

»Wie gesagt, Regina. Darf ich Sie Regina nennen?«

»Gern.«

»Ich glaube daran, dass das Gute siegt. Und ich glaube an die Fähigkeit unserer Handelskammer. Jetzt aber Schluss damit. Bitte verzeihen Sie mir, Sie müssen mich für vollkommen egoistisch halten.«

»Aber nein, es ist sehr aufschlussreich, von einem völlig neuen Aspekt zu hören.« Sie sah auf die Uhr. Wenn sie noch rasch bei ihrem Arzt vorbeisehen wollte, musste sie sich auf den Weg machen. »Leider muss ich mich verabschieden.«

»Ich habe Sie gelangweilt.« Er schüttelte den Kopf und seufzte.

»Nein, bestimmt nicht. Bitte, das müssen Sie mir glauben.«

»Nur, wenn Sie mir versprechen, dass wir uns wiedersehen.«

Es hätte nicht dieses bittenden Blicks bedurft, sie wusste ohnehin nicht, was sie sich mehr wünschen könnte. Er bezahlte die Rechnung, half ihr in ihren Mantel und begleitete sie nach draußen in die winterliche Kälte.

»Sie haben mir noch nicht geantwortet«, erinnerte er sie.

»Ich weiß nicht, ich muss meinem Mann sagen, wo ich bin. Ich brauche …«

Weiter kam sie nicht, denn er zog sie in seine Arme und küsste sie. Als er sie wieder freigab, sah er fast erschrockener aus, als sie es war.

»Bitte, entschuldige, Regina, das ist unverzeihlich, das war …«

»Wunderschön«, hauchte sie.

Sie sahen sich sekundenlang an, ihre Gesichter kamen einander ganz langsam näher, bis ihre Lippen sich schließlich wieder aufeinanderlegten, als sei es das Normalste der Welt. Regina war erfüllt von reinem Glück. Nie hätte sie geglaubt, dass ein Mann so sanft und hingebungsvoll sein konnte.

»Christoph würde mich totschlagen«, dachte sie. Selbst das würde sie in Kauf nehmen.

Regina hatte ihrem Mann erklärt, es sei nicht sicher, ob sie schwanger wäre.

»Wie kann das nicht sicher sein?«

»Aber Liebster, das ist völlig normal. Es braucht eine Zeit, ehe sich die typischen Anzeichen einstellen und ehe der Arzt das Kind in meinem Leib hören kann. So lange müssen wir uns gedulden.«

Sie war sich sicher, dass er ihr nicht traute. Trotzdem ließ er gottlob die Finger von ihr.

Jeden Tag fieberte Regina dem Wiedersehen mit Broder entgegen. Endlich war es so weit. Er führte sie zu einem Mittagskonzert aus.

»Niemand wird sich etwas denken«, raunte er ihr zu. »Wir werden mit anderen Herrschaften am Tisch sitzen, als hätten wir uns dort zufällig getroffen. Aber danach möchte ich dir unbedingt noch etwas zeigen, nur dir allein.«

Die Musik war wunderbar, das Essen ausgezeichnet. Doch Regina wünschte, die Veranstaltung ginge endlich vorbei. Sie war gespannt, was sie erwartete. Sie hoffte, er würde sie noch einmal küssen, sobald sie unbeobachtet waren.

Endlich erstarb die letzte Note, Applaus brandete auf, ebbte ab. Geschafft.

»Wir sehen uns draußen«, flüsterte er ihr zu, ehe er sich von der Tischgesellschaft verabschiedete und ging.

Regina ließ sich den Mantel bringen, dann trat sie ins Freie. Ihr Atem stand ihr als kleine Wolke vor den Lippen. Unschlüssig blickte sie die Straße entlang, erst in die eine Richtung, dann in die andere. Für einen kurzen Moment fürchtete sie schon, er habe sie versetzt, doch er war da, stand an einer Ecke und winkte ihr zu. Sie sah sich noch einmal um, ob niemand sie beobachtete, ehe sie mit hochgeschlagenem Kragen zu ihm ging.

»Komm!« Er nahm ihre Hand und zog sie mit sich.

Sie bogen zweimal ab, ehe er sie zu einem kleinen Haus führte. Regina war neugierig, was es hier so Besonderes zu sehen gäbe.

Und sie war ein wenig enttäuscht, dass er sie noch nicht wieder geküsst hatte. Er schloss auf, sie folgte ihm hinein. Sofort hüllte sie eine wohlige Wärme ein und ein zarter blumiger Duft.

»Schließ deine Augen, bitte!«, sagte er.

Sie tat es sofort. Broder zog ihr den Mantel von den Schultern, dann nahm er behutsam ihre Hand und leitete sie wenige Schritte zu einer Tür. Sie hörte, wie er sie öffnete, sie gingen hindurch, sogleich wurde der Duft intensiver.

»Augen auf!«, flüsterte er.

Regina blinzelte, dann schaute sie sich ungläubig um. Eine kleine Stube, die an sich nichts sonderlich Beeindruckendes hatte, wäre da nicht ein Meer aus Blumen gewesen, das den Boden bedeckte. Sie erkannte rosafarbene Rosen und weiße Lilien.

»Was ist das?«, fragte sie stockend. Sie musste lachen vor Rührung. Ein wohliger Schauer jagte über ihren Rücken. Das war schöner als alles, worüber sie in Jane Austens Romanen je gelesen hatte. Das Beste daran war, dass dies hier wirklich mit ihr geschah.

»Dein Königreich, Regina. Wenigstens für ein paar Stunden.« Endlich nahm er sie in seine Arme und küsste sie. Sie hatte so sehnsüchtig darauf gewartet, dass sie sich gar nicht erst zierte. Seine Lippen waren weich und sanft, seine Hände streichelten ihren Nacken. Er führte sie langsam zu einer Couch. Dort blieb er stehen und sah ihr in die Augen.

»Ich habe mich in der ersten Sekunde in dich verliebt. Du hast es so sehr verdient, glücklich zu sein. Darf ich dich glücklich machen, Regina?«

Sie ahnte, was das bedeutete. Panik stieg in ihr auf. Und doch wollte sie es so sehr. Sein Blick war beruhigend und aufregend zugleich. Mit einem Mal war sie vollkommen sicher, dass es nichts gab, wovor sie Angst haben musste. Nicht, solange sie bei ihm war. Er sah sie unverwandt an, während er ihr Kleid öffnete. Genau so, wie sie es sich auf der Wiese vor dem Convent-Garten ausgemalt hatte. Der dicke Stoff raschelte, als er zu Boden glitt. Broder betrachtete sie bewundernd wie ein Kunstwerk. Dann zog er sie an sich und küsste ihren Hals, ihre Schultern. Er küsste ihren Mund, während er ihr Mieder öffnete, seine Küsse wurden fordernder, doch es hatte nichts mit der Grobheit ihres Mannes gemeinsam. Es war ein Spiel und sie durfte die Regeln bestimmen. Sie seufzte und stöhnte und krallte ihre Finger in sein Haar. Sein Mund auf ihren Brüsten, auf ihrem Bauch, tiefer. Sie glaubte, ohnmächtig zu werden. Er drückte sie vorsichtig auf das Sofa hinab, kniete neben ihr, streichelte sie mit seinen Händen und seinen Lippen. Nie hätte sie für möglich gehalten, dass sie in der Lage wäre, ein solches Verlangen zu spüren. Regina öffnete ihre Schenkel und zog ihn auf sich.

Kapitel 15
Justine

Kiel, Jahreswechsel 1886/87

»Kann ich dann gehen?« Thorin sah müde aus. Sein schwarzes Haar ließ ihn besonders blass erscheinen.

»Haben Sie überprüft, ob alles an seinem Platz und der Größe nach sortiert ist?« Vater sah ihn streng an. Ehe Thorin antworten konnte, führte er aus: »Ich sage das nicht gern, aber neulich lag eine venezianische Glättekelle zwischen den Flächenspachteln.«

»Na so was!« Thorin verschränkte die Arme vor der Brust. »Ich sage es von Herzen gern, Herr Thams: Ich bin Schauspieler. Kein Verkäufer, kein Lagerverwalter, sondern Schauspieler. Trotzdem mache ich meine Sache gut.«

»Ja, ja«, stimmte Vater ihm eifrig zu.

»Ich bin freundlich zu den Kunden und räume weg, wenn etwas irgendwo nicht hingehört. Allerdings bin ich nicht der einzige Mensch hinter ihrem schönen Verkaufstresen.«

Justine musste lächeln. Nicht genug, dass Großvater noch immer gelegentlich auftauchte, stolz die unterschiedlichsten Werkzeuge präsentierte, nach denen niemand je gefragt hatte, und sie anschließend so wegpackte, dass sie nur noch durch Zufall gefunden werden konnten, sondern auch Vater selbst probierte ab und zu eine neue Ordnung, die er meist schon am nächsten Tag wieder vergessen hatte.

»Das weiß ich doch, Thorin«, lenkte Vater ein. »Ich bin sehr zufrieden mit Ihrer Arbeit, mehr als das. Justine und ich sehen später nach, ob alles am Platz ist. Gehen Sie ruhig in Ihre verdiente Weihnachtspause.«

»Das hört sich schon besser an.« Thorin griente zufrieden.

»Aber vergessen Sie nicht, über mein Angebot nachzudenken!«

»Wird gemacht! Schöne Feiertage allerseits und einen guten Start in das neue Jahr!« Er verschwand nach hinten, um seinen Mantel zu holen. Justine lief ihm nach.

»Sehen wir uns etwa nicht mehr? Ich habe eine Kleinigkeit zu Weihnachten für dich. Und ich dachte …«

»Natürlich sehen wir uns, Stine.« Er küsste sie auf die Nasenspitze, ehe er seinen Schal zweimal um den Hals wickelte. »Ich habe mir für dich auch etwas ausgedacht, etwas Einzigartiges«, kündigte er an.

Ein Verlobungsring, schoss es ihr durch den Kopf. Was sollte es sonst sein? Es passte alles zusammen, Thorin hatte regelmäßige Einkünfte, der Umgang mit Kunden schien ihm Spaß zu machen. Mit Vater verstand er sich ebenfalls. Thorin arbeitete jetzt schon den vierten Monat bei Eisenwaren Thams. Nur an drei Tagen pro Woche, aber immerhin. Justine hoffte so sehr, er würde Vaters Angebot annehmen, in Zukunft fünf Tage zu arbeiten. Er wurde nicht reich dadurch, aber er konnte es sich leisten, eine Familie zu gründen. Sie wusste nicht, was sie sagen sollte, das war der schönste Moment ihres Lebens. Thorin lachte.

»Du strahlst ja jetzt schon heller als jeder Weihnachtsstern, dabei weißt du noch nicht einmal, was ich für dich habe.«

»Vielleicht kann ich es mir denken.« Ihre Wangen wurden warm, sie schluckte, versuchte, ruhig zu atmen.

»Das glaube ich nicht.« Plötzlich stutzte er. »Du denkst doch hoffentlich nicht, dass ich dir einen Antrag machen will.«

Die Hitze in ihrem Gesicht wurde auf einen Schlag zu einem unangenehmen Brennen. Sie schämte sich in Grund und Boden und wäre am liebsten weggerannt. Großvaters Alkoven fiel ihr ein. Das wäre jetzt der richtige Ort, um sich zu verkriechen und sämtliche Kissen klitschnass zu weinen.

»Natürlich nicht. Du hast manchmal aber auch Ideen!«, antwortete sie und räusperte sich, weil ihre Stimme heiser klang.

»Schummelst du auch nicht?« Seine braunen Augen fixierten sie, das konnte sie nun wirklich nicht gebrauchen. »Ein bisschen enttäuscht siehst du nämlich schon aus.«

»Also wirklich, so ein Unfug aber auch. Daran habe ich im Traum nicht gedacht.«

»Dann ist es ja gut.« Er setzte sich die Mütze auf. »Du sollst schließlich erst Frau Thorin Tüxen werden, wenn der wieder Schauspieler ist, ein bekannter und sehr erfolgreicher noch dazu.«

Ob sie das noch erleben würde? Sie seufzte. Einmal hatte er bisher mit seiner Theaterkompanie in einem Dorfgasthof gespielt. Viele Zuschauer waren nicht gekommen, dafür hatte es denen wenigstens gefallen. Jedenfalls denen, die bis zum Schluss geblieben waren. Das war ein Anfang, doch nicht gerade das, was man sich unter einem Bombenerfolg vorstellte. Thorin hatte zwar was davon erzählt, dass sie im kommenden Jahr eventuell bei dieser Regatta auftreten durften. Im Rahmenprogramm. Kieler Woche nannte sich das nun und sollte viel mehr werden als eine Segelveranstaltung. Ein richtig großes Volksfest wollten die Stadtväter draus machen, hatte Thorin gesagt. Aber das war erst im nächsten Sommer. Wenn er bis dahin mit seiner Karriere noch nicht weiter war, dann Prost Mahlzeit. Ihre Laune sank wie die Schneeflocken, die draußen vom Himmel schwebten.

Er riss sie aus ihren Grübeleien: »Ich habe mir etwas ausgedacht, das einer angehenden Schriftstellerin würdig ist«, verkündete er geheimnisvoll.

»Angehende Schriftstellerin! Du tüdelst heute aber wirklich rum«, meinte sie.

»Wieso? Deine Geschichte wurde in der Illustrierten Zeitung abgedruckt, oder nicht?«

»Humorvolle Novelle«, korrigierte sie lächelnd. »Ja, schon, gewonnen habe ich trotzdem nicht. Keinen Pfennig gab es dafür, dabei habe ich mir so viel Mühe gegeben.«

»Nicht traurig sein, meine Hübsche.« Er strich ihr eine Strähne aus dem Gesicht. »Jeder fängt klein an. Eine Veröffentlichung in einem Blatt mit so hoher Auflage ist mehr als nur ein bescheidener Anfang.«

»Stine?« Die Stimme ihres Vaters. »Kommst du? Wir haben noch zu tun!«

Sie verdrehte die Augen, Thorin zwinkerte ihr zu.

»Vergiss nicht, dass der Sklaventreiber dir etwas schuldig ist, Stine«, flüsterte er verschwörerisch, küsste sie und verschwand in den dunklen Winterabend.

Justine blieb im Türrahmen des Arbeitszimmers stehen.

»Soll ich mit dem Kleinkram anfangen, Schrauben, Nägel, Muttern, …«

»Später.« Ihr Vater wedelte ungeduldig mit der Hand in der Luft herum. »Ich will mit dir erst einen Blick in unsere Bücher werfen.« Sie stöhnte. Auch das noch! Ihr Vater konnte wahrhaftig ein Sklaventreiber sein. »Stimmt etwas nicht?« Sie setzte sich ihm gegenüber an den Schreibtisch.

»Doch, doch, alles in Ordnung, denke ich. Ich möchte mir einen Überblick verschaffen. Das Jahr ist zu Ende, seit einem halben Jahr existiert kein Kolonialladen mehr, sondern nur noch unser Eisenwarenhandel«, erklärte er feierlich. »Wollen doch mal sehen, wie wir wirtschaftlich dastehen.«

Justine schloss kurz die Augen. Wenn sie ihn nicht von dieser Schnapsidee abbringen konnte, wurde nichts draus, sich zurückzuziehen. Dabei wollte sie nichts anderes als allein sein. »Dafür müssten wir die Zahlen der letzten sechs Monate durchgehen. Alle Zahlen, Einnahmen, Ausgaben, Zinsen ...«

»Sehr richtig, genau das habe ich vor.«

»Das kann Stunden dauern!«, rief sie.

»Und? Hast du etwa keine Zeit für die Geschäfte deines Vaters? Ist mal wieder etwas anderes wichtiger?« Wie er sie ansah. Sie hasste diesen enttäuschten, vorwurfsvollen Blick. Und ihr war klar, was alles Nächstes kommen würde. »Warst du kürzlich bei deinem Bruder, hat er dich wie immer gegen mich aufgehetzt?«

»Als ob er das je tun würde. Jobst hetzt mich nicht auf und auch sonst niemanden. Er hat sich einfach nur entschieden, dir aus dem Weg zu gehen. Aus gutem Grund.«

Vaters Miene gefror.

»Was soll das heißen?«

»Du behandelst ihn schlechter als jeden anderen, das soll es heißen. Heiner Nissen ist ein freier Bauer, er hat Jobst die Chance gegeben, die Katenstelle ebenfalls als freier unabhängiger Mann zu übernehmen.«

»Frei? Dass ich nicht lache! Bist du frei, wenn du vom ersten Hahnenschrei bis in die Nacht schuften musst und trotzdem nicht immer dein Auskommen hast? Nennst du es Freiheit, wenn du abhängig davon bist, ob es genug regnet, dass nicht im Mai noch starker Bodenfrost deine Saat zunichtemacht? Der Markt diktiert ihm die Preise, der Markt in Amerika, Stine, weil von dort seit geraumer Zeit Getreide geliefert wird. Was hat das mit Freiheit zu tun, kannst du mir das sagen?«

Sie musste schlucken. Im Grunde hatte er ja recht, dabei wusste Vater nicht mal, wie übel es wirklich um Jobst und Hella stand. Seit Wochen sammelten ihr Bruder und seine Frau nun Feldsteine und stapelten sie hinter ihrem Haus. In einem Jahr würde man sehr viel mehr Fuhrleute brauchen, hatte man ihm gesagt, fürs Erste habe man genug. Aber Findlinge würden in Mengen benötigt, wenn es mit dem Bau erst losging. Auch schon vorher für Befestigungen, auf denen später schweres Gerät transportiert werden konnte. Damit könne man gutes Geld machen. Also klaubten die beiden jeden Brocken vom Acker, den sie finden konnten, und versuchten mit gelegentlichen Fahrten, wenn ein Fuhrmann kurzfristig ausgefallen war, und mit dem Verkauf von Eiern und Grünkohl über die Runden zu kommen. Sie lebten von der Hand in den Mund, wie man so sagte. Nee, Justine stellte sich ein freies Leben auch anders vor.

»Dein Bruder ist ein Dummkopf und stur noch dazu«, schimpfte Vater.

»Wenigstens lässt er sich nicht von einem Sklaventreiber herumkommandieren.«

Das war ihr herausgerutscht. Sie musste daran denken, was Mutter ihr über Großvater und über Vaters Kindheit erzählt hatte. »Tut mir leid. Von nichts kommt nichts, das weiß ich doch«, sagte sie sanft und lächelte. Er wollte um nichts auf der Welt, dass es seinen Kindern einmal so erging, wie es ihm ergangen war. Dafür liebte sie ihn von ganzem Herzen.

»Es ist nur … Es war ein langer Tag, darum dachte ich, wir müssten nicht unbedingt noch heute Abend …« Sie brach ab und seufzte.

»Je eher daran, desto eher davon«, erklärte Vater knapp. »Wenn es dir lieber ist, können wir uns aber auch an den Feiertagen hinsetzen.«

Das war ihr bestimmt nicht lieber.

»Also schön, bringen wir es hinter uns.« Sie stand auf und zog die Ordner aus dem Regal, die sie brauchen würden. Ihr Vater dagegen wirkte auf einmal aufgekratzt. Er nahm einen großen braunen Umschlag zur Hand.

»Noch immer errichten Zimmerleute und Tischler Baracken und Zäune, bald kommen noch Gerüste hinzu. Riesige Gerüste, Stine, von mehreren Metern Höhe und vielen Metern Breite.«

»Das weiß ich. Und?«

»Möbius hat mir sein Grundstück angeboten«, eröffnete er ihr und zog einen Plan aus dem Kuvert, den er auseinanderfaltete, vor ihr ausbreitete und sorgsam glatt strich.

»Ich verstehe kein Wort.«

»Sie brauchen noch immer jede Menge Holz, Stine. Wenn ich das Möbius-Land kaufe«, er klopfte auf die im Plan eingezeichnete Fläche, »kann ich eine Halle darauf bauen, ein Holzlager.« Er holte kaum Luft. »Es hätte eine geeignete Größe. Das ist aber noch nicht alles. Siehst du, das hier ist unser Geschäft.« Er tippte mit dem Zeigefinger auf das Papier. »Wir setzen hier ein Zwischengebäude hin, das beides verbindet, Laden und Lager.«

»Das ist aber doch unser Garten«, gab Justine matt zu bedenken.

»Das war er, Stine. Er macht uns doch nur Mühe.«

»Aber du sitzt so gern draußen hinter dem Haus in der Sonne«, versuchte sie es erneut und legte ihren Finger neben seinen.

»Wann komme ich schon dazu? Wenn ich mal die Zeit hätte, regnet es, oder der Wind bläst so kalt, dass man es dort nicht aushält. Nein, Stine, wir vergrößern uns. Die Herren von der Kanalverwaltung haben angedeutet, wie umfangreich die Mengen an Werkzeug sein werden, die man brauchen wird. Wir kommen niemals zum Zug, solange wir so klein bleiben.«

»Aber wir haben gerade erst ausgebaut«, erinnerte sie ihn eindringlich.

»Nicht genug, Stine, es ist längst nicht genug.«

Allmählich machte sie sich wirklich Sorgen. Seine Augen glänzten beinahe fiebrig, er war ja richtig besessen. Dabei konnten sie sich das doch niemals leisten.«

»Wenn du das wirklich willst, wirst du wieder Geld von der Bank brauchen. Viel Geld, Vater.«

»Sehr richtig. Gut investiertes Geld, will ich meinen. Der Holzbedarf ist riesig. Und dann das Werkzeug, wie gesagt.«

Er starrte auf den Plan, als könne er dort bereits die Zukunft sehen.

»Mag ja sein, nur hast du noch Schulden. Wenn du jetzt noch mehr …«

»Darum sitzen wir schließlich hier. Die Einnahmen waren außerordentlich hoch, mir scheint, höher, als zu erwarten war. Du wirst sehen, ein Kredit ist im Handumdrehen abbezahlt. Es wäre dumm, sich das Holzgeschäft entgehen zu lassen.«

Seine Argumente klangen plausibel, trotzdem wurde Justine angst und bange. Zum ersten Mal ärgerte sie sich wirklich darüber, dass Jobst sich nicht einen Deut um das Unternehmen seiner Familie scherte. Gleichzeitig erkannte sie, wovor sich ihr Bruder wirklich drückte: Entscheidungen. Wäre er in den Betrieb eingestiegen, würde sich Vater jetzt mit ihm beraten. So war da niemand. Auf sie würde Vater ebenso wenig hören wie auf Großvater.

»Wenn ich nur wüsste, wo Vater seinen Notgroschen aufbewahrt«, sagte er und riss sie damit schlagartig aus ihren Gedanken. Sie sah ihn fragend an. »Vor allem würde mich interessieren, wie hoch die Summe ist. Er redet ein ums andere Mal daher, als hätte er irgendwo einen Schatz versteckt.« Vater lachte auf. »Bloß frage ich mich, woher der kommen sollte. Womöglich sind es am Ende nur ein paar lumpige Scheine.« Er rieb sich die Stirn.

»Willst du ihn denn doch bitten, dir etwas zu geben?«, wollte sie wissen. Bis jetzt war darüber nicht mit ihm zu reden gewesen.

»Kommt nicht infrage«, erklärte er ohne Zögern. »Ich würde den Betrag nur gern in den Tilgungsplan einberechnen.«

Jetzt wurde es aber kurios.

»Verstehe ich nicht. Wenn du Großvater nicht ansprichst, kannst du auch nichts fest einrechnen. Was ist, wenn ihm die zweite Vergrößerung zu schnell kommt und er dich nicht einmal mit einem kleinen Betrag unterstützt?«

»Er ist alt«, gab er zurück, ohne sie anzusehen. »Wenn er von uns geht, erbe ich diesen geheimnisvollen Notgroschen, von dem er so gern spricht, komplett. Wäre einfacher, wenn ich die Höhe kennen würde.«

»Vater! Versündige dich nicht.« Sie funkelte ihn zornig an. Wie konnte er Großvaters Ende in seine geschäftlichen Pläne einkalkulieren wollen?

»Der Tod ist ein Teil des Lebens, Stine, es gibt keinen Grund, das zu ignorieren.«

»Nee, ignorieren muss man das nicht, Vater, aber schon drauf lungern auch nicht.«

Sie sahen sich an, seine Miene wurde sanfter.

»Ach Kind, wird Zeit, dass du erwachsen wirst.« Er lächelte. »Bei euch Weibsbildern hilft nicht einmal das.« Ehe sie Einspruch erheben konnte, sagte er: »Mit eurer Gefühlsduselei könnt ihr uns Männer um den kleinen Finger wickeln und in den Wahnsinn treiben. Dein Thorin tut mir jetzt schon leid.« Er legte die Arme auf der großen Zeichnung ab und beugte sich zu ihr vor. »Keine Angst, Stine, ich drehe deinem Großvater schon nicht heimlich die Gurgel um. Aber sieh mal, er wird nächstes Jahr zweiundsiebzig Jahre alt.« Vater lehnte sich wieder zurück. »Niemand lebt ewig, es wäre mehr als dumm, diese Tatsache in der eigenen Planung nicht zu berücksichtigen. Mit meinem eigenen Tod halte ich es genauso.«

»Was soll das denn heißen?«

»Dass ich ein Testament gemacht habe, Stine. Wenn mich der Schlag trifft oder einer der mächtigen Holzbalken, die ich noch auszuliefern gedenke, soll alles geregelt sein.« Justine nickte nachdenklich. »Dazu gehört auch das Angebot, das ich deinem Thorin gemacht habe.« Jetzt sah sie ihn überrascht an.

»Ich dachte, es geht nur darum, dass er mehr …«

»Fürs Erste soll er voll für mich arbeiten, ja. Allerdings mit der Aussicht, in die Geschäftsführung aufzusteigen, wenn er sich weiter so ordentlich anstellt.« Sie traute ihren Ohren kaum, die Spucke blieb ihr weg, so freute sie sich. »Irgendwann kann er den Betrieb dann übernehmen. Wenn er dich heiratet«, setzte er lächelnd hinzu. »Ein eigener Eisenwaren- und Holzhandel sollte wohl mehr wert sein als brotlose Schauspielerei.« Justine strahlte.

»Na, das glaube ich aber auch. Danke, Vati!«

»Noch ist es nicht so weit, wir müssen erst ein Holzlager haben.«

Mit einem Mal dachte Justine nicht mehr daran, wie lang der Tag schon gewesen war. Auch die Enttäuschung, dass Thorin ihr keinen Verlobungsring schenken würde, war vergessen. Mit Feuereifer rechnete, blätterte, überlegte sie gemeinsam mit Vater, wie sein ehrgeiziger Plan Wirklichkeit werden konnte. Die Umsätze des letzten halben Jahres waren wirklich nicht übel. Dummerweise blieb die monatliche Belastung durch die Zinsen hoch, die die Bank verlangte.

»Vielleicht kann dir die Kanalverwaltung einen Vorschuss geben, wenn sie bei dir eine bestimmte Menge Holz fest bestellt.«

»Eher nicht.« Vater schüttelte den Kopf. »Die Herren haben das Geschäft nur ausnahmsweise abgewickelt«, begann er.

Justine fiel ihm ins Wort.

»Richtig, die Kommission stellt ja auch keine Leute ein, das machen die Unternehmen, die für die Bauabschnitte zuständig sind.«

»Woher weißt du das?« Vater sah sie prüfend an. Sie erschrak. Wenn sie sagte, dass sie mit Jobst bei einer Veranstaltung war, bei der es um Arbeitsbedingungen gegangen war, wusste Vater sofort, woher der Wind wehte.

»Hört man doch immerzu«, meinte sie und sprach eilig weiter: »Solange die Abschnitte nicht vergeben sind, brauchen wir also nicht auf Bestellungen, geschweige denn Vorschüsse hoffen. Aber möglicherweise könnten wir mit Jessen Ratenzahlung ausmachen. Mit den Regalen für den Laden hat er jetzt schon ein Vermögen verdient. Wenn er für seine Tischlerei einen weiteren Auftrag von uns haben will, kann er uns ein wenig entgegenkommen und unsere Bedingungen akzeptieren, finde ich.«

»Ich kann mir nicht vorstellen, dass er das tun wird.« Vater seufzte. »Schließlich muss er sein Material auch sofort bezahlen. Aber vielleicht können wir mit Sägewerk Pries etwas aushandeln. Und Jessen können wir Sonderpreise für Werkzeug anbieten. Dafür muss er sich natürlich revanchieren. Eine Hand wäscht die andere.« Er nickte zufrieden.

In dem Augenblick war das Getrappel von Füßen und das Schlagen von Türen zu hören. Einen Atemzug später stürmten Jens und Jette ins Arbeitszimmer. Jette bremste die wilde Jagd im letzten Moment und versuchte, auf einen elegant-damenhaften Gang umzuschalten, was ihr nur mäßig gelang.

»Mutter fragt, ob ihr die ganze Nacht arbeiten wollt«, erklärte sie und setzte einen strengen Blick auf.

Jens dagegen versuchte es mit seiner niedlichsten Miene.

»Du musst uns noch eine Geschichte erzählen, Stine!«, bettelte er.

»Dir, Lütter, dir muss sie eine erzählen«, meinte Jette. »Ich bin nun wirklich zu alt für solchen Kinderkram.«

Vater zog seine Taschenuhr hervor.

»Liebe Zeit, es ist wirklich spät geworden. Ihr solltet längst im Bett sein. Beide! Lauft und sagt eurer Mutter, wir kommen sofort.«

Kapitel 16
Regina

Westerrönfeld, Januar 1887

Das Geräusch der Haustür, die ins Schloss fiel, ließ Regina auf-
atmen. Allein. Nicht mehr verstellen, nicht mehr zittern, dass
Christoph schlechter Stimmung war und sie drangsalierte oder
einen Termin hatte, bei dem er sie wieder einmal vorführte wie
ein Kunstwerk, das er für viel Geld erworben hatte. Mit jedem Tag
wurde es ihr unerträglicher, sich so behandeln zu lassen. Mit jeder
Stunde genoss sie ihre Freiheit mehr. Und es fiel ihr leichter, ihr
Gewissen zu beruhigen. Natürlich war es Sünde, ihren Ehemann
zu betrügen. Doch war es überhaupt eine Ehe, wenn sie nur auf
dem Papier bestand, aber nicht im Herzen? Regina lebte für die
Momente mit Broder. Nachdem sie das erste Mal miteinander geschlafen hatten, war sie fest entschlossen gewesen, ihrem Mann zu
beichten und ihn um die Scheidung zu bitten. Sie war überzeugt,
dass das auch Broders Wunsch war. Doch er hatte natürlich recht,
es war klüger, die Sache besonnen anzugehen. Wenn dieser verdammte Kanal so kam, wie zu befürchten war, wäre er ruiniert.
Seine Existenz war in größter Gefahr. Er konnte nicht noch ein
Problem gebrauchen. Und eine Frau, die ihren Ehemann betrogen
hatte und von dem dafür fortgejagt wurde, war ohne Zweifel ein
Problem. Nach allem, was sie seit Kurzem wusste, galt es umso

mehr, jeden Schritt klug abzuwägen, ehe sie ihn gingen. Zumindest solange er noch in Rendsburg zu tun hatte. Sobald er in seine Heimatstadt Lübeck zurückgehen konnte, würde alles einfacher werden. Doch das war erst möglich, wenn Broder eine Änderung des Kanalverlaufs zugunsten der Hansestadt erreicht oder einen anderen Weg gefunden hatte, seine Existenz zu sichern. Dann konnte er sie mitnehmen. Niemand kannte sie in Lübeck, niemand würde sich das Maul über sie zerreißen.

Regina blätterte ein wenig in der Illustrierten Zeitung. Es gab eine Rubrik speziell für die Damen. Sie hatte sich lange gefragt, welchen Sinn die haben sollte. Waren Nachrichten nicht für Frauen wie Männer gleichermaßen interessant? Doch seit sie kürzlich entdeckt hatte, dass es humorvolle Novellen gab, die von Frauen geschrieben wurden, freute sie sich sogar jedes Mal darauf. Es machte einen Unterschied, ob eine Autorin über ein Ereignis berichtete oder ein Autor. Sie fand es bewundernswert, sich eigene Geschichten auszudenken und einzusenden. Allein der Gedanke, Fremde könnten lesen, was in ihrem Kopf entstanden war, würde sie in Panik versetzen. Sie hätte das Gefühl, jeder hätte einen tiefen Einblick in ihr Innerstes.

So gut ihr die Erzählung auch dieses Mal gefiel, schweifte ihr Geist doch, wie so häufig, von der Zeitung weg, aus dem Zimmer hinaus, direkt zu dem Haus, das Broder gemietet hatte. Wie immer war sie augenblicklich von einer wohligen Wärme erfüllt, von einem Glücksgefühl, das ihren Atem flattern ließ. Und dann war da noch etwas anderes, ihr war mehrfach morgens schrecklich übel gewesen, dann hatte sie Schmerzen bekommen, als ob in ihren Eingeweiden ein Tier wütete. Als sie vor einigen Tagen beim Arzt war, machte er ihr Hoffnung, dass sie endlich schwanger sein könnte.

»Wir können noch nicht sicher sein, Frau Rademacher, aber

ich denke, Sie dürfen Ihrem Mann die frohe Botschaft bald ver-
künden«, hatte er lächelnd gesagt. »Wenn Sie weiterhin keine Blu-
tungen haben und Ihr Leib anschwillt, ist es eindeutig. Kommen
Sie in vier Wochen auf jeden Fall noch einmal her.«

Sie hatte es Christoph sofort gesagt und endlich, endlich ließ
er von ihr ab. Jetzt brannte sie darauf, Broder die gute Nachricht
zu überbringen. Er liebte sie. Wenn er erfuhr, dass sie sein Kind
unter dem Herzen trug, würde er eine Lösung finden und mit
ihr nach Lübeck gehen. Oder an einen anderen Ort, das war ihr
gleichgültig. Die Hauptsache, sie waren zusammen, eine richtige
kleine Familie. Es war ihr schwergefallen, ihm nicht schon davon
zu erzählen. Doch sie wollte sicher sein. Sie musste sich seiner
Liebe sicher sein. Regina schämte sich für ihre Zweifel, aber wie
konnte sie denn glauben, so ein großes Glück zu erleben? Es war
so schnell gegangen und fühlte sich an wie ein Märchen. Das war
ihre Sorge: Das Wesen eines Märchens war, dass nichts davon real
geschah. Sie würde warten, ihm die Gelegenheit geben, von sich
aus eine gemeinsame Zukunft vorzubereiten. Sobald er konkrete
Ziele hatte, würde sie ihm von seinem Kind erzählen. Keine Sekunde vorher, selbst wenn sie sich die Zunge abbeißen müsste.
Broder sollte sich nicht verpflichtet fühlen.

Tags drauf sah sie ihn endlich wieder. Sie fuhren mit dem Wagen
nach Osten. Als sie nach einer Weile ausstiegen, war dort nichts,
keine Straße, keine Gastwirtschaft, kein Gebäude. Es war herrlich. Regina hakte sich bei ihm unter, seine Nähe sorgte dafür,
dass sie auf der Stelle von großer Ruhe und Sicherheit erfüllt war.
Die ständige Beklemmung, die das Leben in Lüge in ihr auslöste,
war fort. Frost und Schnee knirschten unter ihren Sohlen, die Luft
schmeckte nach Morgenfrische. Lange filigrane Gräser sahen
aus, als sei eben noch der Wind hindurchgefahren, ehe sie mitten

in der Bewegung eingefroren waren. Die weite Landschaft trug zum blauen Himmel einen weißen Mantel, der im Sonnenlicht glitzerte.

»Hier war ich noch nie, es ist wunderschön!« Sie schmiegte sich an ihn.

»Ich wusste, dass es dir gefällt.« Er lächelte sie an. »Wir müssen im Sommer noch einmal herkommen. Dann blühen Seerosen und du hältst das Quaken der Frösche nicht aus.« Er lachte, ein Atemwölkchen stieg von seinen Lippen auf.

Der schmale Pfad führte sie zu einem Teich. Je näher sie ihm kamen, desto lauter wurden Stimmen, wurde das Juchzen. Dann erkannte sie den Grund: das Wasser war unter einer dicken Eisschicht verschwunden. Wohl ein Dutzend Kinder tummelten sich auf dem See. Sie hatten Gleitplatten oder Kufen unter ihre Schuhe geschnallt und sausten hin und her. Einige trauten sich kaum, den Uferbereich zu verlassen, andere preschten mit wackelnden Knien und rudernden Armen vor, wieder welche bewegten sich elegant vorwärts und wagten sogar Sprünge.

»Sind Kinder nicht großartig?«, fragte er lächelnd. Ihr Herz machte einen Hüpfer. »Sieh sie dir an, die meisten tragen abgewetzte Jacken und löchrige Schals. Einige haben nicht einmal Handschuhe bei der Kälte. Und doch scheint ihnen nichts zu fehlen, sondern sie haben den größten Spaß.«

»Sie brauchen keinen Pelz oder kostbares Leder«, sagte sie, »weil sie einfach glücklich sind.«

»Das ist wahr.« Er warf ihr einen abenteuerlustigen Blick zu. »Willst du es auch probieren?«

»Was?« Statt ihr zu antworten, deutete er nur mit dem Kopf auf die Eisfläche. »Aber wir haben keine Schlittschuhe«, gab sie zu bedenken.

»Die brauchen wir nicht. Unsere Sohlen tun es auch. Schon auf dem Weg hierher sind wir ständig ausgerutscht, meinst du nicht, auf dem Eis sollte es umso besser funktionieren?«

»Kann sein, aber …« Sie dachte an das noch so empfindliche Leben in ihrem Leib.

»Kein Aber, Regina, komm schon! Lass uns einfach glücklich sein.«

Im nächsten Augenblick fand sie sich auch schon auf dem Teich wieder. Ihre Füße wollten in alle Richtungen ausbrechen, nur wenn sie völlig still stand, fühlte sie sich einigermaßen sicher.

»Ich werde mich nicht von der Stelle bewegen«, kündigte sie an.

»O doch, du wirst.« Er lachte sie an, holte mit einem großen Schritt Schwung und glitt dahin, als würde er fliegen. »Es ist herrlich!«, rief er und lachte wie ein Kind. »Komm her, ich fange dich auf!«

Seit dem tragischen Unfall, der ihre Brüder das Leben gekostet hatte, war sie von ständiger Angst gefangen gewesen. Nun kannte sie Broder und wollte das nicht mehr, sie wollte mutig sein, auskosten, was das Leben ihr bot. Aber die Bedenken, die sie in diesem Moment abhielten, waren richtig, sie musste schließlich nicht nur auf sich aufpassen.

»Wenn wir lange herumstehen, werden wir erfrieren«, rief Broder und setzte eine Leidensmiene auf. Leise setzte er hinzu: »Die Bürschchen machen sich schon lustig.« Er deutete hinüber zu den Jungen, die das Schauspiel wahrhaftig beobachteten, kicherten und feixten. »Zeig's ihnen«, forderte Broder sie auf.

Sie wollte ja, und er würde sie auffangen, das wusste sie. Was sollte schon schiefgehen? Regina hatte beobachtet, dass diejenigen ohne großes Wackeln über das Eis sausten, die beherzt Schwung nahmen. Wer dagegen zögerlich war, geriet leichter ins Straucheln. Also schön. Sie holte tief Luft, lief zwei Schritte vorwärts und stieß sich ab.

»Sehr gut«, hörte sie Broder gerade noch rufen, ehe sie auch schon in seinen Armen landete, ihn von den Füßen riss und mit ihm der Länge nach auf dem Eis landete.

Die Bauernjungen bogen sich vor Lachen. Regina war nicht danach zumute. Sie rührte sich nicht. Nur ein Moment der Unvernunft konnte das eigene Kind verletzen oder Schlimmeres. Dieser Gedanke beherrschte sie völlig.

»Tut dir etwas weh?«, fragte Broder.

Sie brauchte ein paar Sekunden. »Nein, ich glaube nicht«, entgegnete sie zögernd.

»Würde es dir etwas ausmachen, dann von mir abzusteigen?« Er griente.

»O Gott, bitte entschuldige. Geht es dir gut, habe ich dich verletzt?« Sie rollte sich zur Seite, versuchte, auf alle viere zu kommen.

»Ich denke, ich werde einige Tage nicht sitzen können. Gibt Schlimmeres, das war mir der Spaß auf jeden Fall wert.«

Es hatte eine Weile gedauert und mehrere Versuche gebraucht, ehe sie beide wieder auf den Beinen gestanden und das rettende Ufer erreicht hatten. Broder hatte sich noch einmal erkundigt, ob es ihr auch wirklich gut gehe.

»Ja, alles in Ordnung, immerhin bin ich weich gelandet.« Das war sie tatsächlich, noch dazu auf der Seite. Sie sagte sich immer wieder, dass sie Glück im Unglück gehabt hatte und ihrem Kind gewiss nichts passiert sei.

»Eigentlich hätten wir den Bürschchen den Hintern versohlen sollen«, meinte er, als sie den Weg zurück zum Wagen gingen. »Wo bleibt der Respekt vor Erwachsenen? Sie haben uns keine Hilfe angeboten, sondern sich königlich über uns amüsiert.«

»Es sah sicher auch sehr lustig aus, wie wir zwei auf dem Hosenboden vorwärtsgerobbt und auf allen vieren gekrochen sind.«

»Du hast recht, wir haben bestimmt ein drolliges Bild abgegeben.« Er lächelte. »Ich will auch mal Kinder haben, ein ganzes Haus voll.« Regina blieb abrupt stehen. »Du nicht?«

»Doch, unbedingt!«

Sie wollte noch warten, aber konnte es eine bessere Gelegenheit geben als diese?

»Nur müssen die Voraussetzungen natürlich stimmen«, sagte er und setzte sich wieder in Bewegung. »Ich will meinen Kindern einmal die besten Bedingungen bieten.«

»So sollte jeder Vater denken«, stimmte sie ihm zu. »Du hast vorhin aber selbst gesagt, dass es um etwas anderes geht als um Wohlstand. Die Jungen auf dem Eis haben gewiss nicht ideale Bedingungen und doch sind sie glücklich.«

»Ihre Eltern hatten nie viel. Sie haben gelernt, mit dem auszukommen, was eben da ist. Das ist eine völlig andere Situation als bei mir. Mein Auskommen fährt womöglich gerade zur Hölle, da wäre es verantwortungslos, eine Familie zu gründen.« Regina schluckte. Obendrein hatte er recht. Dummerweise hatte sein Kind nicht auf einen besseren Zeitpunkt gewartet.

Sie stiegen in den Wagen, kuschelten sich eng aneinander und legten sich eine dicke Wolldecke über die Beine. Regina dachte nach. Wenn sie nur irgendetwas tun könnte, um ihm zu helfen.

»Du bist in Rendsburg, um mit den Herren der Kanalverwaltung zu verhandeln«, begann sie zaghaft. »Wäre es nicht klüger, nach Kiel zu fahren? Mein Vater sagte mir, dort hätten die wichtigen Männer der Kommission ihre Büros eingerichtet.«

»Das ist richtig, nur würde es mir nichts nützen, dort zu sein. Du musst jemanden kennen, jemanden, der Einfluss hat.« Mit einem Mal sah er schrecklich traurig aus.

»Aber es muss doch so jemanden geben, der dich anhört.«

»Selbst unsere Handelskammer hat inzwischen aufgegeben.

Sie beißen überall auf Granit. Es ist zum Verzweifeln. Regina, ich weiß nicht mehr weiter. Bei der jetzigen Lage würde nicht nur meine Stadt Lübeck wirtschaftlich untergehen, auch ich wäre ruiniert.«

»Sagtest du nicht, du hättest Niederlassungen in Schlutup und Kappeln? Wenn Lübecks Wirtschaft Nachteile zu erwarten hat, kann das doch nicht gleich deinen kompletten Ruin bedeuten.«

»Die Sache ist die: Bisher haben Schiffe auf dem Weg ins Kattegat bei mir fässerweise Hering aufgenommen. Das ist mit dem Kanal vorbei. Und Kappeln?« Er lachte bitter. »Das liegt an der Schlei. Kluge Männer vermuten, die Laichschwärme des Herings könnten in großer Menge in den Kanal abgelenkt werden. Dann ist es aus mit meinen schönen Erträgen.« Er seufzte tief. »Erinnerst du dich an unser Gespräch über die Bienen?« Sie nickte. »So wie ein Obstbauer auf die kleinen Tiere angewiesen ist, so bin ich davon abhängig, dass die Kreisläufe der Natur in meinen Gewässern weiter funktionieren. Der Kanal wird alles verändern, und ich kann nichts dagegen tun.«

»Und wenn ich dich diesem Herrn Martens vorstellen würde?« Er sah sie lange an.

»Das würdest du tun?«, fragte er leise. Seine Augen glänzten.

»Er scheint mir ein einflussreicher Mann zu sein, sonst würde mein Gatte sich nicht dermaßen ins Zeug legen, ihn einladen, ihm Geschenke machen, teure Geschenke! Deine Ziele widersprechen denen meines Mannes natürlich«, ergänzte sie leise. »Wenn ich dir helfe, schade ich ihm. Aber das ist mir egal, er nimmt auch keine Rücksicht, auf niemanden.«

Er griff ihre Hand. »Trotzdem hast du Skrupel, das sehe ich dir doch an.«

»Verliefe der Kanal nach Lübeck, wäre das schlecht für meinen Vater.«

»Sagtest du nicht, er hat dich verheiratet? Mit einem Mann, den du nicht einmal leiden kannst«, schimpfte er. »Du bist ihm nichts schuldig, glaub mir.«

Sie nickte langsam. »Du hast schon recht, obendrein spielt Christoph sowieso sein eigenes Spiel. Wenn er seinen Willen kriegt, bleibt mein Vater auch auf der Strecke.«

Eine Weile hörte sie nur dem Klappern der Hufe und dem harten Rollen der Räder zu.

»Es wäre eine Chance für mich, diesen Herrn Martens kennenzulernen, aber ich will nicht, dass du deinen Kontakt zu ihm für mich nutzt.« Sie sah ihn überrascht an. »Dein Mann würde es erfahren. Wie willst du es erklären? Nein, Regina, du würdest Schwierigkeiten bekommen, das will ich auf keinen Fall.«

»Wir müssten reinen Tisch machen«, schlug sie ängstlich vor.

»Das wäre mir auch am liebsten.« Er drückte ihre Hand. »Allerdings ist es dafür noch zu früh, meinst du nicht?«

»Wahrscheinlich.« Worauf warteten sie eigentlich? Bis der Kanal gebaut war und Unheil anrichtete, dauerte es noch Jahre. Zeit genug, sich eine andere Existenz aufzubauen.

»Vielleicht könntest du etwas für mich tun«, begann er und fügte rasch hinzu: »Wirklich nur, wenn es dir keine Unannehmlichkeiten beschert.« Sie sah ihn fragend an. »Du könntest dich umhören, wie sicher das Projekt tatsächlich schon ist. Der eine sagt, im Grunde steht alles fest, von der Linie bis zu den ausführenden Bauunternehmen. Der andere behauptet, noch sei nichts in trockenen Tüchern, es ließe sich noch hier und da drehen. Mir läuft die Zeit davon, Regina, je mehr Grundstücke gekauft werden, desto höher ist die Wahrscheinlichkeit, dass es bei der jetzigen Planung bleibt. Wenn ich noch eingreifen kann, muss ich es jetzt tun. Wenn du für mich herausfinden könntest, wer der beste Ansprechpartner für mich ist, wäre mir sehr geholfen.« Er zögerte.

»Falls dieser Martens nicht nur Einladungen und Geschenke von deinem Mann annimmt, sondern womöglich auch bares Geld, wäre auch das eine hilfreiche Information für mich.«

»Du meinst …?«

»Wer sich von einem bestechen lässt, sagt auch bei dem zweiten nicht Nein«, erklärte er leichthin. »Der Meistbietende erhält den Zuschlag, so läuft es doch immer.«

Es war zum Wahnsinnigwerden, alle dachten nur an diesen verfluchten Kanal. Bisher hatte sie geglaubt, sie bräuchte sich nicht darum zu scheren. Doch allmählich begriff sie, wie sehr er das Leben vieler Menschen auf den Kopf stellen würde, auch ihr eigenes. Womöglich hing ihr Glück von den Entscheidungen der Ingenieure ab. Eine schreckliche Vorstellung, denn darauf konnte sie keinen Einfluss nehmen. Oder doch? Was hatten ihre Brüder ihr unablässig gepredigt? Wissen ist Macht!

Beim Abschied hatte Broder ihr versichert, wie gern er immer mit ihr zusammen wäre, doch er wollte sie gut versorgen können. Sie hatte ihn nicht beruhigen können, so sehr sie ihm auch versicherte, mit ihm glücklich zu sein, und dass sie nicht mehr vom Leben wollte. Natürlich hatte er recht, je härter ihr Alltag sein würde, desto häufiger würde auch ihre Liebe auf die Probe gestellt werden. Regina musste alles daransetzen, dass eine gemeinsame Zukunft möglich wurde. Sie hatte nur eine Chance: Wissen sammeln! Sie beschloss, Christoph ab sofort zu so vielen Veranstaltungen wie möglich zu begleiten. Sie würde ihn drängen, sie mitzunehmen, damit sie alle Informationen zusammentragen konnte, die Broder halfen. Die ihnen beiden halfen.

Kapitel 17
Justine

Kiel, Februar 1887

Ein Schrei ließ Justine hochfahren.

»Wilfried, um Gottes willen, komm schnell!« Das war die Stimme ihrer Mutter.

Justine war mit einem Satz aus dem Bett. Während sie sich ihren Morgenrock überwarf, blinzelte sie zur Uhr an der Wand. Kurz nach acht am Sonntagmorgen. Der einzige Tag in der Woche, an dem sie etwas länger schlafen konnte. Eigentlich war sie gern früh auf den Beinen, doch im Winter, wenn es noch kalt im Haus war und dunkel, genoss sie es, mal ein halbes Stündchen länger unter der warmen Daunendecke zu liegen.

»Wilfried!« Dieses Mal ging Mutters Rufen in ein ersticktes Jammern über. Justine ahnte Schlimmes. Aus dem Schlafzimmer der Eltern hörte sie Rumoren, einen dumpfen Schlag, dann Vater, der fluchte, weil er sich anscheinend an irgendeinem Möbelstück gestoßen hatte. Auch im Zimmer der beiden Kleinen regte sich etwas, als Justine fröstelnd über den kurzen Flur lief, die Arme fest um ihren Körper geschlungen. Wegen der Kälte und auch zum Schutz, weil sie Angst vor dem hatte, was sie erwartete. Aus Großvaters Stube drang Mutters Murmeln zu ihr heraus. Und immer wieder Schluchzen. Justine klopfte zaghaft.

»Nun komm doch schon herein, ehe die Kinder … Ach je, du bist es.«

Justine nickte und trat näher. Ihre Mutter hockte auf Großvaters Bett, sie war kreidebleich.

»Ist Großvater …?« Jetzt nickte ihre Mutter, eine Träne lief ihr aus dem Augenwinkel die Wange hinunter.

»Ich wollte ihn wecken. Wie jeden Morgen. Damit er das Frühstück nicht verpasst«, sagte Mutter leise.

»Was ist denn los?« Vater tauchte im Türrahmen auf. Er wirkte verschlafen und schlecht gelaunt. Kopfschmerzen, vermutete Justine. Er war am Vorabend mit Sägewerksbesitzer Pries und einem Beamten von der Kanalverwaltung ausgegangen und erst in den Morgenstunden nach Hause gekommen. Sie hatte ihn gehört, wie er versucht hatte, besonders leise zu sein. Ohne Erfolg. Ständig war er gegen irgendwas geprallt, hatte gekichert und »Pscht« gemacht.

»Ist er etwa …? Er ist doch nicht …«

Mutter stand auf und ging zu ihm, nahm ihn behutsam in den Arm.

»Es tut mir so leid, Wilfried. Aber siehst du, er ist friedlich eingeschlafen, denke ich.«

Ihrem Vater tat es sicher nicht leid, dachte Justine zornig und schämte sich im nächsten Moment dafür. Er freute sich ganz bestimmt nicht über den Tod seines Vaters. Womöglich bedauerte er es jetzt sogar, über das Erbe gesprochen zu haben. Als wäre das ein böses Omen gewesen. Sie hörte die Tür des Kinderzimmers und warf einen kurzen Blick auf das Gesicht ihres toten Großvaters. Friedlich eingeschlafen. Wahrhaftig, so sah es aus. Rasch verließ sie seine Kammer und schloss die Tür hinter sich.

Seit Mitte Januar hatte es nur ein Gesprächsthema in Kiels Straßen gegeben, dass Kaiser und Bundesrat den Reichstag aufgelöst hatten. Auch die Kunden im Laden debattierten darüber, ob Bismarck nach der Reichstagswahl noch fest im Sattel saß, womöglich gar einen besseren Stand hatte als zuvor. Justine kannte sich nicht sonderlich gut mit Politik aus. Wann immer sie etwas darüber hörte, stellte sie fest, wie kompliziert alles war. So vieles hing mit wiederum unendlich vielem zusammen. Wie sollte man sein eigenes Urteil darüber fällen, ob eine Entscheidung richtig war oder welche Wahl man treffen sollte? Eins hatte sie sehr wohl begriffen: Die Zusammensetzung des Reichstages war für jeden von Bedeutung, sonst würden die Menschen sich nicht derartig ereifern. Heute war es so weit, bestimmte Männer des Kaiserreichs bestimmten darüber. Ein wichtiger Tag also, trotzdem konnte Justine an nichts anderes denken als an die Beerdigung ihres Großvaters. Schweigend hatte sie Jens und Jette beim Anziehen geholfen, Jette einen Zopf geflochten und als Schnecke am Hinterkopf festgesteckt. Die beiden waren still vor Angst. Ihre erste Beisetzung, wie sollten sie wissen, was ihnen bevorstand? Justine hatte zwar schon eine hinter sich, vor vielen Jahren in Rendsburg, bloß half ihr das auch nicht recht. Schließlich ging es nicht um irgendeinen Onkel, mit dem sie um drei Ecken verwandt war, sondern um ihren Großvater, den einzigen, den sie je gehabt hatte, und den besten, den sie sich überhaupt vorstellen konnte. Sie wischte eilig mit dem Handrücken über die Augen und betrachtete sich im Spiegel. Fast hätte sie aufgeschrien. Hinter ihrem Spiegelbild stand Großvater. Jedenfalls gaukelte ihr dummes Hirn ihr das für eine Sekunde vor. Vater war leise ins Zimmer getreten. Die Ähnlichkeit war schon immer groß gewesen, vor allem hatten sie beide die gleichen wässrig-blauen Augen. Nur hatte Vater das rötliche Haar sonst glatter getragen und sorgsam gescheitelt, sein

Bart war stets gekämmt, während der von Großvater immer ein bisschen zauselig wild vom Gesicht abgestanden hatte. An diesem Morgen war jeder Unterschied dahin. Vater schien auf Kamm und Bartwichse verzichtet zu haben. Justine bemerkte sogar graue Haare, die, das hätte sie schwören können, letzte Woche noch nicht da gewesen waren. Als hätten sie sich in den letzten Tagen einfach in seinen Schopf geschummelt.

Ohne ein Wort zu sagen, trat er zu ihr, legte seine Arme um sie und drückte sich an ihren Rücken, sein Gesicht an ihrem Hals. Justine hörte ihn tief atmen. Zwei Sekunden nur, dann ließ er sie wieder los.

»Bist du bereit?« Seine Stimme klang rau, aber gefasst. Sie nickte. »Dann los.«

Großvater sollte seine Ruhe auf dem Garnisonsfriedhof finden, der erst vor etwa zehn Jahren draußen vor der Stadt angelegt worden war. Die Thams gehörten eben nicht zu den reichen Kaufmannsfamilien, die sich eine Grabstätte in einer der Kieler Kirchen leisten konnten, womöglich noch nah beim Altar. Nee, das war den höchsten Herrschaften vorbehalten, den Bankdirektoren und Bauunternehmern, den Stadtvätern und Fürsten. Dabei hatte der liebe Gott die bestimmt nicht lieber als so tüchtige und freundliche Menschen, wie Großvater Gregor es gewesen war. Bei dem Gedanken hatte Justine gleich wieder Hochwasser in den Augen. So sehr sie sich auch anstrengte, sie konnte all die wunderbaren Erinnerungen nicht zum Schweigen bringen, die mit Macht in ihr aufstiegen. Großvater, wie er mit mehreren Kasperpuppen gleichzeitig ein Stück für sie aufführte. Großvater, wie er die absurdesten Dinge bei ihr bestellte oder die herrlichsten, wenn auch vollkommen nutzlose Gegenstände ins Geschäft schummelte und sich diebisch freute, weil er glaubte, unentdeckt geblieben zu sein. Sie schluckte den Kloß in ihrem Hals runter, für die Lütten war es sowieso schon so schwer. Wenn sie nun auch noch die Fassung verlor, war keinem geholfen. Das dachte sich Vater wohl auch, denn er riss sich ebenfalls zusammen. Jobst meinte zwar, Vater würde Großvater Gregor keine Träne nachweinen, aber das war ungerecht.

»Glaube mir, Schwesterchen«, hatte er ihr heiser zugeraunt, »das Einzige, was ihn bewegt, ist die Summe, um die er jetzt reicher ist.«

Sie hätte ihm gern gesagt, wie sehr er sich irrte, doch dummerweise sah sie ihren Vater vor sich, wie er von dem Nachbargrundstück und dem Notgroschen fabulierte. Ehe ihr eine Erwiderung einfiel, war Jobst schon mit Hella in den zweiten Wagen gestiegen. Die schwarze Kutsche hatte den Hohenzollern-Ring hinter sich gelassen, die Gutenbergstraße überquert und rollte jetzt den Cacabellen-Weg hoch. Justine sah aus dem Fenster und erkannte den Wasserturm. Sie waren also so gut wie am Ziel. Ein Militärfriedhof passte zu Großvater Gregor wie Schlagsahne zu Matjes, fand sie. Aber Vater hatte erklärt, das sei der richtige Ort für ihn, weil er im Krieg der Fürstentümer Schleswig und Holstein zusammen mit dem Rest des Deutschen Bundes gegen das Königreich Dänemark gekämpft hatte. Oder so ähnlich. Großvater selbst hatte ihr oft davon erzählt. Nun, wo sie nicht mehr fragen konnte, fiel ihr auf, wie wenig sie manches Mal zugehört und sich Einzelheiten gemerkt hatte. Dass er schon über dreißig Jahre alt gewesen war, das wusste sie noch genau.

»War 'ne schlimme Zeit«, hatte er jedes Mal gesagt. »Überall brachen Aufstände aus, jeder meinte, auf die Barrikaden gehen zu müssen, anstatt miteinander zu reden und Lösungen zu finden. Mit Blut und Waffen hat noch nie jemand etwas gewonnen, kannst mir glauben. Das war damals genauso. Schleswig blieb unter dänischer Kontrolle, in Holstein hatten preußische und österreichische Truppen das Sagen. Und dafür haben sich nun Tausende auf beiden Seiten totgeschossen.« So hatte er das gesehen. Ob er zufrieden damit wäre, nun da begraben zu werden, wo vor Kurzem noch Schießstände gewesen waren? Irgendwie makaber, fand Justine. Die Kutsche kam zum Stehen, keine Zeit, länger darüber zu grübeln. Sie sah, wie Vater sofort den Arm um Mutter legte. Hella und Jobst trafen auch gerade ein, stiegen aus, Hella griff seine Hand. Wie in Trance trat Justine zwischen ihre beiden jüngeren Geschwister und nahm auch sie an den Händen, Jens links, Jette rechts. So betrat die gesamte Familie die Kapelle, die mit ihrem gelben Backstein irgendwie freundlich wirkte. Von außen jedenfalls. Drinnen war es düster und eisig. Vor ihren Mündern hingen kleine Atemwolken. Der schlichte Sarg war mit ein paar Zweigen geschmückt, für bunte Blumen, die zu Großvater gepasst hätten, hatte er sich die falsche Jahreszeit zum Sterben ausgesucht. Die Flammen vereinzelt aufgestellter Kerzen flackerten im Luftzug, der seicht durch den Raum strich. Mutter schluchzte auf, sofort brachen auch bei den Kleinen wieder alle Dämme. Selbst Jette vergaß, dass sie unbedingt als Erwachsene angesehen werden wollte. Sie weinte wie ein kleines Mädchen und klammerte sich an Justine fest.

»Ist schon gut«, flüsterte sie und strich ihrer jüngeren Schwester über den Kopf. Großvater war zwei Tage in der Stube aufgebahrt gewesen. Justine hatte geglaubt, damit sei das Schlimmste überstanden. Doch nun war der Sarg geschlossen, jedem wurde klar, dass er Großvater nie mehr wiedersehen würde. Wie weh das tat! Sie blickte zu Vater hinüber, der deutete mit versteinerter Miene zu einer Bank. Sofort führte sie Jette und Jens zur ersten Reihe. Ein schneller Blick durch die Kapelle. Schrecklich groß war die Trauergemeinde nicht gerade. Hella und Jobst setzten sich in die zweite Reihe, als ob er nicht zur Familie gehörte. Heiner Nissen war auch gekommen, das sah Justine jetzt erst. Sie nickte ihm dankbar zu. Kaum hatte sie auf der harten Holzbank Platz genommen, kuschelten sich die Lütten an sie. Warum nur konnte Thorin nicht hier sein? Sie hätten das Geschäft schließen können. Trauerfall in der Familie, das las man hin und wieder an einer Ladentür. Aber nein, er hatte sich regelrecht aufgedrängt. Selbst ihr Einspruch hatte nichts bewirkt. Kein Wunder, Vater hatte das Angebot ja auch sofort angenommen und ihm keine Chance mehr gelassen, es sich anders zu überlegen. Hoffentlich steckte wenigstens Thorins Wunsch dahinter, Vater zu beweisen, wie geeignet er als zukünftiger Geschäftsführer war. Bisher hatte er noch keine Entscheidung getroffen.

»Ich bin Schauspieler«, betonte er immer wieder. »Ich soll meine Natur verleugnen und zeitlebens hinterm Ladentisch stehen? Das will wirklich gründlich überlegt sein.« War ja nicht so, als würde Justine das nicht verstehen. Trotzdem ging ihr das Theater allmählich auf die Nerven. Wie konnte er in diesem Augenblick an sich denken? Vielleicht war das eine typische Eigenart von Künstlern. Oder von Thorin Tüxen.

Sie versuchte sich auf die Gebete zu konzentrieren, sang die Lieder halbherzig mit. Endlich war es vorbei. Die Träger schulterten den Sarg und gingen voraus, die kleine Trauergemeinde, allen voran ihre Eltern, folgten ihnen aus der Kapelle. Obwohl es auch draußen bitterkalt war, atmete Justine auf, als sie ins fahle Sonnenlicht dieses Wintertages treten durfte.

»Guck mal!« Jens zupfte sie am Ärmel. Dann erst sah Justine, was er meinte, und lächelte. Da standen bestimmt fünfzehn oder zwanzig Kunden, viele hatten ihre Kinder mitgebracht. Immer mehr schlossen sich dem Zug an, um den Wagen, der mit quietschenden Rädern hinter einem alten Gaul her über den Sand rumpelte, zu begleiten. Das Grab lag am äußersten Rand des Friedhofs mit herrlichem Blick auf eine kleine Wiese mit Weiden.

Justine bekam kaum mit, was der Pastor dort sagte, sie konnte nicht aufhören, in die vielen Gesichter zu sehen. Da standen junge Männer und Frauen, die ältesten wohl in ihrem Alter, und weinten hemmungslos. Sie begriff: das alles waren einmal Kinder gewesen, die Großvater in sein Märchenland eingeladen hatte. So viele Menschen gaben Großvater Gregor die letzte Ehre. Sie alle hatten ihn kennen- und schätzen gelernt. Sie alle hatten ihn von Herzen gern gehabt. Sie hatte immer gedacht, er wäre als komischer Kauz belächelt worden. Da war sie ja gehörig auf dem Holzweg gewesen. Justine hätte laut lachen mögen vor Freude. In dieser Sekunde schwor sie sich, dass sein bunter Trödelnachlass einen würdigen Platz bekommen sollte, an dem er auch in Zukunft Kinderherzen zum Leuchten bringen konnte.

Nachdem das letzte Gebet gesprochen war, trat Vater ans offene Grab, schaufelte ein wenig Sand hinein, verbeugte sich kurz und steif und machte dem Nächsten Platz.

Jens versteckte sich mit einem Jungen, den Justine nicht kannte, hinter einem steinernen Erzengel Gabriel. Jette dagegen wich ihr nicht vom Rockzipfel.

»Mir ist so kalt«, jammerte sie kläglich.

»Wir fahren gleich nach Hause. Da gibt es heißen Kakao zum Aufwärmen«, tröstete Justine. Am Rande nahm sie wahr, dass nun auch Kunden langsam an der Grube mit Großvaters Sarg vorbeigingen. Die meisten blieben nur kurz stehen, nickten vielleicht, kamen dann aber sofort zu Vater und Mutter, um ihnen ihr Beileid auszusprechen.

»Tschüss, Tödeltam«, rief plötzlich eine helle Stimme, die zu einem Knaben von vielleicht zwölf oder dreizehn Jahren gehörte. Justine erkannte den Sohn von Herrn Schuster, der auf dem Schlachthof arbeitete, wenn sie sich recht erinnerte. Natürlich, jetzt fiel es ihr wieder ein. Großvater hatte dem Jungen immer ein

Bonbon geschenkt, dafür hatte Schuster sogar den Kaffee im alten Kolonialwarenladen gekauft, obwohl der nun wirklich nicht billig gewesen war.

»Richard!« Schuster lief rot an. Oder war das nur die Eiseskälte, die ihm die Farbe in die Wangen trieb? »Du entschuldigst dich auf der Stelle!«

»Wieso denn?«, fragte Richard kleinlaut und schluchzte. »Wir haben doch immer Tödeltam zu ihm gesagt.«

Mutter brachte kein Wort heraus. Sie schlotterte. Wurde Zeit, dass sie ins Warme kam. Vater starrte den ehemaligen Stammkunden und dessen Sprössling an.

»Ist mir wirklich peinlich, Herr Thams«, stammelte Schuster. »Andererseits stimmt's ja. Halb Kiel hat Trödel-Thams zum Senior gesagt«, verteidigte er sich. »Nur konnte unser Sohn das nicht aussprechen, als er noch klein war. Drum wurde Tödeltam draus.« Jetzt griente er übers ganze Gesicht. »Es hat sich über die Jahre in unserer Familie eingebürgert«, erklärte Schuster und hob entschuldigend die Achseln. Mutter nickte nur, Vater biss die Zähne aufeinander. Richard stand mit hängenden Schultern daneben, ein Tropfen hing an seiner Nase.

»Ich bin sicher, mein Großvater hätte seinen Spaß an dem Namen gehabt.« Justine lächelte, ihre Lippen bebten.

»Hatte er auch«, bestätigte Richard eifrig. »›Da hast du mir aber einen feinen Spitznamen verpasst‹, hat er zu mir gesagt. ›Ich denke, ich werde ihn behalten.‹ Und dann hat er ihn in seine Schatztruhe gelegt und für mich einen Bontje rausgezaubert.« Er wischte sich mit dem Ärmel übers Gesicht.

»Ich nehme an, du willst gleich zurück nach Wik«, wandte sich Vater an Jobst, kaum dass zu Hause alle aus dem Wagen geklettert waren.

»Richtig«, gab der sofort zurück. Die beiden standen einander gegenüber wie Soldaten. »Ich bin gekommen, um Großvater die letzte Ehre zu erweisen. Darüber hinaus habe ich hier wohl nichts mehr verloren.« Er wartete, dass Vater sich entschuldigte und ihn samt seiner Frau und seinem Schwiegervater hereinbat, das konnte Justine genau sehen. Doch nichts dergleichen geschah.

»Na dann … gute Heimreise«, sagte Vater eisig. Er drehte sich halb um, machte halt. Justine atmete erleichtert auf. »Danke, dass Sie gekommen sind!« Er nickte Heiner Nissen und Hella zu und ging hinein. Justine schloss kurz die Augen und seufzte. Was sollte man mit diesen beiden Dickschädeln nur anfangen?

»Ja, ist wirklich nett, dass ihr gekommen seid«, meinte sie matt zu Hella und ihrem Vater.

»Ist doch selbstverständlich, Deern.« Heiner Nissen schüttelte etwas unbeholfen ihre Hand. Hella drückte sie an sich.

»Dein Vater macht es Jobst nicht leicht«, sagte die Schwägerin.

»Ich weiß. Und umgekehrt wird auch 'n Schuh draus.« Hella nickte, dann gingen sie und ihr Vater zurück zum Wagen. Justine blieb eine Minute mit ihrem Bruder allein.

»War das eben nötig?« Er holte Luft, hob die Arme, ließ sie aber gleich wieder fallen.

»Du hast ihn gehört, er hat mich geradezu davongejagt. Mich und meine Frau«, betonte er.

»Du hättest sagen können, dass ihr noch Zeit habt, dass ihr gern noch hereinkommen würdet.«

»Ich soll betteln? Nee, Stine, das hab ich als Knirps lange genug gemacht. Er hat mich damals weggeschickt und heute wieder.«

»Das ist doch Unsinn …«, begann Justine. Sie hatte es so satt, diese Debatte mit ihm zu führen.

»Ist es nicht, und das weißt du. Es hat keinen Sinn, sich was vorzumachen. Als billiger Arbeiter bin ich ihm willkommen, als

Sohn nicht.« Er blickte zum Wagen, wo Hella und Heiner Nissen auf ihn warteten. »Das ist jetzt meine Familie, Stine. Ist auch gut so.«

Der Rest des Tages fühlte sich unwirklich und schwer an, wie ein schlechter Traum. Mutter hatte sich gleich hingelegt, Vater ging ins Geschäft, um nach dem Rechten zu sehen, war aber schon nach kurzer Zeit zurück. Jens wollte Jette aufmuntern. Es gelang ihm irgendwie, in die hinterste Ecke des Lagers vorzudringen und Kasper und die Prinzessin zu holen. Als er die beiden Puppen Jette voller Stolz vor die Nase hielt, brach sie sofort wieder in Tränen aus. Justine hörte beide in ihrem Kinderzimmer weinen, nach einer Weile spielten sie aber doch eine alte Geschichte nach, die Großvater ihnen oft erzählt hatte. Nach dem Abendessen brachte Justine ihre Geschwister ins Bett, Jette wehrte sich nicht, sie war von den Ereignissen der letzten Tage völlig erledigt.

»Dann werde ich euch jetzt noch ein Märchen …«, begann Justine, als ihre Schwester bereits gleichmäßig zu atmen begann. Auch Jens fielen sofort die Augen zu. »Oder auch nicht.« Sie lächelte. »Schlaft schön«, flüsterte sie und ging.

Als sie an der Kammer ihrer Eltern vorbeikam, hörte sie ihre Mutter sagen: »War das vorhin nötig? Das mit Jobst, meine ich.«

»Du hast ihn doch gehört«, entgegnete er schroff. »Er hat hier nichts verloren, seine Familie interessiert ihn einen feuchten Kehricht.«

»So ein Unsinn«, widersprach Mutter erschöpft.

Justine bezweifelte, dass Mutter mit einer Gardinenpredigt mehr Erfolg bei Vater haben würde als sie selbst vorhin bei ihrem Bruder. Ob sie es nun wahrhaben wollte oder nicht, bei Vater und Jobst waren Hopfen und Malz verloren. Hoffentlich nahm Thorin Vaters Angebot an, damit wenigstens die Zukunft des Geschäfts gesichert war.

Zu ihrer Überraschung erklärte Vater am nächsten Morgen nach seinem ersten Tee, er würde nicht in den Laden gehen.

»Ich gehe später rüber. Thorin weiß Bescheid. Zuerst muss ich mal Vaters Notgroschen finden.«

Großvater war eben erst unter der Erde, dachte Justine widerwillig. War bestimmt vernünftig, trotzdem wollte sie damit nichts zu tun haben.

»Dann gehe ich. Vielleicht kann ich Thorin helfen.«

»Der kommt zurecht. Hilf lieber mir! Wo sollen wir suchen?«

»Ich weiß nicht einmal, wonach«, gab sie störrisch zurück. »Und ich will es auch nicht wissen«, flüsterte sie.

»Ich nehme an, er hat ein Konto bei einer Sparkasse eröffnet oder etwas Ähnliches. Wir müssen seine Papiere durchsehen, irgendwo muss es eine Kontonummer geben, die mir bisher nicht bekannt war.«

Justine hätte sich zu gern gedrückt. Andererseits … Wenn sie es recht bedachte, hatte sie wenig Lust, Thorin über den Weg zu laufen. Nicht ein Wort von ihm. Hätte er nicht am Abend nach der Beisetzung auf sie warten können? Genauso gut hätte er sich heute früh aus einem fadenscheinigen Grund hier sehen lassen können. Sonst fiel ihm schließlich auch immer etwas ein, um sich schnell einen Kuss zu stehlen. Er musste doch wissen, wie elend und allein sie sich fühlte. Vaters Miene gab ihr den Rest. Er sah hilflos aus und verzweifelt und so, als sei er über Nacht noch einmal um Jahre älter geworden.

»Dann los!«, sagte sie. »Fang du mit den alten Ordnern auf dem Speicher an, ich nehme mir seine Kammer vor.«

»Danke, Stine!«

War komisch, Großvaters Schlafkammer zu betreten. Sie ließ die Tür offen, damit ein wenig Luft hereinkam. Ein Fenster gab es nicht, wäre sowieso zu kalt gewesen. Sie stand da und starrte das Bett an. Die Decke glatt gestrichen, das Kissen aufgeschüttelt, als würde heute Abend jemand hier schlafen. Justine würde die Zugehfrau bitten, die Bezüge demnächst abzunehmen. Sie sah sich um. Wie bescheiden er gewesen war. Nach den vielen Jahren der Arbeit, hatte er nur diesen winzigen Raum mit ein paar Habseligkeiten für sich gehabt. Sie seufzte. Und womöglich doch ein kleines Vermögen. Vom Rumstehen würde sie das allerdings nie finden. Sie fasste sich ein Herz und öffnete den Kleiderschrank. Hosen, Hemden, Westen, zwei Krawatten, alles akkurat aufgehängt. Darunter stand ein Paar Schuhe, die guten hatte er mit ins Grab genommen. Zwischen den Socken und Unterhosen, die in einer großen Schublade lagen, mochte sie nun wirklich nicht herumwühlen. Da war sowieso nix, sah doch ein Blinder. Das zweite Schubfach war schon interessanter. Ein paar Zeichnungen. Ob er die selbst angefertigt hatte? Auch ein paar Bände von Reclams Universal-Bibliothek kamen zum Vorschein. Schlagartig erinnerte sie sich, dass er Jobst Friedrich Schiller daraus vorgelesen hatte und Johann Gottfried Seume. Da war sie noch ganz klein gewesen und hatte sich mit ihrem großen Bruder die Kammer geteilt. Sie strich kurz über die vergilbten Seiten, stöberte weiter, fand Hefte, in denen sich Großvater Notizen gemacht hatte. Von Wahlergebnissen bis zu Sonntagsausflügen, von schweren Gewittern bis hin zu Reimen hatte er offenbar alles festgehalten, sorgfältig mit Datum versehen, was ihm irgendwie wichtig erschienen war. Von einem Konto stand da nichts. Justine wollte es schon gut sein lassen, da entdeckte sie eine flache Mappe. Der Stoff war bereits morsch und rissig, ein moderiger Geruch stieg ihr in die Nase, als sie den Deckel aufschlug. Ein Notenblatt, eine alte Quittung, die Ergebnisse eines anscheinend sehr langen Skat-Abends. Dahinter lag ein Blatt, auf dem Schuldschein stand. Sie schluckte.

Herr Gregor Hermann Thams schuldet Herrn Justus Heinrich

Zimmermann und dessen Erben tausend Mark. Dieser Betrag wird ihm bei Übernahme des Kolonialwarenladens Zimmermann zinsfrei gewährt. Es handelt sich hierbei um die noch ausstehende Kaufsumme.

Das Darlehen ist frühestens nach zehn Jahren zurückzuzahlen. Die Unterzeichner prüfen, ob eine Rückzahlung dringend benötigt wird und erfolgen kann, ohne dem Fortbestand des Kolonialwarenhandels Zimmermann / Thams Schaden zuzufügen. Auch eine Ratenzahlung soll möglich sein. Sofern eine Rate vom Schuldner an den Gläubiger ausbezahlt wird, ist dieses mit Datum und Unterschriften auf dieser Urkunde zu vermerken.

Justine ließ das Blatt sinken. Heiliger Strohsack, das würde Vater nicht gefallen.

Sie legte die Mappe zurück an ihren Platz und verließ leise, beinahe auf Zehenspitzen, Großvaters Kammer. Nur hundert Mark des Darlehens waren vor Jahren an diesen Herrn Zimmermann zurückgeflossen, dessen Name nie im Hause Thams gefallen war. Das war's. Würde bedeuten, dass Großvater Gregor noch neunhundert Mark Schulden hatte. Nach seinem Tod hatte Vater die an den Hacken. Andererseits … Unmöglich! Vater hätte davon gewusst. Sie ging hinauf ins Obergeschoss und stieg von dort über eine Leiter auf den Dachboden, wo sie ihn bereits fluchen hörte.

»Nichts!« Rumms, irgendetwas war offenbar unsanft auf dem Boden gelandet. »Er muss doch irgendwo … Wo hat er bloß …?«

Staub, viel zu wenig Licht und der Geruch von feuchtem Holz und den letzten Äpfeln des vergangenen Jahres, die unter einer Schicht alter Zeitungen lagerten, umfing sie, als sie die oberste Sprosse hinter sich gelassen hatte.

»Noch nichts gefunden?«, fragte sie.

»Nichts, was uns weiterhilft.« Vater stand in der Mitte des

Raums genau unter dem Giebel. Der Speicher war unter den Schrägen so niedrig, dass er dort nicht aufrecht stehen konnte. »Was ist mit dir?« Er entdeckte das Papier in ihrer Hand. »Was ist das?«

»Ein Schuldschein«, murmelte sie sehr leise, während sie ihm das Dokument schnell reichte.

Er kniff die Augen zusammen, schüttelte ungeduldig den Kopf, holte ein Päckchen Zündhölzer hervor, von denen er eines anriss. Eilig überflog er die Zeilen. Schon bei der Überschrift wurde er bleich. Langsam öffnete er den Mund, sagte jedoch keinen Ton.

»Vorsicht!«

»Au, verdammt!« Die Flamme hatte seinen Finger erwischt. Vater warf das Hölzchen auf den Boden und trat drauf, um die Glut sicher zu ersticken.

»Ein Schuldschein!« Er starrte sie an.

»Sag ich doch. Aber der wird doch nichts zu bedeuten haben, oder?«

»Wie soll ein Schuldschein über tausend Mark wohl nichts bedeuten?«, schrie er.

»Ich dachte nur, weil … Kennst du den Herrn Zimmermann überhaupt?«

»Natürlich!« Vater bebte. »Justus Heinrich Zimmermann. Von ihm hat Vater den Kolonialwarenladen übernommen.« Mit einem Mal schien alle Kraft aus ihm zu weichen, seine Schultern sackten nach unten, die Hand mit dem Schein baumelte, das Dokument entglitt den Fingern. »Ich habe ihn kennengelernt, das ist lange her. Er ist schon viele Jahre tot.«

»Siehst du, dann ist das doch hinfällig. Oder wie das heißt.«

»Ist es nicht. Hast du denn nicht alles gelesen?« Er klang so unendlich müde. Justine hob das Schreiben auf.

»Doch, habe ich. Frühestens nach zehn Jahren … Ratenzahlung möglich …«

»Weiter oben!«

»… schuldet Herrn Justus Heinrich Zimmermann und dessen Erben …« Sie blickte auf und beendete den Satz aus dem Kopf: »… tausend Mark.«

»Ganz genau, dem Gläubiger und dessen Erben.«

»Kennst du die auch?«

Er schüttelte den Kopf.

»Soweit ich weiß, hat die Familie Kiel verlassen. Sind nach Süddeutschland gezogen, hieß es damals. Aber das ist so lange her, ich kann mich wirklich nicht mehr erinnern.«

»Prima!«

»Was daran wohl prima ist!« Er begann ein paar Sachen zurück in die Kisten zu legen, aus denen er sie wahrscheinlich genommen hatte, ehe Justine dazugekommen war.

»Ganz einfach: Wenn du dich nicht erinnerst, dann dürfte es anderen auch so gehen. Es weiß keiner mehr, dass Großvater noch Schulden hatte. Sonst wäre doch mal jemand hier aufgetaucht und hätte gefragt, wann mit der nächsten Rate zu rechnen ist.«

Er sah sie an.

»Vielleicht hast du recht.«

»Der Schuldschein wurde 1841 ausgestellt«, entzifferte sie mühsam.

»Da hatte dein Großvater vor noch nicht allzu langer Zeit seine Lehre beendet. Jetzt fällt es mir wieder ein, er hat mir mal erzählt, dass er sich den Laden natürlich nie hätte leisten können. Darum wurde ein Teil der Kaufsumme als Darlehen gestundet. Deshalb auch die zehn Jahre und die ausgesprochen freundlichen Bedingungen. Zimmermann wollte unbedingt, dass sein Geschäft Bestand hat und floriert.«

»Aber wenn es doch Erben gab, wieso haben die denn nicht ...?«

»Das waren alles Mädchen.« Je länger er erzählte, desto mehr Spannung kehrte in Vaters Körper zurück. »Ja, ja, jetzt weiß ich es wieder. Vater hat mir erzählt, als ich schon ein junger Mann war, dass Zimmermann und seine Frau es immer wieder versucht haben, endlich einen Stammhalter zu zeugen. Bloß haben sie nichts Neues probiert, sondern sind immer bei der gleichen Machart geblieben«, erzählte er, ein verschmitztes Blitzen in den Augen. »Ist doch kein Wunder, dass immer das Gleiche dabei herausgekommen ist: Mädchen!«

Justine sah ihren Großvater vor sich, wahrhaftig, ihr Vater hatte den gleichen Schalk im Blick, wenn er wollte. Sie kicherte. Sofort wurde er ernst, räusperte sich.

»Entschuldige, Stine, das war nicht anständig. Aber du verstehst, was ... Egal, jedenfalls war das Zimmermanns Problem. Er hätte warten müssen, bis eine seiner Töchter einen Kavalier nach Hause bringt, der auch noch für den Kolonialwarenhandel geeignet war. Mein Vater war für Zimmermann der Sohn, den er sich als Nachfolger gewünscht hatte. Darum dieser Darlehensvertrag. Während Vater als Soldat im Krieg war, hat Zimmermann die Stellung gehalten, danach hat er sich zur Ruhe gesetzt.«

»1853 hat Großvater ihm hundert Mark zurückgezahlt, danach ist nichts geschehen. Jedenfalls ist hier nichts mehr aufgeschrieben worden. Das ist über dreißig Jahre her, Vater. Wenn in so einer langen Zeit niemand kommt und was haben will, dann kräht danach auch in Zukunft kein Hahn mehr.«

»Hoffentlich hast du recht.«

»Bist du fertig hier oben?«

»Ja, nichts. Wir müssen im Lager nachsehen bei seinem Plunder.«

Justine wollte ihn gerade zurechtweisen. Auch wenn er ihr Vater war, er durfte so nicht über Großvaters Nachlass reden. Da sah sie sein Lächeln und verstand. Er meinte es nicht böse, sondern hing selbst an dem Trödel. Ihre Augen hatten sich an den düsteren Dachboden gewöhnt. Als sie schon zur Leiter zurückgehen wollte, fiel ihr eine Truhe auf, die ganz hinten unter der Schräge stand.

»Hast du da auch schon nachgesehen?« Sie deutete in die Richtung.

»Das habe ich mir erspart. Ist bestimmt nur irgendein Firlefanz, den er von einem Flohmarkt angeschleppt hat.«

»Kann ich mir nicht vorstellen. Die Kiste wäre mir aufgefallen, so bunt bemalt wie sie ist. Er hat nun wirklich alle seine Schätze in den Laden gebracht, aber die da habe ich nie zwischen seinen anderen Sachen gesehen.«

»Ich auch nicht, du hast recht.« Schon war er auf dem Weg, bückte sich. Aber nicht genug. Mit voller Wucht stieß er gegen einen Balken. »Au, verflucht!«

»Lass mich, ich bin klein.«

Justine schlüpfte mühelos unter dem Gebälk hindurch. Sie wischte mit einer Hand über die Truhe, dicke Staubflocken wirbelten durch die Luft. Anscheinend hatte sich lange niemand mehr darum gekümmert. Sie hustete, wischte noch einmal, musste wieder husten. Obwohl es hier oben so düster war, leuchteten die Farben jetzt richtig.

»Sie ist wunderschön«, brachte sie hervor. »Und da ist etwas draufgemalt: ›Mein Notgroschen‹.«

»Was sagst du?« Vater lachte auf. »Dann her damit! Worauf wartest du?«

Bloß gut, dass der Schatz nicht sonderlich groß war, sonst hätte Justine ihn nicht bewegen können. Aber so ging's. Sie packte einen der beiden schmiedeeisernen Griffe und zog aus Leibeskräften.

Erst tat sich nichts, doch dann setzte sich die Truhe mit einem Ruck in Bewegung. Eine Spinne, die sich dahinter anscheinend häuslich eingerichtet hatte, rannte über die staubigen Holzbohlen davon. Trotz der Kälte hier oben geriet Justine ordentlich ins Schwitzen, ehe sie die Kiste so weit vorgezogen hatte, dass sie sie öffnen konnten.

»Mach du!« Sie trat einen Schritt beiseite. Während ihr Vater sich an dem Verschluss zu schaffen machte, der ein wenig eingerostet war, dachte sie nach: »Wieso hat Großvater nicht erst seine Schulden beglichen, ehe er etwas angespart hat? Ist doch komisch.«

»Wahrscheinlich, weil du recht hast und der Schuldschein längst nichts mehr bedeutet. Bist ein kluges Mädchen.« Er lächelte sie glücklich an. »Jetzt bin ich aber gespannt wie ein Flitzbogen.« Mit einem kratzenden Geräusch gab der Haken nach, der in einem Metallstift gesteckt hatte. Vater zog ihn zur Seite, konnte den geschmiedeten Verschluss lösen und endlich den Deckel heben. Darunter kam ein vergilbtes Blatt Papier zum Vorschein, das auf einem leicht verschlissenen Samt lag. Auf Vaters Stirn zeigten sich Falten und Schweißperlen. Er nahm den Bogen zur Hand und las. Je länger seine Augen über die Zeilen glitten, desto feuchter glänzten seine Schläfen, die Oberlippe.

»Was steht denn da?«, wollte sie wissen, reckte sich auf Zehenspitzen und beugte sich zu ihm hinüber.

»Das kann doch nicht …«, begann ihr Vater heiser. »Bitte, das darf nicht wahr sein.« Auf einmal warf er den Schrieb zur Seite und stieß einen Schrei aus, der Justine bis ins Mark erschütterte. Dieser Ton, das Gesicht zu einer Fratze verzerrt, das war nicht ihr Vater, das war ein Furcht einflößendes Tier, ein Dämon! Während er begann, mit beiden Händen die Truhe zu durchwühlen, schnappte sie sich den Brief und las:

Mein lieber Wilfried,

das Kaspertheater hat unserer Familie sehr viel bedeutet, man kann sogar sagen, es ist der Grundstock unseres bescheidenen Wohlstands. Als ich ein junger Mann war, habe ich begonnen, Menschen ein wenig Freude damit zu machen. Wenn es auch nicht in der Absicht geschah, auf diese Weise ein paar Pfennige zu verdienen, ist doch genau das geschehen. So war es auch später, als ich deine Mutter schon geheiratet hatte und du geboren warst. Wir sind noch manches Mal in Not geraten. Die Handpuppen haben uns immer gerettet, weil sie uns das Zubrot brachten, das wir so dringend benötigten. Zum Beispiel, um die Ärzte und die Medizin für deine Mutter zu bezahlen.

Justine musste schlucken. Sie hatte ihre Großmutter nicht mehr kennengelernt. Gütig sei sie gewesen und immer fröhlich, hatte es geheißen. Und dass sie sehr krank war. Sie las weiter:

Weißt du noch, mein Sohn? Als der Laden schon genug einge-bracht hat, um ordentlich über die Runden zu kommen, ist unser altes Theater auseinandergefallen. Ich sagte damals, wir hätten Glück, dass es so lange durchgehalten hat. Nun bräuchten wir es nicht mehr. Doch du hast ein neues gezimmert, geschnitzt und bemalt, viel schöner als das vorige. Du meintest, man könne nie wissen. Das Puppentheater hätte Mutter noch einige gute Monate geschenkt, womöglich Jahre, vielleicht müsse es das wieder tun.

Justine liefen Tränen über die Wangen. Es war nicht Großvater ge-wesen, der so sehr an seinem Theater festgehalten hatte, es war ihr Vater gewesen. Er, der immer über das alte Zeug geschimpft hatte, das nur Platz wegnahm, hatte die Chance verstreichen lassen, mit der Vergangenheit abzuschließen. Er, der jetzt schluchzend und rasend Stück für Stück aus der Kiste warf, die Augen weit aufgerissen, hatte im Grunde selbst dafür gesorgt, dass aus dem Kolonialwarenladen Trödel-Thams geworden war. Die Schrift verschwamm vor ihren Augen.

Solange ich lebte, war das nicht mehr der Fall. Das weiß ich sicher, denn sonst hätte ich dieses Vermächtnis längst hervorgeholt und dir übergeben. Aber eins hat es immer getan. Es hat uns und so viele kleine und große Zuschauer glücklich gemacht. Dich besonders, Wilfried, wenn du es wohl auch manches Mal vergessen hattest. Was auch geschieht, es ist immer da, wie es sich für einen anständigen Notgroschen gehört. Ich hoffe natürlich, mein Sohn, dass du nie wieder aus Verzweiflung den Vorhang öffnen wirst. Aber ich weiß, du verstehst es, Kasper, den Wachtmeister und die anderen lebendig werden zu lassen und ein Publikum bestens zu unterhalten. Für dich ist diese Truhe also ein Schatz. Die Puppen wurden von einem berühmten Oberammergauer Spielzeugmacher geschnitzt und einem ebenso berühmten Maler verziert, ich habe ein kleines Vermögen dafür ausgegeben. Mir war immer bewusst, dass die Leute mich für mein seltsames Wesen belächeln. Welcher Mann kauft schon Puppen? Doch ich bin sicher, es ist gut investiertes Geld gewesen. Ich hoffe, du hast am Ende nicht über mich gelacht, sondern verstanden, dass das Leuchten in den Augen deiner vier Kinder das Kostbarste ist, was du je besitzen wirst. Mit dem Inhalt dieser Truhe kannst du es jederzeit hervorzaubern.
Und ich werde von oben zusehen und mindestens ebenso viel Freude haben.
Dein Vater, der sehr stolz auf dich ist

»Puppen, sein Notgroschen sind Kasperpuppen!« Vater starrte in die leere Truhe, als hoffte er, an ihrem Boden doch noch Gold zu finden. Plötzlich schlug er die Hände vors Gesicht. Sein Körper bebte, wieder so ein Schrei, der ihr eine Gänsehaut über den Rücken jagte. Ehe Justine noch wusste, was geschah, fiel er krachend auf die Knie.

»Wilfried?« Mutters Stimme von unten und aufgeregtes Wispern von den Lütten.

»Bitte, Vater, du musst dich zusammenreißen!« Sie war mit einem Schritt bei ihm, hockte sich hin und schlang ihre Arme um ihn. Wie ein kleines Kind presste er sein Gesicht an ihren Hals und weinte.

»Wir kommen gleich!«, rief Justine.

»Alles in Ordnung? Das hörte sich eben an, als ob …«

»Eine Kiste ist Vater auf den Fuß gefallen. Halb so schlimm«, schwindelte sie.

»Soll ich doch lieber Doktor Assmann rufen, Wilfried?«

»Nein, Mutter, das ist nun wirklich nicht nötig. Wird einen schönen blauen Fleck geben, das ist alles.«

»Wir sind hier gleich fertig«, presste Vater hervor. Allmählich ließ die Kraft nach, mit der er sich an ihr festkrallte. Gott sei Dank! »Wir kommen dann.«

»In Ordnung.« Nachdem sie Vaters Stimme gehört hatte, war Mutter offenbar beruhigt. Auch die Lütten krakeelten nun wieder fröhlich. »Könnt ihr bitte etwas leiser sein?«, forderte Mutter sie auf. »Ich habe schreckliche Kopfschmerzen.«

Eine Weile saßen Justine und ihr Vater noch still beieinander. Irgendwann löste er sich von ihr, holte sein Taschentuch hervor und putzte sich die Nase.

»Hast wohl einen anderen Schatz erwartet, was?«, fragte sie zaghaft. Er sah sie an, der Blick seltsam leer.

»Du glaubst, es ist die Enttäuschung darüber, dass dein Großvater mir kein Vermögen hinterlassen hat?«

»Na ja, ich dachte …«

Er holte tief Luft, stand auf, streckte Justine die Hände entgegen
und zog auch sie wieder auf die Füße.

»Ja, ich bin enttäuscht. Ich hatte fest damit gerechnet, wenigstens eine kleine Summe zu kriegen. Jetzt fehlt es an allen Ecken
und Enden. Aber das ist es nicht, Stine. Was wirklich fehlt, ist
mein Vater.« Schon wieder liefen seine Augen über, kullerten
Tränen über seine nassen Wangen. »Ich kann nicht glauben, dass
er weg ist. Weißt du, was das Schlimmste ist, Stine? Ich habe ihm
nie gesagt, wie sehr ich ihn liebe.«

Als am Abend endlich Ruhe im Hause einkehrte, hielt Justine es
nicht länger aus. Sie würde sowieso nicht schlafen können, sondern musste nachdenken. Also schlich sie sich aus ihrer Kammer
und hinüber ins Geschäft. Sie hatte eine Laterne mitgenommen,
dabei hätte sie das Lager bestimmt sogar im Dustern gefunden.
Und die hinterste Ecke, in der Großvaters märchenhaftes Sammelsurium im Dornröschenschlaf lag. Sie musste sich zwischen
Holzbrettern hindurchzwängen, dann stand der alte umgebaute
Schrank vor ihr. Vertraut und heiß geliebt, als stünde dort Großvater selbst. Sie öffnete eine Tür. Nur einen Spalt, mehr Platz war
nicht. Nee, da kam sie beim besten Willen nicht rein. War sowieso
'ne dösige Idee. Nachdenken konnte sie auch in ihrem Bett. Aber
nicht so gut wie im Inneren des Alkovens. Sie stellte die Laterne ab
und begann, Latten, Bohlen und ein paar von Großvaters Lampen
zur Seite zu räumen. Auch der Paravent, der angeblich aus Versailles stammte, musste weg. Endlich, sie passte durch die Tür. Die
Daunendecke, die vielen Kissen, alles war unverändert. Roch ein
bisschen muffig, aber das störte sie nicht. Justine kuschelte sich

ein und seufzte. Es fühlte sich an, als würde Großvater sie fest in den Arm nehmen.

»Nun haben wir den Salat, Opapa«, sagte sie leise. »Hast es immer gut gemeint, bloß steht es jetzt schlechter um das Geschäft, als wir gedacht haben. Viel schlechter. Ich fürchte, da helfen Kasper und Prinzessin auch nicht weiter.« Sie lauschte, erwartete beinahe, die geliebte Stimme zu hören und einen Rat zu bekommen. Es blieb still. Plötzlich hatte sie eine Idee. »Das heißt, wenn ich es richtig bedenke, könnten sie uns schon nützlich sein. Wenn Thorin und ich Vater im Geschäft weiter unterstützen und an den Wochenenden und an Feiertagen auftreten, könnten wir bestimmt ein hübsches Zubrot verdienen. So wie ihr früher. Die alten Puppen sind auch noch da. Ich weiß, das hörst du jetzt nicht gern, aber von den Prachtexemplaren in der Truhe können wir vielleicht welche verkaufen. Das heißt, wenn sie noch immer ein kleines Vermögen wert sind. Was meinst du, Opapa?«

Die Unruhe, die sie den ganzen Tag über begleitet hatte, war mit einem Schlag dahin. Justine sah alles klar vor sich: Der Schuldschein, der ihnen einen gehörigen Schreck eingejagt hatte, war gewiss harmlos. Sofern nicht weitere Schulden auftauchten, konnten sie es gemeinsam schaffen. Alles würde wieder in die Reihe kommen. Justine atmete auf.

Als sie am nächsten Morgen erwachte, musste sie sich kurz orientieren. Sie lag lang ausgestreckt in ihrem Bett. Natürlich, sie war zwar in Großvaters Märchenschrank eingenickt, aber selbst für sie war es dort auf Dauer zu eng, also hatte sie sich zurückgeschlichen. Auch alles andere fiel ihr wieder ein. Justine stand auf und zog sich an. Sie würde Vater sofort von ihren Plänen erzählen. Und gleich danach Thorin. Bei der Vorstellung bekam ihr Tatendrang einen kleinen Dämpfer. Was er wohl sagen würde? War schließlich etwas anderes, ob man selbst auf der Bühne stand oder nur unsichtbar im Hintergrund blieb. Ach was, konnte doch sein, dass es ihm am Ende sogar viel besser gefiel, als dem Publikum immer ins Auge sehen zu müssen. Es war merkwürdig ruhig im Haus. Schliefen nach der Aufregung gestern etwa noch alle? Sie sah in der Stube nach, wo Vater um diese Zeit normalerweise seine erste Tasse Tee trank. Da war kein Mensch. Justine stellte einen Kessel Wasser aufs Feuer, ehe sie zur Schlafkammer ihrer Eltern ging, um zu klopfen. Die Tür ging auf, ihre Mutter stieß einen überraschten Laut aus.

»Ach Gott, Kind, hast du mich erschreckt.« Sie trug einen Morgenmantel, die Haare waren nicht frisiert, sondern nur rasch zusammengebunden.

»Das tut mir leid. Ich wollte nach Vater sehen, er ist spät dran. Er hat doch nicht verschlafen?«

»Er ist krank.« Sie schloss die Tür und sagte leise: »Das war wohl doch alles ein bisschen viel für ihn. Gregors Tod, der Notgroschen, der sich im wahrsten Sinn des Wortes als Reinfall entpuppt hat.« Sie lächelte schwach. »Er hat etwas Temperatur und einen rauen Rachen. Kann kaum sprechen, der Ärmste. Am besten bleibt er mindestens einen Tag im Bett.«

»Du hast recht, das wird ihm guttun.«

»Dein Thorin und du, ihr werdet den Laden schmeißen, habe ich ihm gesagt.« Jetzt lächelte sie aus vollstem Herzen.

»Das werden wir«, versprach Justine. »Ich gehe gleich rüber. Aber vorher sehe ich kurz nach Vater, ja?«

Ihre Mutter nickte und verschwand in Richtung Küche. Justine ging zu ihm hinein.

»Na, dich hat es ordentlich erwischt, was?«

»Ist doch kein Wunder bei der lausigen Kälte in den letzten Wochen! Als ob es nie mehr Frühling wird«, krächzte er.

»Es ist Februar, Vati«, erinnerte sie ihn sanft. »Ist noch 'n büschen hin, bis die Osterglocken blühen.«

»Hätten meine Eltern nicht nach Italien auswandern können? Da ist es immer warm.« Sie musste lachen.

»Immer wohl auch nicht.«

Wie schmal sein Gesicht auf einmal aussah und wie blass es war.

»Wir schaffen das schon. Auch ohne ein Erbe«, sagte sie ernst. »Kein Grund, krank vor Sorge zu werden.« Er wollte widersprechen, nur kam ihm ein gehöriger Hustenanfall dazwischen. »Ich habe mir etwas überlegt. Das mit dem Holzlager müssen wir natürlich erst einmal verschieben oder zur Not ganz sein lassen.«

»Wenn das so einfach wäre«, fiel er ihr ins Wort und hustete schon wieder.

»Wieso, was meinst du?«

»Ich habe doch längst in der Sparkasse vorgesprochen. Die Verträge für das Darlehen und den Kauf des Grundstücks sind bereits unterschrieben.« Justine sprang auf.

»Wie bitte? Warum weiß ich nichts davon?«

»Warum solltest du? Du bist eine Frau, geschäftliche Dinge gehen dich nichts an«, presste er mühsam hervor.

»Ach nein? Aber wenn ich dir deine Briefe schreiben soll, wenn ich mit dir die Bücher durchgehe, im Laden stehe oder zum Sägewerk laufe, dann geht mich das etwas an?«

»Das ist was anderes, das verstehst du nicht.«

»Irrtum, Vater, ich verstehe mehr, als du denkst. Auch vom Geschäft. Ich dachte, das hätte ich inzwischen bewiesen.« Sie ging zur Tür. »Da habe ich mich wohl getäuscht. Dann werde ich das mal fix nachholen.«

»Was hast du vor?«

»Wir müssen unsere Einnahmen erhöhen und die Ausgaben senken, richtig?« Sie ließ ihm keine Zeit zu antworten. »Ich fange auf der Stelle damit an.« Damit verließ sie die Kammer und wäre beinahe schon wieder gegen ihre Mutter geprallt, die mit einem dampfenden Becher vor ihr stand.

»Was ist denn los, warum bist du so laut geworden, Stine?«

»So 'ne Erkältung schlägt schnell mal auf die Ohren. Kannst du nie wissen«, fauchte sie und ging.

Im Laden war schon der erste Kunde. Thorin bediente ihn in der für ihn typischen zuvorkommenden Art. Er sah sie, zwinkerte ihr kurz zu, als ob nie etwas geschehen sei. Aber es war etwas passiert! Sie hatte ihren Großvater verloren, einen der wichtigsten Menschen, die es in ihrem Leben überhaupt gegeben hatte, und Thorin hatte sich nicht einmal nach ihr erkundigt. Sie beobachtete ihn und wurde immer wütender. Wie charmant er mit Kunden umging. Er katzbuckelte geradezu. Keine Frage, er war ein begabter Verkäufer und beliebt bei der Kundschaft. Die ahnten nicht, wie er sie hinter ihrem Rücken manches Mal nachäffte. Bisher hatte Justine das amüsant gefunden und unterhaltsam. Jetzt fragte sie sich plötzlich, ob er auch ihr nur vordergründig schöne Augen machte, während er sie hinter ihrem Rücken auf die Schippe nahm. Nein, das war ungerecht, sie hatte keinen Grund, an seiner Aufrichtigkeit und seiner Zuneigung zu zweifeln. Trotzdem flüsterte ihr ein Teufelchen ins Ohr, dass sie seine Gefühle mit dem, was sie vorhatte, allerbest auf die Probe stellen konnte.

Der Kunde ging, das Glöckchen an der Ladentür bimmelte, sofort kam Thorin zu ihr und machte Anstalten, sie in den Arm zu nehmen. Sie wich ihm aus.

»Stine! Ich dachte schon, ich bin hier jetzt noch länger der Alleinunterhalter.« Er lachte.

»Nee, keine Sorge, ich bin auch noch da.«

»Und dein Vater? Jens kam heute Morgen kurz angesaust und sagte, es geht ihm nicht gut. Es ist doch hoffentlich nichts Ernstes.« Er nahm ihre Hand, sie zog sie weg. Für einen Moment erschien eine Falte über seiner Nasenwurzel, dann lächelte er schon wieder. »Er hat viel durchgemacht in der letzten Zeit. Ich kann verstehen, dass er sich ausruhen muss. Allerdings stehe ich jetzt jeden Tag im Laden, so war das nicht besprochen. Was meinst du, wie lange wird es dauern, bis er wieder auf dem Damm ist?«

»Woher soll ich das wohl wissen? Übrigens: Ich habe auch keine lustigen Tage hinter mir.«

»Das weiß ich doch.«

»Wieso hast du dann kein einziges Mal nach mir gefragt?« Sie starrte ihn an.

»Ich verstehe nicht …«

»Nee, das sieht man! Guckst ja ordentlich belämmert aus der Wäsche.«

»Bei allem Verständnis, Stine, aber ich muss mich nicht von dir beleidigen lassen, nachdem ich beinahe rund um die Uhr Thams Eisenwarenladen am Laufen gehalten habe.«

»Na, nachts wirst du wohl geschlafen haben, nehme ich an«, sagte sie leise.

»Ich dachte, ich hätte mindestens einen Kuss verdient als Dankeschön.«

»Kannst meinen Vater gern fragen, vielleicht gibt er dir einen.« Thorin sah so schockiert aus, dass sie lachen musste. »Hast ja recht, entschuldige. Ist ein feiner Zug von dir, hier die Stellung zu halten.« Sie trat zu ihm, sah ängstlich zur Tür, obwohl man natürlich hören würde, falls jemand käme, und küsste ihn schnell auf die Wange. Sie blieb ganz dicht vor ihm stehen und sah zu ihm hinauf. »Das wäre ein noch feinerer Zug, wenn du das Angebot meines Vaters annehmen und auch weiterhin jeden Tag hier stehen würdest«, begann sie und setzte zuckersüß hinzu: »Der Stundenlohn würde auch nur ein klitzekleines bisschen niedriger ausfallen als jetzt.«

Er rückte ein Stück von ihr ab und sah sie prüfend an.

»Das ist ja ein Ding. Ich dachte, mein Stundenlohn würde eher steigen, wenn ich einschlage.«

»Wirst du das denn tun?«

»Ich habe mich noch nicht entschieden.«

»Wie lange willst du denn noch nachdenken, Thorin?«, fragte sie aufgebracht. »Ein erwachsener Mann muss doch irgendwann wissen, was er mit seinem Leben anfangen will. Vaters Angebot ist gut. Mehr als das.« Sie besann sich, mit Vorwürfen oder Druck kam sie bei ihm sowieso nicht weiter. »Ich weiß doch, dass du eigentlich ein Künstler bist und spielen willst. Darum habe ich auch noch etwas für dich, eine Erweiterung von Vaters Angebot sozusagen.«

»Ach ja? Was denn?« Er legte den Kopf schief und kam wieder näher. Sie war auf dem richtigen Weg.

»Mein Großvater hat uns Kasperpuppen hinterlassen.« Thorin sah sie verdutzt an. »Nicht irgendwelche, sondern richtig wertvolle. Du bist doch Schauspieler. Na ja, und ich bin eine … wie hast du gesagt? … angehende Schriftstellerin. Das passt doch allerbest! Ich schreibe uns kleine Stücke, und wir treten mit diesen hübschen Puppen auf. Wir beide.«

Thorin lachte laut. Als er sich endlich wieder beruhigt hatte, meinte er: »Eine Sekunde dachte ich wirklich, du meinst es ernst, dabei hast du mich verkaspert.« Er lachte schon wieder, dieses Mal über sein Wortspiel. »Also ehrlich, Stine, ich habe es immer gesagt, du gehörst auf die Bühne. Dass du aber so viel komödiantisches Talent besitzt, wusste ich noch nicht.«

»Es war kein Scherz, Thorin.«

Sie standen einander gegenüber, die Spannung zwischen ihnen war zäh wie Grießpudding.

»Du hast es selbst gesagt, ich bin Schauspieler. Du verlangst allen Ernstes von mir, Tag für Tag für deinen Vater zu schuften und meine restliche Zeit mit dir für diesen Kinderkram zu verplempern? Sei mir nicht böse, meine Hübsche, aber wenn du das glaubst, bist du so verrückt, wie dein lieber Großvater es war.«

Stine fühlte sich, als hätte er ihr eine brennende Ohrfeige verpasst.

»Du findest, mein Großvater war verrückt?«, fragte sie heiser.

»Alle wussten das. Ich hatte ihn trotzdem gern, er war auf eine freundliche Weise irre. Mal ehrlich, ...« Weiter kam er nicht.

»Kein Wort mehr über ihn!« Justine schluckte und nahm all ihre Kraft und ihren Mut zusammen. »Wie ich sehe, hast du deine Entscheidung sehr wohl getroffen.«

»Was meinst du damit?«

»Mein Vater hat dir die Chance geboten, irgendwann sein Nachfolger zu werden. Er würde viel dafür tun, damit es so kommt. Einen einfachen Verkäufer, der keine Lust hat, mehr als ein paar Stunden pro Woche in seinem Laden zu stehen, und der noch dazu seinen Vater, der das Geschäft immerhin aufgebaut und sehr lange sehr anständig geführt hat, für verrückt erklärt, kann er sich nicht leisten. Und das will er auch nicht.«

»Das heißt?« Er verschränkte die Arme vor der Brust.

»Das heißt, dass er dich nicht länger bezahlen wird, du bist entlassen, Thorin Tüxen.«

Kapitel 18
Regina

Westerrönfeld, März 1887

»Das Geld ist bewilligt, der Kaiser selbst will den Kanal, Bismarck sowieso«, erklärte Regina.

Sie lag in Broders Arm, die Decke bis über die Brust gezogen. Er versuchte zwar immer wieder alle Tricks, um ihren Körper nackt betrachten zu können, doch mehr als einen kleinen Blick gönnte sie ihm nie. Vielleicht fiele ihm noch nicht einmal etwas auf, sie selbst sah jedoch genau, dass ihr Bauch wuchs. Für sie bestand kein Zweifel, dass er der Vater ihres Kindes war. Noch hatte sie es ihm nicht gesagt. Lange würde sie es aber auch nicht mehr verbergen können.

»Es ist nicht mehr zu verhindern, Broder, die Grundsteinlegung steht bevor. Bei allem, was ich gehört habe, steht auch der Verlauf fest. Sie werden die Strecke nicht mehr ändern, das kann ich mir nicht vorstellen.«

Sie hatte Christoph überallhin begleitet, hatte jede Möglichkeit genutzt, wenn er mit jemand im Gespräch war, Fragen zu stellen. Niemand konnte ihnen helfen. Dass ihr Vater sich mit dem Bau eines Kontorhauses in Rendsburg und seinen Schiffbauplänen ebenso verkalkuliert hatte wie Christoph, der darauf gehofft hatte, sich mit dem Land, das Regina mit in die Ehe brachte, bedeutend zu vergrößern, berührte sie nicht. Dass sie nichts für Broder tun konnte, schmerzte sie umso mehr.

Ihre Hand lag auf seiner Brust, seine Finger spielten mit ihrem Haar.

»Dann gibt es nur noch zwei Optionen. Entweder mein Geschäft geht den Bach runter«, er seufzte, »oder ich muss das Schicksal mit drastischen Mitteln ändern.«

»Was meinst du damit?«

Sie spürte, wie sein Herz schlug.

»Ich brauche Informationen, die die Räume der Kommission und der Bauämter eigentlich nicht verlassen sollten, wenn du verstehst, was ich meine. In Kiel gibt es so ein Bauamt. Du bist hübsch und klug. Wenn dir etwas einfallen würde, mir solche Papiere zu beschaffen, würde ich einen Weg finden.«

»Ich fürchte, ich verstehe nicht, was du meinst.« Sie sah ihn prüfend an. »Woran genau denkst du?«

»Schwachstellen, Regina. Ich muss die Achillesferse des Kanals kennen, dann kann ich genau dorthinein einen Pfeil abschießen.« Sie holte hörbar Luft, doch er ließ sie nicht zu Wort kommen. »Keine Sorge, selbstverständlich wird kein Mensch zu Schaden kommen. Dieser Kanal, der von korrupten Männern in so schändlicher und sinnloser Weise geplant ist, soll nur ein wenig … sagen wir aufgestaut werden. Verzögerungen kosten Geld. Vielleicht sehen die Herrschaften von dem Bau ab, wenn ihnen die Kosten ins Unermessliche steigen.«

Kapitel 19
Susanne

Brunsbüttel, April 1887

»Wo bleibst du denn, Frerk?« Sanne seufzte. Wenn ihr Bruder weiter so herumtrödeln würde, konnte im Leben nichts aus ihm werden. Sie wollte gerade zurück ins Haus gehen, um nach ihm zu sehen, als der Jüngere, Michel, aus der Tür kam.

»Geht ihr zum Deich, Maulwürfe fangen?«

»Falls Frerk es schafft, vorm Dunkelwerden da zu sein, ja.« Frerk trat ins Freie. »Na, endlich, dann mal los.«

»Was denn nun, fangt ihr Maulwürfe?«, wiederholte Michel.

»Hoffentlich viele«, rief Sanne ihm zu und verpasste Frerk einen Klaps, damit er einen Schritt schneller ging.

»Ich will mit!« Michel kam angerannt.

»Nee, Lütter, das geht nicht.«

Wie auf Kommando fing er an zu husten. Das mit seinem Schnarchen war noch schlimmer geworden. Seit ein paar Wochen hatte er morgens oft Kopfschmerzen und war den Tag über müde, als hätte er kein Auge zugekriegt. Kein Wunder, der röchelte und keuchte manchmal, dass einem angst und bange werden konnte.

»Ach, bitte«, bettelte er. »Letztes Jahr habe ich die allermeisten Maulwürfe gekriegt«, sagte er stolz.

Da war allerdings was dran. Niemand wusste, wie er das machte. Es war, als ahnte er schon vorher, wenn sich im nächsten Augenblick eins der Tierchen zeigte, als würde er was hören, was andere nicht hören konnten.

»Bitte, bitte, Sanne, ich will mithelfen. Ich will auch zu was zu gebrauchen sein, bitte!«

Sie schnaufte.

»Ach Lütter, du bist zu so viel zu gebrauchen.« Sie kniff ihm liebevoll in die Wange. Er sah erwartungsvoll zu ihr hoch, nur fiel ihr dummerweise nichts ein. »Kein anderer ist so fix wie du«, sagte sie. Das stimmte wirklich. Nicht zuletzt, weil er so blitzschnell mit dem Spaten in die Erde stechen konnte, hatte er einen Maulwurf nach dem anderen auf die Schaufel bekommen.

»Warum eigentlich nicht? Zwanzig Pfennig zahlt der Deichgraf pro Stück, das können wir gut gebrauchen.«

Michel jubelte und war schon auf dem Weg in Richtung Elbdeich. Sanne musste ihn zurückhalten. Michel dagegen hatte anscheinend schon wieder vergessen, was sie vorhatten. Er beobachtete fasziniert einen blau schimmernden Käfer, der über den Weg gekrabbelt war und gerade im Gras verschwand. Als sie ihn ermahnte, hätte er beinahe den Eimer stehen lassen, in dem sie die Maulwürfe abliefern wollten. Vielleicht konnte dieser Krasky Michel helfen, ging Sanne durch den Kopf, während sie sich gegen den Wind stemmten, der kräftig über das Land fegte. Letzten September hatte der eine Barbierstube eröffnet und warb regelmäßig damit, sich nicht nur aufs Flechten, Herstellen von Toupets und sonstigem Schmuck aus Haaren zu verstehen, sondern auch Zähne zu ziehen und mit Blutegeln und Klistieren bei so manchem Wehwehchen Linderung zu verschaffen. War bestimmt günstiger, als wenn sie den Doktor rufen mussten.

Am Deich war sofort zu sehen, warum so viel Geld für eine gute Beute gezahlt wurde. Ein Sandhügel reihte sich an den anderen. Die lästigen Viecher gruben sich durch den Wall wie nix. Wie sollte der halten, wenn das Wasser mit voller Wucht dagegenknallte?

Sanne wandte sich an Michel: »Wenn dir kalt wird, sagst Bescheid, dann gehen wir nach Hause.«

»Und was ist mit mir?«, maulte Frerk. »Mir ist nämlich schon kalt. Außerdem erwische ich die doofen Mistwürfe sowieso nie.«

»Die sind gar nicht doof, sonst würdest du sie ganz leicht fangen«, sagte Michel.

»Haha, sehr witzig.«

»Für fünf Tiere gibt's 'ne Mark. Wenn wir die zusammenhaben, können wir meinetwegen nach Hause gehen«, meinte sie versöhnlich. War wirklich aasig ungemütlich heute.

»Sie müssen sie sehr weit wegbringen oder gleich töten«, sagte ein Mann, als Michel gerade den ersten Jagderfolg hatte.

Sanne wandte sich ihm überrascht zu. Wie sprach der denn? Hörte sich an, als würde er singen, nur leider nicht schön.

»Na«, er zog das a sehr lang, »das sind doch Maulwürfe, nehme ich an?« Der Mann nahm die Schiffermütze vom Kopf.

»Jo, das heißt, bisher ist es nur einer«, gab sie zurück.

»Jagen Sie auch welche?«, wollte Michel wissen.

»Nej, Jungchen, ich sammel Sauerampfer und Brennnesseln für ein Suppchen. Das esse ich zwar nicht jerne, aber was nichts kostet, schmeckt gleich doppelt gut.«

Sanne sah, wie ihre Brüder ihn anglotzten und belustigte Blicke tauschten. Im nächsten Moment kicherten sie los.

»Sie sind nicht von hier«, stellte sie fest.

»Nej, bin ich nicht.« Er schüttelte den Kopf.

Sie betrachtete ihn. Er trug eine dunkle Hose, ein Hemd, das einmal weiß gewesen sein mochte, darüber eine dunkle Weste. Oberlippe und Kinn bedeckte ein Bart, im Mundwinkel hing eine Pfeife.

»Ich habe im Memeler Dampfboot gelesen und eine Anzeige gesehen.«

Sanne ahnte, was jetzt kam. Jede Wette, dass es um den Kanal ging.

»Im Boot kann man doch nicht lesen«, wandte Michel ein.

»Bist du doof? Kann man wohl!« stellte Frerk fest.

»Ich bin überhaupt nicht doof.« Damit war für Michel die Sache erledigt, er legte sich wieder auf die Lauer.

»Naa, das ist der Name von unserer Zeitung«, erklärte der Fremde. »Darin stand zwischen dem Angebot einer Buchbinderei, Papierhandlung und Kontobücher-Fabrik und der Anzeige über den Strohhut-Ausverkauf, dass Arbeiter für einen Kanal gesucht werden. Naa, da würde ich wohl jerne arbeiten, also, da bin ich. Herrgottchen, nee, ein Dach überm Kopf habe ich gefunden. Aber keiner kann mir sagen, wo die Stelle ist, wo ich meine Papiere vorzeigen kann.«

»Wieso sprechen Sie so komisch?« Frerk sah ihn interessiert an.

»Naa, Jungchen, was findest du denn daran komisch?«

Frerk zuckte mit den Achseln. »Alles.«

Der Mann lächelte freundlich, aber auch ein wenig verunsichert und wandte sich wieder Sanne zu: »Es war nicht genau angegeben. Ich hoffe, ich bin in Brunsbüttel überhaupt richtig.«

»Nee, also irgendwie ja, aber … Ist kein Wunder, dass da nix angegeben war. Sie sind nämlich 'n büschen früh dran.« Was haben die Zeitungsheinis bloß für 'n Murks verzapft? »Ungefähr ein Jahr zu früh, fürchte ich. Es reicht, wenn Sie es nächstes Jahr oder so noch mal probieren. Bis dahin fahren Sie mal lieber wieder nach Hause!«

272

»Marjellchen, so einfach ist das nicht.«

»Und warum nicht?«

»Hab einen«, brüllte Frerk, der auch das Interesse an dem Fremden verloren hatte. »Ach nee, doch nicht. War nur 'n Stein.«

»Naa, ich habe eine lange Reise hinter mir«, sagte der Fremde matt. »Ich komme aus Czutellen.«

»Aha«, antwortete sie, zuckte mit den Achseln und zog fragend die Augenbrauen hoch.

»Aus dem Memelland.« Weil sie ihn noch immer reichlich verständnislos ansah, ergänzte er: »Naa, Ostpreußen, Marjellchen.«

»Ich heiße Sanne«, stellte sie richtig. Er lachte.

Dann erzählte er von seiner Heimat. Gebannt hörte sie ihm zu. Er musste wirklich eine weite Reise hinter sich haben. Mindestens so eine lange Fahrt wie Rosario, nur eben aus der anderen Richtung. Vom Kurischen Haff hatte sie schon gehört. Irgendwo dort hatte der Mann ein Stück urbar gemachtes Ackerland zugeteilt bekommen, erklärte er ihr.

»Zu Hause gibt es viel fruchtbares Land und Wälder«, fuhr er in seinem eigentümlichen Singsang fort.

»Warum sind Sie weggegangen, wenn Sie eigene Felder besitzen?«

»Naa, es ist nicht viel, nicht genug, um von den Erträgen zu leben, die wir erwirtschaften können.«

»Wir?«

»Ich bin verheiratet.« Er strahlte übers ganze Gesicht. »Meine Else ist eine sehr liebe Frau, die beste, die ein Mann haben kann.«

»Das freut mich.« Sanne lächelte.

»Wir haben vier Kinder.«

Damit hätte sie nicht gerechnet. Sie konnte das Alter des Fremden nur schwer schätzen. Ein paar Jahre älter als sie war er bestimmt, trotzdem.

»Wenn ich genug verdiene, sollen sie nachkommen. Dann können die Kinder hier in die Schule gehen, etwas Anständiges lernen.«

Mit einem Mal schien die Welt voller Menschen zu sein, die etwas aus ihrem Leben machen wollten. Leider gehörte ihr Vater noch immer nicht dazu. Sie seufzte. Jeder hatte eben eine andere Vorstellung vom Glück. Wurde Zeit, dass sie das kapierte. Und jeder musste selbst dafür kämpfen.

»Sie nehmen für Ihre Familie viel auf sich«, sagte sie. »Sie müssen sie wirklich sehr liebhaben.« Er nickte, seine Augen fingen an zu glänzen. »So weit weg von zu Hause so 'ne harte Arbeit, das ist ein großes Opfer.«

Unvermittelt streckte er ihr die Hand hin. »Nenn mich Ludwig!«

»Freut mich, Ludwig, ich bin Sanne.« Sie lachte. »Habe ich ja schon gesagt.«

»Ja, hast du gesagt. Ist ein schöner Name.« Schüchtern knetete er seine Mütze in den kräftigen Händen, die schon manchen Spaten in die Erde geschlagen haben mochten.

»Es ist kein Opfer«, sagte er leise. »Viel schlimmer wäre es, wenn meine Kinder nicht genug zu essen hätten. Herrgottchen oder wenn Else schwer arbeiten müsste. Sie ist sehr fleißig, aber für schwere Arbeit sind Frauen doch nicht gemacht.«

Michel hatte schon wieder einen Maulwurf erwischt, und auch Frerk hatte inzwischen Glück gehabt.

»Jeder noch einen, dann können wir nach Hause gehen«, versprach Sanne ihren Brüdern.

Sie musste immer wieder zu Ludwig schauen, der am Deich weiter nach Brennnesseln und Sauerampfer suchte. Zum Glück durfte er bei einem Bauern draußen in Tütermoor im Stall schlafen. Es brach ihr trotzdem das Herz. Da war er nun so weit mit verschiedenen Leiterwagen und Ochsenkarren gefahren, hatte sich den Mors platt gesessen und seine Ersparnisse dafür hergegeben, und nun konnte er hier nicht gutes Geld verdienen, wie er gehofft hatte. Wie konnte es angehen, dass von Italien im Süden bis rauf nach Ostpreußen den Männern viel zu früh der Mund wässrig gemacht worden ist? Irgendjemand musste doch dafür verantwortlich sein. Na, den hätte sie gern zu fassen gekriegt. Plötzlich hatte sie eine Idee.

»Ludwig?« Er blickte auf und kam ihr sofort entgegen. »In ein paar Tagen gibt es in Rendsburg 'ne Veranstaltung. Heinrich Hermann Dahlström soll eine Rede halten.« Machte nicht den Eindruck, als könnte er mit dem Namen etwas anfangen. »Den Dahlström solltest du dir mal lieber merken. Der hatte vor Jahren die Idee für den Kanal, meine ich. Jedenfalls hat er den geplant, den Verlauf festgelegt und so. Da bin ich sicher. Auch die Lage der Schleusen hat er bestimmt«, sagte sie mehr zu sich selbst.

Seit sie davon gehört hatte, dass dieser wichtige Mann einen Vortrag halten würde, lag sie Rosario damit in den Ohren. Letztes Jahr hatte schon was im Lokal vom Pinck ausgelegen. Das war aber nur allgemeiner Kram gewesen, vielleicht würde er jetzt mehr verraten, Einzelheiten, technische Details. Sie mussten da hin, sie mussten versuchen, etwas von ihm zu bekommen, das ihnen bei der Konstruktion der Brunsbüttler Schleuse helfen würde. Pläne, Zahlen, ganz egal. Ihr war alles recht, was ihnen einen Vorteil verschaffte, womit Rosario so tun konnte, als wäre er der beste Fachmann auf dem Gebiet, als hätte er die Erfahrung, die in der Bewerbung des Mannes aus Bozen ausgiebig beschrieben war. Seit Rosario und sie ihre Abmachung getroffen hatten, nutzten beide jede freie Sekunde, um alles über den Schleusenbau zu lesen. Es war ihnen sogar gelungen, Rektor Schmidt, einen der klügsten Männer des Ortes, dazu zu bringen, im Bürgerverein ein Referat über den Suezkanal zu halten. War 'ne feine Idee, nur gab es in

Ägypten dummerweise keine Schleusen. Also hatte Sanne einen neuen Plan entwickelt. Sie sprach im Leseverein vor, der sich regelmäßig im Haus der Geschwister Vietsen traf. Wenn man jetzt schon einen Plan vom Nord-Ostsee-Kanal kaufen konnte, war es doch möglich, dass es auch vom Eiderkanal offizielle Unterlagen gegeben hatte, mehr als die Zeichnungen ihres Ururgroßvaters. Leider hatte man dort nur mit den Achseln gezuckt. So was sei ihnen nicht bekannt, die damalige Kanalkommission habe in Kopenhagen gesessen, hieß es. Überhaupt sei das Projekt im Grunde größtenteils ein dänisches gewesen, da sei es schwierig, Bücher oder Schriften ausfindig zu machen.

»Und er stellt auch die Leute ein?« Ludwig riss sie aus ihren Gedanken und sah sie erwartungsvoll an.

»Das glaube ich nicht. Da musst du dich an die Unternehmer wenden, die für die einzelnen Lose zuständig sind«, erklärte sie. »Andererseits ... wenn der dir nicht helfen kann, dann keiner.«

»Danke, du bist sehr freundlich.«

»Ach was, da nicht für.«

»Rendsburg, wo ist das genau? Kann ich da zu Fuß hingehen?«

»Liebe Güte, nein!« Sanne schüttelte den Kopf, dass ihr langes Haar nur so flog. Der Wind hatte ihre Zöpfe ordentlich auseinandergepflückt. »Außer, du würdest dich jetzt schon langsam auf den Weg machen. Drei Tagesmärsche sind das bestimmt.«

»Fertig«, brüllte Frerk. »Fünf Viecher!« Er schwenkte den Eimer. Sanne hatte den Verdacht, dass er davon nur einen gefangen hatte, aber Michel schien das nichts auszumachen. »Gehen wir nach Hause?«

»Klar.« Frerk wollte sich gleich auf den Weg machen, erstaunlich schnell für seine Verhältnisse. »Wir müssen aber noch beim Deichgraf vorbei. Oder wolltest du die Maulwürfe mit in eure Kammer nehmen?«

»Nee, die sind eklig«, schrie er entsetzt. »Guck mal, was die für spitze gelbe Zähne haben!«

Michel warf einen Blick in den Eimer.

»Die sind nicht eklig«, sagte er voller Überzeugung. Seine Stimme bekam einen beängstigend weinerlichen Ton, als er von Sanne wissen wollte: »Müssen die alle tot gemacht werden?«

»Ich fürchte, ja.« Oh nee, hoffentlich fing er nicht an zu heulen. Am Ende wurde sie weich und ließ die Tiere laufen, damit ihr Bruder sich wieder beruhigte. Dann war die Mark futsch. »Guck mal, Lütter, wenn die den Deich durchlöchern, dann kriegen wir beim nächsten Hochwasser nicht nur nasse Füße, sondern es können auch Menschen ertrinken. Und die Hofhunde, Schafe und Kühe auch. Das wollen wir nicht, oder?« Er schniefte und schüttelte den Kopf. »Siehst du, deshalb muss es sein.«

Als sie sich auf den Weg machten, wollte Sanne sich von Ludwig verabschieden. Der war weg. Auch gut. Michel hatte darauf bestanden, den Eimer zu tragen, Frerk war es nur recht, so blieb ihm der gruselige Anblick der Zähne erspart, hatte er gesagt. Sanne hing ihren Gedanken nach. Im nächsten Herbst sollte angeblich noch mal Material von Dahlström öffentlich gezeigt werden. In vielen Orten entlang der geplanten Kanallinie, wussten einige zu berichten. Das ging wohl vor allem um die Leute, denen Land an der vorgesehenen Strecke gehörte. Seine Schriften, die er schon Ende der siebziger Jahre verfasst hatte, würde er bestimmt nicht mitbringen. Dabei interessierten die sie natürlich brennend. Aber selbst wenn, würde er sie gewiss nicht jedem zeigen. Der dachte sicher auch, dass eine Frau sowieso nix davon verstand. Aber Rosario könnte ihn vielleicht überreden, ihn einen Blick reinwerfen zu lassen. Wäre 'ne feine Sache, sie hatte schließlich rausgefunden, dass dieser Dahlström sich schon gründlich mit dem Gebiet zwischen Elbe und Obereider beschäftigt hatte.

Konnte nicht schaden, sich damit möglichst gut auszukennen. Und einen technischen Bericht sollte es auch geben. Und dann noch alles Mögliche über Kosten- und Zeitersparnis, wenn man mitten durch Schleswig-Holstein schippern konnte, statt außen rum zu müssen, aber das interessierte sie nicht so sehr. Die Technik allerdings, das wäre hochinteressant. Wie käme sie bloß am besten nach Rendsburg? Ob es möglich war, durch die Fleete zu schippern, dann in die Gieselau, von da in die Eider? Oder erst ein Stückchen die Elbe lang, in die Stör, aber wo dann weiter? Sie würde Claas Clausen fragen. Seit sie ihm die gebrannten Mandeln geschenkt hatte, waren sie dicke Freunde.

»Hast 'n Stein im Brett bei mir«, hatte er gesagt und so breit gegrinst, dass seine Zahnlücke voll zur Geltung gekommen war. Nachdem sie heute fünf Maulwürfe gefangen hatten, konnte sie ihm dieses Mal eine Mark anbieten, damit er sie fuhr, vielleicht sogar 'n büschen mehr. Konnte er auf jeden Fall gut gebrauchen.

Ihre Überlegungen wurden von Michel unterbrochen, der schon wieder fürchterlich hustete. Das ging jetzt über in einen Schrei, und ehe sie noch wusste, was los war, lag er auch schon lang auf dem Rasen. Der Eimer flog ihm aus der Hand, rollte ein Stück, blieb liegen. Eine Sekunde später sausten fünf schwarze Pelztierchen durchs Grün und buddelten sich schneller in die Freiheit, als sie gucken konnte.

»Du Döskopp«, schimpfte Frerk.

»So 'n Schiet!« Michel sah sie zerknirscht an.

»Hast dir wehgetan?« Sanne gab ihm die Hand.

»Nö, aber die Mark is nu futsch, was?«

»Tja, sieht ganz so aus.«

Michel strahlte sie an. »Ist natürlich blöd, aber wenigstens machen die hier nicht den Deich kaputt. Stimmt doch, hier können sie nichts Schlimmes anrichten, oder?«

Sanne musste grienen.

»Nee, hier ärgern die höchstens den Gärtner vom Deichgraf. Aber das ist wirklich nicht schlimm.«

Kapitel 20
Regina

Kiel, Mai 1887

Regina lief der Schweiß in Strömen über das Gesicht und den Rücken. Dabei war der Mai noch nicht sonderlich warm. Es war die Schwangerschaft, vor allem aber war es die nackte Angst. Ihr Plan war gut, nur existierte er eben leider allein in der Theorie. Bisher. Jetzt fuhren Broder und sie nach Kiel, um ihn in die Tat umzusetzen. Jeder Meter, der sie näher an die Fördestadt brachte, steigerte ihren Zweifel daran, dass es richtig war, was sie hier taten.

»Alles in Ordnung mit dir?« Broder sah sie voller Sorge an. »Du bist so still und ein wenig blass.«

Sie konnte nichts vor ihm verheimlichen. So war er einfach, aufmerksam und immer verständnisvoll. Als sich ihr Zustand nicht mehr hatte verbergen lassen, war er taktvoll genug gewesen, keine großen Worte darüber zu verlieren. Er hatte sie nur fragend angesehen. Als sie genickt hatte, war ein Seufzen seine Antwort gewesen.

»Es war deine Pflicht«, hatte er dann gesagt. »Du konntest deinem Mann nicht entgehen. Ich weiß doch, dass du es nicht gern getan hast. Mach dir keine Sorgen, es wird alles gut werden.«

Sie hatte auf ein Zeichen in seiner Miene gewartet, dass er begriff, dass er zumindest die Möglichkeit erkannte, es könnte sein Kind sein. Doch da war nichts gewesen. Umso mehr freute sie sich auf den Augenblick, wenn sie ihm sagen würde, dass er der Vater war. Wenn ihr Plan heute glückte, war es so weit. Endlich! Dafür lohnte es sich, die nächsten Stunden durchzustehen.

»Regina?«

»Ich bin ein wenig nervös, das ist alles.« Sie brachte ein Lächeln zustande.

»Du wirst deine Sache ganz wundervoll machen, davon bin ich überzeugt.« Er sah sie ernst an. »Wenn du doch lieber nicht möchtest, verstehe ich das gut. Du musst nicht. Ein Wort, und wir kehren auf der Stelle um. Es findet sich schon eine andere Lösung.« Wie sehr wünschte sie das! »Vielleicht bekomme ich etwas in einer Fabrik. Oder ich heuer auf der Baustelle an, da werden Männer gebraucht.«

»Du bist kein einfacher Arbeiter, das wäre verrückt.« Sie seufzte tief. »Es ist schrecklich, lügen und betrügen zu müssen. Nur wenn alle Welt es tut, bleibt einem ja nichts anderes übrig.«

»Womöglich ist es noch nicht einmal das Schlechteste, sich als einfacher Arbeiter durchzuschlagen. Mein Rücken würde es sicher nicht allzu lange aushalten, aber eventuell lange genug. Zumindest könnte ich mich damit aus dieser verlogenen Geschäftswelt befreien, in der nur Bestechung, Hinterhalt und Skrupellosigkeit regieren. Dafür ruiniere ich meine Gesundheit gerne«, sagte er finster.

»Kommt nicht infrage! Wenn es nun mal nicht anders geht, schlagen wir sie eben mit ihren eigenen Waffen.«

Den Rest der Fahrt verbrachten sie schweigend. Regina fiel auf, dass hier und da schon die ersten Reetdachkaten gewichen waren und prunkvollen Steinhäusern Platz machten. Sie hatte in den letzten Wochen viel über den Kanal gelernt. Er würde in der Region für Wohlstand sorgen, viele würden davon profitieren. Bei all ihren Vorbehalten hatte sie mittlerweile auch die Vorzüge begriffen. Es wäre fast ein wenig schade, wenn der Bau durch ihr Zutun vereitelt würde. Doch das würde voraussichtlich nicht geschehen. Broder hatte es ihr mehrfach erklärt, ein wenig verwirrend fand sie seine Argumentation noch immer. Unter dem Strich würden sie nur für Verzögerungen und damit für eine stattliche Kostenerhöhung sorgen. Und ihr Vorhaben würde dazu führen, dass der Verlauf noch einmal gründlich überdacht werden musste.

»Ah, der Herr Ackermann, nehme ich an!« Ein kleiner Mann, seines Zeichens Bürobeamter, begrüßte sie freundlich. »Und das ist die werte Gattin, sehr erfreut.«

»Guten Tag«, entgegnete sie leise. O Gott, der Schwindel musste auffliegen.

»Nun, um ehrlich zu sein, bin ich nicht sicher, ob ich Ihnen helfen kann. Das heißt, ich fürchte, ich habe Ihr Anliegen noch nicht recht begriffen.« Er blickte kurz auf Reginas Bauch, dann sagte er rasch: »Aber bitte, setzen Sie sich doch erst einmal. Möchten Sie ein Glas Wasser, gnädige Frau?«

»Das wäre sehr nett, vielen Dank.«

Kaum hatte er sein Büro verlassen, flüsterte Broder: »Mit dem werden wir ein leichtes Spiel haben, er ist sehr zuvorkommend. Wenn ich dir das Zeichen gebe, wird dir übel und du bittest um Kamillentee, das wird ihn eine Weile beschäftigen.«

Bis dahin sollten sie die Schwachstellen des Kanals kennen, wenigstens eine, dann würden sie die Zeit seiner Abwesenheit nutzen, um von genau dieser Stelle Pläne verschwinden zu lassen. Obendrein hoffte Broder darauf, Details zu entdecken, die er für eine weitere Sabotage nutzen konnte.

»Ich denke da an Unternehmen, die beispielsweise Holz liefern sollen«, hatte er ihr erklärt. Dort könne er ansetzen und Lieferverzögerungen erwirken.

»So, da wären wir wieder«, rief der Bürobeamte schon von Weitem und flog im nächsten Augenblick geradezu durch die Tür. »Bitte schön!« Er goss beiden Wasser ein. Dann setzte er sich ihnen gegenüber, faltete die Hände und sah Broder erwartungsvoll an.

»Wie ich Ihnen bereits geschrieben habe«, begann Broder. Regina bewunderte ihn für seine Ruhe. Die Situation, unter falschem Namen ein Gespräch in der Absicht zu führen, gleich einige Unterlagen zu stehlen, schien ihm nicht das Geringste auszumachen. »Ich möchte Geld loswerden.« Der Beamte zog die Augenbrauen hoch, nur kurz, dann stimmte er in Broders Lachen ein. »Der Kanal ist das Jahrhundertbauwerk des Deutschen Reichs, meine Gattin und ich sind beide zutiefst von seinem Nutzen überzeugt. Darum möchten wir in dieses Projekt investieren.«

»Das sagten Sie, aber … Wie soll ich es sagen? Der Kanal wird nicht durch Privatpersonen finanziert.«

»Wenn ich es richtig verstehe, werden die verschiedenen Lose von unterschiedlichen Bauunternehmen ausgeführt.«

»Die dafür ihr Geld bekommen, so ist es.«

»Sehen Sie, ich bin Geschäftsmann. Ich weiß, dass ein Unternehmer Auslagen hat. Bei einem Projekt wie diesem müssen die zum Teil schwindelerregend hoch sein, nicht wahr?«

»Schon möglich.« Der Mann knetete seine Hände.

»Zum einen gedenke ich, einem Unternehmer, der Bedarf daran hat, hierbei zu helfen. Er muss nicht zur Bank gehen, so haben alle etwas davon. Zum anderen könnte ich mir vorstellen, dass es auch langfristige Möglichkeiten gibt, den Schleusenbetrieb etwa. Mein Anfangskapital könnte sich über Jahre bezahlt machen. So stelle ich mir das vor.«

»Darüber habe ich mir noch keine Gedanken gemacht«, entgegnete er, »aber Sie haben vollkommen recht. Ein sehr guter Einfall, das muss ich schon sagen.« Er strahlte, sah im nächsten

Moment jedoch wieder irritiert aus. »Was genau erhoffen Sie sich von mir?«

»Der erfreuliche Zustand meiner Frau dürfte Ihnen nicht entgangen sein.« Broder nahm ihre Hand. Regina stockte der Atem. Sie war nicht darauf gefasst, dass er es ansprechen würde.

Der Beamte schien ein wenig peinlich berührt.

»Im Vorwege bereits zu gratulieren, bringt Unglück, denke ich, darum … in der Tat, ein erfreulicher Zustand.«

»Der mir allerdings auch mehr Verantwortung auferlegt«, erklärte Broder. »Ich möchte kein unnötig hohes Risiko eingehen, das werden Sie verstehen. Deshalb wäre ich Ihnen sehr dankbar, wenn Sie mir einfach nur verraten könnten, welche Lose die größten Risiken bergen.«

Der Beamte strahlte.

»Wenn es weiter nichts ist, das ist einfach: Brunsbüttel und gewiss auch Holtenau. Die Schleusen. Sie sind am kompliziertesten, hier kann am meisten schiefgehen.«

Broder drückte Reginas Hand und tippte ihr zweimal sanft auf das Bein.

»Mir ist nicht gut«, brachte sie sofort keuchend hervor. Das war gewiss nicht gelogen.

»Noch ein Wasser?« Der freundliche Mann sprang auf und wollte zur Karaffe greifen.

»Wenn Sie vielleicht einen Kamillentee hätten. Der hilft mir immer sofort.«

»Das tut mir leid …« Er sah so hilflos aus, dass sie sich schrecklich schämte. Wenn er nur keinen Ärger bekam, weil in seinem Büro Papiere verschwinden würden.

»Sie werden doch wohl einen Kamillentee auftreiben können«, herrschte Broder ihn an. »Ich bitte Sie sehr, der Zustand meiner Frau könnte sich sonst schnell verschlechtern.«

»Ich will sehen, was ich tun kann.« Damit verließ er den Raum.

Broder küsste sie. »Du warst umwerfend!« Dann sprang er auf und schloss die Tür ab. Sie sah ihn erstaunt an.

»Nur zur Sicherheit. Sollte uns jemand überraschen wollen, werden wir behaupten, du seist direkt hier umgefallen. Ich will hoffen, dass das nicht nötig ist, darum schnell jetzt, du nimmst dir den Schrank dort drüben vor, ich kümmere mich um diesen hier. Was immer du über Schleusen findest, gibst du mir.«

Sie machten sich an die Arbeit. Reginas Hände zitterten, ständig drehte sie sich um, weil sie etwas gehört hatte. Wenn es nur bald vorüber wäre. Auf einer Mappe stand »Schleuse Brunsbüttel«.

»Hier!« Sie reichte ihm die Unterlagen, Broder blätterte sie hastig durch.

»Volltreffer, Regina. Du bist wirklich meine Königin.«

»Können wir es damit gut sein lassen?«

Er steckte verschiedene Bögen ein, auf einem änderte er eilig ein paar Zahlen. Sie musste das Wort über der Zeichnung verkehrt herum lesen, trotzdem verstand sie, dass es sich um den Plan für ein Gerüst handelte.

»Ja, das sollte reichen«, verkündete er fröhlich und reichte ihr die Mappe. »Nur ein paar Veränderungen, und schon wird alles zusammenfallen wie ein Kartenhaus.«

Regina starrte ihn an.

»Was sagst du da?«

Ein Geräusch auf dem Flur ließ ihn zusammenfahren.

»Schnell, räume alles wieder an seinen Platz, dann schließe ich wieder auf.«

»Nein, Broder!« Sie nahm den Bogen, auf dem er herumgekritzelt hatte. »Du hast gesagt, es kommt kein Mensch zu Schaden. Wenn ein Baugerüst von dieser Größe einstürzt, kann es Tote geben.«

»Jetzt stell dich um Himmels willen nicht an. Ein geringes Risiko besteht immer, das wusstest du genau. Du bist eine kluge Frau.«

Im Flur war wieder Ruhe eingekehrt, aber es konnte nicht mehr lange dauern, ehe der Beamte zurückkam.

»Nun mach schon, verdammt!« Er starrte sie an. »Oder wäre es dir lieber, ich würde alles verlieren und müsste deinem Mann reinen Wein über uns einschenken?«

Ein Stich jagte durch ihren Körper, als bohrte sich ein glühender Pfeil in ihre Eingeweide. Sie krümmte sich zusammen und ließ sich auf den Stuhl fallen. Das war ein böser Traum, nichts weiter. Sie hatte ein paar Mal davon geträumt, wie es sein würde, ihren Plan auszuführen. Sie würde auch dieses Mal erwachen. Es konnte nicht anders sein. Sie versuchte, ruhig und tief zu atmen.

»Broder, ich erwarte ein Kind«, flüsterte sie.

»Das ist nicht zu übersehen.«

»Von dir.«

»Ist das wahr?« Damit hatte er nicht gerechnet. Er stand eine Sekunde nur da und blickte sie ungläubig an. Plötzlich trat ein Glanz in seine Augen, er lächelte. »Aber das ist ja wunderbar. Umso wichtiger, dass wir jetzt zusammenhalten. Ich werde dich niemals verraten, das weißt du. Aber du hast mir einen solchen Schreck eingejagt.«

Irgendwo schlug eine Tür, ihre Zeit war um. Wie unter Hypnose schob Regina die manipulierte Zeichnung in die Mappe und legte die zurück an ihren Platz.

Seit dieser schrecklichen Tat in Kiel fühlte sich Regina elend. Sie konnte nicht mehr schlafen. Gelang es ihr doch irgendwann, erwachte sie oft schweißgebadet aus einem Schreckenstraum, in dem es immer um das Gleiche ging. Arbeiter liefen auf einem Gerüst hin und her, einige hatten schwere Steine auf den Schultern, andere hantierten gerade mit Hammer und Nägeln. Plötzlich brach eine Holzstrebe nach der anderen mit lautem Krachen. Innerhalb eines Atemzugs lagen die Männer in einem Haufen übereinander, zwischen Brettern und Geröll, durchbohrt von Stangen, mit zertrümmertem Schädel oder absurd verdrehten Gliedmaßen.

Sie hatten einen Fehler gemacht. Sie konnten nicht noch einmal in das Büro marschieren und alles wieder in den ursprünglichen Zustand versetzen. Aber es gab einen anderen Weg, um wiedergutzumachen, was sie angestellt hatten. Jedenfalls hoffte sie das von Herzen. Sie ließ sich zu dem Lokal bringen, in dem sie mit Broder zum Mittagskonzert gewesen war. Regina trug einen Hut mit Schleier, um nicht erkannt zu werden. Sie ging die wenigen Schritte um die Ecke, sah sich um, ehe sie zu seiner Haustür lief, klopfte. Es kam ihr wie eine Ewigkeit vor, ehe er öffnete.

»Regina! Ist etwas passiert?« Er blickte zur Straße, als hätte er Angst, sie sei nicht allein. »Komm rein!«

Hier drinnen musste sie sofort wieder an den Duft der unendlich vielen Blumen denken. Mitten im Winter. Hier hatten sie sich das erste Mal geliebt. Ihr fiel auf, dass dieses Mal ein muffiger Geruch in den Räumen hing.

»Broder, wir müssen in Ordnung bringen, was wir getan haben.«

»Nun beruhige dich doch erst mal.« Er nahm ihren Hut ab und legte ihn zur Seite.

»Noch ist kein Mann gestorben, nicht einmal verletzt. Wir können noch umkehren, bevor es zu spät ist.«

»Wovon sprichst du, Regina?«

»Davon, dass du Zahlen gefälscht hast. Broder, Männer werden sterben. Wir können es verhindern, ich werde einen Hinweis nach Kiel senden. Anonym.«

»Das wirst du schön bleiben lassen«, sagte er. Seine Stimme klang hart.

»Broder, wir können doch nicht unser Glück auf dem Unheil anderer Menschen aufbauen. Denk doch an unser Kind!«

»Genau das tue ich doch. Verstehst du es denn noch immer nicht? Die Welt ist schlecht. Du musst dir deinen Anteil nehmen, sonst bleibt nichts für dich übrig. Ich möchte aber, dass für unser Kind etwas übrig ist. Es soll alles haben.« Er fasste ihre Schultern und sah ihr in die Augen. »Ich liebe dich, Regina. Wir werden ein wundervolles Leben haben, eine Familie sein. Weißt du noch, ein ganzes Haus voller Kinder?« Er streichelte über ihren Bauch. »Der Anfang ist gemacht.«

Sie seufzte erleichtert. Das erste Mal seit langer Zeit, glaubte sie wieder daran, dass alles gut werden konnte.

»Wir werden einen anderen Weg finden. Ich kann eine Ausbildung machen und Krankenschwester werden. Wir werden bescheiden leben, aber wir werden glücklich sein.«

»Niemals!« Etwas Dunkles loderte in seinem Blick, was sie noch nie bei ihm gesehen hatte. Entsetzt machte sie einen Schritt zurück.

»Ich träume jede Nacht davon, Broder. Männer werden ums Leben kommen. Durch unsere Schuld!«

»Herrgott, sei doch nicht so naiv! Es werden auf jeden Fall Männer sterben. Glaubst du, das lässt sich bei einem Bau solchen Ausmaßes, noch dazu mit schweren Maschinen, verhindern? Fehler passieren, Unfälle passieren. Sie werden Menschenleben kosten.«

»Wir tragen keine Schuld für Unfälle, aber für …«

»Also gut, ich fahre heute nach Sehestedt. Heinrich Hermann Dahlström wird dort eine Rede halten.«

»Ich weiß, Christoph wird auch hingehen.«

»Begleite ihn!«, forderte er sie auf. »Wenn du unbedingt eine

Heldentat vollbringen willst, dann stelle dich vor der versammelten Mannschaft hin und sage es den Menschen: Der Kanal ruiniert Existenzen, er zerstört deine geliebte Natur, er tötet diejenigen, die ihn im Schweiße ihres Angesichts erbauen. Zumindest einen Teil von ihnen«, setzte er hinzu und schob sie zur Tür. »Tu es heute an Ort und Stelle oder halte für immer deinen Mund!«

Die gesamte Fahrt über glaubte Regina, jeden Moment zusammenzubrechen. Das war doch nicht der Mann gewesen, den sie liebte. War Broder allen Ernstes bereit, für seine eigene Zukunft das Leben unzähliger Menschen zu gefährden? Die Vorstellung drehte ihr den Magen um. Sie keuchte, presste eine Hand auf ihre Lippen. Das alles war einer ihrer scheußlichen Träume. Wenn nicht, würde sie alles verlieren, worauf sie so gehofft hatte. Oder war es schon zu spät, hatte sie nicht schon verloren?

»Geht es dir auch wirklich gut, Rehlein?« Christoph sah sie an, als fürchte er, sie würde sich im nächsten Moment auf seine Hose erbrechen. »Du hättest einen Hut tragen sollen, die Sonne hat schon recht viel Kraft.«

Ihr Hut. Sie hatte ihn bei Broder liegen gelassen. Beinahe hätte sie laut losgelacht. Als ob ein alberner Hut eine Rolle spielte. Wieder und wieder malte sie sich aus, was geschehen würde, wenn sie es wirklich tat, wenn sie allen sagte, was von diesem grausamen Kanalprojekt zu halten sei. Doch gleichzeitig fragte sie sich, ob die Vorteile nicht doch ein gewisses Risiko wert wären. Außerdem: Die Lose würden an erfahrene Bauunternehmer gehen, hatte sie gelesen. Sicher taten sie alles, um Unfälle zu vermeiden.

Der Saal war bereits gut gefüllt. Regina sah Broder sofort. Er lehnte an einer Wand, eine Hand in der Hosentasche, die Beine übereinandergeschlagen. Er sah sie an, lächelte nicht. Sie setzte sich steif neben ihren Mann, überlegte, ob sie nicht einfach flüchten sollte. Für eine Sekunde sah sie es klar vor sich: Eine schwangere Frau zeigte all die Gefahren und negativen Aspekte des Kanals auf. Und dann? Man würde sagen, sie sei hysterisch, ihr Zustand machte es ihr unmöglich, klar zu denken. Konnten Frauen überhaupt klar denken? Jemand würde lachen. Christoph wäre einige Tage verschnupft, das würde es gewesen sein. Aber sie konnte etwas anderes tun, sie konnte zu diesem Herrn Dahlström gehen und ihm sagen, was sie getan hatten. Dann würde jemand die Berechnung für das Gerüst überprüfen, korrigieren, und die Gefahr war gebannt. Ihr Herz hämmerte in ihrer Brust. War das die Lösung? Sie würde sich anhören, was er vorzutragen hatte, würde sich ein Bild machen, ob er ein aufrichtiger Mann war, dann würde sie entscheiden. Ihr fiel ein junges Mädchen auf. Es saß allein in der Nähe des Rednerpults und beobachtete Dahlström liebevoll aus klugen Augen. Seine Tochter, vermutete Regina.

Mit jedem Wort, das Dahlström sagte, nahm er Regina mehr für sich ein. Es ergab durchaus Sinn, dass das Wachstum der Industrie, und Deutschland war eins der ersten Industrieländer in der Welt, gute Wege brauchte, um Waren schnell hin und her zu transportieren. Dahlström kannte sich aus, er wirkte seriös, überzeugt davon, etwas Gutes auf den Weg gebracht zu haben, er wirkte so engagiert. Als er davon erzählte, dass von Rendsburg der größte Widerstand gegen seinen Kanal ausging, machte er einen geradezu verzweifelten Eindruck. Doch dann wandte er sich seiner Tochter zu, nur kurz, die beiden tauschten Blicke, die zeigten, wie vertraut sie miteinander waren. Dahlström zwinkerte ihr zu. In dem Moment war sich Regina sicher. Sie würde das Ende seines Vortrags abwarten und dann zu ihm gehen. Ihr war gleichgültig, welche Konsequenzen es für sie hatte. Sie nahm kaum noch wahr, was Dahlström über Geld- und Zeitersparnis ausführte. Er sollte nur noch aufhören, damit sie beichten und sich dann in ihr Schicksal ergeben konnte.

»Sie sollten nicht zuletzt den Sicherheitsaspekt in der Seefahrt bedenken«, hörte sie Dahlström plötzlich sagen und wurde aufmerksam. »Mit dem Kanal, den ich übrigens gern Kaiser-Wilhelm-Kanal nennen würde, können wir das todbringende Kattegat umgehen.« Sie schnappte nach Luft, presste sich die Hand auf die Brust.

»Jetzt fall bloß nicht um, ich glaube, er ist gleich fertig«, raunte Christoph ihr zu.

»Ruhe!«, fauchte sie zurück.

»Unzählige Seeleute haben dort ihr Leben verloren«, hörte sie Dahlström sagen. Meine Brüder, dachte sie, meine Brüder sind dort umgekommen. »Jeder einzelne Tote ist einer zu viel, es sollten keine weiteren zu beklagen sein, wenn es sich doch so leicht verhindern lässt. Durch den Bau des Kanals. Ich danke Ihnen sehr für Ihre Aufmerksamkeit.«

Regina rang noch immer um Atem. Hätte es den Kanal bereits gegeben, könnten ihre Brüder noch am Leben sein. Das war der letzte Gedanke, der sie ausfüllte, ehe sich bedrohliche Schwärze über sie legte.

Als das Licht zurückkehrte, fand sie sich in einem kleinen Nebenraum wieder, in dem jemand aus Stühlen eine Lagerstatt für sie improvisiert hatte. Ein fremder Mann, der Wirt möglicherweise, sagte entschuldigend: »Ihr Mann hat noch etwas zu besprechen.« Damit verließ er den Raum. Gleich darauf beugte sich ein anderer Mann über sie.

»Ich bin Arzt, ich habe bereits einen Krankentransport angefordert. Wenn Sie nichts dagegen haben, würde ich jetzt gern wieder reingehen.«

Sie nickte nur. Eine Sekunde später war sie allein. Nicht lange, denn Broder tauchte auf.

»Du hast es dir anders überlegt, ich bin so froh.« Er trat näher.

»Nein.« Sie atmete schwer. »Nein, Broder, ich werde nicht zulassen, dass Menschen sterben, damit es uns gut geht. Das kann ich nicht!«

Für einen Moment musterte er sie. Sein Blick war hart. Ein Schauer lief ihr über den Rücken.

»Ich sehe, du hast deine Entscheidung getroffen. Du fällst mir in den Rücken, dann kann auch ich nicht mehr loyal sein. Du zwingst mich, deinem Mann die Wahrheit zu sagen, dass er nicht der Vater des zukünftigen Kindes ist.«

Wie war es nur möglich, sich derartig in einem Menschen zu täuschen? Sie dachte an all die innigen wunderbaren Momente, die sie miteinander gehabt hatten, und sah ihn an. Da war keine Zärtlichkeit mehr, keine liebevolle Besorgnis. Er schien nur noch aus Wut und Härte zu bestehen. Also war doch alles nur ein Märchen gewesen. Die Erkenntnis trieb ihr die Tränen in die Augen, sie schluckte schwer, kämpfte gegen die Verzweiflung an, die sie zu überrollen drohte. Noch immer starrte Broder sie erwartungsvoll an. In der Sekunde erkannte sie, dass da noch etwas in ihr war außer dem Schmerz. Da war die Überzeugung, das Richtige zu tun. Tapfer schluckte sie ihren Kummer herunter.

»Du kannst nicht sicher sein, vielleicht ist es ja seins«, flüsterte sie.

»Schon der Zweifel wird genügen, er wird dich und deinen Bastard vom Hof jagen.«

Kapitel 21
Mimi Dahlström

Kiel, 3. Juni 1887

Der Frühsommer fühlte sich an wie ein Herbst. Ein kräftiger Nordost fegte schon seit ihrer Ankunft in Kiel am Vortag der großen Feierlichkeiten durch die Straßen. Hermann, Oskar, Else und Mimi waren mit ihrem Vater bei einem Freund untergebracht. Stiefmutter Bertha war mit Paul zu Hause geblieben, er war noch zu jung für ein derartiges Spektakel. Noch immer fiel es Mimi nicht leicht, sich an die neue Frau an Vaters Seite zu gewöhnen. So erging es auch ihren Geschwistern, sie machten ihr das Leben schwer, und auch wenn das schlechte Gewissen an Mimi nagte, genoss sie es doch umso mehr, den Ausflug ohne Bertha zu machen. Endlich war es so weit! Der Grundstein für Vaters Kanal sollte gelegt werden. Schon um sieben Uhr hielt Mimi nichts mehr im Bett, obwohl sie kaum geschlafen hatte. Die fremde Umgebung, die unbekannten Geräusche in einem fremden Haus mochten ihren Teil dazu beigetragen haben, aber vor allem war die Vorfreude einfach zu groß gewesen. Bei ihrer Anreise hatten sie schon einen ersten Eindruck von der Pracht bekommen, die sie erwartete. Für Kaiser Wilhelm I., der sich ebenfalls seit gestern in Kiel aufhielt, hatte man alles an Schmuck und jubelnden Menschen aufgeboten, was zu kriegen war. Unzählige Schaulustige, dazu sechs Musikkorps hatten die Wege gesäumt, von der Vorstadt über die Holstenstraße, den Markt und die Burgstraße, die gesamte Strecke, die der Monarch vom Hauptbahnhof zum Kieler Schloss gefahren war.

Alle hatten sich ordentlich herausgeputzt, Else und Mimi trugen blütenweiße Kleider, die im Wind nur so flatterten. Vater versuchte seine Aufregung zu verbergen. Es gehöre sich nicht, die eigene Person in den Mittelpunkt zu stellen, hatte er ihnen immer eingeschärft. Überhaupt sei Eitelkeit die größte aller Sünden. Trotzdem konnte Mimi mit jeder Faser spüren, wie sehr es ihn freute, zur Grundsteinlegung und dem anschließenden Diner geladen zu sein.

»Sehe ich einigermaßen passabel aus, Mimi?«, hatte er am Morgen gefragt und gelacht. So aufgekratzt hatte sie ihn ewig nicht erlebt. »Immerhin werden bestimmt tausend Augenpaare auf mich gerichtet sein, wenn ich mit dem Hammer auf den symbolischen Stein schlage.«

»Du siehst umwerfend aus, Vati. Mutti wäre so stolz.«

Sie lächelten sich an, schluckten tapfer. Jetzt war keine Zeit für Kummer. Einmal kräftig drücken, dann ging es mit der Kutsche zur alten Holtenauer Schleuse, Teil des Eider-Kanals, der nun bald ausgedient haben würde. Dort angekommen, verschluckte sie der Trubel mit Haut und Haaren. Wohin sollte man nur zuerst gucken? Überall wehte die Flagge des Reiches. Niemand schien sich daran zu stören, dass die gewaltigen Böen den Stoff schon hier und da zerrissen hatten. Hermann stieß Mimi in die Seite.

»Sturm passt viel besser zu diesem Moment als Windstille, findest du nicht? Noch in hundert Jahren werden die Menschen den Namen unseres Vaters kennen, Mimi, weil er es war, der Schleswig-Holstein ein Sensationsbauwerk geschenkt hat.« Er platzte beinahe vor Stolz.

»Da hast du recht. Wer weiß«, raunte sie ihm verschwörerisch zu, »vielleicht erhebt der Kaiser ihn sogar in den Adelsstand.«

»Meinst du?« Hermanns Augen weiteten sich. Als er ihr Grienen sah, maulte er: »Du bist doof.«

Sie tätschelte seinen Arm.

»Das würde sowieso nicht zu uns passen, Bruderherz. Aber einen großzügigen Lohn bekommt Vater bestimmt und sicher auch die Ehrung, die er sich verdient hat.« Hermann nickte zufrieden.

Der starke Nordostwind trieb ihnen die Tränen in die Augen und das Wasser hoch in die Kieler Förde hinein. Immer wieder klatschten die Wellen bis über den Rand der Spundwände. Mimi hatte keinen Blick dafür, das bunte Treiben zog sie vollkommen in seinen Bann. Noch nie hatte sie so viele Menschen in Uniformen und derart feinen Kleidern auf einem Haufen gesehen. Vertreter von Schützengilden und Kriegervereinen, von Tischler-, Maurer- und anderen Handwerkerinnungen, vom Böttcher bis zum Sattler, Feuerwehr und Schornsteinfegern, schwenkten ihre Fahnen mit den kunstvollsten Emblemen darauf. Auch Lehrer, Schüler und Studenten der Christiana Albertina waren erschienen. Besonders Letztere hatten es Else angetan. Sie reckte ihren Hals.

»Du bist noch ein Kind«, tadelte Mimi sie fröhlich. »Die Burschen könnten mit dir nichts anfangen.«

»Pfui, also wirklich!« Else knuffte Mimi gegen den Arm. »Woran du denkst.« Ein strafender Blick aus ihren dunklen Augen. »Ich dachte nur gerade darüber nach, dass der Name der Universität nach einer Frau klingt, obwohl es dort nur Männer gibt.«

Was Else so durch den Kopf ging. Ehe Mimi etwas erwidern konnte, fuchtelte Oskar aufgeregt mit dem Zeigefinger in der Luft herum, den Arm so weit ausgestreckt, wie er nur konnte.

»Ein Schiff! Seht ihr? Wieso ist das nicht im Wasser?«

Tatsächlich! Vor lauter blitzender Orden, farbenprächtiger Girlanden und üppigem Blumenschmuck war Mimi noch gar nicht aufgefallen, dass vor dem alten Zollhaus der Bug eines Segelschiffes mitten in den Festplatz hineinragte. Kein echtes, sondern lediglich Dekoration vermutlich. Trotzdem blieb ihr fast die Luft weg. Auf dem Bug thronte in stattlicher Größe Germania, dahinter war ein Pavillon zu erkennen, dessen Eingang von springenden Delfinen geschmückt war. Welch ein Aufwand! Es musste nur für diesen einen Tag, nur für ein paar Stunden gebaut worden sein. Und all das hätte es ohne Vaters unermüdlichen Einsatz niemals gegeben. Womöglich würde er am Ende doch noch in den Adelsstand erhoben, jedenfalls würde er die verdiente Anerkennung bekommen und die würde auch Mutter ehren.

Für die vier waren Plätze in der ersten Reihe einer Tribüne reserviert.

»Da, der Vati!«, brüllte Oskar und streckte wieder den Finger aus. Else und Mimi stürzten sich gleichzeitig auf ihn.

»Psst!«

»Aber er steht direkt neben dem Podest des Kaisers. Guckt doch!«, flüsterte er.

Am liebsten hätte auch Mimi geschrien und eifrig gewinkt, doch natürlich beherrschte sie sich und tat damenhaft gelangweilt, als ob Vater dauernd mit Kaiser Wilhelm plauderte.

»Es geht los!«, verkündete Hermann und rutschte auf seinem Sitz hin und her.

Viele Hundert Zuschauer, darunter lauter wichtige Männer, wie Minister und Staatssekretäre, jubelten, als ein Vierspänner mit Gefolge auf den Festplatz fuhr. Staub wirbelte um Hufe und Räder auf. Die Begeisterungsstürme und der Jubel wurden noch lauter, als der Kaiser seiner Kutsche entstieg und von den Königlichen Prinzen sowie Herren der Kanalkommission eine blumenumrankte Rampe hinauf zu seinem Thronsessel geleitet wurde. Wie durch einen Zauberspruch wurde es von einer Sekunde zur nächsten still, noch ehe eine Fanfare erklang. Erst als sie wieder verstummte, fiel Mimi auf, welch ein Getöse vorher geherrscht hatte. Nun hörte man nur noch das Brausen des Windes aus der Ferne, das Plätschern des Wassers, das Kreischen der Möwen, das Rascheln der Kleider und ein verhaltenes Hüsteln hier und da. Im nächsten Moment ertönten die Stimmen eines Männerchores, die mit einem Kirchenlied die Zeremonie eröffneten. Einige Damen hielten sich Theatergläser vor die Augen. Mimi erkannte Vize-kanzler Karl Heinrich von Boetticher, der sich auf der Empore in Position brachte, von ihrem Platz aus auch ohne Hilfsmittel. Bismarck sei verhindert, hatte es geheißen, was Vater sehr be-dauerte. Immerhin war der Kanzler einer der wenigen Männer, die von vornherein für den Kanal waren und Vater in seiner Sache unterstützt hatten. Feierlich hob von Boetticher ein Sprachrohr und eine in roten Samt eingeschlagene Mappe, die er aufschlug. Er räusperte sich und verlas eine Urkunde.

»Die Herstellung einer Verbindung der beiden deutschen Meere durch eine für den Verkehr der Kriegs- und Handelsflotte aus-reichende Wasserstraße ist seit langer Zeit das Ziel patriotischer Wünsche gewesen«, begann er. Es brauchte ein bisschen, ehe er die geeignete Lautstärke zu fassen hatte, doch dann war er offen-bar ganz in seinem Element. »So lange das Vaterland der Einigung entbehrte, lag dieses Ziel in unerreichbarer Ferne. Nachdem aber durch Gottes Fügung das Deutsche Reich neu erstanden war, konnte der Plan zur Herstellung jener Verbindung festere Gestalt gewinnen.« Das Reich mochte durch Gottes Fügung sein, was es war, der Plan jedoch hatte durch den Fleiß und die Beharrlichkeit ihres Vaters Gestalt angenommen. Einzelne Personen wurden in der Rede allerdings nicht gewürdigt, es sollte sich alles um den

Kanal drehen. Sollte ihr recht sein, denn sie wusste, dass es so auch in Vaters Sinn war. Er hatte ihr einmal erklärt, ein solches Vorhaben sei vergleichbar mit einem Orchester. Der Dirigent stand zwar vorne, doch konnte er niemals die perfekte Klangharmonie erreichen, wenn nicht alle Musiker ihre Aufgabe einwandfrei erledigten, und zwar von der ersten Geige bis zur Pauke. Alle wären also gleichermaßen wichtig. Beim Kanal sei es ebenso, nur gab es nicht nur einen Dirigenten, sondern drei Männer an der Spitze: den Vorsitzenden der Kanalkommission Karl Loewe, Otto Baensch, einen Beamten aus einem Ministerium, wenn sie sich recht erinnerte, und nicht zuletzt den Ingenieur Johann Fülscher. Ihr Orchester würde aus Hunderten von Männern bestehen, einer so bedeutend wie der andere, denn nur wenn jede Schaufel Sand aus dem Weg geräumt, jeder Stein am rechten Fleck eingesetzt war, konnte die Verbindung halten. Mimi war bekannt, dass neben der Urkunde auch ein Abriss der Vorgeschichte einer Ost-West-Verbindung durch Schleswig-Holstein mit in den Grundstein gelegt werden würde. Darin, das hatte Vater dann doch voller Stolz berichtet, war er sehr wohl namentlich erwähnt, was ihr besser gefiel als übertriebene Bescheidenheit.

»Ein Bauwerk von gewaltiger Ausdehnung soll damit unternommen, ein Denkmal deutscher Einigkeit und Kraft geschaffen und in den Dienst nicht nur der vaterländischen Schifffahrt und Wehrhaftigkeit, sondern auch des Weltverkehrs gestellt werden!« Der Vizekanzler ließ seine Stimme über die versammelte Menge hinwegdonnern. Seine Rede war ein wenig schwülstig für Mimis Geschmack, dennoch erfasste sie eine feierliche Stimmung, als endlich die Urkunde, deren Inhalt er soeben verlesen hatte, zusammen mit den anderen Dokumenten, eigens für den Anlass geprägten Münzen und dem Gesetz zur Herstellung des Nord-Ostsee-Kanals in eine Kassette gelegt wurde. Das Kupfer glänzte in der Sonne beinah wie Gold, dazu ertönte Mozarts Zauberflöte von der Tribüne, die Chor und Orchester vorbehalten war. Alle waren hingerissen, das ließ sich in Hunderten Gesichtern lesen. Die Kupferkassette wurde zu den Klängen der Musik langsam in einen Steinquader gelassen. Als das geschehen war, schleppten Männer eine Platte heran, die ungeheuer schwer aussah. Schweiß perlte ihnen über die roten Wangen, Mimi konnte erkennen, wie sich die Brustkörbe hoben und senkten. Der Festplatz war windgeschützt, die Junisonne heizte den hellen Sand auf, auf dem der Grundstein ruhte. Es musste schrecklich heiß und anstrengend sein. Während die Schwerstarbeit erledigt wurde, schritt der Kaiser die Rampe hinab. Unten angekommen, trat er an den verschlossenen Quader, sogleich wurde ihm ein blaues Samtkissen gereicht.

»Das soll ein Hammer sein?«, flüsterte Oskar enttäuscht.

»Aber nein, hör doch zu!«, wisperte Mimi.

Ein Herr des Bundesrates, wie sie seiner Ansprache entnehmen konnte, redete von Kelle und Mörtel, sofort trat ein Arbeiter heran, der dem Kaiser eine Schale hinhielt. Der tauchte das glänzende Werkzeug hinein und klatschte eine Portion Putz auf den Stein. Die Arbeiter hievten die Platte hoch und schlossen den Grundstein.

»Jetzt kommt der Hammer«, sagte sie, als ein anderer Herr mit einem weiteren Samtkissen hinzutrat. Sie wusste, dass Kaiser Wilhelm in diesem Jahr seinen neunzigsten Geburtstag gefeiert hatte. Ein Greis, der zwar seinen Helm abgenommen hatte, aber noch immer die reich behängte Uniformjacke trug. Wenn er unter dem Gewicht des mächtigen Werkzeugs und der brennenden Sonne nur nicht zusammenbrechen würde.

»Zu Ehren des geeinigten Deutschlands«, rief er. Der Stahl sauste hinab und traf klirrend auf den Stein. »Zu seinem fortschreitenden Wohle!« Ein zweiter Schlag. Mimi sah zu Vater hinüber, ihre Blicke trafen sich. Er war lange nicht so glücklich gewesen. »Zum Zeichen seiner Macht und Stärke!« Es war getan. Jubel brandete auf. Mimi schien es, als würde der Kaiser leicht taumeln, als er zurücktrat und Prinz Wilhelm Platz machte. Zum Glück hielt er sich auf den Beinen, während all die wichtigen Herren ihre Hammerschläge ausführten. Auch Vater durfte seinem Kanal auf diese Weise das Beste wünschen.

»Wäre schlauer, sie würden nicht alle auf den einen Stein hauen«, raunte Oskar ihr zu und kicherte. »Wenn schon ein paar mehr liegen und sie die festklopfen würden, wäre schon ein Stück geschafft.«

Zuletzt weihte Oberhofprediger Dr. Kögel das Bauwerk, der Chor schmetterte ein Halleluja, gefolgt von einem Hoch auf den Kaiser, das alle Anwesenden von den Sitzen riss. Wo schon einmal alle standen, spielte man gleich noch die Nationalhymne, die die begeisterte Menge inbrünstig mitsang. Weil sie Oskar zum Lachen bringen wollte, trällerte Mimi statt »Heil dir im Siegerkranz, Herrscher des Vaterlands! Heil, Kaiser, dir!« die Version, die sie einmal in einem alten Kinderbuch über einen Nussknacker gelesen hatte: »Heil Dir, Du Knusperhanns! Hölzern in Pracht und Glanz! Heil, Knacker, Dir!«

Nach nicht einmal einer Stunde endete das Spektakel auch schon mit eifrigem Händeschütteln des Kaisers und sämtlicher Herren auf dem Platz, ehe er würdevoll durch ein Spalier von Marine-Angehörigen zum Kai schritt und an Bord eines kleinen Kriegsschiffes ging. Rasch löste sich die Versammlung auf, viele Besucher strebten zum Wasser, um nur nicht die Flottenparade zu verpassen.

»Else, bleib du bei Hermann und Oskar und wartet hier auf mich. Ich bin gleich wieder da.«

Mimi wollte ihrem Vater unbedingt noch einen Kuss geben und ihm vielleicht noch den Kragen zurechtrücken, ehe er zum großen Festessen ins Hotel Bellevue verschwand. Außerdem wollte sie auf keinen Fall versäumen, die riesigen Pläne aus der Nähe zu betrachten, die den Verlauf des Kanals zeigten. Sie waren in mächtigen bronzierten Rahmen aufgehängt, jeder einige Meter breit und hoch. Entgegen dem Strom der Herrschaften, die den Festplatz verlassen wollten, schob sie sich voran.

»Entschuldigung. Verzeihung, darf ich bitte mal durch?« Gerade hatte sie ihn doch noch gesehen, jetzt war er wie vom Erdboden verschluckt. Arbeiter mit Riemen und Hebeln machten sich an dem mächtigen Stein zu schaffen. Sie mussten irgendwo am Rand das Ende der Feierlichkeiten abgewartet haben, denn Mimi hatte sie bisher noch nicht gesehen. Sie hielt weiter Ausschau, wendete sich nach allen Seiten um. Wie schade, anscheinend hatte sie Vater verpasst. Ihr würde nichts anders übrig bleiben, als wie vereinbart mit ihren Geschwistern in die Kutsche zu steigen und zurück zum Haus des Kommerzienrats Howaldt zu fahren. Ein letztes Mal legte sie ihre Hand über ihre Augen und blinzelte gegen die Sonne. Da entdeckte sie ihn und einen Herrn, in eine Unterredung vertieft. Sie hatten ihr den Rücken zugedreht. Mimi wollte natürlich nicht stören, aber sie wollte Vati doch zu gern gratulieren, weil er so eine glänzende Figur gemacht hatte. Also ging sie leise näher. Das war nicht irgendein Herr, mit dem Vati dort vertraulich beisammen stand, es war Vizekanzler Karl Heinrich von Boetticher, der gerade noch die großen Reden geschwungen hatte.

»Verstehen Sie mich bitte nicht falsch, Herr Staatssekretär, ich möchte bestimmt nicht im unpassenden Augenblick über Geld reden.«

»Keine Sorge, lieber Dahlström, es gibt keinen falschen Moment, um über die Finanzen zu sprechen.« Er lachte ein tiefes Lachen, das irgendwie gemütlich klang.

»Es ist nur so, dass ich mit Reichskanzler Bismarck noch nicht konkret …«, setzte Vater an.

»Verstehe, verstehe. Darf ich Ihnen einen Rat geben, der durchaus freundschaftlich gemeint ist?«

»Sehr gern, werter Herr von Boetticher, sehr gern.«

»Bescheidenheit ist eine Zier.«

»Ich bin nicht sicher, ob ich Sie richtig verstehe.« Vaters Stimme wurde brüchig.

»Hören Sie, Herr Dahlström, es macht sich selten gut, wenn jemand hohe Forderungen stellt. Wer bescheiden daherkommt, wird umso reicher bedacht. Ich kann Ihnen versichern, dass ein beträchtlicher Fonds für Dotationen angelegt und bereits vollständig in die Gesamtkalkulation einbezogen wurde. Er wird bei der Eröffnung des Kanals zur Verteilung gelangen. Können Sie sich vorstellen, dass ausgerechnet Sie dabei vergessen werden?«

Ein Kanonenschlag zerriss den Sommertag und ließ Mimi zusammenfahren. Der erste Salutschuss der Flottenparade.

»Nein, allerdings nicht.« Vater lachte und klang sehr erleichtert. »Dann werde ich vorerst lediglich die Vergütung meiner Kosten verlangen. Mir sind bisher Auslagen von rund 50 000 Mark entstanden.« Leiser fügte er hinzu: »Meine Ersparnisse und das Vermögen, das meine Frau mit in die Ehe gebracht hat. Es ist wohl angemessen, diese Summe vorab erstattet zu bekommen.«

»Ja, ja, gewiss. Und jetzt wollen wir das Diner genießen. Wenn mich nicht alles täuscht, wird Ihnen zum Nachtisch der Kronenorden verliehen. Nur vierter Klasse, aber immerhin. Wie ich sagte: Bescheidenheit ist eine Zier.«

Die beiden setzten sich in Bewegung, also sah Mimi zu, dass auch sie wegkam. Noch im Wagen hörte sie das Donnern Hunderter Salutschüsse. Waren sie der Grund für das mulmige Gefühl, das in sie strömte wie der alte Eiderkanal in den Kieler Hafen?

Kapitel 22
Justine

Kiel, Sommer 1887

Wo war der Frühling nur geblieben? Justine musste blinzeln, so sehr blendete die Sonne, die den Moorteich in helles Sommerlicht tauchte. Sie war aber auch lange nicht draußen gewesen. Also, nicht so richtig mit Zeit und Muße. Auch jetzt musste sie sich beeilen, aber sie stahl sich einfach eine Minute. Hätte in der Aktienbrauerei schließlich viel länger dauern können. Glücklicherweise war es fix gegangen: Dichtungsringe und Schellen abliefern, kassieren, schon hatte sie wieder draußen gestanden vor dem achteckigen Turm der Felsenhalle, einem Ausflugslokal für Menschen, die Zeit und Geld hatten. Ihr fehlte beides. Dabei hätte sie zu gern länger den Vögeln zugehört, die aus vollen Kehlen sangen. Und wie drollig die Enten waren. Köpfchen in das Wasser, Schwänzchen in die Höh. Die hatten nichts anderes zu tun, als zu futtern und zu schlafen. Sie seufzte. Nee, sie hatte einfach nicht die Ruhe, Hummeln und Schmetterlingen bei ihren Kapriolen zuzusehen, während Vater im Laden auf sie wartete. Schweren Herzens packte sie wieder die beiden Körbe mit Bier, riss sich von der Idylle des Hochsommers los und lief den Königsweg entlang in Richtung Heimat. Das Osterfest war schneller vergangen als ein Fingerschnipsen, überhaupt der Frühling. Justine hatte das

Gefühl, nach Großvaters Beerdigung in einen reißenden Fluss gestürzt zu sein, der sie seitdem gnadenlos mit sich riss. Nur hin und wieder gelang es ihr, den Kopf aus den tosenden Fluten zu recken, um Luft zu holen, doch schon in der nächsten Sekunde packte sie ein weiterer Strudel und nahm ihr den Atem. Ein Gutes hatte die Sache: Sie kam nicht einmal dazu, Thorin zu vermissen. Sie hatten sich seit Wochen nicht gesehen, ein Brief von ihm war seit gefühlten Ewigkeiten alles. Das tat weh, doch für mehr hätte sie sowieso keine Zeit gehabt. Vater und sie arbeiteten rund um die Uhr. Sie mussten alles tun, um mehr Geld in die Kasse zu bekommen, als sie jeden Monat für Waren und für die Raten der Bankkredite ausgaben. Darüber durfte sie nicht weiter nachdenken, sonst kam ihr nur wieder die Galle hoch. Wie hatte sich Vater bloß noch mehr verschulden können? Dann auch noch, ohne ihr rechtzeitig ein Wort zu sagen. Ihr Leben könnte viel leichter sein, na ja, ein bisschen leichter zumindest. Aber nein, Vater hatte ja alles auf einmal haben wollen. Ohne zu wissen, ob Großvater Gregor ihm was hinterließ, geschweige denn wie viel. Jetzt lag das Kind im Brunnen, wie man so sagte. Es nützte nichts, sich darüber zu ärgern, die Schulden waren da wie ein dicker Teerbrocken auf dem Sonntagskleid. Ihnen blieb nichts anderes übrig, als die Stück für Stück abzutragen. Immerhin hatte sich Nachbar Möbius darauf eingelassen, dass sie die Kaufsumme für das Grundstück häppchenweise abstotterten. Ein Grundstück, mit dem sie nun nichts anfangen konnten, weil natürlich nicht mal im Traum an den Bau eines Holzlagers zu denken war. Der war in weite Ferne gerückt und damit auch der schöne Verdienst. Es war zum Verrücktwerden!

Monat für Monat kamen sie gerade so über die Runden, mehr aber auch nicht. Davon, etwas zur Seite zu legen, konnte keine Rede sein.

Als sie die Ringstraße erreichte, lief ihr der Schweiß nur so den Rücken hinunter. Immer wieder hatte sie ihre schwere Last abgesetzt. Jetzt waren es gottlob nur noch ein paar Schritte. Die eine oder andere Stunde für Auftritte mit dem Kaspertheater war natürlich auch nicht übrig. Wenn Vater und sie mal nicht im Geschäft standen, bis spät abends Bestellungen auslieferten, aufräumten oder Papierkram erledigten, fielen sie nur noch ins Bett. Kaum zu glauben, dass sie das bisher alles geschafft hatte, da war Justine schon ein bisschen stolz drauf. Zumal sie sich auch noch allein um den Haushalt kümmerte, weil sie das Geld für die Zugehfrau sparen mussten. Im März hatte Mutter eine schwere Erkältung bekommen, von der sie sich bis Mai nicht recht erholt hatte. Als sie Husten und Schnupfen endlich los gewesen war, fingen ihre Füße an, ihr schrecklich wehzutun. Im Grunde kränkelte sie, seit Großvater nicht mehr da war. Nicht dass sie mit ihrer schwachen Konstitution sonst eine große Unterstützung gewesen wäre, doch ausgerechnet jetzt fiel sie komplett aus. Jens half, so gut er mit seinen sieben Jahren konnte. Im April hatte er emsig begonnen, Kartoffeln in den Boden zu stecken, die Himbeeren hatte er außerdem beschnitten. Jette war fürs Putzen, Bettenmachen und Abspülen zuständig. Anfangs hatte Justine noch eingegriffen, wenn ein Kissenbezug auf links gedreht war oder noch etwas Soße an einem Teller klebte. Inzwischen sah sie darüber hinweg. Ihr fehlte sogar die Kraft, ihre Schwester wieder und wieder zu ermahnen, morgens rechtzeitig aufzustehen. Jette war erschöpft, wie der Rest der Familie auch, außerdem ließ sie sich partout nicht davon abbringen, ihre Haare minutenlang zu bürsten, ehe sie sie zu kunstvollen Schnecken auftürmte und mit Schleifen verzierte.

»Ich werde bald fünfzehn«, hatte sie jedes Mal erklärt, wenn Justine sie zur Eile angetrieben hatte. »Wenn du Thorin schon nicht heiratest, muss ich eben einen Bräutigam finden, damit ein

Stammhalter ins Haus kommt. Glaubst du, wohlhabende hübsche Männer suchen sich eine Vogelscheuche aus?«

Was sollte Justine schon dazu sagen? Sie übte sich also jeden Morgen aufs Neue in Geduld und war froh, überhaupt zwei weitere helfende Hände zu haben. Das Dumme war, dass keine Besserung in Sicht war. Wie lange konnte Vater noch so weitermachen? Er hatte ordentlich Gewicht verloren und dunkle Ringe um die Augen, die nicht gesund aussahen. Justine war noch jung und stark. Trotzdem, auch ihre Kräfte würden irgendwann am Ende sein. Sogar am Esstisch war sie schon einmal eingenickt. Außerdem hatte Jette recht, Justine musste auch an ihre Zukunft denken. Würde sie je Frau Thorin Tüxen werden? Sah im Moment nicht danach aus. Manches Mal fürchtete sie schon, sie könnten sich inzwischen richtig fremd geworden sein, solange wie sie sich nicht gesehen hatten. Ach Mensch, sie hatte sich ihre Zukunft so rosig ausgemalt. Was war davon übrig? Sie schob ihre Gedanken beiseite, brachte die Körbe ins Haus und betrat gleich darauf das Geschäft.

»Moin, Fräulein Thams!«

»Moin, Herr Jessen. Na, brauchen Sie mal wieder ein paar Beschläge für Ihre feinen Möbel?«

»Allerdings! Die Herren von der Kaiserlichen Kanalkommission haben höchste Ansprüche. Komme kaum nach mit dem Bau von Sekretären, Himmelbetten und Stühlen.«

»Dann müssen Sie wohl noch Leute einstellen, um alles zu schaffen, was?«, fragte sie höflich und holte schon eine Auswahl an Griffen und Scharnieren hervor, das Beste, was sie zu bieten hatten.

»Das würde ich gern, Fräulein Thams, bloß platzt meine Tischlerei jetzt schon aus allen Nähten. Wo soll ich denn mit noch mehr Arbeitern hin? Kann sie schlecht stapeln.« Der kleine und für seinen Beruf überraschend schmächtige Mann lachte unbekümmert. Seine Probleme hätte Justine gern gehabt und ihm dafür ihre überlassen.

»So, dann gucken Sie mal in aller Ruhe, was Ihnen gefällt.« Plötzlich hatte sie eine Idee: »Nö, das mit dem Stapeln ist kein sinniger Einfall, aber Sie könnten Ihre Werkstatt vergrößern.« Er sah kurz auf, konzentrierte sich aber gleich wieder auf die Ware, die sie vor ihm auf dem Verkaufstresen ausgebreitet hatte. »Oder noch besser: Sie bauen neu! Eine richtig moderne Tischlerei mit viel Platz für Arbeiter und Maschinen.« Jetzt wurde er anscheinend hellhörig.

»Nur habe ich dafür keinen Platz. Da müsste ich erst ein Grundstück finden.«

»Wenn's weiter nichts ist«, rief Justine und strahlte ihn an. Jessen baute eine schicke neue Werkstatt direkt neben dem Eisenwarenladen, das war die perfekte Lösung! Sie wären die Belastung für das Land von Möbius los und konnten endlich wieder durchatmen.

»Justine, Herr Hartmann möchte die Säge und den Meißel auf Rechnung mitnehmen. Geh und mach sie ihm fertig!« Vaters Blick durchbohrte sie.

»Wie meinen Sie das, Fräulein Thams?«, hakte Jessen nach. »Wissen Sie etwa von einem Stück Bauland, das erschwinglich und zu haben ist? Sie kriegen hier ja einiges mit, nehme ich an. Ich habe gehört, es wird gerade alles von der Kommission aufgekauft.«

»So ist es, lieber Jessen, so ist es«, schaltete Vater sich ein. »Meine Tochter hat Flausen im Kopf. Frauen! Sie kennen das ja.« Jessen lachte und nickte eifrig. Er war zum dritten Mal verheiratet und hatte inzwischen neben zwei Söhnen sieben Töchter. »Worauf wartest du, Stine? Herr Hartmann hat nicht den ganzen Tag Zeit!«

»Ich gehe ja schon.«

Als die Tinte auf der Hartmann-Rechnung getrocknet war, wurde zwischen Nägeln und Zangen längst über etwas anderes gesprochen als über Bauland. Die Gelegenheit war vertan. So ein Ärger aber auch! Sah Vater denn nicht, dass der Tischler die Lösung ihrer Probleme sein könnte? Oder war er womöglich zu stolz, zu seiner misslichen Lage zu stehen?

»Ich habe den Kaiser aus nächster Nähe gesehen«, behauptete Jessen.

»Und, können Sie sich dafür vielleicht was kaufen?«, knurrte Friedhelm Ehlers. Er betrieb ein Lokal an der Bollhörn. »Ich bin gar nicht erst hingegangen. Fehlte mir noch, dass ich Fähnchen schwenke und Freude heuchle.«

»Was haben Sie gegen den Kanal?«, wollte Justine wissen. Sie konnte es nicht ausstehen, dass einige immer gegen alles wetterten, ohne etwas davon zu verstehen. Hauptsache meckern!

»Das will ich Ihnen sagen, Fräulein Thams. Für uns hier an der Ostsee bringt er nur Nachteile. Viele müssen ihr Grund und Boden abgeben. Wer nicht verkauft, wird enteignet.« Die alte Leier! »Hamburg und die Menschen im Westen werden noch reicher, dafür gucken wir mal wieder in die Röhre.«

»Für die Bauern könnte das schwierig werden, das habe ich auch gehört«, gab Jessen zu. »Über den Kanal soll noch mehr billiges Getreide zu uns kommen.« Justine fragte sich, was das für eine seltsame Verbindung sein sollte, von Nordamerika über die Westküste des Kaiserreichs bis hierher, konnte aber nicht länger darüber nachdenken, weil Jessen offenbar zum Angriff überging. Er funkelte Ehlers an.

»Gegessen und getrunken wird in Ost und West. Sie werden bestimmt nicht zu kurz kommen. Das sind mir die Liebsten, die für andere jammern, denen am Ende aber trotzdem nichts abgeben.«

»Und ich kann Leute besonders gut leiden, die das Maul auf-reißen, obwohl sie von Tuten und Blasen keine Ahnung haben«, sagte Ehlers drohend.

»Es gibt gute Gründe für eine Verbindung zwischen Nord- und Ostsee und wahrscheinlich genauso viele dagegen. Habe ich recht?« Justine lächelte die Männer an. Streit oder schlimmer noch Handgreiflichkeiten im Laden konnten Vater und sie nicht auch noch gebrauchen.

»Ist doch wahr«, maulte der Wirt, »als ob wir uns vor lauter Kundschaft nicht retten könnten, wenn die Kanalarbeiter erst hier sind. Soviel ich weiß, kriegen die ihr Geld erst am Ende aus-bezahlt, wenn sie wieder nach Hause gehen.«

»Soviel Sie wissen. Na, besonders viel ist das wohl nicht«, sagte Jessen leise und feixte.

»Außerdem dürfen die aus ihren Baracken sowieso nicht raus, sondern kriegen eigene Gaststätten, die sie benutzen müssen. Habe ich gehört.«

»Es wird viel geredet, wenn der Tag lang ist«, meinte Vater ver-söhnlich.

»Wir von der Tischlerinnung haben jedenfalls an der Straße ge-standen, als der Kaiser aus Berlin gekommen ist. Mit Fahnen und in Zunftbekleidung standen wir Spalier«, erzählte Jessen stolz. »Wir wissen, was wir unserem Wilhelm schuldig sind.«

»Ihr profitiert ja auch«, konterte Ehlers sofort.

Gaben die beiden Streithähne denn nie Ruhe? Wenn sie wenigs-tens noch einmal auf das Thema Bauland zu sprechen kämen, dann würde Justine sofort einhaken. Egal, ob es Vater gefiel oder nicht. Sie rührte sich also nicht von der Stelle, räumte Schrauben von einem Schubfach ins andere und spitzte die Ohren.

»Wir alle haben was davon«, meldete sich nun auch noch Hart-mann zu Wort, der sich eingehend unterschiedliche Stahlseile mit

Karabinerhaken angesehen hatte. Gut möglich, dass die Rechnung, die Justine vorhin geschrieben hatte, im Papierkorb landete und eine neue her musste. Ihr sollte es sehr recht sein, sofern die Summe noch ein wenig höher ausfallen würde. »Wie sagte Staatsminister von Boetticher sehr richtig?«, fuhr er fort. »Bei dem Projekt geht es in erster Linie um die Verteidigung unseres Vaterlandes. Darauf wollen Sie doch auch nicht verzichten.« Er sah Ehlers an.

»Einen größeren Unfug habe ich noch nie gehört«, ereiferte der sich. »Wenn es nach Generalfeldmarschall Moltke gegangen wäre, hätte es eine Marine-Flotte in der Nordsee und eine in der Ostsee gegeben. Die beste Lösung.«

»Nee, aber sicher die teuerste«, hielt Hartmann dagegen.

»Als ob der Kanal billig werden würde«, meinte jetzt Tischler Jessen. Ehlers nickte zustimmend. »Wie viel sind veranschlagt, fünfzig Millionen oder sechzig?«

»Immer noch weniger als das, was zwei voll ausgestattete Marine-Stützpunkte kosten würden«, meinte Hartmann stur. »Die sind nach dem Bau auch nicht mehr nötig. Der Weg durch den Kanal ist kurz, Soldaten wären innerhalb vertretbarer Zeit dort, wo sie gerade gebraucht würden. In der Nordsee im Westen oder eben in der Ostsee. Warum, glauben Sie, ist Ihr Herr Moltke, der große Schweiger, wohl auch dieser Debatte im Reichstag ferngeblieben? Um nicht zugeben zu müssen, dass er dem Bau dieser Wasserstraße aus reiner Eitelkeit nicht zustimmen kann.« Ehlers und Jessen schüttelten die Köpfe. Gerade hatten sie sich noch ordentlich beharkt, mit einem Mal schienen sie als eine Front gegen Hartmann zu stehen. »Bloße Besitzstandswahrung, weil man weder auf der einen noch auf der anderen Seite auf eigene Kriegsschiffe verzichten will«, beendete der seine Hypothese.

»Dass ich nicht lache!« Der kleine Herr Jessen plusterte sich auf. »Sie verstehen anscheinend nichts von der Materie, sondern, Verzeihung, plappern nur das Theoriegeschwätz anderer nach.« Hartmann bekam einen roten Kopf, Justine sah schon Karabinerhaken durch die Gegend segeln.

»Ich muss doch sehr bitten!« Er schnappte nach Luft.

»Meine Herren, so beruhigen Sie sich doch!« Vater stand ein wenig hilflos in der Mitte, strich sich über den Bart und sah flehend von einem zum anderen. Jessen kümmerte das nicht.

»Die Praxis sähe deutlich anders aus«, beharrte er. »Moltke hat sich an der Debatte nicht beteiligt, weil er den Mumpitz nicht ertragen hätte. Er weiß nämlich, dass der Feind im Kriegsfall leichtes Spiel hätte. Ein gezielter Schlag, und bumms, Ihr schöner Kanal wäre zu, der Weg für die Flotte versperrt. Das nenne ich am falschen Ende gespart.«

»Dann sind Sie doch dagegen?« Ehlers sah Jessen einigermaßen verdutzt an. »Vorhin hatten Sie doch …«

Endlich kehrte eine etwas seltsame Stille ein.

»Ich bin wie jeder vernünftige Mensch für den Kanal«, verkündete Jessen schließlich. »Ich sage nur, dass er keinen militärischen Nutzen hat. Das ist alles.« Ehe sie sich wieder in den Haaren lagen, zeigte er auf die Beschläge. »Davon nehme ich zwanzig, von denen da auch und von den kleineren jeweils dreißig Stück.«

Justine seufzte auf. Seit im letzten Monat die feierliche Grundsteinlegung stattgefunden hatte, kannten die Kieler kein anderes Thema mehr. Aber das war doch kein Grund, sich ausgerechnet jetzt die Köpfe heißzureden. Es stand doch seit über einem Jahr fest, dass der Kanal kommen würde. Der offizielle Baubeginn war erst im nächsten Jahr oder sogar noch später. Warum also regten sich plötzlich alle so auf, waren entweder glühende Anhänger des Projekts oder entschiedene Gegner? Vielleicht, weil mit einem Schlag alles greifbar geworden war. Genauer gesagt, mit mehreren Schlägen, denen, die der alte Kaiser auf den Grundstein hat niedersausen lassen. Justine war natürlich nicht dabei gewesen, das war nur etwas für geladene Gäste aus Politik, Wirtschaft und Adel gewesen. Irgendwo ganz weit hinten stehen, nichts richtig mitkriegen, sondern nur die Rückansichten von ein paar feinen Herrschaften in schicker Garderobe bestaunen, dafür hatte sie nun wirklich keine Zeit gehabt. Aber an der Straße gestanden hatte sie doch, als der Kaiser mit seinem Gefolge vom Schloss zur alten Eider-Schleuse in Holtenau gefahren war. Mit Jette und Jens war sie da gewesen. Und mit Thorin. Das war ihr letztes Treffen gewesen, danach ist er weg aus Kiel. Erst mal.

Mann war das ein Trubel und eine Pracht gewesen! So voll und bunt hatte Justine Kiels Straßen noch nie gesehen. War 'ne schöne Ablenkung, sonst hätte sie ihr Herz nicht tragen können, so schwer war es ihr wegen des bevorstehenden Abschieds gewesen.

»Kein Grund, traurig zu sein«, hatte Thorin zwar gesagt, »ich komme ja wieder.« Auf ihre Frage, wann das sein würde, hatte er keine Antwort gehabt.

Schon wieder ein Tag, der nur so an ihr vorbeigerauscht war. Als Justine rüber ins Wohnhaus ging, hatte sie eine Spitzhacke verkauft und Schrauben. Sie hatte Bestellungen notiert, Rechnungen geschrieben. Zeit zum Ausruhen war noch längst nicht. Nun ließ sie erst mal Doktor Assmann ins Haus, der sich Mutters Füße ansehen sollte.

»Möglicherweise haben wir es mit Rheuma zu tun«, meinte er, nachdem er mal hier gedrückt und dort einen Zeh bewegt hatte. »Versuchen Sie es mit Kohlblättern gegen die Schmerzen. Am besten Wirsing. Zur Not geht auch Rotkohl. Legen Sie die Blätter auf die schmerzenden Stellen und wickeln Sie einen Verband darum, das wird Ihrer Mutter helfen, Fräulein Thams.«

»Schmerzende Stellen«, brachte Mutter kläglich hervor. »Dann kannst du mir gleich beide Füße komplett einwickeln.«

»Danke, Herr Doktor, ich sehe mal, was ich auf dem Markt kriegen kann«, versprach Justine. »Kommen Sie, ich bringe Sie zur Tür.«

»Gute Besserung, Frau Thams«, sagte er und folgte Justine aus dem Zimmer. »Wie geht es Ihnen? Sie scheinen mir ein bisschen blass zu sein für die Jahreszeit.«

»Ach was, ich bin nur ein bisschen müde.« Assmann blieb im Flur stehen, öffnete seine Arzttasche und holte einen kleinen Beutel hervor, den er ihr reichte. »Was ist das?«

»Mandeln«, erklärte er, »kauen Sie ab und zu welche, das gibt Ihnen Kraft.«

»Dankeschön. Was bin ich Ihnen dafür schuldig?«

»Das ist ein Geschenk, Fräulein Thams.« Er verließ das Haus, blieb aber noch einmal stehen. »Oder nein, sehen Sie es als Anzahlung. Ich hatte das Vergnügen, als Kind das Puppenspiel Ihres Großvaters zu sehen. Ich wäre glücklich, wenn meine Enkelkinder irgendwann einer Vorstellung beiwohnen könnten.« Er lächelte. »Thams Traumtheater, wäre das nicht etwas für Sie?«

Am nächsten Morgen lief Justine sofort auf den Markt. Sie bekam wahrhaftig einen Wirsingkohl, einen recht großen noch dazu. Das war allerbest, so hatte sie nicht nur die Medizin für Mutters Füße, sondern auch gleich Gemüse für einen feinen Eintopf. Sie kaufte noch ein Bund Möhren, etwas Lauch, Zwiebeln lagen noch in der Vorratskammer. Dann drehte sie sich neugierig um. Was war denn im Rathaus los? So viele Menschen strömten doch sonst nicht in das Gebäude. Justine war neugierig und mischte sich unter die Leute.

»Gibt's hier was umsonst?«, fragte sie einen Mann, der eine

Mütze in den derben Händen knetete. In der rissigen Haut hatte sich Dreck festgesetzt, Mutterboden vermutlich.

»Umsonst ist nur der Tod«, gab er ohne zu zögern zurück. »Und auch nur der. Für 'n schönen Sarg musst du blechen.«

»Was wollen denn alle hier?«, versuchte sie noch mal etwas aus ihm rauszubekommen.

Statt ihr zu antworten, deutete er auf ein Schild. Darauf stand etwas von landespolizeilicher Prüfung des Kanal-Projekts und von der Möglichkeit für Anlieger, Einwände vorzubringen.

»Landespolizeiliche Prüfung«, sagte sie langsam. »Hört sich beinahe an, als wäre der Kanal noch nicht genehmigt. Dabei hat Kaiser Wilhelm doch höchstpersönlich den Grundstein eingeschlagen.«

Der Mann lachte. »Eingeschlagen ist zu viel gesagt, 'n paar Mal draufgekloppt hat er, mehr nicht. Sonst wär der Brocken wohl noch immer nicht in der Erde, wo er hingehört.«

»Aber warum muss die Polizei dann …?«

»Das machen die in allen Ortschaften«, erklärte er. »Von Brunsbüttel bis nach Kiel.« Er breitete die Arme aus, als wolle er ihr die Länge der Strecke möglichst plastisch veranschaulichen, Justine sprang schnell zur Seite, sonst wäre eine seiner Pranken in ihrem Gesicht gelandet. »Der Kanal ist sehr wohl genehmigt, trotzdem gibt's noch allerhand zu klären.«

Jetzt erinnerte sie sich wieder. Im März war Justine mit Vater in der Nähe von Sehestedt bei einer Veranstaltung gewesen. Da hatte es geheißen, im Sommer würden pro Bauabschnitt zwei Männer unterwegs sein, um den Wert von Grundstücken festzustellen, die auf der Kanallinie oder sehr dicht dran lagen. Sie hatten einen seltsamen Namen gehabt. Wie hatten sie die noch genannt? Genau, jetzt fiel es ihr ein: Taxatoren.

»Wenn dir Land gehört, das vom Kanal mitten durchgeschnitten wird, oder wenn dein Land genau an der Grenze verläuft, dann bieten sie dir eine Summe an und kaufen's dir ab«, erklärte der Mann fast ein bisschen feierlich.

»Ja, ja, und wer sich wehrt, wird enteignet«, erwiderte Justine. Allmählich konnte sie es nicht mehr hören.

»Kann sein.« Er sah sie ratlos an. »Aber wieso sollte jemand so dusselig sein, das Angebot auszuschlagen? Die Kanalbeamten sind großzügig, heißt es.« Er strahlte. »Kann ich mir vorstellen, schließlich wollen die ihr schönes Jahrhundertbauwerk, wie sie das nennen, unbedingt. Ich für meinen Teil setze mich mit dem Geld fein zur Ruhe.«

Justine machte sich auf den Heimweg. Sie hatte lange nicht mehr an die Veranstaltung im März gedacht, dabei war die ziemlich beeindruckend gewesen. Eine Zeit lang war Vater so verzweifelt gewesen, dass er alle Hebel in Bewegung hatte setzen wollen, um ganz vorn mit dabei zu sein, wenn die ersten Aufträge für die Baustellen vergeben werden sollten. Es hatte nicht lange gedauert, bis er begriffen hatte, dass daraus ohne Vergrößerung des Eisenwarenladens und ohne Holzlager nichts werden konnte. In dieser glücklicherweise nur kurzen Phase waren sie nach Sehestedt gefahren. Es hatte sogar Herr Dahlström höchstpersönlich gesprochen. Manche nannten ihn heimlich Kanalström, weil er es wohl gewesen sein sollte, der Kaiser und Kanzler von der Idee einer Wasserstraße überzeugt hat. Wie der über den Kanal gesprochen hatte, würde sie nie vergessen. Richtig leidenschaftlich war er gewesen, da konnte man im Saal das kleinste Rascheln oder Hüsteln hören, so still und gebannt hatten alle zugehört. Das war beinahe, als würde es um sein Leben gehen. Seine Augen waren Justine aufgefallen. Sie meinte, es läge eine erstaunliche Kraft darin und eine große Traurigkeit.

Ihren Wirsing unter dem Arm überquerte sie den Exerzierplatz. Noch etwas war ihr damals aufgefallen. Da war eine Frau zwischen all den Männern gewesen. Die hatte noch trauriger ausgesehen, liebe Güte. Während des Vortrags hatte sie neben einem Herrn gesessen, der jedes Mal, wenn ein junger gut aussehender Mann sie ansah oder ihr womöglich zunickte, sofort ihre Hand nahm oder einen Arm um sie legte. Als wollte er aller Welt zeigen, dass sie ihm gehörte. So 'n Blödsinn, als ob ein Mensch einem anderen gehören könnte. Der Herr war sicher ihr Ehemann, da hätte Justine jede Wette angenommen. Trotzdem hat er sich nicht um sie gekümmert, als es ihr nicht gut ging. Das war 'n Ding: Der Dahlström sprach gerade davon, wie viele Seeleute im Kattegat ums Leben gekommen seien und wie gefährlich es immer bleiben würde, mit dem Schiff die Route durch den Großen Belt und dann ganz oben um die Nordspitze Dänemarks herum zu schippern, da ist die Dame blass geworden und beinahe umgekippt. Jemand musste sie an die frische Luft begleiten. Nicht zu glauben, wie weltfremd feine Damen waren. Hatte die noch nie davon gehört, dass das eine gefährliche Strecke war? Oder war sie schockiert, dass überhaupt Schiffe kentern konnten? Justine griente, aber das Lächeln erstarb sofort wieder. Was sie wirklich nicht glauben konnte, war, dass der Herr seine Ehefrau nicht selbst ins Freie gebracht hatte. Was für ein ungehobelter Klotz!

Nach dem Abendessen wickelte Justine Kohlblätter um Mutters Füße.

»Danke, Kind, ich lege mich auch gleich hin, die ewigen Schmerzen treiben mich sonst noch in den Wahnsinn.«

»Hoffentlich hilft Doktor Assmanns Wundertrick.« Justine lächelte.

»Wird schon nicht schaden. Zur Not kommen die Blätter morgen in die Suppe. Vielleicht schmecken sie wenigstens etwas kräftiger.« Justine sah ihre Mutter entsetzt an und musste lächeln.

»Na, Humor hast du noch.«

»Was bleibt mir denn übrig?« Ihre Stimme klang dünn. »Aber gegen dich komme ich im Leben nicht an.«

»Was meinst du?«

»Die Geschichte, die du für die Zeitung geschrieben hast, war wirklich lustig.«

»Danke.« Justine seufzte. »Dummerweise hat sie nichts eingebracht. Mensch, stell dir mal vor, ich hätte fünfhundert Mark dafür gewonnen.«

»Das wäre etwas gewesen.« Mutter nickte. »Ich finde schade, dass du nicht noch eine geschrieben hast. Aber wie solltest du? Kommst ja zu nix bei der Plackerei.« Sie schüttelte traurig den Kopf. »Ist nicht schön, Kind, das hast du nicht verdient.«

»Ach was, ich hätte sowieso keine Idee für noch einen Text gehabt«, schwindelte Justine. »Ich helfe Vater gern. Ich meine, wir sind eine Familie, da gehört sich das doch wohl so.«

»Ist anständig, dass du das so siehst, Stine. Ich wünschte, dein Vater würde nicht immer so tun, als sei das selbstverständlich.« Sie atmete tief durch. »Danke für den Wickel. Mal sehen, was morgen früh schlimmer riecht, der Kohl oder meine Füße. Gute Nacht, Stine.«

Justine spülte noch rasch ein Glas, das Jens in der Stube stehen gelassen hatte, und räumte es weg, dann trat sie durch die Hintertür ins Freie. Es war noch hell, aber nicht so aufdringlich grell wie tagsüber. Das Abendlicht war viel sanfter, fand sie. Gottlob war es auch nicht mehr so heiß. Justine atmete auf, es fühlte sich an, als kehrte das Leben zurück in ihren Körper. Sie schloss die Augen und lauschte dem Zirpen und Flirren, das die Luft erfüllte.

»Hörst du die Schwalben? Klingt, als hätten sie sich viel zu erzählen.«

Justine erschrak. Sie hatte ihren Vater nicht gesehen, der auf einem Mauervorsprung im Hof saß.

»Liebe Zeit, hast du mich erschreckt.« Sie ging zu ihm und blickte hoch zu den kunstvollen runden Nestern, die dicht an dicht unter dem Dach an der Hauswand hingen. »Stimmt, die sind noch putzmunter, dabei ist doch längst Schlafenszeit.« Sie lächelte.

»Für Jette und Jens nicht, wenn die Vögel nicht bald Ruhe geben.« Das Fenster ihrer Schlafkammer lag tatsächlich beinahe direkt unterhalb der Kolonie.

»Die beiden haben sich längst dran gewöhnt. Außerdem können sie sich doch freuen, weil die Schwalben sie vor Mücken und anderen Plagegeistern schützen.«

Kaum hatte sie es ausgesprochen, schlug sich Vater auf den Arm.

»Hast recht, dafür kann man ihr Gemurmel wohl in Kauf nehmen.« Er lächelte. »Hast du das Bier vergessen, das du von der Aktienbrauerei mitbringen solltest?«

»Natürlich nicht. Es steht in der Speisekammer.«

»Sehr gut! Da werde ich mir doch gleich ein Fläschchen genehmigen.« Justine setzte sich neben ihn.

»Kannst mir eins mitbringen«, sagte sie und betrachtete den Himmel, der orange, rosa und violett leuchtete.

»Ich höre wohl nicht richtig.«

»Bitte, du kannst mir bitte eine Flasche mitbringen«, korrigierte sie, obwohl ihr natürlich klar war, dass ihr Vater etwas anderes meinte.

»Erstens ist es ja wohl deine Aufgabe, deinem Vater Bier zu holen«, polterte er auch schon los. »Zweitens bist du zu jung für Alkohol und noch dazu ein Mädchen. Ihr vertragt grundsätzlich keinen Tropfen.«

»Erstens bin ich achtzehn, also kein Mädchen mehr, sondern

eine Frau, und zweitens wäre es sehr nett von mir, dir dein kühles Blondes zu holen«, entgegnete sie gelassen.

»Sage ich ja.«

»Es wäre nett, aber es ist nicht meine Aufgabe. Und wo wir gerade so schön dabei sind: Wenn ich keine Flasche abkriegen soll, obwohl ich sie bis hierher geschleppt habe, was bekomme ich stattdessen?«

»Hol dir einen Tee. Oder von mir aus einen Apfelsaft.« Er legte die Stirn in Falten. Offenbar war es ihm nicht geheuer, wie sie mit ihm sprach. Justine dagegen fand, es war höchste Zeit. Mutter hatte recht, es war doch keine Selbstverständlichkeit, dass sie so viel arbeitete, den Haushalt in Schwung hielt und dann auch noch ihren Vater bedienen musste.

»Ich spreche nicht von einem anderen Getränk, und das weißt du sehr genau.« Er seufzte, doch sie konnte nicht immer Rücksicht darauf nehmen, dass er müde war oder beschäftigt oder einfach nur keine Lust hatte, sich ihre Sicht der Dinge anzuhören. »Ich schreibe jetzt schon seit einiger Zeit Briefe für dich, kümmere mich um Rechnungen, erledige …«

»Du bist sehr fleißig, das ist wahr. Glaubst du etwa, ich wüsste nicht, was du alles tust?«

»Trotzdem werde ich nicht dafür bezahlt.«

»Natürlich nicht, du bist meine Tochter.« Er hob die Schultern und ließ sie gleich wieder sinken.

»Und? Ist die Arbeit der eigenen Kinder weniger wert?«

»Es ist selbstverständlich, dass man sich innerhalb der Familie hilft.« Sie holte Luft, aber er ließ sie nicht zu Wort kommen. »Außerdem hast du immer zu essen, du hast ein schönes Zuhause.«

»Das ist wahr.« Justine verlor kurz den Faden. Es stimmte ja, in Kiel sah man immer mehr Bettler, abgemagerte Gestalten, die in düsteren Gassen herumlungerten, weil sie eben kein Dach über dem Kopf hatten. »Ich will auch gar kein Geld von dir haben. Jedenfalls nicht … Ich meine ja nur, dass es auch innerhalb der Familie selbstverständlich sein sollte, Danke zu sagen.« Jetzt schnappte er nach Luft. Doch sie fuhr fort: »Hättest du Jobst für seine Hilfe Danke gesagt und ihn zum Essen eingeladen, das du für Thorin ausgerichtet hast, würde er uns jetzt sicher helfen, Waren ausliefern oder uns im Laden entlasten.«

»Jobst ist ein Dickschädel.«

»Von wem hat er das nur?« Sie setzte eine Unschuldsmiene auf. Ihr Vater musste schmunzeln.

»Was ist bloß aus meinem lieben Mädchen geworden? Seit dein Großvater nicht mehr da ist, liest du mir die Leviten, wann immer sich dir eine Gelegenheit dazu bietet. Hat er dir aufgetragen, das zu tun, weil er es nicht mehr selbst machen kann?« Er verdrehte die Augen und drohte lächelnd mit dem Finger gen Himmel. »Du hättest also gern ein Dankeschön, damit du mir weiterhin den Schriftverkehr erledigst.«

»Ja, Vati, ich habe tatsächlich einen Wunsch. Wenn wir das Holzlager doch irgendwann bauen, bekommen Großvaters Sachen dann bitte einen festen Platz?«

»Der Plunder muss weg, je eher, desto besser. Gerade weil wir uns kein neues Lager leisten können, brauche ich jeden Winkel.«

»Das hast du schon mehrmals angedroht, aber nie wahrgemacht. Du bringst es nicht übers Herz, stimmt's? Ist ja auch kein Wunder, du hast das Kaspertheater selbst gebaut!«

»Das hast du natürlich nicht vergessen«, knurrte er.

»Ich habe eine Idee.« Sie sprang von der Mauer. »Ich hole uns mal ein schönes kühles Bier, dann erzähle ich dir, was ich vorhabe.« Gleich darauf war sie mit zwei Gläsern zurück. Eins war zur Hälfte mit Limonade gefüllt. Sie goss für sich einen Schluck Bier dazu und schenkte den Rest in Vaters Glas ein.

»Ich habe nichts von dem vergessen, was du mir damals auf dem Dachboden gesagt hast«, begann sie ernst. Dann stieß sie ihr Glas gegen seins. »Auf Großvater Gregor!«

Vater nickte nur und trank.

»Dann schieß mal los!« Er sah sie erwartungsvoll an.

»Großvaters Brief ... Er hat geschrieben, du hast ein neues Puppentheater gebaut, als das alte auseinandergefallen ist. Und dass du immer so glücklich warst mit all den ... Dingen«, fuhr sie zaghaft fort. »Siehst du, du musst dich nicht davon trennen, jedenfalls nicht von allem. Einige Stücke, wie zum Beispiel das alte Küchenbuffet, sind kein wertloser Plunder, glaube ich. Wir könnten sie einem Antiquitätenhändler zeigen. Wer weiß, womöglich bringt es uns ein paar Mark. Aber das meiste ...« Sie fasste sich ein Herz. »Am liebsten würde ich aus Großvaters Sammelsurium ein Museum machen.«

»So ein Unfug!«

»Aber nein, ein Museum für kleine und große Kinder. Ich könnte den Besuchern die Geschichten erzählen, die Großvater mir erzählt hat. Zum Beispiel die von der Prinzessin, die aus Versailles weggelaufen ist. Das muss man sich mal vorstellen, sie ist auf einem rosafarbenen Paravent über die Seine in die Nordsee gepaddelt und einmal um Skagen herum bis nach Kiel.«

»Also wirklich, Stine, du hast deinem Großvater die Märchen doch wohl nicht geglaubt? Versailles liegt nicht einmal an der Seine. Glaube ich.«

»Als ob ich das nicht wüsste!« Justine schnitt eine Grimasse. »Aber ich wollte es glauben, weil es so wunderbar war. Großvater hat es einfach zu schön erzählt. Jede Einzelheit hat er beschrieben, wie das Kleid der Prinzessin aussah, woraus sie sich das Paddel gebaut hat, wie sie einmal ins Wasser gefallen ist und beinahe von einem Meerungeheuer gefressen wurde.«

»Du weißt das alles noch.« Er lächelte versonnen.

»Man musste ihm jedes Wort glauben. Das kann doch nicht alles verloren gehen, Vatilein. Thams Traumtheater! Mit Vorstellungen an Sonn- und Feiertagen. Wäre das nicht großartig?« Ehe ihm Einwände einfallen konnten, sprach sie weiter: »Mutter hat mir gesagt, dass du es auch warst, der aus dem Schrank einen Alkoven gebaut hat. All die schönen Schnitzereien sind von dir.«

»Deine Mutter redet zu viel.« Er schmunzelte und begann ganz langsam zu nicken. »Als wir den Schrank bekommen haben, erzählte dein Großvater auch so eine Geschichte. Ich war kein Kind mehr, trotzdem konnte ich nicht anders, als ihm gebannt zuzuhören. Er tischte mir ein Märchen von einem Zauberschrank auf. Man musste beim Betreten fest an einen Ort denken und ihn sich genau vorstellen, in allen Einzelheiten. Wenn man nun die Tür hinter sich schloss, war man plötzlich an genau diesem Ort.« Er lachte leise. »Soll ich dir etwas sagen, Stine? Das hatte er sich nicht ausgedacht, das war die Wahrheit. Glaub mir, ich hab's immer wieder ausprobiert.«

»Ich weiß genau, was du meinst«, entgegnete sie sanft. »Deshalb hast du ihn so hübsch verziert und ein bisschen gemütlicher gemacht.«

»Dein Großvater hat recht, seine Sachen haben mich glücklich gemacht. Er hat sich allerdings getäuscht, wenn er meinte, ich hätte das vergessen. Ich bin man bloß erwachsen geworden.«

»Dürfen Erwachsene denn nicht träumen?«, wollte sie wissen.

»Ich weiß nicht, Stine, ich glaube, ich habe mich irgendwann einfach nicht mehr getraut.« Sie sah ihn überrascht an und musste schlucken. So traurig und verletzlich hatte sie ihren Vater noch nie gesehen. Sie legte ihre Hand auf seine. »Die leuchtenden Augen der anderen Kinder zu sehen, wenn wir eine kleine Vorstellung mit unserem Puppentheater gegeben haben, war schon was Besonderes. Aber noch schöner war es, wenn ich ganz für mich sein und einen neuen Kopf schnitzen konnte. Für eine Hexe oder einen Furcht einflößenden Räuber. Dann ist schon die Phantasie mit mir durchgegangen. Was meinst du, was los war, sobald meine und Vaters Hände unter dem Stoff steckten? Dann waren wir in einer anderen Welt. Egal, ob mit Publikum oder nur so für uns. Wir sind in die Figuren geschlüpft und haben in einem Phantasiereich gelebt. Bloß für eine halbe Stunde oder noch weniger, aber immerhin. Endlich mal die dauernden Pflichten vergessen, die Armut, die Hoffnungslosigkeit. Das waren die glücklichsten Stunden in meinem Leben.«

Justine hatte Angst, den Moment kaputt zu machen, deswegen schwieg sie. Außer dem Zirpen und dem Rascheln der Blätter war es still, selbst die Schwalben schienen den Atem anzuhalten. Mit einem Mal holte Vater hörbar Luft, trank sein Glas aus und räusperte sich.

»Abgemacht, Stine, wir bewahren alles auf. Sobald es möglich ist, bekommst du dein Traumtheater.«

»Ich?«

»Tja, so kann es einem gehen, wenn man etwas haben will.« Er griente verschmitzt. »Man bekommt es und muss sehen, wie man damit fertig wird.« Er sah sie an und wurde ernst. »Großvaters gesammelte Werke gehören dir. Mach was Schönes draus!«

Sie fiel ihm um den Hals und drückte ihm schmatzend einen Kuss auf die Wange.

»Danke, Vatilein, du bist der Beste!« Sie ließ ihn los, hob den Zeigefinger und blickte zum Himmel, an dem es nur so funkelte. »Hast du das gehört?« Er runzelte die Stirn und spitzte die Ohren. »Ich glaube, das war Großvater. Der freut sich auch.« Vater kniff ihr in die Wange, sie schrie leise auf.

»Au, du weißt genau, dass ich das nicht leiden kann.«

»Eben.« Wieder saßen sie einen Moment schweigend beieinander.

»Hast du eigentlich mal wieder eine Nachricht von deinem Thorin bekommen?«, fragte er plötzlich.

»Mein Thorin. Ich weiß nicht, ob er das überhaupt noch ist.«

»Na, na, sag so was nicht. Kannst ihn vielleicht gut brauchen für dein Traumtheater. Hatte er nicht ein Engagement in Schleswig?«

Justine staunte, dass Vater davon wusste. Natürlich, sie hatte ihren Eltern davon erzählt, hätte aber geschworen, dass Vater nur halb hingehört und die Hälfte auch schon wieder vergessen hatte.

»Nicht so richtig. Das Schleswiger Theater ist schon eine ganze Weile geschlossen. Die Truppe tritt im Hotel Bellevue auf, bis sie wieder auf ihre Bühne kann. Das gefällt nicht allen, darum sind einige Mitglieder des Ensembles weggegangen. Nach Hamburg oder Berlin. Da konnte Thorin einspringen.«

»Besser als nichts.«

»Ja, stimmt.«

»Warum machst du trotzdem ein Gesicht wie sieben Tage Regenwetter?«

»Weil er dort nur ein paar Vorstellungen spielen durfte. Danach war Schluss. Nun hat er sich einer Wanderbühne angeschlossen. Weißt du noch, wie er immer von dieser Theaterkompanie geschwärmt hat?«

»Ja, ich erinnere mich.«

»Mit der Begeisterung war es vorbei, als einer meinte, es müsste doch so was wie einen Direktor geben.«

»Jemand muss das Sagen haben. Das ist überall gleich, im Theater, im Geschäft.« Vater griente plötzlich verschmitzt. »Sogar in der Ehe.« Justine lachte. »Nun lass mal den Kopf nicht hängen. Wer weiß, vielleicht macht er sich einen Namen. Ist nicht sogar Richard Wagner mit einer Wandertruppe unterwegs gewesen?«

Sie zog erstaunt die Augenbrauen hoch.

»Das ist es nicht allein, was mir Kummer macht.«

»Sondern?«

»Wir haben uns ordentlich in der Wolle gehabt, weil ich ihn so einfach entlassen habe. Dass ich das nicht dürfte, sondern nur du, hat er gesagt.«

»Ist ja auch so.«

»Weiß ich doch selbst. Aber du hast die Kündigung schließlich nicht rückgängig gemacht.«

»Weil du recht hattest. Wir können ihn uns nicht mehr leisten. Schon gar nicht, wenn er die Arbeit bei uns nur mit halbem Herzen macht.« Justine nickte.

»Jedenfalls haben wir uns zwar wieder versöhnt, bloß fühlte sich das nicht mehr so an wie vorher. Nun ist er auch noch weg, und nichts kann wieder in die Reihe kommen, also nicht so richtig. Ich weiß nicht mal, was ich mir wünschen soll, dass er Erfolg hat oder das Gegenteil.«

»Das verstehe ich nicht.«

»Wir haben ausgemacht, dass er sich bei dieser Wanderbühne so richtig ins Zeug legt, dass er allen zeigt, was in ihm steckt. Wenn ihm der große Erfolg trotzdem nicht gelingt, dann war's das.« Vater zog die Augenbrauen hoch. »Entweder er bringt es zum Hauptdarsteller oder ein Theaterdirektor findet ihn so gut, dass er ihn an sein Haus holt, oder Thorin hängt die Schauspielerei an den Nagel. Stattdessen kommt er zurück zu den Eisenwaren und versucht es doch mit den Kasperpuppen.« Leise setzte sie hinzu: »Und wir beide versuchen es dann auch noch mal miteinander. Siehst du, das macht mir Kummer. Ich bin nicht mehr sicher, ob ich das noch will.«

Kapitel 23
Susanne

Brunsbüttel, Oktober 1887

Die Ernte war nicht gut ausgefallen in diesem Jahr. Nicht die auf ihrem kleinen Gemüsebeet, auf dem sie Tag für Tag Rüben, Salat, ein paar Kräuter und Kohl vor Schnecken und hungrigen Vögeln verteidigt hatten. Und auch nicht die der Bauern, die richtige große Äcker hatten. Lohnende Tauschgeschäfte waren also auch nicht zu machen gewesen. Was immer sie kriegen konnten, hatten Sanne und ihre Mutter in den letzten Wochen eingekocht, sauer eingelegt oder getrocknet. Ständig würde Sanne ab jetzt in der Erdmiete nachsehen müssen, ob auch keiner der Äpfel zu schimmeln anfing. Hoffentlich konnte sie wenigstens ab und zu Frerk schicken. Elke, die älteste der Geschwister nach Sanne, war kräftig, die konnte die Tür öffnen. Frerk würde das auch schaffen, wenn er sich mal etwas mehr anstrengen würde. Sie seufzte. In den letzten Tagen war so viel zu tun gewesen, dass sie es nicht zu Rosario geschafft hatte. Dabei ging das nun wirklich bald los mit dem Kanal. Immer verrücktere Gerüchte machten die Runde. Es hieß zum Beispiel, ein Eisenwarenhändler in Kiel hätte den Auftrag, eigens für den allerersten richtigen Spatenstich 'ne Schaufel zu schmieden. Sanne glaubte nicht alles, was sie hörte. Sie hielt sich lieber an Tatsachen. Die konnten ihr allerdings manches Mal richtig Angst machen. Rosario hatte nämlich schon einen Plan vorlegen müssen. Da hatte es zwar erst mal nicht viel zu meckern gegeben, aber Fragen hatten die Herren von der Kanalverwaltung schon noch. Nun sollte es ein Treffen mit dem Herrn Vering geben. Wenn der Rosario bloß nicht auf die Schliche kam. Rosario hatte ordentlich dazugelernt, aber mit Zahlen stand er irgendwie auf Kriegsfuß. Mehr als einmal hatte Sanne eine seiner Berechnungen korrigiert. Was war denn, wenn Vering von ihm verlangte, er sollte mal eben eine neue Berechnung anstellen? Der merkte doch sofort, dass Rosario das nicht so richtig gut konnte. Und 'n Hamburger Kaufmann ließ sich von seinem sonnigen italienischen Gemüt auch nicht um den Finger wickeln. Bloß konnte sie ja nicht dabei sein, um zu helfen. Nee, nee, wie das noch alles werden sollte. Ihnen blieb nichts anderes übrig, als jede Minute zum Lernen, Zeichnen und Rechnen zu nutzen. Aber welche Minuten denn? Waren doch kaum welche übrig gewesen. Deshalb hatte sie sich heute besonders beeilt. Jetzt nur noch die gestopften Socken wegräumen, dann machte sie sich davon. Die Kappe, die sie Michel zu Weihnachten schenken wollte, konnte sie auch noch bearbeiten, wenn sie zurück war. So ein Glück, dass Claas Clausen ihr 'n Sack Wolle hatte besorgen können. War nicht die allerbeste, etwas verklumpt und natürlich nicht gesponnen, aber zum Filzen reichte sie allemal. Sanne hatte auch schon die richtige Form gefunden, einen umgestülpten Korb, den sie unter ihrem Bett versteckte, damit Michel ihn mit der vorbereiteten Wolle nicht frühzeitig zu sehen bekam. Sie legte einen Stapel Strümpfe in die Schublade, drückte sie zu, da hörte sie eine Tür klappen.

Gleich darauf die Stimme ihrer Mutter: »Sanne?«

O nee, nicht noch 'ne Aufgabe. Sie hielt die Luft an.

»Sanne, kannst du eben nach Brunsbüttel-Hafen laufen?«

»Natürlich!« Sie eilte ihrer Mutter entgegen.

»Die Tischdecken müssen ins Gasthaus Busch gebracht werden. Ich kann auch Elke schicken, wenn du noch was anderes hast.«

»Nein, Elke ist noch zu lütt. Weißt ja, was manchmal für Kerle in der Wirtschaft hocken.« Brunsbüttel-Hafen lag auf dem Weg zum Holthusen-Haus, das passte allerbest.

Ihre Mutter nickte.

»Ich weiß nicht, was die bei der Neueröffnung damit angestellt haben, da sind Flecken drin, bei zweien habe ich die nicht rausgekriegt. Sagst dem Herrn Busch, wenn er nicht zufrieden damit ist, kann ich ihm auch zwei neue nähen. Für 'n anständigen Preis. Die anderen sind alle schön sauber geworden.«

Es war großes Glück, dass Mutter jetzt die Wäsche für Busch machen durfte. In diesen Zeiten, in denen nicht viel von den Feldern zu holen und Arbeit Mangelware war, konnte jeder ein Zubrot gebrauchen. Sie reichte Sanne einen schweren Korb, vollgepackt bis oben hin. Das würde eine elende Schlepperei werden. Umso besser, so konnte sie sagen, sie hätte immer wieder absetzen müssen, wenn sie länger wegblieb.

Bei Busch war noch nicht viel los zu dieser Tageszeit. Sanne fiel ein Mann auf, den sie hier noch nie gesehen hatte. Kam immer öfter vor, seit der Bau des Kanals beschlossene Sache war. Allerdings waren die meisten Fremden feine Herren von der Verwaltung. Der hier trug eine Cordhose, die an einigen Stellen schon blank gescheuert war. Er war klein und beinahe schmächtig, aus den aufgekrempelten Ärmeln seines Hemdes guckten Muskeln hervor, die zum Rest des Körpers nicht passen wollten. Als Sanne hereingekommen war, hatte er an einem Tisch gehockt und im Kirchspielsbuch für Kleinanzeigen geschmökert, wie unschwer zu erkennen war. Andere so dicke Wälzer lagen gewöhnlich in keiner Gastwirtschaft herum. Jetzt ging er an den Tresen und lehnte sich auf den Ellenbogen, was bei seiner Größe drollig aussah.

»Guter Mann«, sagte er zu Busch, »ich bin gekommen, weil ich Arbeit suche.«

»Da kann ich Ihnen nicht helfen«, knurrte Busch. »Es sei denn, sie können kochen.«

»Klar!« Der kleine Mann lachte. »Aber nicht gut. Falls es Ihnen nichts ausmacht, wenn keiner Ihrer Gäste wiederkommt, bin ich der Richtige.«

»Witzbold«, knurrte Busch.

»Zur Not auch das, allerdings dachte ich mehr an den Kanal. Habe gehört, da werden jede Menge tüchtige Männer gesucht.«

»Jo, ist wohl so. Falls es Ihnen nichts ausmacht, noch so 'n halbes Jahr vor der Tür rumzustehen und zu warten.«

Der Fremde hob den Zeigefinger und nickte.

»Siehste, witzig kann ich auch«, meinte Busch, ohne eine Miene zu verziehen.

Der Fremde sprang behende hoch und klatschte dem Wirt auf die Schulter. Der schnappte nach Luft, dann griente er über das ganze Gesicht.

»Na, du bist ja vielleicht ein Tüderbüdel!«

»Das Leben ist ernst genug.« Er zuckte mit den Achseln, als würde ihm das nicht sehr viel ausmachen. »Jetzt mal Butter bei die Fische, wo muss ich denn hin, wenn ich am Kanal buddeln will?«

»Stimmt leider, was ich gesagt habe, mein Freund.« Busch schnappte sich ein Glas und polierte es. »Das große Buddeln hat noch nicht angefangen. Jetzt kommt der Winter, da passiert erst recht nix. Kannst im nächsten Jahr wiederkommen. Oder fix kochen lernen.« Er lachte.

»Mist, verdammter. Ich bin extra früh los, weil ich der Erste sein wollte, der sich bewirbt.«

»Da stell dich man fein hinten an!«

Die beiden Männer hatte keine Notiz von Sanne genommen. Verblüfft drehten sie nun die Köpfe nach ihr um.

»Aha, und wer ist die vorlaute hübsche Dame?« Die grauen Augen des Fremden blitzten.

»Susanne Schmidt, die Tochter vom Zimmermann Schmidt, der für die Gerüste und Zäune zuständig ist.« Er machte den Mund auf, aber sie sprach weiter: »Dafür, dass du als Erster auftauchen wolltest, bist du reichlich spät dran.«

»Ich denke, ich bin zu früh.« Er sah irritiert von ihr zu Busch und wieder zu ihr.

»Jo, auch. Zu früh und zu spät gleichzeitig, das muss dir erst mal einer nachmachen.«

Sie hievte den Korb hoch, den sie abgestellt hatte. Mit zwei Schritten war er bei ihr.

»Darf ich?«

Ehe sie antworten konnte, packte er die beiden geflochtenen Griffe.

»Vorsicht, der ist schwer«, sagte sie schnell.

»Ach was!«

Bei ihm sah das tatsächlich leicht aus, als wäre nur ein Taschentuch drin, statt einem Berg Leinentücher. Er hob die Fracht mühelos auf den Tresen. Nicht übel, Sanne war beeindruckt.

»Danke«, sagte sie fröhlich. Dann fiel ihr ein, was sie Busch ausrichten sollte.

»Ist gut, Deern, ich guck mir den Schlamassel mal an. Wenn ich neue Decken brauche, sag ich Bescheid.« Er zwinkerte ihr zu. »Na, magst ein Bier oder lieber einen Grog?«

»Nee, danke, ist nett, ich muss noch weiter.«

»Die Tochter vom Zimmermann also.« Der Fremde baute sich vor ihr auf. Der war wahrhaftig einen halben Kopp kleiner als sie.

»Andreas Kolbe«, stellte er sich vor. »Dein Vater ist für die Gerüste zuständig, sagst du? Können da nicht noch helfende Hände gebraucht werden?«

»Kann schon sein.« Sie verschränkte die Arme vor der Brust.

»Kann es auch sein, dass du mir eine saubere Pension empfehlen kannst oder ein Bett?« Er griente frech. Hatte er das etwa anzüglich gemeint? Da hatte er sich die Falsche ausgesucht.

»Kannst du denn bezahlen?« Sie hielt seinem Blick stand.

Er klopfte auf das Kirchspielsbuch, das noch auf dem Tisch lag.

»Wenn du mir sagst, woher ich einen Hund kriege, am besten einen alten, der's sowieso nicht mehr lange macht, sollte ich mir die Unterkunft für 'ne Weile leisten können«, flüsterte er.

»Was willst du denn mit dem anstellen?«, fragte sie leise zurück und guckte automatisch zu Busch rüber. Der wienerte allerdings seine Theke und achtete nicht mehr auf sie.

»Ihn erschlagen und …« Kolbe schlug eine Seite auf, befeuchtete die Finger, blätterte. »Ah, hier … den Hund bringe ich Herrn Schmielau.«

Sanne verstand kein Wort, sie überflog die Anzeige:

Dreißig Mark Belohnung für den, der mir nachweist, wessen Hunde meine Schafe in den Graben getrieben und gerissen haben.

Dafür brauchte er also einen Hund, raffinierter Bursche.

»Der Petersen hat 'n alten Köter. Wenn du mitkommst, zeige ich dir, wo der wohnt. Ich weiß auch schon, wo du für ein paar Mark unterkommen kannst.«

Wenig später standen die beiden vor dem Holthusen-Haus. Rosario war sofort von ihrer Idee begeistert.

»Sanne, das ist wunderbar. Brauche ich endlich nicht mehr allein durch das große Haus spucken wie ein Geist.«

»Spuken«, berichtigte sie lachend. »Geister spucken nicht. Glaube ich.«

Kolbe und er wurden sich auf der Stelle handelseinig und verstanden sich prächtig. Gleich am nächsten Tag brachte Sanne Bettwäsche und Handtücher vorbei. Und drei Flaschen Bier hatte sie auch mitgebracht. Zur Feier des Tages. Sie saßen in Holthusens Stube und stießen an.

»Hat es eigentlich geklappt mit der Belohnung?«, wollte sie wissen.

»Ja.«

»Das war ganz schön plietsch«, sagte sie. Leiser setzte sie hinzu: »Bloß um den Köter tut's mir doch leid. War immer da, solange ich denken kann.«

»Ist er auch jetzt noch, nur der Schwanz ist eben etwas kürzer.«

Kolbe und Rosario tauschten schnell einen Blick und fingen an zu kichern wie kleine Kinder. Na, da hatten sich anscheinend die Richtigen gefunden.

»Also, was jetzt? Ich dachte, du wolltest den toten Hund als Übeltäter präsentieren.«

»Das wäre nicht richtig gewesen«, meinte Kolbe ernst. »Der alte Hofhund war's ja nicht. Wäre doch gemein, ihn trotzdem dafür bluten zu lassen.« Er grinste. »Obwohl, etwas Blut ist geflossen. Aber er hat auch ein Stück Wurst bekommen. Als Schadenersatz sozusagen.«

»Könnt ihr mir vielleicht mal erklären, was ihr angestellt habt?«

»Rosario hat mir seine Axt geliehen.« Sanne verzog das Gesicht. »Hat höchstens kurz wehgetan, zack, war der Schwanz ab. Die Schwanzspitze.« Er zuckte mit den Achseln. »Dafür lebt er noch.« Kolbe lächelte zufrieden. »Dem Schmielau habe ich erzählt, das war ein riesiger Wolf, der seine Schafe gerissen hat. Ich hätte das

Monstrum auch gefangen, aber es hat sich losgerissen. Ich konnte nur seinen Schwanz packen … tja …«

Sie prustete. »Das hat er dir geglaubt?«

»Ich hatte den Beweis doch mit. Was sollte er machen?«

Kolbe erzählte, er käme aus Trittau, das läge in der Nähe von Friedrichsruh am Sachsenwald.

»Kennt ihr bestimmt, da wohnt immerhin unser Kanzler.«

Er zog ein Gesicht, das Sanne nicht deuten konnte. Dann landeten sie schnell beim Nord-Ostsee-Kanal.

»Ich habe gehört, unverheiratete Männer müssen in den Baracken wohnen.« Kolbe sah fragend von einem zum anderen. »Ich könnte mir was Netteres vorstellen. Zum Beispiel hier bei dir zu bleiben, Rosario.«

»Das hätte ich auch gern, nur geht das nicht. Ich weiß selbst noch nicht, wo ich wohnen werde, wenn's losgeht. Diese Haus wird abgerisse.« Er zuckte mit den Achseln.

»Ach ja, klar.« Kolbe sah sich um. »Ist ein Ding, wenn man sich das überlegt, oder? Wir sitzen hier mitten im Kanal. Oder, nein, wahrscheinlich im Schleusenbecken.«

»Stimmt, ist komisch«, meinte Sanne nachdenklich. »Solange ich mich erinnern kann, sah es hier immer so aus wie jetzt. Abgesehen von einem neuen Haus mal irgendwo.«

»In drei, vier oder zehn Jahre konnen sich viele nicht mehr vorstellen, dass an diese Fleck mal jemand gelebt hat.«

Sanne nickte gedankenversunken.

»Bis alle Baracken stehen und auch in Betrieb sind, interessiert's wohl noch keinen, wo ich wohne. Was mir viel mehr Sorgen macht«, setzte Kolbe an, »ich habe munkeln gehört, die Arbeiter sollen ihren Lohn erst später ausgezahlt bekommen, wenn sie alle wieder zurück in der Heimat sind.«

»Nein, das glaube ich nicht.« Rosario stand auf, holte noch

zwei Flaschen Bier und verteilte sie gleichmäßig auf die drei Gläser.

»Das hätten die feinen Herren Ingenieure wohl gern.« Kolbe blickte kampfeslustig vor sich hin. »Hoffentlich finden sich genug Männer, die sich nichts gefallen lassen. Wir müssen den Herren von der Verwaltung sofort klarmachen, dass sie ihren schönen Kanal ohne uns vergessen können. Sich selbst nicht die Finger schmutzig machen, aber andere kommandieren, das habe ich gern!«

»Lass man, einige von denen sind wirklich fein«, sagte Sanne und trank einen Schluck.

»Aha, das Fräulein Zimmermannstochter kennt die hohen Herren persönlich.« Er sah sie spöttisch an.

»Einen habe ich tatsächlich kennengelernt«, entgegnete sie und reckte das Kinn. »Außerdem waren wir bei so einer Veranstaltung, letztes Jahr im Frühsommer.« Sie sah Rosario hilfesuchend an.

»Si, das stimmt. Da hat Herr Dahlstrom gesprochen.«

»Er hat gesagt, eine Baustelle ist wie ein Orchester«, erklärte sie feierlich. Daran erinnerte sie sich genau, weil sie das so schön gefunden hatte.

Kolbe feixte, auch Rosario lachte.

»Ach nee, eben schnackst du noch davon, dass die ihren Bau vergessen können, wenn sie keine Arbeiter haben, nun machst du dich genau darüber lustig.« Kolbe zog die Stirn kraus. »Na, so hat er das doch gemeint, der Dahlström. Ihm ging's darum, dass alle wichtig sind, nicht nur die Ingenieure, sondern jeder Mann, ob mit Schaufel oder Hammer, ob aus Italien oder Ostpreußen, ob hier in Brunsbüttel oder drüben in Kiel.«

»Das ist wahr«, gab Rosario ihr recht. »Die Konstruktion ist zwar schwieriger als ein Loch zu buddeln, aber darum ist ein Konstrukteur trotzdem nicht mehr wert. Das hat er gesagt.«

»Ganz genau«, übernahm Sanne wieder. »Weil nämlich, wenn am Ende keiner schaufelt, nützt auch die schönste Konstruktion nix. So ähnlich hat er das ausgedrückt. Und das hast du doch auch gerade gemeint, oder?« Kolbe nickte. »Also!«

Sanne musste plötzlich wieder an den Mann aus Ostpreußen denken. Wie hieß er noch? Ach ja, Ludwig. Den hatte sie in Rendsburg doch wahrhaftig wiedergesehen. Er hatte sich bald nach ihrer Begegnung auf dem Deich auf den Weg gemacht. Zu Fuß war der von Brunsbüttel nach Rendsburg gelaufen. Nett hatte sie ihn schon vorher gefunden, aber als er dort vor ihr gestanden hatte, da hatte sie ihn so richtig in ihr Herz geschlossen. Nix konnte ihn aufhalten, wenn es darum ging, seiner Familie ein gutes Leben zu ermöglichen. Sie lächelte. Sah gottlob so aus, als hätte sich die Wanderung für ihn gelohnt. Er hatte ihr erzählt, er wäre bei einem Bauern untergekommen, für den er ein paar Monate arbeiten durfte. Im Winter würde er noch mal nach Hause gehen, nach Czutellen, und rechtzeitig wiederkommen, um dann endlich am Kanal anzufangen.

»Was geht dir durch die Kopf?« Sanne blickte auf. Rosario beobachtete sie schmunzelnd.

»Nichts weiter, ich dachte nur gerade an jemanden.« Sie räusperte sich. »Auf jeden Fall ist das mit dem Lohn Tüderkraam, dass der erst später bezahlt wird. Und das wollten nicht die feinen Herren Ingenieure, wie du sagst.« Sie warf Kolbe einen strafenden Blick zu. »Der Pastor wollte das.«

»Was hat der damit zu tun?«

»Nicht er allein, sondern überhaupt die Kirche, nehme ich an.«

»Das musst du uns erklären.« Kolbe trank einen Schluck, ließ sie aber nicht aus den Augen.

»Das war im März im letzten Jahr. Das ganze Dorf war auf den Beinen und hat gefeiert, weil der Kaiser neunzig geworden ist. Gab einen großen Ball und abends Pschorrbräu aus München.«

»Und du mitten drin?« Kolbe griente.

»Warum nicht?« Rosario wirkte mit einem Mal 'n büschen ärgerlich, dabei hatte er doch keinen Grund.

»Beim Ball war ich natürlich nicht«, erzählte sie. »Aber ich war noch unterwegs, hatte was zu erledigen. Vor der Gastwirtschaft sind mir ein paar Kerle fast vor die Füße gestolpert.« Sie lachte. »Mann, die waren duun wie tausend Russen. Jedenfalls hat Pastor Reimers sich schrecklich aufgeregt. ›Ihr Trunkenbolde beweist, wie recht ich habe, wenn ich fordere, dass die Kanalarbeiter sparen sollen, statt ihr Geld in die Wirtschaft zu tragen‹, hat er geschimpft. ›Besser, die sehen keinen Pfennig, ehe sie wieder zu Hause sind.‹ Er meinte, damit wäre allen geholfen, die Männer würden besser arbeiten, es gäbe weniger Handgreiflichkeiten und die Familien würden was vom Lohn haben«, beendete sie ihre Erklärung.

»Das hätte die Kirche wohl gern so gehabt«, sagte Kolbe finster.

»Die schon, aber die Wirte und Krämer in der Gegend nicht«, warf sie grinsend ein. »Denen wäre damit nicht geholfen, die sehen es lieber, wenn die Pfennige, die hier verdient werden, auch hier verpulvert werden.«

»Außerdem, musse sich nicht jeder jeden Abend betrinke, aber ein Bier ab und zu ist wichtig fur die Moral. Das war am San Gottardo auch so. Wenn du das verbiete willst, dann gibt es erst recht Streit.«

»Was hattest du bei der Veranstaltung in Rendsburg überhaupt zu suchen?«, wollte Kolbe wissen.

»Wir«, berichtigte Sanne ihn, »wir waren bei der Rede.« Sie sah Rosario an. »Weiß er Bescheid?«

»Naturlich. Jedenfalls ungefähr.«

»Louis Favre, der Mann, der einen siebzig Kilometer langen Tunnel …«

»Siebzehn«, sagte Rosario.

»Ist doch egal, der hätte auch siebzig hingekriegt. Jedenfalls hat der keine Universität von innen gesehen, war bloß ’n einfacher Zimmermann«, erklärte sie. »Aber einer, der mehr vom Leben wollte, sich etwas getraut hat, der tüchtig war und plietsch.« Sie strahlte. »Das sind wir auch! Rosario weiß, wie man massive Steinbrocken aus dem Weg schafft, ich verstehe was von Schleusen.« Sie ließ die Schultern hängen. »Also, ich verstehe was von zwei Eider-Schleusen, die mein Urururgroßvater gebaut hat. Das mag nicht viel sein, aber ich denke, ich weiß, worauf es ankommt. Außerdem kann ich zeichnen und rechnen und bin nicht auf den Kopf gefallen. Wir kriegen das hin!« Kleinlaut gab sie zu: »Na ja, ganz so einfach, wie wir uns das vorgestellt haben, ist das nicht. Wir hatten gehofft, in Rendsburg ein paar Zahlen oder sonst was zu kriegen, was uns das Leben leichter machen könnte.«

»So wie ihr aus der Wäsche guckt, war das wohl nix. Ihr habt weiterhin von nix ’ne Ahnung!« Er schüttelte den Kopf.

»Von nix ’ne Ahnung«, wiederholte sie empört und schüttelte den Kopf. »Immerhin haben wir rausgekriegt, dass der Baurat Fülscher zuständig ist. Soll ein ganz feiner Herr sein und sich um sämtliche Wasserbau-Dinge kümmern.« Sanne leerte ihr Glas.

»Dass der Kanal sogar Menscheleben rette kann, hat Dahlstrom gesagt. Das hat mir gut gefallen. Gebe ich mir jetzt noch mehr Muhe!« Er strahlte Sanne an.

Kolbe zog die Augenbrauen hoch.

»Wie soll er das denn anstellen, bitte schön? Wie soll ein Kanal Leben retten?«

Sanne schüttelte schon wieder den Kopf. »Weißt du nicht, wie viele Seeleute im Kattegat ersoffen sind? Ich wusste schon immer, dass es einige waren, aber so viele? Dahlström hat gesagt, zweihundert Schiffe stranden da oder gehen unter oder so. Jedes Jahr! Ist der Kanal erst da, hört das auf. Dann sparen sich die Schiffe den gefährlichen Weg oben rum.«

»Und die Schleusen sind das Wichtigste«, ergänzte Rosario stolz. »Nur eine einzige falsche Zahl in der Berechnung kann zu einer Katastrophe fuhren.«

»Das ist wahr«, stimmte Sanne ihm zu. »Wer die Schleusen konstruiert, trägt Verantwortung für Hunderte oder sogar Tausende Menschenleben. Wer dabei einen Fehler macht, der verschwindet am besten auf Nimmerwiedersehen«, sagte sie und sah Rosario in die Augen.

Der Oktober brachte heftige Herbststürme. Sanne hatte im Haus alle Arbeit getan, draußen war bei diesem Wetter nichts zu machen.

»Kannst du nichts gegen Michels Schnarchen unternehmen und gegen seinen Husten?« Inge und Frerk waren mit Mutter bei einer Nachbarin, die kurz vor der Niederkunft stand. Elke war mit Sanne zu Hause geblieben. »Ich kriege kein Auge zu, außerdem tut mir der Lütte leid.« Elke seufzte. »Oder kann ich mit in deiner Kammer schlafen?«

»Als ob ich 'ne eigene Kammer hätte«, sagte Sanne und schnaubte. »Ist man nur 'ne abgeteilte Nische in unserem gemeinsamen Zimmer. Da passt kein zweites Bett rein.«

»Dann schlafe ich eben bei dir im Bett«, schlug Elke vor. Sie musste wirklich sehr erschöpft sein.

»Da ist es auch nicht leiser. Irgendwas stimmt mit Michels Atmung nicht«, sprach Sanne weiter. »Ich habe da vielleicht eine Idee.« Rosario hatte einmal ein köstliches Kraut in die Suppe getan. Das war ihr sofort aufgefallen, weil es so ein frisches Aroma

hatte. Er hatte ihr erzählt, dass er es in Italien immer gegen Er-
kältungen, vor allem gegen Husten genommen hätte. Was hatte
er noch gesagt? Man konnte einen Tee draus machen oder das
Gewürz in Honig geben, von dem man jeden Tag einen Löffel lut-
schen sollte. Dazu konnte sie Michel leicht überreden. Hoffentlich
hatte Rosario noch etwas von dem Kraut.

»Ich muss noch mal kurz wohin. Die anderen müssten jeden
Augenblick nach Hause kommen. Kannst so lange allein bleiben?«

»Ich bin doch kein Kleinkind mehr«, gab Elke spitz zurück.

»Nee, deshalb kannst du für Vadder auch Kartoffeln und Soße
warmmachen, falls er vor Mutter zurück ist.« Sanne lächelte.

Sie zog eine Jacke an, die sie sich aus Vadders altem Mantel
genäht hatte. Über Kopf und Schultern legte sie sich ein Woll-
tuch. Würde innerhalb von Minuten durch und durch nass sein,
aber besser als nix. Als sie aus der Haustür trat, riss der Sturm
sie ihr beinahe aus der Hand. Es toste und pfiff. Keine gute Idee,
bei diesem Unwetter draußen zu sein. Aber es nützte nix. Richtige
Arznei konnten sie sich nicht leisten. Sie stemmte sich gegen die
Böen, die ihr Tränen in die Augen trieben. Sanne konnte kaum
noch nach vorn schauen, dabei musste sie aufpassen, weil ganze
Äste von den Bäumen gekommen waren und mitten im Weg
lagen. Wenn sie bloß nicht so 'n Knüppel auf den Kopf bekam.
Schritt für Schritt kämpfte sie sich voran. Wie sie befürchtet hatte,
dauerte es nicht lange, ehe sie durchnässt war. Die Kälte kroch ihr
die Beine hoch, gleichzeitig schwitzte sie vor lauter Anstrengung.
Es kam ihr vor, als bräuchte sie eine Ewigkeit bis Brunsbüttel-Hafen. Kein Mensch war auf der Straße. Irgendwo stand 'ne Tür offen
und wurde immer wieder krachend gegen eine Wand geschleudert. Sanne ließ die Braake hinter sich, vom Deich aus konnte sie
sehen, wie die Elbe in großen Wellen ans Ufer klatschte. Wie hoch
das Wasser kam! Konnte einem angst und bange werden. Wieder

fiel ihr die Behauptung des Vaters ein, Wasser ließe sich nie voll-kommen beherrschen. In diesem Augenblick konnte sie es bei-nahe glauben. Der kleinste Fehler konnte zur Katastrophe führen. Na und? Sie stapfte vorwärts. Durften sie eben keinen Fehler machen! Endlich kam das Holthusen-Haus in Sicht. Sofort mel-dete sich auch das vertraute Kribbeln in ihrem Bauch. Sie konnte Rosario richtig gut leiden. Es war zu und zu schön, wenn er von seiner Heimat erzählte. Obwohl, sie kriegte dann auch jedes Mal Angst, er würde sich lieber früher als später auf den Weg zurück nach Hause machen. Würde ihr fehlen, wenn sie nicht mehr zu-sammen über den Plänen für die Schleuse brüten könnten. Wie viel Freude hatten sie gerade neulich gehabt, als Rosario Nachricht von Vering hatte. Der stimmte dem Plan zu, dass jede der beiden gleich großen Schleusenkammern sowohl zwei Flut- als auch zwei Ebbetore bekommen sollte. Die Fluttore sollten so bemessen sein, dass schon jedes Paar für sich den höchsten zu erwartenden Stand der Elbe einschließlich dem damit verbundenen Druck abhalten konnte. Vering hatte diese Überlegung deutlich gelobt. Zwar würden die Kosten durch eine derartige Bauausführung steigen, schrieb er, doch für die Sicherheit sei schließlich nichts zu teuer. Mensch, sie waren stolz gewesen und hatten zur Feier des Tages Rotwein getrunken. Den hatte Rosario in Holthusens Keller ent-deckt. Wäre doch zu schade gewesen, den umkommen zu lassen, hatte Rosario augenzwinkernd verkündet, und ihr war ganz warm ums Herz geworden.

Sie schlotterte, als sie an die Tür klopfte.

»Rosario?« Wahrscheinlich konnte er sie nicht mal hören bei dem Getöse. Sie rief noch mal und bollerte mit der Faust so kräftig an das Holz, wie sie nur konnte. Nichts. Also drückte sie die Klinke herunter. Abgeschlossen. Dann war er nicht im Haus. Genau gesagt, waren beide nicht da. O nee, wo steckten die Kerle denn bloß? Obwohl sie ahnte, dass es keinen Sinn hatte, lief sie in gebückter Haltung zum Schuppen.

»Rosario? Andreas?« Der Wind trug ihre Stimme auf und davon.

Die Arme um den Oberkörper geschlungen, sah sie sich um. Nichts, keine Möglichkeit, irgendwo unterzuschlüpfen. Ihr blieb nichts anderes übrig, als sich auf den Heimweg zu machen. Jetzt hatte sie den Sturm im Rücken. Eisig klatschte ihr der Regen auf die Schultern und ins Kreuz, sie stolperte den Dieksweg entlang, als würde sie dauernd jemand schubsen. Warum war sie nicht zu Hause geblieben? Auf einen Tag kam es mit Michels Medizin auch nicht an. Im kleinen Hafen sprangen die Boote auf und ab, legten sich im nächsten Moment zur Seite und krachten so heftig gegen die Dalben, dass ihr ganz anders wurde. Sie würde sich nicht wundern, wenn's ein Loch in einen der Kähne schlagen würde. Kam auch mal vor, dass sich ein Schiffchen losriss. Tatsächlich hörte sie im nächsten Moment Männerstimmen, die sich gegenseitig Kommandos zubrüllten. Sie kniff die Augen zusammen. Rosario oder Kolbe waren nicht dabei. Mist. Sie erkannte den blonden Lockenkopf, der sie damals zu Claas Clausen geschickt hatte, als sie nach Marne hatte fahren wollen. Mit einem anderen Mann war er damit beschäftigt, ein Segel fest an den Mast zu binden. Sie bemerkten sie nicht einmal, so sehr konzentrierten sie sich auf ihre Sicherungsaktion. Als sie gleich darauf schon fast am Gasthaus Busch vorbei war, hörte sie, wie sich eine Tür öffnete, dann waren da schon wieder Männerstimmen.

»Ihr habt sowieso mehr als genug. Macht, dass ihr schleunigst nach Hause kommt!«

»Wie hast du gesagte? Bei diese Wetter schickt man keine Hund vor die Tur! Egal, ob mit Schwanzspitze oder mit abgehackte.«

Sanne drehte sich um. Rosario stand in seiner viel zu dünnen

Jacke vor der Wirtschaft und schüttete sich aus vor Lachen. Die Tür wurde erneut aufgerissen, Andreas Kolbe taumelte auf den Gehsteig, auch er für dieses Wetter völlig unpassend angezogen, auch er amüsierte sich prächtig. Das hatte ihr noch gefehlt! Wie es aussah, brauchte Rosario sein Wunderkraut demnächst selbst, sofern er überhaupt noch etwas davon hatte.

»War 'n anständiger Kerl«, sagte Kolbe feierlich und versuchte, auf einer Stelle stehen zu bleiben, was ihm mehr schlecht als recht gelang. »Ein Herr im feinen Anzug gibt nicht oft armen Schluckern einen aus.«

»Schluckern ist gut!« Rosario kicherte.

»Wo ist der am Ende eigentlich abgeblieben?«, nuschelte Kolbe und zog die Stirn kraus. »Hat sich nicht mal verabschiedet. Doch nicht so anständig.«

»O Mann, so duun wie ihr seid, hat der feine Herr euch nicht nur einen ausgegeben.«

»Signorina Sanne, wo kommstedudennher?«, brachte Rosario grinsend hervor.

»Das ist aber kein Wetter für 'ne junge hübsche Deern.« Kolbe wedelte mit dem Zeigefinger in der Luft herum. In dem Moment fegte eine besonders kräftige Böe durch die Gasse. Er taumelte und hielt sich gerade noch an einem Zaun fest. Glück gehabt, ein paar Schritte weiter, und er wäre womöglich bis in die Braake heruntergetrudelt. Sanne seufzte. Sie konnte die beiden unmöglich allein nach Hause gehen lassen. Am Ende kamen die nicht lebend an.

»Was soll's?«, rief sie, ging zu Rosario und hakte sich bei ihm unter. »Für zwei Kerle, die sich nicht mehr auf den Beinen halten können, ist das Wetter noch übler.« Sie ging mit Rosario im Schlepptau zum Zaun, schnappte sich Kolbes Arm und brachte ihn dazu, sich auf ihrer anderen Seite einzuhaken.

»Wer kann sich nicht auf den Beinen halten?«, fragte er aufgebracht. »Du meinst doch nicht uns?« Er machte eine paar Schritte und brachte das Dreiergespann fast zum Straucheln. »Geht doch prima!«, meinte er und strahlte.

»Jo, allerbest!« Sanne seufzte. »Dann mal los«, kommandierte sie, »ich bringe euch nach Hause.«

»Das ist aber sehr nett von dir, uberhaupt, du biste wirklich so nett.« Rosario wurde immer schwerer an ihrem Arm.

»Finde ich auch. Wenn du uns zu Hause noch 'n schönen Grog machst, bist du noch viel netter.« Kolbe kicherte.

»Jede Wette, dass keiner von euch mehr einen Grog runterkriegt«, murmelte sie. Glücklicherweise nahm der Sturm ihre Worte mit, sonst hätten sich die beiden womöglich noch herausgefordert gefühlt.

Sie hätte nicht sagen können, wie lange sie für den Weg zum Holthusen-Grundstück gebraucht hatten. Immer wieder hatte einer von beiden sie fast in den Graben gezogen. Dann wieder meinte der andere, er müsse unbedingt einen Ast aus dem Weg räumen. Zu allem Überfluss hatten beide unterwegs die Idee, doch lieber umzukehren, was dazu führte, dass sie sich einmal um die eigene Achse drehten, ehe sie ihren Weg in die richtige Richtung fortsetzen konnten. Sanne war heilfroh, als sie endlich an der Haustür ankamen. Es dauerte eine Weile, bis sie den Schlüssel aus Rosarios Jacke gefischt hatte.

»Nicht, bin ich kitzelig«, rief er und versuchte, sie abzuwehren. Irgendwann war es geschafft, Kolbe verzog sich ohne ein weiteres Wort in seine Kammer. Sie hörte ein Rumsen und einen Schlag, wollte schon nach ihm sehen, doch ein wohliges Stöhnen und gleich darauf ein Schnarchen, das selbst Michel in den Schatten gestellt hätte, beruhigte sie. Rosario blieb genau da stehen, wo sie ihn abgestellt hatte.

»Na, komm, ab ins Bett mit dir.«

Sanne zitterte am ganzen Körper, als sie schließlich allein in der Wohnküche war. Schnell machte sie ein Feuer. Sie schüttelte den Kopf, musste aber lächeln. Nur gut, dass Rosario schon im Sommer so eifrig Holz gehackt hatte. Als die Flammen loderten, trat sie ans Fenster. Noch immer peitschte der Regen gegen die Scheibe, es heulte gespenstisch. Trotzdem hatte sie das Gefühl, es beruhigte sich ganz allmählich. Bei dem Wetter mochte sie sich nicht auf den Heimweg machen. Zumindest nicht in ihren nassen Kleidern. Langsam breitete sich die Wärme in dem kleinen Raum aus. Sie hatte ihre Jacke und ihr Tuch über einen Stuhl gelegt, so konnten sie wenigstens ein bisschen trocknen. Solange Rock und Bluse noch kalt und nass an ihr klebten, würde sie nie aufhören zu schlottern. Eilig schlüpfte sie aus ihren Sachen, hängte sie über einen zweiten Stuhl, den sie vor den Ofen schob. Nur noch in Unterwäsche setzte sie sich in Rosarios alten Sessel und legte sich seine Wolldecke um. Das tat gut. Bis ihre Kleider trocken waren, konnte sie für einen Moment die Augen zumachen.

Sanne erwachte mit einem seltsamen Gefühl. Ihr war, als würde sie jemand beobachten. War Elke etwa heimlich in ihr Bett geschlüpft? Nee, das war überhaupt nicht ihr Bett. Wo war sie? Sanne öffnete die Augen. Das Feuer im Ofen war zu einer mickrigen Glut verkümmert, die Wolldecke war ihr vom Schoß gerutscht. Sie musste sich erst an das wenige Licht gewöhnen. Vor allem musste sie sich sofort was anziehen, sie fror erbärmlich. Sanne stand auf. Da erkannte sie, dass jemand im Türrahmen lehnte. Kolbe. Er bewegte sich nicht, sah sie einfach nur an. Sie hob schnell die Decke auf und legte sie sich um die Schultern. Das war 'ne komische Situation. Peinlich und irgendwie … Wieso sagte er denn nichts? Musste sie eben was sagen. Ehe sie auch nur einen Ton rauskriegte, drehte er sich um und ging.

Sie hatte kaum geschlafen, vielleicht zwei oder drei Stunden, als Sanne am nächsten Morgen in aller Frühe wieder zum Holthusen-Haus lief. Der Regen hatte in der Nacht aufgehört, auch der Sturm war deutlich abgeflaut. Nachdem sie im Sessel erwacht war und bemerkt hatte, dass Kolbe sie anstarrte, war sie fast geflüchtet. Sie war so flott nach Hause gelaufen, dass sie dort völlig außer Atem angekommen war. An Schlaf war da natürlich erst mal nicht zu denken gewesen.

Sie klopfte, drückte die Klinke herunter. Offen.

»Guten Morgen!«, rief sie fröhlich und sah sich vorsichtig um. Von Kolbe keine Spur. Sie atmete auf.

»Gute Morge. Nicht so laut, bitte!« Rosario stand am Herd und nahm gerade den Kessel vom Feuer.

»Da hat aber einer einen gewaltigen Kater«, sagte sie.

Rosario schaute sich irritiert um.

»Sprichwort?«, fragte er dann mit Leidensmiene. »Schon wieder eines dieser Sprichworte?«

»Richtig. Kannst noch nix mit anfangen, was?« Sie lachte. »Und wie geht's deinem Saufkumpan?« Hoffentlich klang das beiläufig. Sofort hatte sie wieder das Bild vor Augen, wie Kolbe da gestanden und sie angesehen hatte. Halb nackt war sie gewesen. Heiliger Strohsack, das war ihr vielleicht peinlich. Wie sollte sie sich bloß anstellen, wenn er gleich auftauchte?

»Weiß nicht, ist weg. Habe die Tur gehort.«

Gott sei Dank! Vielleicht hatte sie auch alles nur geträumt oder er hatte es vergessen, duun, wie er gewesen war. Jedenfalls war sie erleichtert, ihm jetzt noch nicht zu begegnen.

»Gegen einen Kater hilft nur eins«, verkündete sie und hob das Päckchen hoch, das sie in der Hand hielt. »Ich habe dir 'n schönen Bismarckhering mitgebracht!«

Rosario verzog das Gesicht.

»Fisch?«, fragte er heiser. »Nein, ich kann nixe essen, schon gar nicht Fisch.«

»Keine Widerrede, der tut dir gut. Frag mich nicht, wieso, aber mein Vater schwört drauf. Ihm hilft der immer, wenn er mal einen über den Durst getrunken hat.«

Sie holte einen Teller aus dem Schrank und legte den Fisch mit ein paar Scheiben Zwiebeln darauf. Sofort verbreitete sich der würzige Duft im ganzen Raum.

»Lecker, oder? Also mir läuft das Wasser im Mund zusammen.« Sie rückte ihm einen Stuhl zurecht. Rosario ließ sich ergeben darauf sinken, schnupperte.

»Heißte wie?«, fragte er schwach.

»Wie unser Kanzler Bismarck. Weil der den auch so lecker und bekömmlich findet. Habe ich gehört.«

Er schnupperte noch mal, sah sie flehend an.

»Ich weiß nicht, Sanne.«

»Na los, hau rein!«

Er schnitt ein winziges Stück ab, schob es sich in den Mund und schnitt eine Grimasse.

»Der ist ja sauer«, brachte er gequält hervor. »Saure Fisch? Da zieht sich alles zusamme.« Sanne lachte.

»Klar, so gehört der. Wusstest du das nicht? Bevor den plötzlich alle nach 'm Bismarck genannt haben, sagten die Leute Sauerlappen dazu.«

»Ich glaube, saure Lappe wird nicht meine Lieblingsspeise.« Trotzdem aß er tapfer auf, mit zunehmendem Appetit, wie ihr schien.

»Ihr habt es aber auch ordentlich übertrieben«, stellte sie kopfschüttelnd fest. »Gab's was zu feiern?«

»Nein, eigentlich nicht. Na, vielleicht doch ein bisschen. Weißt du, habe ich Andreas eine Stelle an der Schleuse versproche.«

»Bist du verrückt?« Sie sprang auf. »Das kannst du doch überhaupt nicht.«

»Sagst du nicht immer, man muss sich etwas zutraue?«

»Ja, schon, aber das ist etwas anderes. Ich meine, du kannst vorschlagen, ihn an der Schleuse arbeiten zu lassen, Rosario, aber versprechen kannst du es ihm nicht, weil du nicht derjenige bist, der das entscheidet.«

»Ich weiß ja auch nicht«, sagte er kleinlaut. »Er ist so nett. Und er hatte spendiert ein Bier, dann ich auch eins. Und dann weiß ich nicht mehr so richtig.«

Sie ließ sich wieder auf den Stuhl sinken.

»Tja, es gibt Schlimmeres. Zur Not wirst du ihm beibringen müssen, dass er die Stelle nicht kriegt, die er gern hätte. Bei meinem Vater kann er auf jeden Fall arbeiten.«

Ihr wurde flau bei dem Gedanken, dann würde sie Kolbe noch öfter sehen. Immerhin brachte sie ihrem Vater meist mittags 'ne Stulle zur Baustelle, an der er gerade beschäftigt war.

»Ich habe keine Schuld, weißt du, das war diese Kom.«

Sanne stutzte, dann musste sie lachen.

»Köm!« Er nickte. »Nee, der hat auch keine Schuld, die Menge war's. Mensch, Rosario, du weißt doch nicht mal, wozu der Kolbe überhaupt zu gebrauchen ist.«

»Doch, hat er mir gesagt.«

»Und, wozu?«

Er ließ die Schultern hängen. »Hab ich vergesse.« Plötzlich strahlte ihm wieder die italienische Sonne aus dem Gesicht. »Aber er ist stark, das weiß ich. Er hat Armdruck gemacht und gewonnen gegen so eine Kerl.« Rosario deutete einen Hünen an.

»Was, bitte schön, ist Armdruck?«

»Na, so!« Er schob den Teller beiseite, stellte den Ellenbogen auf den Tisch und hielt die offene Hand hin, als solle sie einschlagen.

»Armdrücken.«

»Sag ich ja.«

»Ja, Muskeln hat er. Immerhin.« Sie spülte den Teller ab. »Also ehrlich, ich stehe bei dem Wetter vor deiner Tür, während ihr euch betrinkt und Armdrücken macht. Typisch Mannsbilder.«

»Du warst schon vorher hier? Was wolltest du denn?«

»Ich wollte nach dem Gewürz fragen, das du neulich in der Suppe hattest. Du weißt schon, das so gut gegen Husten sein soll.«

»Thymian!«

»Ja, genau. Ich habe dir doch von meinem Bruder Michel erzählt. Der keucht manches Mal, das ist nicht mitanzusehen. Will einfach nicht besser werden.« Sie seufzte. »Ich dachte, du hast vielleicht noch ein bisschen davon.«

»Naturlich!« Er stand auf und hielt sich kurz an der Stuhllehne fest. Noch etwas unsicher tappte er zum großen Küchenschrank und öffnete die erste Tür.

»Wo habe ich es denn?« Immer wieder rieb er sich die Schläfe. Der Arme musste sich wirklich elend fühlen.

»Ha, fällt mir wieder ein.«

»Da wird der Michel sich freuen. Ich bin dir sehr dankbar, Rosario.«

»Wieso Michel?«

»Für den ist doch dieses Thymianzeug.«

»Nein, ist mir eingefallen, was Andreas noch kann. Außer starke Muskeln hat er auch Fingerspitzegefuhl«, verkündete er begeistert.

»Aha.«

»Ja, weißt du, hat er gebaut eine Haus. Also eine große für seine Bruder, aber vorher eine in klein, damit er sehen kann, ob alles passt.«

Sanne baute sich vor ihm auf.

»Mit so einem Talent wird er bestimmt Vorarbeiter«, sagte sie spöttisch. »Das hilft natürlich richtig. Er baut einfach eine Schleuse in klein, du gibst die bei Vering oder Fülscher ab, fertig sind wir.« Sie schüttelte den Kopf.

»Hier ist Thymian. Bitte schon«, kam es schüchtern von ihm. Er reichte ihr eine kleine Blechdose und erstarrte mitten in der Bewegung. »Was hast du gerade gesagt?«

Die beiden sahen sich sehr lange an.

»Das ist wirklich eine gute Hilfe.« Sanne lachte laut auf. »Natürlich, das ist es! Wir können im Kleinen ausprobieren, was später im Großen funktionieren soll.«

»Siehst du, ich wusste doch, dass er uns helfen kann.«

Sanne freute sich wie verrückt, mit Kolbes Hilfe konnten sie vielleicht wirklich eines ihrer größten Probleme lösen: ihre fehlende Erfahrung. Sie konnten noch so viel zeichnen und planen, wussten aber nie, ob in Wirklichkeit nicht irgendwas dazukam, woran sie nie gedacht hatten. Wenn sie aber ein richtiges Modell hätten, eins aus Stein und Holz und Beton mit Winden und Schiebern und allem Drum und Dran, konnten sie alles durchspielen und Schwierigkeiten aus dem Weg räumen. Egal, ob die Schleuse nur zehn Zentimeter groß war oder ein paar Meter. Wieso guckte Rosario denn so zerknirscht aus der Wäsche? Nun war doch alles in Butter. Oder wenigstens war mehr in Butter als vor Kolbes Auftauchen.

»Was ist denn los mit dir? Freust du dich nicht? Oder geht es dir noch immer so schlecht? Dann lege dich man lieber noch mal aufs Ohr.«

»Nein, nein, dein sauer Lappe hat schon geholfen«, druckste er.

»Du hast doch was auf dem Herzen.«

»Ja, weißt du, da war doch dieser Herr im Anzug. An den erinnere ich mich jetzt wieder.«

»Der euch einen ausgegeben hat?«

»Kann auch zwei oder drei gewesen sein«, gab er zu.

»Und, was ist mit dem?«

»Bin ich nicht sicher, aber konnte sein, dass er was gehort hat.«

»Was soll er denn gehört haben?« Sanne wurde ganz komisch.

»Dass ich gar keine Schleusenbauer bin.« Sie hielt sich am Tisch fest und starrte ihn an. »Na ja, und dass eine Frau die Pläne gezeichnet hat.«

»Was sagst du da?« Ihr wurde heiß und kalt und schrecklich übel. »Verstehst du denn nicht, was das bedeutet?« Ihre Chance, sich endlich zu beweisen, wäre dahin. Und ihn würden sie davonjagen. »Wenn das wahr ist, sind wir verloren, Rosario.«

Kapitel 24
Justine

Kiel, 10. Februar 1888

Das Wasser im Kieler Hafen war ordentlich kabbelig, hier und da trieb Eis. Bloß gut, dass Justine letztes Jahr den Kragen ihres Wintermantels gestopft hatte, nun konnte sie den schön hochklappen und war vor dem biestigen Wind geschützt. Sie schob die Hände tief in die Taschen. Das Schloss hatte sie gerade hinter sich gelassen. Ob das da drinnen wohl so richtig kuschelig warm war? Angeblich hatten die eine von diesen modernen Warmwasserheizungen. Ganz bestimmt sogar, immerhin war Kaiser Wilhelms Enkel der Hausherr. Zu schade, dass Prinz Heinrich seinen Brunnen nun doch nicht an der Ecke Dänische Straße und Burgstraße aufstellen lassen wollte, ging ihr durch den Kopf. Sollte ein riesiges Ding werden, mit Wappen und Wasserspeiern, mit Putten und mit dem Konterfei des Prinzen und seiner Zukünftigen. Heinrich wohnte nun schon seit Jahren im Schloss und war vorher in Kiel zur Marineschule gegangen. Da gehörte es sich wohl, dass die Stadt ihm was zur Hochzeit schenkte. Seine Verlobte stammte aus Hessen, hatte Justine gehört. Ob die mit dem norddeutschen Wetter zurechtkam? Na ja, wenn man so eine moderne Heizung hatte und jede Menge Pelze, dann kümmerte einen das sicher nicht. Justine war auf dem Weg zur Universitätssternwarte. Statt dass die jemanden geschickt hätten, um ihre bestellte Ware abzuholen, hatte Vater angeboten, die paar Schrauben, Gewichte und anderen Kleinkram schnell mal zwischendurch zu liefern. Das sei doch kein Problem. Nee, nicht, wenn Justine das in ihrer Pause erledigte. Sie schnaufte, die eisige Luft brannte in ihren Lungen.

»Kannst du nicht unterwegs deine Stulle essen?«, hatte Vater sie gebeten. Das machte er seit letztem Sommer. Er verlangte nicht mehr, sondern bat sie um Botengänge oder eine Bilanz der Ausgaben und Einnahmen. Außerdem bedankte er sich regelmäßig. Das konnte Justine gut leiden. So ließ es sich leichter aushalten, dass am Ende eines Monats in der Kasse nie genug übrig war, um mal so einen richtigen Batzen von den Schulden abzuzahlen. Sie kamen zurecht, was wollte sie mehr? Anderen ging es deutlich schlechter. Ihre Füße taten weh vor Kälte. Kein Wunder, die Halbschuhe waren für den Schnee nicht geeignet. War irgendwie drollig, ging ihr durch den Kopf, diejenigen, die schon viel besaßen, bekamen immer noch mehr. Einen Brunnen zum Beispiel. Wie hatte Großvater früher gesagt? Der Teufel schietet auf den größten Haufen. War wohl was dran. Nicht, dass sie Heinrich und seiner hessischen Verlobten das Ding nicht gönnte. Wäre aber nett gewesen, wenn nicht nur die beiden was von dem Anblick hätten, sondern sich alle Kieler drüber freuen könnten. Andererseits konnte Justine es verstehen. Würde sie ihr Hochzeitsgeschenk etwa mit allen Leuten in der Stadt teilen wollen? Ihr und Thorin würde die Stadt allerdings auch nicht so was Wertvolles und Großes schenken. Nicht mal einen Händedruck bekämen die beiden von Kiel, wenn sie heiraten sollten. Ob das nun doch bald dazu kam? Sie lief den Düsternbrooker Weg hoch. Thorins Brief, den sie gestern bekommen hatte, machte ihr Mut. Es war ein bisschen gemein von ihr, aber sie freute sich doch, dass die Wanderbühne in Celle ein Fiasko erlebt hatte. Thorin hatte ihr sogar einen Zeitungsausschnitt mitgeschickt, um zu beweisen, wie er geschrieben hatte, wie dämlich sogar die Reporter gewesen waren. In dem Artikel hatte es geheißen, der Vorstellung habe jeder Charme gefehlt, die Darsteller seien selbstverliebt und ließen es an gesellschaftlicher Bildung mangeln. Justine hatte die Kritik so häufig gelesen, dass sie sie nun auswendig kannte. Es sei allzu offensichtlich geworden, dass die Schauspieler nichts von dem verstünden, was sie auf der Bühne zeigten, da sie offenbar in der Welt noch nicht viel herumgekommen' seien. Darüber hatte Thorin sich am meisten aufgeregt.

»Wahre Künstler müssen nicht in Spanien oder China gewesen sein, um in die Rolle eines Spaniers oder Chinesen schlüpfen zu können. Wer das meint, der beweist allzu deutlich, wie wenig er von der darstellenden Kunst versteht.«

Er war ordentlich enttäuscht über seine Mitstreiter, die sofort ein anderes Stück einstudieren wollten. Bestimmt anderthalb Seiten brauchte er, um ausgiebig über sie zu schimpfen. Überhaupt hatte er kaum von etwas anderem geschrieben als von seinen wenig erfreulichen Erfahrungen mit der Wanderbühne. Justine konnte das verstehen. Klar beschäftigte ihn das. Seit Monaten drehte sich seine Welt um nichts anderes. So wie ihr Leben beinahe nur Eisenwaren Thams und die Kunden kannte. Ihr Atem stand für eine Sekunde wie eine Wolke vor ihren Lippen, ehe der Wind ihn davontrug. Was sollte Thorin ihr also sonst schreiben? Danach zu fragen, wie es ihr ginge, hätte wenig Sinn gehabt, sie hätte ihm doch keine Antwort senden können, weil er schon wieder unterwegs war. Dass er nun zurückkommen und das Angebot ihres Vaters annehmen wollte, war sowieso das Wichtigste. Das hatte in seinem Brief gestanden, wenn auch nicht so direkt, aber ihr war klar, dass er es nur so gemeint haben konnte.

Ein Schneeball sauste haarscharf an ihrer Nase vorbei. Justine blieb stehen. Nur eine Sekunde, dann hatte sie sich von ihrem Schreck erholt und sah sich um. Drei Mützen verschwanden gerade hinter einer Mauer.

»Na wartet, ich werde euch Beine machen«, rief sie.

Eine dunkelblaue Mütze mit großem Bommel tauchte langsam wieder auf. Darunter kam ein rotwangiges Gesicht mit blitzenden Augen zum Vorschein.

»Entschuldigung, wir wollten Sie nicht treffen.« Sie musste lachen.

»Habt ihr auch nicht. Das müsst ihr wohl noch üben. Aber nicht mit mir«, setzte sie schnell dazu.

Jetzt tauchten auch die anderen beiden Bengel auf wie zwei Korkstopfen, die auf die Wasseroberfläche schnellten.

»Hast gehört?«, brüllte einer und stieß dem anderen den Ellenbogen in die Seite, »sie hat es erlaubt.«

Noch ehe Justine es verhindern konnte, bückten sich alle drei, formten neue Eisgeschosse und nahmen direkt Anlauf. Ein Knall, gleich noch einer. Die Jungs feixten. Justine sah weiße Abdrücke an dem Fenster der Villa mit der Nummer 32. Sie überlegte kurz, ob sie den Burschen die Leviten lesen sollte. Aber sie musste weiter, sonst würde sie noch festfrieren. Das war aber auch eisig, die Hörn war bis auf die Höhe von St. Nikolai zugefroren. Wie schön es wäre, mit Thorin Schlittschuh zu laufen. Ach was, dafür hatte sie sowieso keine Zeit. Sie wollte ihren Weg gerade fortsetzen, als die prunkvolle Tür der Nummer 32 aufgerissen wurde. Eine Frau mit Schürze erschien, wahrscheinlich die Haushälterin.

»Wartet, ihr Rotzbengel, wenn ich euch erwische!«

»Wo sind wir denn? Steuerbord oder Backbord?«, schrie der mit dem großen Bommel.

»Kann sie nicht wissen«, antwortete einer der beiden anderen.

»Löwen sind Katzen, und Katzen sind wasserscheu! Das weiß ich genau, weil ich mal welche in den Hafen geschmissen habe.«

Ein Schneeball zischte durch die Luft und traf die Frau an der Schulter. Sie schrie auf.

»Oh, mag die Frau Katze auch keinen Schnee?«, fragte der Bommel gespielt mitleidig.

»Frau Löwe, heißt die«, sagte ein anderer, während er sie anpeilte. Schon flog das nächste Wurfgeschoss. Für Justine war der Spaß vorbei.

»Jetzt reicht's aber«, brüllte sie die drei an. »Macht, dass ihr wegkommt! Wird's bald?« Die Bürschchen wussten offenbar nicht, was sie von der Drohung halten sollten. Unschlüssig guckten sie von ihr zum Haus und wechselten ihre kalte Munition von einer Hand in die andere. Justine bückte sich, formte schnell einen Schneeball und feuerte ihn mit voller Wucht in die Richtung der Bengel. Sie wollte ihnen nur Angst einjagen, aber sie hatte noch nie besonders gut zielen können. Die Mütze mit dem Bommel flog im hohen Bogen auf die Straße.

»So 'n Schiet, 'n Weib, das werfen kann«, brüllte einer erschrocken.

»Das war aus Versehen«, entschuldigte sich Justine halbherzig.

»Nichts wie weg!« Sie rannten los, beinahe hätte der Bommel noch seine Mütze liegen lassen.

»Ich heiße nicht Katze, und Löwe heiße ich auch nicht«, rief die Frau den Rotzlöffeln hinterher. »So 'n Tüünkraam hab ich ja noch nie nich gehört!« Ein Krachen und die Tür war zu.

Dann wohnte dort wohl Carl Loewe, Präsident des Kaiserlichen Kanalamtes, dachte Justine. Die Kieler zerrissen sich das Maul über ihn, weil er von Schiffen so viel verstand wie der Löwe vom Sticken. Und wenn schon. Hauptsache, er konnte rechnen, die Qualität von Werkzeug und Eisenwaren beurteilen und jede

Menge davon bei Thams und Tüxen kaufen, dann sollte es ihr recht sein. Thams und Tüxen, das klang gut. Dann noch Thams und Tüxens Traumtheater und ihr Glück war perfekt. Justine hüpfte vergnügt und beeilte sich, ihre Waren abzuliefern.

Obwohl der Besuch in der Sternwarte hätte erfreulicher verlaufen können, war Justine noch immer bester Laune, als sie zurückkehrte.

»Ich wette, dich trifft der Schlag, wenn ich dir erzähle, was los war, Vater«, rief sie, während sie aus dem Mantel schlüpfte. Im gleichen Augenblick fiel ihr siedend heiß ein, dass sie so nicht reden sollte, falls Kunden im Laden waren. Sie hängte Schal und Mütze an den Haken und wollte nachsehen gehen, als sie ein dumpfes Geräusch hörte. Das hatte ordentlich gerummst. Die Rotzbengel waren ihr doch wohl nicht nachgelaufen und bewarfen jetzt ihre Fenster mit Schneebällen! Sie hastete nach draußen und blickte die Straße hoch und runter. Nichts zu sehen. Ohne Mantel war es nicht auszuhalten. Sie ging schnell wieder hinein und direkt in den Verkaufsraum.

»Hast du das auch gehört, Vater?«, fragte sie. Keine Antwort. Wo steckte er bloß? Er ließ den Laden doch nie allein. »Vater?« Ihr fiel ein Bogen Papier auf, der auf dem Boden lag. Da gehörte er nun wirklich nicht hin, musste wohl vom Kassentresen gerutscht sein. Sie wollte ihn aufheben, da sah sie etwas, was hier noch weniger hingehörte: Beine.

»Was …?« Sie begriff. »Vater!« Sofort war sie bei ihm, kniete sich hin, packte seine Hand. »Was machst du denn für Sachen?« Sie atmete viel zu schnell, ihr war schon ganz komisch zumute. Ruhe bewahren. Das war nur nicht so leicht, wenn er nicht endlich etwas sagte. Oder wenigstens die Augen aufmachte. Das Türglöckchen bimmelte, Justine hätte beinahe geschrien vor Schreck.

»Moin, ist jemand zu Hause?« Das war die Stimme von Friedhelm Ehlers. »Mein lieber Herr Gesangverein, das ist vielleicht 'ne Eiseskälte«, knurrte er.

»Mein Vater«, rief Justine, »es geht ihm nicht gut. Rufen Sie Doktor Assmann, schnell!«

»Wo sind Sie überhaupt?«, fragte der Gastwirt und stand gleich darauf vor ihr und dem reglosen Körper ihres Vaters. »Heiliger Strohsack!«

»Er spricht nicht, er tut überhaupt nichts«, brachte sie hervor. Die Angst schnürte ihr fast die Kehle zu. »Ich weiß nicht mal, ob er überhaupt noch atmet.« Sie schluckte, riss sich zusammen. »Jetzt stehen Sie doch nicht rum. Doktor Assmann muss kommen. Sofort!«

»Nee, ich glaub nicht«, meinte Ehlers. »Ihr Vater braucht keinen Arzt mehr, tut mir leid, Fräulein Thams.« Er riss sich die Mütze vom Kopf.

»Was reden Sie denn da?«, fuhr sie ihn an. »Nun machen Sie schon, los!«

»Wenn Sie meinen.« Er zog die Mütze wieder auf den kahlen Schädel und setzte sich gottlob fix in Bewegung. Hatte auch lange genug gedauert.

»Doktor Assmann ist gleich hier, Vatilein«, flüsterte sie und berührte vorsichtig seine Stirn. Die fühlte sich schrecklich kalt an. Seine Hände auch.

»Lieber Gott, du nimmst mir doch jetzt nicht meinen Vater weg, oder?«

Wieso Ehlers zurückkam, wusste sie erst nicht, es war ihr auch einerlei. Bis sie begriff, dass er sich an der Ladentür postierte und niemanden mehr hineinließ. Außer Doktor Assmann natürlich, der kurz nach ihm das Geschäft betrat, seine Tasche schon im Laufen geöffnet.

»Wo ist Ihre Mutter, Fräulein Thams«, fragte er sehr ernst, nachdem er Vater untersucht hatte.

»Ich weiß nicht, vielleicht hat sie sich hingelegt. Was ist mit meinem Vater?« Sie ahnte es, nein, eigentlich wusste sie genau, was los war. Aber sie wollte es nicht hören.

»Vermutlich Herzschlag«, gab er knapp zurück. »Waren Sie nicht hier, als er gestürzt ist?« Justine schüttelte den Kopf. Schlag, Herzschlag … Das war doch nicht möglich, gestern war er noch wohlauf gewesen. Erschöpft, aber gesund. Er hatte sich zu viel zugemutet, das hatte sie doch gewusst. Warum hatte sie es zugelassen? Wenn sie doch nur die Zeit zurückdrehen könnte.

»Mein Beileid, Fräulein Thams.« Assmann räusperte sich. »Wir müssen Ihre Mutter in Kenntnis setzen.«

»Können Sie …? Ich schaffe das nicht, ich …« Sie schlug die Hände vor das Gesicht.

»Ich komme dann ein anderes Mal wieder«, sagte Ehlers. »War 'n feiner Kerl, Ihr Vater. Ist schade um ihn.« Das Glöckchen ertönte, weg war er.

»Schön, ich sage es Ihrer Mutter. Aber Sie kommen mit, Ihre Mutter braucht Sie jetzt.« Assmann ging voraus in Richtung der Wohnräume, Justine nahm den Schlüssel vom Haken, verriegelte die Ladentür und drehte das Geöffnet-Schild um.

Kapitel 25
Regina

Westerrönfeld und Brunsbüttel, Februar 1888

Sie hatte Ina schlafen gelegt und betrat mit ungutem Gefühl den Salon. Das Dienstmädchen hatte sie gebeten, sich dort einzufinden. Ihm war anzumerken gewesen, wie peinlich berührt es war. Zuerst sah Regina Christophs eingefrorene Miene. Da wusste sie es bereits. Dann fiel ihr Blick auf ihren Hut mit Schleier, den sie bei Broder liegen gelassen hatte. Wie lang war das her? Bald ein Jahr.

»Er hat es dir gesagt«, stellte sie fest. »Er hat sich Zeit gelassen. Warum jetzt?«

Christoph sprang auf.

»Allerdings, er hat es mir gesagt. Immerhin ist er so ehrenhaft, für einen kleinen Lohn zu schweigen. Die Leute werden reden, natürlich werden sie das.« Er wurde immer lauter, kam auf sie zu, ließ sie im nächsten Moment stehen und wandte sich zum Fenster. Wie unsicher er war, sie könnte beinahe Mitleid mit ihm haben. »Ich werde mir irgendeine Geschichte ausdenken, was aus meiner schönen Frau und ihrer reizenden Tochter geworden ist.« Er sah sie an, Regina erschrak vor der Kälte, die er ihr entgegenbrachte. Respekt oder gar echte Sympathie hatte sie nie in seinem Blick gesehen, aber bisher auch noch nicht diesen unverhohlenen Hass.

»Ich wollte nie ein Mädchen, schon gar nicht so ein mickriges. Nimm deine Tochter und mach, dass du hier wegkommst. Ich will dich nie wieder sehen.« Er bebte. Nur ein Wort und er würde explodieren. Trotzdem konnte sie nicht anders, sie musste es wissen.

»Er hat so lange geschwiegen. Warum jetzt?«

»Verschwinde!«, schrie er. »Sofort, sonst überlege ich es mir noch und schlage dich tot.«

Sie zögerte, drehte sich um, ging zur Tür. Sie dachte eine Sekunde daran, ihm zu sagen, dass es ihr leidtäte, aber das wäre gelogen, also schwieg sie.

Als sie schon aus dem Zimmer war, hörte sie ihn hinter sich sagen: »Du willst wissen, warum er jetzt zu mir gekommen ist?«

Regina wandte sich um.

»In diesem Monat beginnen die Arbeiten in Brunsbüttel. Sie bauen den Kanal. Dein Liebhaber sieht seine Felle wegschwimmen und macht alles zu Geld, was er nur finden kann.«

Broder Neunes ließ sich dafür bezahlen, über sein Verhältnis mit ihr zu schweigen? Wie viel hatte sie in den letzten Tagen und Wochen um das geweint und getrauert, was sie für die große Liebe gehalten hatte. Immer wieder hatte sie sich gesagt, dass es die eben nur im Märchen gab. Doch was ihr Verstand längst begriffen hatte, wollte ihr dummes Herz einfach nicht wahrhaben. Es tat zu sehr weh. Alles hätte sie für Broder getan. Fast alles. Und er hatte sie nur ausgenutzt. Nun schlug er auch noch Kapital aus ihrer Affäre. Sicher war das nicht alles. Jede Wette, dass er noch etwas anderes im Schilde führte. Es konnte ihr egal sein, sie hatte von ihm ohnehin nichts mehr zu erwarten. Ebenso wenig wie von ihrem Ehemann. Regina war auf sich allein gestellt. Sie ging ins Schlafzimmer, packte ein paar Kleider zusammen, hauptsächlich warme Sachen für ihre Tochter. Dann weckte sie das Kind auf. Gleich darauf stand sie, ein müdes frierendes Bündel im Arm, auf der Straße. Schneeflocken segelten friedlich vom Himmel. Regina hatte alles verloren. Und doch trug sie das Wichtigste, was sie hatte, an ihrem Herzen.

Sieben Tage waren sie unterwegs gewesen. Regina war Richtung Westen gegangen. In Brunsbüttel hätten die Arbeiten begonnen, hatte Christoph gesagt. Es hieß, in den Baracken würden auch Frauen gebraucht. Zum Putzen oder Kochen. Es war eine Chance. Eine andere Idee hatte sie nicht. Sie lief bei Tagesanbruch los, ging, solange sie konnte, legte eine Pause ein. Nur kurz meistens, denn es war schrecklich kalt. Ihre Vorräte waren bald aufgebraucht, obwohl sie immer nur so wenig zu sich nahm, dass ihr Hunger sie nicht mehr gar so sehr quälte. Wenn die Dämmerung einsetzte, suchte sie nach einem Stall oder Schuppen. Es fühlte sich falsch an, auf fremdem Land in fremdes Eigentum einzudringen. Einmal hatte sie sogar ein Ei gestohlen und roh heruntergeschlungen. Sie wollte niemandem etwas wegnehmen, aber sie musste doch überleben. Für ihr Kind. An einem Tag hatte sie Glück und ein Wagen nahm sie mit. Bei Ecklak hörte sie zwei Männer über den Kanal sprechen.

»Verzeihung, wissen Sie vielleicht, wo ich mich melden kann? Ich suche Arbeit«, sagte sie.

»Weibsbilder nehmen die nicht«, antwortete einer.

»Ich will ja nicht direkt am Kanal arbeiten, ich dachte eher an die Verpflegung der Arbeiter.«

»Sind noch keine da«, knurrte der andere.

»Aber ich dachte …«

»Die buddeln erst mal zur Probe«, erklärte ihr der erste. »Mit 'ner Handvoll Leuten. Da wird noch keiner gebraucht.«

Regina lief weiter. Was blieb ihr denn übrig? Sie konnte nicht umdrehen, nach Hause gehen. Es gab kein Zuhause mehr. Zum wiederholten Mal dachte sie an ihren Vater. Er hatte nicht einmal den Mut gehabt, ihr ins Gesicht zu sagen, wie enttäuscht er von ihr war. Oder sie war es ihm nicht wert. Ein Brief war alles gewesen. Er hatte auf der Kommode neben der Haustür gelegen, als sie mit Ina gegangen war. Die bloße Erinnerung legte ihr einen so bitteren Geschmack in den Mund, dass sie würgen musste. Christoph hatte sich doch wahrhaftig schon Tage vorher bei ihrem Vater ausgeheult, ehe er sie auf die Straße gesetzt hatte. Als sie das Kuvert gesehen hatte, war Regina noch sicher gewesen, er würde ihr sagen, dass sie immer zu ihm kommen könne, immer seine Tochter bleiben würde, die er liebte, ganz gleich, was sie getan hatte. Und was hatte sie denn getan? Sich verliebt, sich einem Mann anvertraut, das war ihr Verbrechen. Sie wusste ja, wie schwer Ehebruch wog, aber machte sie das wirklich zu einem durch und durch schlechten Menschen, der nur an sich selbst dachte und kein Fünkchen Anstand im Leib hatte, wie ihr Vater behauptete? Wenn nur ihre Mutter noch leben würde. Sie würde zu ihr halten. Genau wie ihre Brüder. Regina schluckte. Sie war in der Gewissheit aufgewachsen, dass einer ihrer beiden Brüder sich um Vaters Ländereien kümmern würde und vermutlich beide für Stammhalter sorgen würden. Daraus folgte, dass keinerlei Erwartung auf ihr lag, dass sie tun konnte, was immer ihr Freude machte. Welch eine Illusion! Und sie hatte sich noch einmal abgrundtief getäuscht, weil sie glaubte, Vater und sie würden nach dem Verlust der Mutter und der Brüder, der Ehefrau und der Söhne zusammenhalten, was immer auch geschah. Irrtum! Die Einsamkeit, die sie in dieser Sekunde überfiel, schmerzte in jeder Faser ihres Körpers. Regina krümmte sich zusammen, hielt sich im letzten Moment am rissigen Stamm einer Birke fest. Ein Wimmern drang leise an ihre Ohren. Ina. Regina war nicht allein, das winzige Wesen an ihrer Brust war da und brauchte sie. Es half nichts, sich den Kopf über

Vergangenes zu zerbrechen, sie war nicht länger seine Tochter. Sie musste es ohne ihren Vater schaffen. Und das würde sie.

Regina erreichte Kudensee in der Abenddämmerung. Nun war es nicht mehr weit nach Brunsbüttel. Sie war stolz und froh, es so weit geschafft zu haben. Gleichzeitig kam es ihr sinnlos vor, auch die letzten Meter noch zu gehen. Sie würde dort keine Arbeit finden. Gleich am Ortseingang lag ein Hof, das Strohdach voller Schnee. Überall nur Schnee und Eis. Aber aus dem Schornstein stieg eine Rauchfahne auf und aus den Fenstern fiel warmer Lichtschein. Einem plötzlichen Gefühl folgend ging sie zur Tür und klopfte.

Die Bäuerin öffnete. »Was wollen Sie?«

»Guten Abend, verzeihen Sie bitte, dass ich Sie störe. Ich wollte nur fragen, ob Sie womöglich eine … Magd brauchen. Oder etwas Ähnliches.«

Die Frau runzelte die Stirn und sah an ihr herab.

»Was Ähnliches«, brummte sie. »Was können Sie denn, kochen?«

»Nein, aber ich habe einen exquisiten Geschmack.«

Die Frau stutzte, dann prustete sie los.

»Ist da ein Kind drin?«, fragte sie dann und deutete auf das Bündel, das Regina fest vor ihrer Brust hielt. Regina nickte. »Dann kommen Sie mal rein, ehe sich das Lütte den Tod holt.« Sie ging zur Seite, Regina trat ein. Im Kamin brannte ein Feuer, darüber hing ein Kessel. An einem Tisch saßen drei Männer, ein sehr alter, dann ein Knecht vielleicht und ein Bärtiger mit einer Pfeife im Mund.

»Ich kann Gemüse putzen und schneiden«, sagte Regina. Sie spürte eine Chance, nicht fortgeschickt zu werden. Die musste sie einfach nutzen. »Ich übernehme alle Hilfsarbeiten, die anfallen, abwaschen, putzen, was immer Sie wollen.« Die Bäuerin sah skeptisch drein, die Männer blickten neugierig. »Außerdem kenne ich mich mit Kräutern aus und ein wenig mit Bienen.«

»Mit Bienen?« Wieder lachte die Frau, die ein dickes Tuch um den Hals gewickelt trug. Auch der Alte kicherte.

Da meldete sich der Bärtige zu Wort: »Nu, Marjellchen, kennst dich denn auch mit Honig aus?« Die anderen sahen ihn verwundert an. »Ich meine, kannst du Honig machen?« Sie schüttelte beschämt den Kopf. »Aber ich. Ich bin Ludwig.« Er strahlte sie an. »In meiner Heimat in Czutellen stellen viele eigenen Honig her.« Jetzt sah er die Bäuerin an. »Ich kann ihr helfen.«

»Du sollst hier arbeiten!«, entgegnete die Frau barsch.

»Aus Honig machen wir Meschkinnes«, stellte er unbeirrt fest.

»Menschenskinder?«, fragte die Bäuerin.

»Honig, Zimt, Zitrone …« Der Mann lächelte und beendete den Satz: »… und Wodka. Mehr braucht man nicht für Meschkinnes. Ist ein Wundermittel und hält die Arbeiter gesund und stark. Damit lässt sich bestimmt ein anständiges Zubrot verdienen.«

Die Augen der Bäuerin blitzten auf.

»Und das kriegt ihr zwei zusammen hin?«

Ludwig nickte Regina kaum merklich zu.

»Ich denke schon, ja«, antwortete sie zögerlich. Ihr Herz klopfte ihr bis zum Hals.

»Na, auf anderthalb hungrige Mäuler mehr oder weniger kommt's auch nicht an, bin ja kein Unmensch. Kannst mit deinem Kind mit dem Gesinde im Stall schlafen.«

Kapitel 26
Justine

Kiel, Mitte Februar 1888

Justine hätte sich nie vorstellen können, dass ein Schmerz noch größer sein konnte als der nach Großvaters Tod. Doch genau so war es. Es war so schlimm, sie wusste nicht, wie sie es aushalten sollte. Abends wimmerte sie sich in den Schlaf, leise, damit Mutter nicht auch noch den Kummer ihrer Tochter teilen musste. Morgens war da stets ein Hoffnungsschimmer, alles nur geträumt zu haben, gefolgt von einer unendlich tiefen schwarzen Verzweiflung. Sie hatten Vater in der Stube aufgebahrt. Mutter hatte geschrien, geweint, sich derartig die Haare gerauft, dass Justine ihr schließlich ein Tuch umgebunden hatte. Sonst wären bald die ersten Stellen kahl gewesen. Mutter sah ohnehin schrecklich aus, grau mit rot geäderten Augen. Justine fürchtete beinahe, sie auch nicht mehr lange bei sich zu haben.

Jobst war am Abend nach Hause gekommen.

Seine Bitterkeit tat ihr zusätzlich weh. Es schien, als trauere er nicht, sondern wäre wütend. Als hätte Vater ihm immer nur Schlechtes gewollt, selbst mit seinem eigenen Tod. Wenn Jobst ihn doch nur so erlebt hätte wie sie. Wenn Vater doch nur auch ihm so nahgekommen wäre wie ihr in den vergangenen Monaten. Sie hatte ihren Vater immer geliebt und hätte an dem Verlust schwer zu tragen gehabt, doch nach den offenen Gesprächen der letzten Zeit, nach den vielen innigen Momenten wog das Vermissen ein Vielfaches davon.

Heute war der Tag des endgültigen Abschieds gekommen, beinahe genau ein Jahr nach Großvaters Bestattung. Wieder würden sie frierend hinter dem Sarg durch den Schnee stapfen, wieder würde es keine Blumen geben, die sie für die letzte Reise verschenken konnten. Er hatte sich ohnehin nie viel daraus gemacht, versuchte sie sich zu trösten. Justine achtete darauf, dass Jens und Jette die Trauerkleidung ordentlich anzogen und rechtzeitig parat standen. Dann half sie ihrer Mutter.

»Wir müssen mit Jobst sprechen«, sagte sie, weil das Schweigen zäh war wie Teig. »Es kommt keine andere Lösung infrage, er muss einfach den Hof in Wik aufgeben und mit Hella nach Kiel ziehen, um das Geschäft zu führen.«

»Dein Bruder ist nicht dafür geeignet, das habe ich dir schon hundertmal gesagt«, schimpfte Mutter. Sie war dünnhäutig, das wusste Justine, dennoch gelang es ihr nicht, ruhig zu bleiben.

»Jens kommt mit seinen acht Jahren ja wohl auch nicht infrage!«, konterte sie schnippisch.

»Selbstverständlich nicht. Aber Jobst eben auch nicht. Er ist kein Verkäufer. Mit Rindviechern kann er umgehen und mit Gänsen, aber doch nicht mit Kundschaft.«

»Das wird er lernen müssen«, beharrte Justine. Mutter ignorierte ihren Einwand.

»Schon gar nicht mit den feinen Herren der Kanalverwaltung, mit diesem Herrn Fülscher oder Herrn Baensch. Es muss jemand hinter der Ladentheke stehen, der ordentlich schnacken kann, der weiß, wie diese Leute denken.«

»Jobst wird jemanden einstellen müssen, darum wäre auch Vater über kurz oder lang nicht herumgekommen.«

»Musst du ausgerechnet heute so bockig sein?« Mutter sah sie an. Sie sah aus, als sei sie um Jahre älter geworden.

»Tut mir leid, bitte entschuldige.«

Ihre Mutter schluchzte auf, Justine nahm sie in den Arm und hielt sie fest. »Ist schon gut«, murmelte sie und wischte sich mit den Fingerspitzen über die Wange. Musst du ausgerechnet heute so bockig sein? Als ob sie in den letzten Tagen nicht immer wieder darüber gesprochen hätten. Immer wieder ohne Ergebnis. Bloß musste ja etwas passieren, und zwar fix. Heute würden sie Jobst sehen und konnten mit ihm reden. Was sollten sie denn sonst tun?

»Dein Bruder hat keine Ahnung von Zahlen, Buchführung oder Bestellungen«, fuhr Mutter fort, nachdem sie sich von Justine gelöst und ihre Augen trocken getupft hatte. Justine war erstaunt, sie hatte befürchtet, die Sache wäre zunächst wieder erledigt.

»Ich kann ihm helfen, damit kenne ich mich aus«, erklärte sie. »Nach Großvaters Tod habe ich mich noch mehr damit beschäftigt als vorher schon. Stundenlang habe ich mit Vater über Papieren gebrütet, um zu verstehen, wie es um das Geschäft bestellt ist.«

»Eben!«

»Gut, dass du es auch so siehst«, meinte Justine zögernd. »Wir werden mit Jobst sprechen, wenn wir die Beerdigung hinter uns gebracht haben.«

Sie war schon an der Tür, als ihre Mutter fragte: »Worüber?«

»Na, über den Betrieb, dass er ihn nun doch …«

»Aber nein, Herrgott, du bist doch sonst nicht begriffsstutzig.« Dann sagte sie sanft: »Du hast es doch eben selbst gesagt, Stine, du verstehst etwas von Buchhaltung und all dem faden Zeug. Obendrein kennen dich die Herrschaften, du bist immer freundlich und charmant. Du wirst das Geschäft führen.«

Justine glaubte, sich verhört zu haben. Das war vollkommen abwegig. Sie lachte auf.

»Das ist gar nicht möglich, ich bin eine Frau.«

»Darüber werden wir wahrhaftig mit deinem Bruder sprechen müssen, schließlich ist er als Erstgeborener der Erbe. Ich bin sicher, er unterschreibt sofort alle nötigen Dokumente, und einen anständigen Lohn wird er dir auch zahlen, damit wir gut leben können, deine Geschwister und ich.«

Justine wusste nicht, wie ihr geschah. Das konnte doch nur ein Traum sein, ein völlig verrückter Traum. ›Du wirst das Geschäft führen.‹ Sie hätte Mutter gern erklärt, dass es ein großer Unterschied war, ob man nach den Anweisungen eines anderen in einem Unternehmen mitarbeitete oder allein sämtliche Entscheidungen zu treffen hatte. Sie mussten sich auf den Weg machen, doch ein Gedanke hallte noch lange in ihr nach: Entscheidungen treffen. Nicht länger nur mitlaufen, sondern bestimmen, wo es langging. Diese Vorstellung kribbelte in ihrem Inneren.

Die Beerdigung war eine Tortur gewesen. Justine hatte nicht gewusst, wen sie zuerst trösten sollte. Von ihrem eigenen Schmerz nicht zu reden. Es fühlte sich an, als ob ihr ständig jemand eine Stricknadel in eine offene Wunde stach. Trotzdem blitzte immer wieder ein Satz in ihrem Kopf auf: Du wirst das Geschäft führen, darüber bestimmen, du allein! Sie schämte sich dafür und doch konnte sie nicht verhindern, dass sich eine freudige Aufregung immer mehr in ihr ausbreitete.

Hella und Jobst kamen dieses Mal selbstverständlich noch mit herein, ohne ein Wort darüber zu verlieren.

»Kriegen wir einen heißen Kakao?«, quengelte Jens.

»Ich mache euch einen. Ab mit euch, in die Küche!« Hella streichelte Jette über das Haar und gab Jens einen liebevollen Klaps.

»Danke, Liebes, ich werde mich kurz hinlegen«, brachte Mutter kläglich heraus. »Aber weckt mich rechtzeitig, ich möchte unbedingt noch mit euch essen, ehe ihr wieder fahrt.«

»Klar, Mutter.« Jobst küsste sie auf die Wange und brachte doch tatsächlich ein Lächeln zustande. Das erste heute.

»Er ist nur ein Jahr älter geworden als sein Vater«, sagte Justine und stutzte. »Nee, ist Blödsinn.« Ihr Lachen missglückte. »Du weißt, was ich meine. Ich kann es noch nicht fassen, dass er nicht mehr da ist.«

»Ist bestimmt schwer für dich«, antwortete er knapp.

»Ich nehme an, dir ist es auch nicht egal.«

Jobst zuckte mit den Achseln, aber das Glänzen in seinen Augen und das Zittern der Lippe verrieten ihn.

»Siehst müde aus«, sagte sie leise, reckte sich auf die Zehenspitzen und stupste seine Nase. Als sie noch ein kleines Mädchen war und sich richtig strecken musste, um sein Gesicht zu erreichen, hatte ihn das immer amüsiert. Dieses Mal verzog er keine Miene.

»Tja, Landleben ist eben nur für feine Herrschaften angenehm. Für arme Leute bedeutet es harte körperliche Arbeit.«

»Weiß ich doch. Dann setz dich jetzt wenigstens hin und leg die Beine hoch!« Sie klopfte auf das Sofa. »Magst du einen Kaffee?«

»Hast du auch ein Bier oder noch besser einen Cognac?«

»Ich glaube, Vater hatte hier immer eine Flasche Kümmel.« Sie öffnete die Tür des Wohnzimmerschranks.

»Geht auch.« Jobst ließ sich nieder. »Das gute alte Sofa, da sitzt du auch bald auf dem nackten Holz.«

»Ja, das Polster ist hinüber.« Justine reichte ihm sein Schnapsglas, er stürzte es herunter, ohne wenigstens einen Trinkspruch auf Vater auszubringen. »Auf unseren Vater«, sagte sie kühl.

»Beim nächsten Mal.«

»Mensch, Jobst, reiß dich mal zusammen. Ihr hattet eure Meinungsverschiedenheiten, aber es gab auch Zeiten, in denen ihr euch vertragen habt. Er ist tot, Jobst. Wenn ihr euch schon nicht versöhnen konntet, dann lass ihn jetzt wenigstens in Frieden ruhen.«

»Tut mir leid«, sagte er erstickt und schlug die Hände vor das Gesicht. Sie wollte schon zu ihm gehen, doch er rieb sich über die Augen, holte tief Luft und sah sie an. »Ist gerade nicht so einfach für mich.« Als ob Justines Leben das reine Zuckerschlecken wäre. »Hella und ich haben monatelang Findlinge auf dem Feld aufgelesen, geschleppt und gestapelt.«

In dem Moment kam Hella in die Stube.

»Die beiden Lütten sind mit ihrem Kakao in Kammer.« Sie setzte sich zu Jobst, drückte beide Hände in ihr Kreuz und stöhnte leise. »Jette ist schon 'ne junge Frau. Die Zeit rennt aber auch, was?«

»Wir wollten die Steine für den Kanalbau verkaufen«, knüpfte Jobst an seine Erklärung an. »Die brauchen haufenweise davon. Mit dem Verdienst der ersten Fuhre wollte ich ein Boot mit Ladebaum und Zange mieten, um noch viel mehr aus der Ostsee zu fischen, riesige Brocken von mehreren Hundert Kilo Gewicht.«

»Und?« Justine sah ihn erwartungsvoll an.

»Und! Alle weg«, rief er.« Hella nahm seine Hand. »Jemand hat unsere Findlinge geklaut«, sagte er ein bisschen ruhiger. »Jetzt verdient ein anderer die Summe, die ich für das Boot gebraucht hätte.«

»Das gibt's doch gar nicht. Es waren doch eure!« Justine konnte es nicht fassen.

»Und wie soll ich das beweisen, Schwesterherz? Glaubst du, ich habe unseren Namen auf jeden Stein geschrieben?«

»Wohl nicht, was?«

»Die Steine sind futsch«, erzählte Hella, »der Pflug ist im Eimer. Es sieht für uns nicht rosig aus.«

»Das gilt zumindest für eure Katenstelle in Wik«, begann Justine vorsichtig. »Hier in Kiel hättet ihr ein Auskommen und ein Dach über dem Kopf.«

»Kommt nicht infrage.« Jobst verschränkte die Arme vor der Brust wie ein störrisches Kind.

»Nicht? Dann sollen wir den Eisenwarenladen deiner Meinung nach schließen, oder wie?« Justine ließ ihn nicht aus den Augen.

»Ich finde, ihr solltet euch in Ruhe darüber unterhalten«, schlug Hella vor, »zusammen mit eurer Mutter. Es geht immerhin um das Erbe.«

Einige Sekunden war es still.

»Ich bin der älteste Sohn und damit auch der Erbe, stimmt's?« Jobst sah Justine fragend an, da war ein Hoffnungsschimmer in seinem Blick.

»Du kannst das Geschäft übernehmen«, bestätigte sie.

»Oder alles verkaufen«, hielt er dagegen. »Dann reicht's vielleicht doch für die Bootsmiete.« Er wandte sich Hella zu und strahlte. »Oder für einen Pflug. Wenn wir Glück haben sogar für beides.«

Justine blieb die Luft weg.

»Ich höre wohl nicht recht!«, fauchte sie ihn an. »Du willst alles haben und verhökern?«

»Es steht mir zu.« Weiter kam er nicht.

»Dann willst du wohl auch die Schulden haben, ja? Bitte, bedien dich, sind nämlich reichlich vorhanden, Jobst.« Justine hörte ihre Mutter kommen und ging zur Tür. Leise sagte sie: »Ich hoffe, du hast wenigstens so viel Anstand, noch mit Mutter zu essen, ehe du wieder verschwindest. Und wenn du wiederkommst, dann arbeitest du mit mir im Laden oder wir stehen vor einem Richter. Kannst du dir aussuchen.«

Sie öffnete die Tür, gerade rechtzeitig, um ihre Mutter herein-zulassen.

»Ich fühle mich nicht gut«, sagte Justine, »ich lege mich aufs Ohr. Du hast ja Gesellschaft.«

Justine legte sich nicht hin. Sie lief ohne Ziel durch die Kälte. Zuerst runter bis zur Hörn, dann weiter um die südliche Spitze der Förde herum. In ihrem Kopf tobten die immer gleichen Ge-danken: Ihr Bruder wollte alles verkaufen und mit dem Geld seine Existenz retten. Er dachte nicht eine Sekunde an Jens und Jette, nicht einmal an Mutter! Mal ganz davon zu schweigen, was Vater davon gehalten hätte, aber das interessierte den feinen Herrn Sohn ja sowieso nicht. Wenn er das wirklich tat, waren sie verloren. Keine Chance mehr, ein paar Mark zu verdienen, um Darlehen abzustottern. Mit jedem Schritt, den sie machte, wurde sie schnel-ler, weil sie immer wütender wurde. Bei allem Verständnis, das sie wahrhaftig für ihn hatte, ging das zu weit. Wie stellte er sich das vor? Wollte er sich mit seinen dusseligen Findlingen für den Kanal eine goldene Nase verdienen, während seine Familie auf der Straße landete und betteln musste? So war er nicht, das wusste sie. Trotzdem. Was konnten Mutter, die Lütten und sie denn dafür, dass er und Vater sich dermaßen zerstritten hatten? Was fiel Jobst ein, sie bei seinen Plänen einfach außen vor zu lassen? Nix da, sie würde ihm einen Strich durch die Rechnung machen. Justine hatte nicht darauf geachtet, wohin sie gelaufen war. Jetzt fand sie sich am Gelände des neuen Schlachthofs wieder und blieb stehen. Durfte er das überhaupt? Nur weil er der älteste Sohn war, hieß das doch nicht, dass auch alles allein erbte, oder? Justine wusste, was sie zu tun hatte. Sie musste herauskriegen, ob es Gesetze gab, die so was regelten. Natürlich gab es die, es gab für alles Gesetze. Fragte sich nur, was drinstand. Weil sie sowieso am St.-Jürgen-

Friedhof vorbei musste, konnte sie Vater gleich noch einen Besuch abstatten. Bestimmt beruhigte sie sich dabei ein bisschen. Der gefrorene Boden knirschte unter ihren Schuhen. Vorhin beim Begräbnis waren noch so viele Menschen da gewesen, die der Familie das Beileid ausgesprochen hatten, jetzt war alles still. Dunkel wurde es auch bald. Ein seltsames Gefühl, fast unheimlich. Justine schauderte. Unfug, ihr Vater war tot, das war schrecklich und traurig und das tat mächtig weh, aber gruselig war es nicht, sondern einfach der Lauf des Lebens.

»Ach, Vatilein«, sagte sie, »hättest du dich denn nicht mit Jobst versöhnen können? Jetzt habe ich den Salat.« Sie schob mit der Schuhspitze ein Steinchen hin und her. »Er wird sich schon wieder beruhigen. Weißt du noch, wie aufgebracht du warst, als wir Großvaters Notgroschen auf dem Dachboden gefunden haben? Du hattest so auf etwas Geld gehofft, und dann war es eine Truhe mit Puppen.« Sie lächelte. »Letzten Sommer hast du mir versprochen, dass ich Großvaters gesammelte Werke haben darf. Gehört die Notgroschen-Kiste eigentlich dazu? Bestimmt«, gab sie sich selbst die Antwort. Mit einem Mal wurde ihr heiß. Vater hatte nach Unterlagen gesucht, einem Konto, irgendetwas, das Licht in den Nachlass von Großvater Gregor brachte. Im Gegensatz zu ihm wusste sie, dass keine Reichtümer zu verteilen waren. Trotzdem, ihr Vater hatte seinen Letzten Willen aufgeschrieben, das hatte er ihr irgendwann gesagt, oder? Je länger sie darüber nachdachte, desto sicherer war sie. Klar, er hatte geahnt, dass genau das passierte, was jetzt geschah, dass Jobst seinen Teil haben wollte, ohne Rücksicht auf den Rest der Familie.

»Wo finde ich dein Testament, Vatilein, im Arbeitszimmer?« Im nächsten Moment war sie auch schon auf dem Weg. »Na klar, wo denn sonst?«

War eine feine Sache, jede Menge Leute zu kennen. Kennen war ein bisschen viel gesagt, aber an Kontakten fehlte es Justine weiß Gott nicht. Und Kontakte schadeten bekanntlich nur dem, der keine hatte. Ein Mitarbeiter der Universitätssternwarte kannte einen Professor. Der wiederum hatte einen entfernten Neffen, der Jura studierte und so freundlich war, sie im Laden zu besuchen. Noch am Abend der Beerdigung hatte Justine das Testament gefunden, das ihr Vater drei Tage nachdem sie auf dem Dachboden Großvaters Truhe entdeckt hatten, geschrieben hatte. Einen handschriftlichen Nachtrag aus dem Sommer gab es außerdem.

»Wie ich Ihnen eingangs bereits erklärte, verehrtes Fräulein Thams, habe ich mein Studium noch nicht abgeschlossen. Insofern bin ich nicht berechtigt, Ihnen juristische Auskünfte zu erteilen, auf die Sie sich vor Gericht berufen könnten.«

Der war ja ganz nett, aber er drückte sich schrecklich kompliziert aus. Hieß das nun, dass er umsonst zu ihr gekommen war und ihr gar nicht helfen konnte? »Doch möglicherweise ist Ihnen bereits damit gedient, den Sachstand zu kennen.« Er lächelte. »Eine Einigung außerhalb des Gerichts ist ohnedies vorzuziehen, wenn Sie mich fragen. Obschon ich damit die Grundlage für mein zukünftiges Einkommen in gewisser Weise unterminiere.«

»Keine Sorge, Herr Fischer, ich verrate es bestimmt niemandem«, entgegnete sie unsicher. Er lachte auf. Mist, Justine hatte gehofft, sie hätte etwas gesagt, das einigermaßen passte. War aber wohl doch eher dusselig gewesen. Sie verstand sein hochgestochenes Gesabbel einfach nicht.

»Das ist nett von Ihnen. Übrigens, nennen Sie mich Theo, bitte.«

»Stine!«

Er wirkte kurz irritiert.

Dann sagte er: »Ach so, ja, schön, Stine. Jedenfalls gelten laut Erbrecht Abkömmlinge des Erblassers als Erben erster Ordnung.« Er hielt kurz inne und erklärte: »Kinder.« Sie nickte eifrig. »Sie erben grundsätzlich zu gleichen Teilen. Auch der überlebenden Ehegattin steht für gewöhnlich ein Teil zu, genau genommen ein Viertel.«

»Ein Viertel bekommt meine Mutter, der Rest wird auf alle Kinder gleichmäßig aufgeteilt?« Sie wollte sichergehen, dass sie ihn richtig verstand.

»Wie ich bereits sagte: Grundsätzlich ist das so.«

»Aha, und wie ist es bei uns?«

»Der Erblasser hat ein Testament geschrieben, was sein gutes Recht ist. War. Wie dem auch sei, er hat genau festgelegt, wie zu verfahren ist. Demnach sollen Sie, so ist es hier handschriftlich niedergelegt, den vollständigen Nachlass von Herrn Gregor Hermann Thams erhalten.«

»Ja, ja, das Kaspertheater, die Puppen und das alles, das weiß ich doch«, meinte sie ungeduldig. »Das sind die Sachen von meinem Großvater. Aber was ist mit dem Laden?«

»Nun, wenn ich die Zeilen richtig deute …«, er überflog Vaters Testament, als hätte er es nicht schon zweimal gelesen, »… gehört der dazu.«

»Wie bitte? Eisenwaren Thams gehört mir allein, mit allem, was drin ist?« Sie sah sich um und deutete fahrig auf die Regale.

»Bitte verlangen Sie kein dahingehendes Versprechen von mir. Ich würde allerdings schon sagen, dass … Streng genommen, könnte man auch das Geschäft zum Nachlass von Thams senior zählen, ja. Das ist es auch, was Ihr verblichener Vater hier andeutet.« Er tippte mit dem Zeigefinger auf das Papier. »Es ist jedoch die Rede davon, dass Sie die Versorgung Ihrer Mutter und Ihrer Geschwister sicherzustellen haben.«

»Das ist doch wohl selbstverständlich«, sagte sie leise.

»Wenn es so wäre, hätten die Kollegen meiner Zunft weniger Arbeit.« Er lachte ein wenig übertrieben. »Natürlich können Sie dieses Geschäft mit sämtlicher Ware und Innenausstattung trotzdem nicht verkaufen.«

»Ich denke auch nicht dran. Im Gegenteil. Ich will den Laden weiterführen.«

»Das geht auch nicht«, sagte er freundlich.

»Wieso denn nicht? Haben Sie mir nicht eben erklärt, mir soll alles gehören?«

»Ja, schon, aber Sie sind eine Frau. Das ist nicht zu übersehen.« Seine Wangen färbten sich rot. »Verzeihung, ich wollte Ihnen nicht zu nahetreten.«

»Nee, nee, ist ja so, ich bin eine Frau. Na und?«

»Sie dürfen kein eigenes Konto haben, keinen Kaufvertrag für neue Ware unterzeichnen.«

»Schöner Schiet! Entschuldigung. Aber dann nützt mir das Testament doch nichts.«

»Das kommt darauf an. Wenn jemand bereit wäre, die Funktion eines Vormunds zu übernehmen, ihr ältester Bruder womöglich, könnten Sie durchaus das Erbe antreten.«

Justine hatte sich ins Lager zurückgezogen. Eine Staubschicht bedeckte Großvaters Schätze. Sie hatte behutsam mit den Fingern darübergestrichen und ein Stoßgebet zum Himmel geschickt, damit Großvater und Vater ihr einen Rat schicken sollten. Doch dann war ihr klar geworden, dass sie den nicht brauchte. Sie wusste längst, was zu tun sei, und trommelte die gesamte Familie zusammen, auch Jens und Jette sollten dabei sein und Mutter natürlich. Das hatte sie sich genau überlegt. Jobst wirkte ungeduldig und nervös.

Er übernahm sofort das Kommando: »Ich weiß überhaupt nicht, was das Theater hier soll. Ich bin der älteste Sohn und habe Anspruch auf das Erbe. So ist es nun mal. Ich lasse euch schon nicht verhungern. Wir verkaufen das Grundstück, das Haus und die Ware ...«

Mutter war mit einem Schlag grau im Gesicht.

»Wir sollen aus dem Haus?« Sie war kaum zu verstehen, so leise sprach sie.

»Ihr könnt zu uns aufs Land kommen. Du hast bestimmt Freude an den vielen Tieren, Mutter. Und ihr zwei fangt auf dem Hof an«, sagte er betont fröhlich zu Jette und Jens. »Ihr werdet sehen, das ist nicht das Schlechteste.«

»Das hast du dir ja fein ausgedacht«, meinte Justine langsam, »bloß steckt in deiner Idee ein dicker Fehler.«

»Der wäre?« Er sah sie herausfordernd an.

»Vater hat ein Testament hinterlassen.« Die Überraschung stand allen ins Gesicht geschrieben. »Er möchte, dass ich den Eisenwarenladen bekomme. Ich hab mit einem Juristen gesprochen.« War nicht gelogen, fand sie, wenn Theo mit seinem Studium auch noch nicht fertig war.

»Das ist ein starkes Stück!« Jobst fing an, in der Stube auf und ab zu laufen. »Du hast dir hinter unserem Rücken einen Rechtsverdreher gesucht? Wovon hast du ihn bezahlt? Hast du das Geld aus der Kasse genommen?« Er ließ sie nicht zu Wort kommen, sondern schüttelte den Kopf und sah in die Runde. »Das ist unser Geld, und sie gibt es jemandem, der dafür behauptet, es gehört alles ihr.«

»Einen größeren Blödsinn habe ich noch nie gehört«, hielt Justine ihm entgegen.

»So?« Endlich blieb er stehen. Dummerweise direkt vor ihr. Er starrte auf sie herunter, in seinen Augen ein gefährliches Funkeln. »Gehört das Geld in der Kasse etwa nicht uns allen?«

»Wenn unser Vater die übliche Erbfolge gewollt hätte, dann wäre es so«, sagte sie ruhig. »Im Gesetz steht kein Wort davon, dass der älteste Dings, Abkömmling oder wie das heißt, alles bekommt, wie du uns gerade noch weismachen wolltest. Kinder kriegen alle gleich viel. Normalerweise.« Jette und Jens tuschelten aufgeregt, Jobst dagegen verlor etwas von seiner Spannung.

Nur kurz, dann fuhr er sie an: »Damit kommst du nicht durch, Stine, niemals.«

»Jetzt hör mir doch erst mal bis zu Ende zu«, gab sie genauso laut zurück.

Im nächsten Moment stand Mutter auf und ging zur Tür. Sie humpelte. Ihre Füße mal wieder.

»Wo willst du denn jetzt hin?«, fragten Justine und Jobst entrüstet.

»Weg. Ich wüsste nicht, was ich unter lauter Fremden zu suchen hätte.« Verlor sie jetzt etwa den Verstand? »Ich habe meine Kinder anders erzogen, sie würden sich nicht anbrüllen und selbstsüchtig ums Erbe streiten, obwohl ihr Vater kaum unter der Erde ist. Nie im Leben würden sie das.« Tränen liefen ihr über die Wangen.

»Entschuldige, Mutter«, sagte Jobst gepresst und schluckte. Justine war mit einem Schritt bei ihr.

»Tut mir leid, das war wirklich nicht …« Sie streckte den Arm aus.

»Fass mich nicht an!«, fauchte ihre Mutter. Jette begann erschrocken zu weinen.

»Ich habe keinen Pfennig angerührt«, verteidigte sich Justine matt. »Und ich kann nichts dafür, dass Vater mir den Laden hinterlassen hat. Er hat wohl geahnt, dass die Schufterei der letzten Monate sonst umsonst gewesen wäre.« Sie holte Luft und sagte fest: »Ich habe die gesamte Familie zusammengeholt, weil ich nicht allein entscheiden will, wie es weitergehen soll.« Sie sah von einem zum anderen. »Das geht uns alle was an. Ich kann auch gar nicht allein entscheiden, weil ich als Frau nun mal weder alles verkaufen noch die Geschäfte führen darf. Jedenfalls nicht allein.«

Sie hatte ihre Mutter zurück zum Sessel gebracht, auf dem sie sich jetzt ächzend niederließ. Jette beruhigte sich und tupfte ihre Augen, Jobst lehnte mit verschränkten Armen am Eichenschrank.

»Mutter hat recht, wir führen uns schrecklich auf. Wisst ihr nicht mehr, wie wir immer über den Bäcker und seine Frau geredet haben, weil die beiden ständig gestritten haben wie die Kesselflicker? Mensch, Jobst, wir haben uns doch immer prima verstanden. Wenn du mir nicht gerade in die Wange gekniffen hast«, sagte sie und entlockte ihm ein Grinsen. Sie fühlte sich schon besser. »Ich verstehe ja, dass du wütend auf unseren Vater warst, und es ist schrecklich, dass ihr euch nicht mehr vertragen konntet. Aber weißt du, ich habe mir überlegt, dass er seinen Letzten Willen vielleicht genau so geschrieben hat, damit du wenigstens jetzt gut dabei wegkommst.«

Jobst lachte bitter auf, seine Miene verriet allerdings, dass da noch etwas anderes war als nur Zorn. Er war verzweifelt.

Justine sah in die Runde. »Überlegt doch mal! Wenn Mutter ein Viertel von allem bekommen hätte und wir vier den Rest, hätten wir verkaufen müssen.« Sie wandte sich wieder an ihren ältesten Bruder. »Wir hätten alle in die Röhre geguckt, du auch.«

»Wieso? Lieber einen kleinen Anteil als nix.«

»Bloß wäre nix übrig geblieben, die Schulden hätten den Gewinn aufgefressen.« Sie wusste, dass sie auf dem richtigen Weg war. »Wäre es nicht dösig, alles zu verschachern? Und dann? Die anderen reiben sich die Hände und verdienen mit dem Kanal ein Vermögen. Dabei könnten wir diejenigen sein, die es durch den Bau endlich zu was bringen. Allerdings nur, wenn wir an einem Strang ziehen, statt uns in die Wolle zu kriegen.«

»Und wie genau willst du das anstellen?« Jobst sah sie skeptisch an.

»Ich trete das Erbe an und du wirst mein Vormund. Jens und Jette werden nicht auf dem Land arbeiten, sondern im Laden mithelfen.«

Jens nickte eifrig. Jette dagegen schnappte nach Luft.

»Das ist keine Arbeit für eine junge Frau«, erklärte sie theatralisch, ihre Lippe begann schon wieder zu zittern. »Ich verstehe nichts von Werkzeug und kann ja wohl nicht schwer schleppen.«

»Nee, aber du kannst schreiben und rechnen. Du wirst mich bei der Büroarbeit unterstützen.« Justine lächelte. »Das wird mächtig Eindruck auf die jungen Burschen machen. Was meinst du, wie gerne ein frisch gebackener Kaufmann eine Frau heiratet, die etwas von seinem Papierkram versteht?«

Jette strahlte.

»Ach, daran dachtest du, ja, so was kann ich natürlich machen. Ich bin schließlich nicht auf den Kopf gefallen.«

»Dann werde ich mich um den Haushalt kümmern«, meldete sich Mutter zu Wort. »Jeder muss seinen Beitrag leisten, was könnte ich sonst tun?«

Sie sah hilflos zu Justine herüber. Sie wusste genau, dass sie mehr versprach, als sie halten konnte. Doch sie würde alles versuchen, da war Justine sicher.

»Kommt nicht infrage!« Jobst räusperte sich. »Hella kümmert sich um den Haushalt.«

Justine begriff nicht gleich. Erst als sie Mutters feines Lächeln sah, war ihr klar, dass sie es geschafft hatte.

»Heißt das, du bist einverstanden? Du wirst mein … wir geben den Laden nicht auf, sondern schaukeln das Kind zusammen?«

»Ich habe wohl keine andere Wahl«, knurrte er. »Es gefällt mir nicht, Heiner im Stich zu lassen und mit Hella nach Kiel zu kommen, dass ihr das wisst. Allerdings ist es womöglich sogar das Beste, wenn Heiner die Katenstelle verkauft. Ein besseres Angebot als von der Kanalverwaltung kriegt er nie mehr. Wenn das mit den Eisenwaren und dem Holz läuft und wir die Schulden erst los sind, kaufe ich für Hella und mich woanders ein Stück Land.«

Justine verging die Freude. Was sollte das denn heißen? Meinte er etwa, sie würden sich abrackern, bis sie nichts mehr abzustottern hatten, und dann verkaufen?

»Ist müßig, sich jetzt schon zu überlegen, was irgendwann mal ist.« Sie überlegte kurz, jetzt kam es auf jedes Wort an. »Für den Anfang steht fest, du wirst mein Vormund, aber ich übernehme die Verantwortung, treffe die Entscheidungen und so.« Er sah sie misstrauisch an. »Weil ich mich eben auskenne.«

»Wie stellst du dir das vor? Soll ich dich als Geschäftsführerin einstellen?« Er verzog spöttisch das Gesicht. »Du hast es selbst gesagt, du bist eine Frau, das ist nicht möglich.«

»Ist mir egal, wie wir das machen, Jobst. Ich kenne die Geschäftsbücher und sämtliche Abläufe aus dem Effeff. Ist doch logisch, dass ich das Sagen habe. Außerdem ist das Vaters Letzter Wille. Wenn wir beide gleich viel für den Laden arbeiten, ist es allerdings nur gerecht, wenn er uns auch zu gleichen Teilen gehört. Irgendwann.« Jobst öffnete den Mund. »Die Schulden allerdings auch. Ich weiß, wie wir die am schnellsten loswerden. Meinst du, du kriegst das genauso gut hin, obwohl du keinen blassen Schimmer von unseren Lieferanten, Preisen oder unseren Kunden hast?«

Mutter war ganz ruhig geworden und verfolgte aufmerksam das Gespräch, die beiden Lütten hatten kein einziges Wort mehr von sich gegeben. Sie spürten wohl, dass es um die Zukunft der Familie ging.

Jobst schüttelte den Kopf. »Nee, nee, hast schon recht, ich werde 'ne Zeit brauchen, ehe ich so gut Bescheid weiß wie du.«

»Dann sind wir uns ja einig.«

Justine ging zu ihm und streckte ihm die Hand hin. Er nickte, Mutter lief eine Träne der Erleichterung über die Wange.

Ehe er einschlagen konnte, sagte Justine: »Ein Punkt wäre da allerdings noch. Ich will eine Sicherheit haben.«

»Was denn für eine Sicherheit?«

»Theo, der Rechtsverdreher, wie du ihn genannt hast, soll einen Vertrag aufsetzen, der verhindert, dass du Eisenwaren Thams ohne meine Einwilligung verkaufen kannst. Weder in schwierigen Zeiten, noch wenn wir ordentlich verdient haben.« Sie atmete tief ein und drückte das Kreuz durch, um wenigstens etwas größer zu wirken. »Das ist meine Bedingung.«

Endlose Sekunden vergingen, ihre Hand ausgestreckt in der Luft, ihre Blicke ineinander verhakt.

»Abgemacht«, sagte er endlich und schlug ein.

Als Justine am Abend unter ihre Bettdecke schlüpfte, war sie vollkommen erledigt. Sie fühlte sich, als wäre sie das ganze Stück rauf nach Wik im Eiltempo gelaufen und gleich wieder zurück. Obwohl sie so erschöpft war, konnte sie nicht einschlafen. Mächtig nervös war sie nämlich auch. Sie hatte erreicht, dass das Geschäft nicht geschlossen wurde und dass Mutter, die Lütten und sie selbst im Haus wohnen bleiben konnten. Das war das Wichtigste. Nur hatte sie dafür eben auch die Verantwortung übernommen und wusste doch nicht einmal, ob sie das konnte. Plötzlich fiel ihr Thorin ein. An den hatte sie überhaupt nicht mehr gedacht. Er war auf dem Weg und würde ihr helfen! Ein Kribbeln huschte durch ihren Bauch. Wenn sie ehrlich zu sich war, hatte das nicht der Gedanke an Thorin ausgelöst. Die Vorstellung, jetzt etwas Eigenes zu haben, machte sie glücklich. Es lag allein an ihr, Vaters Traum zu erfüllen, aus dem schönen Geschäft einen Eisenwaren-laden zu machen, wie Schleswig-Holstein ihn noch nicht gesehen hatte. Mit einem Schlag sah sie es genau vor sich: Sie würden nicht nur Werkzeug, Schrauben und das ganze Zeug anbieten, sondern auch Holz, dazu Farben, Pinsel und Lacke. Vielleicht sogar Lampen und kleine Regale. Sie erinnerte sich, dass Großvater davon hin und wieder etwas verkauft hatte. Dass es eine Ecke für Kinder geben würde, war außerdem klar. Es wäre doch verhext, wenn nicht einige Kunden wieder ihren Nachwuchs bei Thams abluden und bei der Gelegenheit gleich das eine oder andere mitnahmen. Justine hätte beinahe laut gelacht vor lauter Vorfreude.

Kapitel 27
Justine

Kiel, einen Tag später

Jobst war am Abend noch zurück nach Wik gefahren. Er musste Hella seine Entscheidung beibringen. Würde nicht einfach sein. Vor allem der alte Heiner Nissen musste eine fette Kröte schlucken. Ob er wirklich verkaufen würde und sich dann eine kleine Hütte draußen auf dem Land leisten konnte? Justine beneidete ihren Bruder nicht um die Gespräche. Sie war heilfroh, dass sie damit nichts zu tun hatte. Es gab auch so genug, worum sie sich kümmern musste. Beispielsweise hatte Mutter wissen wollen, wie es nun weiterging. Konnte der Laden überhaupt öffnen, ehe alles unter Dach und Fach war, oder musste er geschlossen bleiben?

»Wir öffnen, wie sich das gehört«, hatte Justine ihrer Mutter und den Geschwistern erklärt. »Schließlich können wir auch nicht auf den kleinsten Verdienst verzichten. Ich schicke Theo eine Nachricht, vielleicht ist er so nett, mir noch mal einen Rat zu geben. Jette, solange Hella noch nicht hier ist, kümmerst du dich um den Haushalt. Jens, du kommst nach der Schule in den Laden.«

Nun hatte sie die Tür also aufgeschlossen, das Schild umgedreht, das Wechselgeld in die Kasse gelegt und wartete auf Kundschaft. Die Stelle, an der Vater gelegen hatte, mochte sie kaum ansehen.

Wirst dich schon dran gewöhnen, tröstete sie sich. Das Glöckchen ertönte. Justine war froh über die Ablenkung. So früh kam selten jemand, das ging gut los.

»Guten Morgen«, sagte sie freundlich.

»Guten Morgen!«

Der Mann trug einen braunen Mantel, der sehr elegant und teuer aussah. Kamelhaar womöglich. Auch Hut, Schal und Schuhe hatten bestimmt ein kleines Vermögen verschlungen.

»Das ist aber auch kalt draußen, was?« Er knetete die Hände und lächelte. Justine schätzte ihn auf Anfang dreißig. Ein attraktiver Mann mit dunklem Haar und ziemlich sympathischen Fältchen an den grauen Augen.

»Hier drinnen ist es auch nicht gerade warm«, sprach er weiter. »Sie müssen doch erfrieren, so ohne Mantel, meine ich.«

»Tja, den Schaufeln und Schubkarren ist es egal, das ist die Hauptsache.« Sie lachte. Er sah nicht überzeugt aus, deshalb ergänzte sie: »Ich hab's lieber etwas kühler. Wissen Sie, ich bin den ganzen Tag in Bewegung, da wird's von allein warm.« Er lächelte spöttisch, denn sie stand nun schon die ganze Zeit auf einem Fleck. Was sollte sie machen? Sie konnte ihm schlecht sagen, dass sie Kohlen sparen mussten.

»Was kann ich denn für Sie tun?«

»Ich denke, da wird umgekehrt ein Schuh draus, wie man so sagt.«

»Ich verstehe nicht.«

»Zunächst möchte ich Ihnen mein Beileid aussprechen, Fräulein Thams. Tut mir sehr leid. Ich weiß, wie es ist, seinen Vater vor der Zeit zu verlieren.« Ein Schleier legte sich kurz vor seinen Blick. Er räusperte sich und sah sie an. »Immerhin bin ich ein Mann, ich hatte es leichter und konnte unseren Betrieb einfach weiterführen. Entschuldigung, das habe ich noch nicht erwähnt, ich bin ebenfalls Eisenwarenhändler. Ich möchte Ihnen einen Vorschlag machen.«

»Aha? Und der wäre?«

»Ich möchte Ihr Geschäft übernehmen. Ich bezahle Ihnen einen guten Preis, das versichere ich Ihnen.«

»Wie bitte? Ich höre wohl nicht richtig.«

»Tut mir leid, wenn ich mit der Tür ins Haus falle, nur hilft es niemandem, um den heißen Brei zu reden, denke ich. Jedenfalls ist das nicht meine Art. Wir wissen beide, dass Eisenwaren Thams keine Zukunft hat.«

Justine hielt sich am Verkaufstisch fest, in ihren Ohren rauschte es, ihr wurde schwummerig.

»Wie können Sie so geschmacklos sein? Mein Vater ist erst ein paar Tage unter der Erde.«

»Verzeihen Sie, ich wollte es gewiss nicht an Pietät mangeln lassen. Ich dachte eher, es würde Sie entlasten, wenn sich schnell eine Lösung findet.«

»Es gibt bereits eine Lösung«, entgegnete sie hart. »Sie wissen vermutlich nicht, dass mein Vater einen Sohn hat, der …«

»Der einen Hof in Wik bewirtschaftet? Doch, das weiß ich natürlich. Mein Geschäft ist drüben in Holtenau, also gewissermaßen nur einen Katzensprung vom Dorf Ihres Bruders entfernt.«

Wie konnte das angehen? Dieser Kerl war unverschämt, dreist, taktlos und sah sie dabei freundlich an, als hätte er nur ihr Bestes im Sinn.

»Hören Sie, Fräulein Thams«, begann er sanft, »es liegt mir fern, Sie zu übervorteilen. Glauben Sie mir, ich werde Ihnen ein großzügiges Angebot unterbreiten, falls ein Verkauf für Sie doch infrage kommt. Melden Sie sich einfach bei mir, wann immer Sie es sich überlegt haben.« Er tippte sich an den Hut und drehte sich zur Tür. »Jetzt muss ich mich bei Ihnen entschuldigen«, sagte er und wandte sich wieder zu ihr um. »Ich habe mich noch nicht einmal vorgestellt. Zimmermann, Anders Zimmermann aus Holtenau.«

Justine war wie vom Donner gerührt. Zimmermann! Ihr wurde heiß. Das war der Name, der auf Großvaters Schuldschein stand. Konnte das ein Zufall sein? Schlagartig war die Kälte zurück, sie schauderte. War er der Erbe, der noch neunhundert Mark von Ihr verlangen konnte? Wusste er davon?

»Gut möglich, dass Sie den Namen schon gehört haben. Unsere Großväter kannten sich recht gut.« Er lächelte. »Wie gesagt, melden Sie sich jederzeit, Fräulein Thams. Guten Tag.«

Epilog

Brunsbüttelkoog, Freitag, 10. Februar 1888

»Ich weiß nicht, irgendwie hatte ich mir das anders vorgestellt.«

»Wieso?«

»Zwei Arbeiter! Ich dachte, eine ganze Kolonne ist zur Stelle, wenn es endlich so richtig losgeht. Beamte, wir paar Angestellte und zwei Frauen sind auch dabei, Frauen!«

Justine konnte jedes Wort der beiden Männer verstehen, die vor ihr über den frostig knirschenden Sandweg gingen, obwohl sie leise sprachen. Sie hatte sich diesen Akt auch anders vorgestellt. Aber vielleicht würde es ja noch feierlicher werden.

»Du kapierst es wirklich nicht, was? Ich habe es dir doch schon hundert Mal erklärt.«

»Ja, ja, das ist nur eine Probe. Trotzdem. Ich denke, die Grube, die hier gegraben wird, soll den Anfang machen.«

»Genau so ist es. Darum ist das auch so ein besonderer Moment, ein erhebender Akt, bei dem eben auch die Frau des Amtsvorstands nicht fehlen darf.«

»Schön und gut, aber …«

»Nix aber, du hältst jetzt besser den Mund. Nicht, dass der Herr Bauamtsvorstand und seine Beamten noch mitkriegen, dass ein dämlicher Torfkopp mit von der Partie ist.«

Es war ein eisiger und ausgesprochen trüber Morgen, minus 20 Grad Celsius zeigte das Quecksilber, als Justine sich mit einer kleinen Gruppe von zwölf Personen in Brunsbüttel auf den Weg zur abgesperrten Stelle machte, an der der erste Spatenstich erfolgen sollte. Für diesen bedeutsamen Anlass hatte eigentlich extra ein Werkzeug geschmiedet werden sollen. Das war dann aber wohl doch zu aufwendig. Jedenfalls hatte eines schönen Tages ein Herr im schwarzen Anzug bei ihr im Laden gestanden und erklärt, man wolle als Symbol für den Verlauf des Kanals einen Spaten aus Kiel verwenden.

»Die Arbeiten werden an mehreren Stellen gleichzeitig beginnen. Wenn nun am westlichen Ende ein Gegenstand vom östlichen Ende zum Einsatz kommt, werden die Menschen das als gutes Omen betrachten, als Vorwegnahme der erfolgreichen Erstellung des Kanals. Verstehen Sie?«

Sie hatte vor allem verstanden, dass sie ein besonders teures Exemplar verkaufen konnte und dem ersten Spatenstich beiwohnen durfte. Welch eine einmalige Gelegenheit, um Werbung für ihre Eisenwarenhandlung zu machen. Sie sah schon ein Schild vor sich, das sie über die Eingangstür hängen würde: Thams Eisenwaren – von Anfang an Qualität! Den Herrn im schwarzen Anzug hatte sie nie wiedergesehen und sich dummerweise auch seinen Namen nicht notiert. Sie hatte fest angenommen, dass er an diesem wichtigen Tag dabei sei, doch das war nicht der Fall. Von den anderen hatte ihr niemand gesagt, was ihre Aufgabe in der bevorstehenden Zeremonie sein sollte. Mehr noch: Keiner schien zu wissen, warum sie den Spaten nicht einfach abgeliefert und sich dann wieder verabschiedet hatte.

Am Ziel ihres Fußmarschs angekommen, gruppierten sich die Menschen um eine Markierung an Kilometer 0,8 der abgesteckten Kanalachse. Der Atem stand jedem einzelnen von ihnen vor den blauen Lippen, vor lauter Pelzmützen, Schals und Hüten war von ihren Gesichtern kaum etwas zu erkennen.

»Verehrte Anwesende«, begann der Herr Vorstand, »dies ist ein großer Tag! Ein lausig kalter, aber ein unvergesslicher Tag für unser Land, für das gesamte Kaiserreich. Hier und heute beginnt eines der größten technischen Abenteuer, die ich mir überhaupt nur ausmalen kann. Wir alle haben die Ehre, zugegen zu sein, wenn das Jahrhundertbauwerk seinen Anfang nimmt, ein Kanal zwischen Brunsbüttel an der Elbe und Kiel an der Ostsee.« Er machte eine Pause, wartete. Vermutlich auf Jubel.

»Bravo!«, rief einer seiner Beamten.

»Bravo!«, stimmten Justine und die anderen gedämpft hinter ihren Schals oder Tüchern ein.

»Gewiss, wir haben es vorerst nur mit einem Schürfloch zu tun, doch was heißt hier nur? Das gesamte Projekt ist technisches Neuland! Auf einer Länge von hundert Metern wird hier in der Achse der zukünftigen Wasserstraße ein Probe-Kanal hergestellt, und zwar in voller Breite und Tiefe. Er wird uns in die Lage versetzen, die Standfestigkeit der Böschungen ebenso zu prüfen wie die Bodenbeschaffenheit. Sie sehen, meine Herren, meine Damen, dieses Schürfloch wird uns überhaupt erst in die Lage versetzen, die vollen hundert Kilometer Kanal durch das Land zu bauen.«

Verhaltener Applaus.

»Soll ich jetzt?«, fragte die Vorstandsgattin und sah sich nach dem Werkzeug um, das man ihr reichen sollte. So war es ausgemacht.

»Noch nicht«, knurrte ihr Mann.

»Ein Probe-Kanal, gut und schön«, sagte einer der Beamten zögernd, »alles lässt sich damit aber auch nicht im Vorwege ausprobieren. Heißt es beispielsweise nicht, auf gesamter Länge soll die Höhe des Meeresspiegels gehalten werden, namentlich müsse der Wasserstand in der Kieler Förde der sein, der bis hierher nach Brunsbüttel durchgeführt wird.«

»Die Eider liegt höher, ebenso der Flemhuder See bei Achter-
wehr, deutlich höher«, stimmte ein zweiter Beamter ihm zu. »Wir
sprechen von mehreren Metern. Das bedeutet, wir müssen den
Wasserspiegel dort erheblich senken.«

»Unmöglich, das an einem Loch von hundert Metern Länge
zu simulieren«, meldete sich der erste Beamte wieder zu Wort.
»Ganz anders in einigen Teilen Dithmarschens. Nehmen wir nur
die Wilstermarsch, dort befinden wir uns unterhalb des Meeresspiegels und müssen den Kanal höher setzen als das ihn umge-
bende Land.«

»Ja, Herrgott, das ist alles bekannt«, ging der Vorstand ungehal-
ten dazwischen.

»Theoretisch bekannt, praktisch nie erprobt. Daran wird auch
das exemplarische Stück nichts ändern.«

Justine blickte von einem zum anderen. Sie begann zu zittern.
Nicht nur wegen der Eiseskälte, sondern weil sie begriff, dass
längst nicht alles an diesem monströsen Projekt bis ins Detail berechnet, geplant und gesichert war, wie sie angenommen hatte.
Sie war felsenfest davon überzeugt gewesen, dass kluge Männer
sämtliche Vorkehrungen getroffen hatten, ehe auch nur die erste
Schaufel Sand bewegt wurde. Nun war die Rede von Risiken, die
niemand wirklich einschätzen konnte. Lieber Gott, was kam da
nur auf Schleswig-Holstein und seine Bewohner zu?

»Es wird eine Herkules-Aufgabe, Dithmarschen zu sichern.
Allein die Deiche, die wir bauen müssen …« Der erste Beamte
verstummte.

»Deiche halten Wasser nicht nur fern, sondern auch fest«,
übernahm der zweite wieder. »Es wird nicht mehr ablaufen. Wir
brauchen Pumpen zur Entwässerung.« Er wiegte den Kopf. »Das
wird hier und da bereits praktiziert und ließe sich durchaus auf
hundert Metern darstellen.«

»Eben!« Dem Amtsvorstand wurde es offenbar endgültig zu bunt. Er blickte so streng er konnte durch die Reihe seiner Beamten, Angestellten und die Handvoll geladener Gäste.

»Für diesen denkwürdigen Anlass hat das Bauamt keine Kosten und Mühen gescheut und diesen Spaten in Kiel schmieden lassen.« Er streckte die Hand aus, einer der beiden Arbeiter reichte ihm auf das Stichwort das blank polierte Werkzeug. Justine öffnete den Mund. Was sagte er da? Das war eine glatte Lüge. Sie sah ihn an, wartete darauf, dass er sich korrigierte oder wenigstens den Namen Thams erwähnte. Das tat er nicht. »Meine Liebe, willst du uns nun die Freude machen, den ersten Spatenstich auszuführen und damit das größte Bauunternehmen auf europäischem Boden offiziell zu beginnen?«

»Das will ich«, entgegnete sie feierlich. Alle Augen waren auf Frau Amtsvorstand gerichtet.

»Dann los, nimm schon!«, raunte ihr Mann ihr zu.

»Jetzt?« Sie sah ihn unsicher an. Sein Blick war Antwort genug. Sie nahm den Spaten. »Hier?«

»Jawohl, genau hier!«

Sie fasste den Stiel mit beiden Händen, setzte das Blatt auf den Boden, hob ihn an, berührte noch einmal den Sand, als wolle sie Maß nehmen, um genau einen bestimmten Punkt zu treffen. Als schon keiner mehr damit rechnete, riss sie den Griff bis vor ihr Gesicht herauf und ließ ihn in der nächsten Sekunde niedersausen. Das auf Hochglanz polierte Blatt traf mit einem dumpfen Schlag auf die knüppelhart gefrorene Erde, ein hässliches Knirschen und Knacken tönte über die freie karge Fläche, dann atemlose Stille. Der hölzerne Stiel des Spatens war gebrochen. Justine unterdrückte nur mit Mühe einen Schrei. In dieser Sekunde war sie froh, dass niemand sie vorgestellt hatte und mit dem Werkzeug in Verbindung brachte.

Der Herr Amtsvorstand fand seine Sprache als Erster wieder.

»Wie ist das nur möglich?«

»Das ist ein böses Omen«, wisperte einer.

»Der Kanal steht unter einem schlechten Stern«, flüsterte ein anderer.

Ein Dritter hauchte gar: »Der Kanal darf nicht gebaut werden, sonst sind wir alle verloren.«

»Unfug«, donnerte der Amtsvorstand. »Hier wird es doch noch einen Spaten geben, einen, der etwas taugt!«

»Hier ist einer«, sagte einer der Arbeiter und reichte ihm einen, der wohl schon so manchem Boden zu Leibe gerückt war.

»Was soll ich damit? Machen Sie!«

Der Arbeiter, völlig überrascht von der unerwarteten Ehre, holte aus und trieb das Blatt in die Erde. Kleine Steine spritzten in alle Richtungen. Einmal, zweimal, dreimal. Ein Loch war zu erkennen.

»Bravo!«, rief der Amtsvorstand.

»Bravo«, stimmten alle ein und klatschten, was wegen der Handschuhe wenig beeindruckend war.

»Damit ist die Baustelle des Nord-Ostsee-Kanals feierlich in Betrieb genommen«, verkündete er und fügte streng hinzu: »Und kein Wort zu irgendjemandem über das Malheur mit dem Spaten. Wir alle sind zu absolutem Stillschweigen darüber verpflichtet. Haben wir uns verstanden?« Verhaltenes Nicken.

Justine blickte sich verstohlen um, doch noch immer schien niemand in ihr die Verantwortliche zu sehen.

Schließlich setzte sich die kleine Gesellschaft wieder in Bewegung. Man würde zum gemütlichen Teil in der gut geheizten Gaststube übergehen.

Für die beiden Arbeiter galt das nicht, sie waren nicht eingeladen. Auch Justine nicht. Sie folgte den beiden Männern mit gesenktem Kopf, nur weg von diesem Unglücksort.

»Hat er nicht gesagt, das Ding ist extra in Kiel geschmiedet worden?«, fragte der Arbeiter, der soeben die Spatenstiche ausgeführt hatte, seinen Kollegen.

»Nein, glaube nicht. Das ham wir falsch verstanden.«

»Nein, nein, ich bin mir sicher, das hat er gesagt.«

»Könntest recht haben«, gab sein Kollege nach einer Weile des Grübelns zu. »So was hat er gesagt. War ja auch vorher schon immer die Rede von. Das sollte ein Symbol sein!«

»Was denn für 'n Symbol?«

»Ein Spaten aus Kiel für das Probeloch in Brunsbüttel, die gesamte Strecke in einem Akt. So hab ich das gehört.«

»'n feines Symbol ist das! Ich sag dir, was das ist: Ein böses Zeichen ist das! Für die gesamte Baustelle!«

Wahrheit oder Phantasie?

Zunächst: Die Figuren, die in diesem Buch und den folgenden Bänden eine bedeutende Rolle spielen, sind frei erfunden. Mit Ausnahme der Familie Dahlström. Sowohl Heinrich Hermann als auch seine erste Frau Dorothea und seine Töchter Maria, genannt Mimi, und Elsabetha, genannt Else, sind ihren echten Vorbildern möglichst realistisch nachempfunden.

Die zweite Ausnahme ist eine Arbeiterfamilie, die stellvertretend für unzählige Familien steht, die in Zeiten einer Wirtschaftskrise von der größten Baustelle Europas angelockt wurden. Dort gab es etwas zu verdienen. Also kamen Menschen vor allem aus den damaligen östlichen Ländern des Reiches, aber auch aus Italien, Russland, Skandinavien etc. Auch »echte« Ingenieure, Bauunternehmer etc. kommen im Roman vor, allerdings nur in Nebenrollen.

Die Entwicklung Schleswig-Holsteins und auch die Aktivitäten von Alfred Nobel in Norddeutschland, von denen ich erzähle, entsprechen der Wahrheit. Dahlström hat tatsächlich für Nobel gearbeitet. Auch der Gotthardtunnel, eins der ersten Großprojekte, bei denen Dynamit zum Einsatz kam, war wirklich eine Sensation. Nur 33 cm Abweichungen seitlich und 6 cm in der Höhe beim Durchstich nach knapp siebeneinhalb Jahren Bauzeit. Ingenieur Favre hat diesen Moment nicht mehr erlebt, er erlitt einige Monate zuvor während einer Begutachtung im Tunnel den Herztod. Nicht das einzige Opfer, beinahe 50 Arbeiter haben den Einsatz des Dynamits mit dem Leben bezahlt.

Die Grundsteinlegung für den Nord-Ostsee-Kanal ist von Mimi Dahlströms Aufzeichnungen und von der Beschreibung des Kanalbau-Chronisten Carl Beseke inspiriert. Vermutlich war es tatsächlich Vizekanzler von Boetticher, der Dahlström zur Bescheidenheit riet, sicher kann ich das jedoch nicht sagen. Er möge mir verzeihen, dass ich ihm das womöglich fälschlicherweise in die Schuhe geschoben und ihm auch noch einen etwas boshaften Ton zugedacht habe.

Die Geschichte vom abgebrochenen Spaten am Probe-Schürfloch ist wahr. Auch soll es die Frau vom Amtsvorstand Keller gewesen sein, die den Spatenstich ausgeführt hat. Dass die Beamten so viele Bedenken geäußert haben, entspricht eher nicht der Wahrheit. Dafür stimmt wiederum die Temperaturangabe. Die dürfte dazu geführt haben, dass beim Schlag in den knüppelhart gefrorenen Boden der Stiel des Spatens zu Bruch ging. In Wahrheit wurde Stillschweigen über den Vorgang beschlossen. Es ist nicht überliefert, ob sich wirklich jeder daran gehalten hat, was ich mir jedoch nicht vorstellen kann.

Wann genau Kiels Gaststätte *Wilhelminenhöhe* dem Ausbau der Kaiserlichen Werft weichen musste, habe ich nicht herausgefunden. Meines Wissens erfolgte die Erweiterung der Werft und damit auch der Abriss des Lokals erst nach Fertigstellung des Kanals.

Richtig ist, dass im »Memeler Dampfboot« per Anzeige Arbeiter für den Kanal gesucht wurden. Sehr wahrscheinlich auch in ähnlichen Blättern anderer Regionen. Um einigen Figuren bereits in Band 1 einen Auftritt zu gönnen, habe ich diese Werbekampagne allerdings etwas vorverlegt.

Das Fahrzeug mit Gasmotorenbetrieb wurde von Carl Benz 1886 zum Patent angemeldet, dieses wurde im November des Jahres erteilt. Am 3. Juli fand die erste Probefahrt in der Öffentlichkeit statt, von der die Presse berichtet hat. Ich habe mir erlaubt, meiner Heldin Sanne diese Information exklusiv bereits etwas früher zukommen zu lassen. Es ist auch nicht ausgeschlossen, dass es – trotz heimlicher Probefahrten – vorher schon Gerüchte über die bahnbrechende Erfindung gab.

Die – teilweise absurde – Vorgeschichte des Nord-Ostsee-Kanals

Schon die Wikinger haben im neunten oder zehnten Jahrhundert Nord- und Ostsee verbunden, um sich den langen und gefahrvollen Weg durch das gefürchtete Kattegat und ganz um Skagen herum zu sparen. Ihre Schiffe fuhren von der Nordsee in die Eider und Treene. Das letzte Stück zur Ostsee wurden sie kurzerhand auf Rollen über Land gezogen, bis sie wieder Wasser unter dem Kiel hatten, um bis nach Russland zu segeln und sogar bis nach Bagdad zu kommen.

Dann war es Dänemarks König Christian IV., der sich mit einer künstlichen Wasserstraße ein Stück vom Ostindien-Kuchen sichern wollte. Mitte der 1630er Jahre sind in Kiel in vorauseilender Begeisterung stattliche Lagerhäuser errichtet worden, um darin die erwarteten Handelsgüter zu stapeln. Nur kam der Kanal nicht, damit auch keine Güter, die Speicher wurden nie ihrer Bestimmung übergeben. Wenigstens boten die Persianischen Buden, wie man sie bald nannte, einigen Kielern ein Dach über dem Kopf. Das mächtige Vorhaben ist nie so recht in Schwung gekommen, jedenfalls nicht, solange es als reines Handelsinteresse betrachtet wurde. Es ist das Militär, das Entwicklungen vorantreibt. Auch in diesem Fall. Weit über zehn mögliche Verläufe waren über die Jahre ins Spiel gebracht, erörtert, verworfen worden.

Darunter Husum – Eckernförde, St. Margarethen bei

Brunsbüttel – Haffkrug, Anbindung des Eider-Kanals an Büsum oder auch von Glückstadt über Haidkrug bei Oldesloe ins Travegebiet und schließlich in den Hemmelsdorfer See.

Quellen

Dietrich Duppel, Martin Krieger: Nord-Ostsee-Kanal – Biografie
einer Wasserstraße, Wachholtz Verlag

Paul Adolf Toaspern: Die Einwirkungen des Nord-Ostsee-Kanals
auf die Siedlungen und Gemarkungen seines Zerschneidungs-
bereichs; Schriften des Geographischen Instituts der Universität Kiel, Bd. XIII, Heft 1

August Beuermann: Landeskunde Preußens, Hrsg. Spemann,
Berlin 1901

Walter Schulz: Der Nord-Ostsee-Kanal – Eine Fotochronik der
Baugeschichte, Boyens Verlag

Walter Schulz: Der Nord-Ostsee-Kanal vor dem Ersten Welt-
krieg – eine Fotochronik der Kanalerweiterung, Boyens Verlag

Eike-Christian Heine: Vom großen Graben – Die Geschichte des
Nord-Ostsee-Kanals, Kulturverlag Kadmos

Felix Damme: Die Kriminalität und ihre Zusammenhänge
in der Provinz Schleswig-Holstein vom 1. Januar 1882 bis
dahin 1890 – Eine Kulturstudie auf statistischer Grundlage,
MusketierVerlag

Verein Maritimes Viertel – Kultur am Kanal e. V.: 125 Jahre Kiel-
Wik 1893–2018, Verlag Ludwig

Verein Maritimes Viertel – Kultur am Kanal e. V.: 125 Jahre + 1
Nord-Ostsee-Kanal – Der Weg in die Welt, Selbstverlag

K. E. Kaminski: Die Geschichte des Kaiser-Wilhelm-Kanals
1887–1914

Daniel Frahm, Christian Vogt: Maritime Logistik aus einer
  Hand; die Geschichte der Schramm group
Brunsbüttel-Wiki; u. a. Vorläufer der Kanal-Zeitung und Kanal-
  Zeitung ab 1888

Dank

Ein herzliches Dankeschön an Rolf Fischer, den Vorsitzenden der Gesellschaft für Kieler Stadtgeschichte e. V., der einen brillanten und extrem unterhaltsamen Vortrag über die Kanalarbeiter gehalten hat. Nicht nur das. Wir haben einen höchst inspirierenden Abend verbracht, und er hat mir das Skript seines Vortrags zur Verfügung gestellt.

Dank auch an Fritz Hermann Barnstedt, der für mich das Heimatmuseum in Hanerau-Hademarschen öffnete. Zuerst war da nur ein Raum, in dem sich schon viel Interessantes über den Kanal fand. Als ich mich schon verabschieden wollte, nahm mich Herr Barnstedt noch mit in das Archiv unterm Dach und zeigte mir schließlich noch einen Raum des Museums nach dem anderen. Welch eine Sammlung … unbedingt hingehen!

Auch Peter Beenk hat mich außerhalb der Öffnungszeiten im Museum Elbinsel Wilhelmsburg e. V. empfangen, um mir Teile des Nachlasses von Enno Vering zu zeigen. Enno Vering ist der Enkel von Tiefbau-Unternehmer C. Vering, der diverse Bauabschnitte am Kanal übernommen hat.

Dank an die Buchhandlung Lüdemann, die mich überhaupt erst auf die Spur des Nachlasses von Enno Vering gebracht hat. Und Dank auch der Firma SCHRAMM group GmbH & Co. KG in Brunsbüttel, die ihr Archiv für mich geöffnet hat.

Nicht zu vergessen ist Ute Hansen vom Stadtarchiv Brunsbüttel. Danke für das Engagement und das viele Herzblut, das Sie in Ihre

Arbeit stecken! Das spürt man mit jeder Faser. Die Stadtpläne von Brunsbüttel aus verschiedenen Jahren haben mir geholfen, die Veränderungen nachzuvollziehen. Auch sehr spannend: ein Gefangenenbuch und Arbeiterlisten.

Ein besonderer Dank geht an Sven Mewes, der die Geschichte seiner Vorfahren vor mir ausgebreitet und mich in die Grundlagen der Familienforschung eingeführt hat. Außerdem hat er mich auf das Skatclubmuseum Marne aufmerksam gemacht, das eigentlich ein Heimatmuseum ist. Er legte mir ans Herz, mich mit der dort sehr aktiven Ilse Reese zu treffen, was ich getan und nicht bereut habe. Im Gegenteil. Auch ihr gebührt mein Dank für die Zeit, die sie sich für mich genommen hat, während draußen gerade Orkan Zeynep über Norddeutschland hinwegfegte.

Ein Dankeschön allen, die auf meine Anzeigen geantwortet und erzählt haben, welche Verbindungen sie zu den Kanalbauern von damals haben.

An dieser Stelle die Bitte an alle, die von Kanalarbeitern abstammen oder die noch Unterlagen von Menschen besitzen, die am Kanal oder dessen Erweiterung beteiligt waren: Melden Sie sich herzlich gern! Ich freue mich über jedes kleine Detail: lenajohannson@gmx.de.

Gar nicht genug danken kann ich Merve Giebler … Die Geschichte ihrer Familie fließt nur zu einem geringen Teil in meine Romane ein und sorgt doch für ein großes Maß an Authentizität. Nur durch deine Unterlagen und deine Vorarbeit habe ich den Blick auf Heinrich Hermann Dahlström bekommen, der in meine Texte geflossen ist. Danke dafür und für dein Vertrauen!

Es lohnt sich, mehr über die Dahlströms, über die Kanal-Schwestern Mimi und Else und über andere Familienzweige zu lesen. Hierfür kann ich nur Merves reich bebilderte Aufzeichnungen empfehlen. Zu bestellen bei mervegiebler@yahoo.de.

Am Schluss möchte ich unbedingt noch meiner Lektorin Anne Sudmann danken, die sich von der ersten Sekunde von meiner Begeisterung für das Projekt hat anstecken lassen und mich wieder aufgebaut hat, wenn ich glaubte, das komplexe Thema nicht bewältigen zu können. Danke, Anne, deine Anregungen setzen Texten das berühmte Sahnehäubchen auf!

Danke an den gesamten Verlag, der mir ermöglicht hat, mich durch Schleswig-Holstein zu graben, danke wieder einmal an meinen Agenten Dirk R. Meynecke, der das Potenzial des Stoffes sofort erkannt hat und mich stets mit Herz, Humor und Verstand unterstützt, wenn es drauf ankommt.

Und natürlich ein Dank an meinen Mann, der nicht nur sieben Zwölf-Stunden-Tage pro Woche akzeptiert, sondern mich als Kameramann auf meiner Rerchereise begleitet hat. Das Ergebnis ist auf meinem Youtube-Kanal zu sehen.

Anne Stern
Drei Tage im August
Roman
352 Seiten. Klappenbroschur
ISBN 978-3-7466-3998-7
Auch als E-Book lieferbar

Eine Chocolaterie als Zuflucht in dunklen Zeiten

Berlin, 5. August 1936: Die Schwermut ist Elfies steter Begleiter, Zuversicht findet sie in ihrer Arbeit in der Chocolaterie Sawade, einem Hort zarter Zaubereien aus Nougat und Schokolade, feinstem Marzipan und edlen Aromen. Hier gelingt es Elfie und ihren Nachbarn, sich ihre Menschlichkeit in unmenschlichen Zeiten zu erhalten. Dann kommt Elfie dem Geheimnis einer besonderen Praline und der Geschichte einer verbotenen Liebe auf die Spur. Doch wird sie es wagen, auch ihrer eigenen Sehnsucht zu folgen?

Bestsellerautorin Anne Stern erzählt die berührende Geschichte einer besonderen Frau, die nicht wie andere ist – ein ausnehmend schöner Roman, voll zarter Sinnlichkeit und außergewöhnlicher Figuren.

Regelmäßige Informationen erhalten Sie über unseren Newsletter.
Jetzt anmelden unter: www.aufbau-verlage.de/newsletter

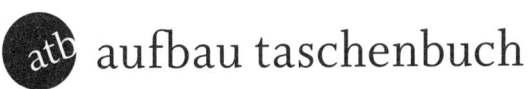

aufbau taschenbuch

Ulrike Renk
Ulla und die Wege der Liebe
Eine Familie in Berlin
Roman
486 Seiten. Broschur
ISBN 978-3-7466-3765-5
Auch als E-Book lieferbar

Berlin, 1928: Nach der Trennung von Heinrich beginnt Ursula ein neues Leben. Sie engagiert sich politisch und nennt sich Ulla. Der Alltag als alleinerziehende Mutter ist nicht leicht: Ihr gelingt es kaum, für den Lebensunterhalt ihrer Kinder zu sorgen. Schweren Herzens gibt Ulla schließlich dem Drängen ihres Vaters nach und bringt sie in einer Pflege-familie auf dem Land unter. Alle Freude scheint aus ihrem Leben ver-schwunden nur die politische Arbeit gibt ihr eine Perspektive. Dann lernt sie Wilhelm Moll kennen. Wie sie setzt er sich für gesellschaftlich Benachteiligte ein. Die Liebe der beiden scheint perfekt, doch dann kom-men die Nationalsozialisten an die Macht und ihrer beider Leben sind in Gefahr.

Regelmäßige Informationen erhalten Sie über unseren Newsletter.
Jetzt anmelden unter: www.aufbau-verlage.de/newsletter

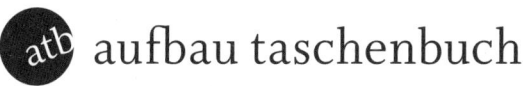

Heidi Rehn
Die Frau des Blauen Reiter
Kunst ist ihre Leidenschaft, Franz Marc die Liebe
ihres Lebens
Roman
399 Seiten. Klappenbroschur
ISBN 978-3-7466-3796-9
Auch als E-Book lieferbar

Die Farben der Liebe

Maria studiert Malerei, allen Widerständen zum Trotz. Nicht nur in der männlich dominierten Kunstwelt gilt es für sie als junge Frau, Vorurteile zu überwinden, sondern auch bei ihren Eltern. Dann aber lernt sie Franz Marc kennen, und zum ersten Mal fühlt sich Maria als Künstlerin ernstgenommen und als Frau begehrt. Gemeinsam suchen sie nach neuen Ausdrucksformen, inspirieren und ermutigen sich, ihre Malerei weiterzuentwickeln. Obwohl Franz in der Liebe als unstet gilt, kann sie sich seinem unwiderstehlichen Charme nicht lange entziehen. Ihre Beziehung ist leidenschaftlich und intensiv. Doch dann taucht in Franz' Leben eine andere Frau auf, ausgerechnet Marias verehrte Lehrerin an der Kunstakademie.

Die Geschichte einer großen Malerin und der berühmten Künstlergruppe »Der Blaue Reiter«

**Regelmäßige Informationen erhalten Sie über unseren Newsletter.
Jetzt anmelden unter: www.aufbau-verlage.de/newsletter**